Les Éditions du Boréal
4447, rue Saint-Denis
Montréal (Québec) H2J 2L2
www.editionsboreal.qc.ca

L'ŒIL DE MARQUISE

DU MÊME AUTEUR

La Cohorte fictive, roman, L'Étincelle, 1979 ; Les Herbes rouges, 1986.

Les Faux Fuyants, roman, Québec/Amérique, 1982.

Copies conformes, roman, Lacombe/Denoël, 1989 ; Boréal, coll. « Boréal compact », 1998.

Promenades littéraires dans Montréal (en collaboration avec Jean-François Chassay), essai, Québec/Amérique, 1989.

La Démarche du crabe, roman, Boréal, 1995.

La Gloire de Cassiodore, roman, Boréal, 2002 ; coll. « Boréal compact », 2004.

De fil en aiguille, essais, Boréal, 2007.

Monique LaRue

L'ŒIL DE MARQUISE

roman

Boréal

Les Éditions du Boréal reconnaissent l'aide financière du gouvernement
du Canada par l'entremise du Programme d'aide au développement
de l'industrie de l'édition (PADIÉ) pour ses activités d'édition et remercient
le Conseil des Arts du Canada pour son soutien financier.

Les Éditions du Boréal sont inscrites au Programme d'aide aux entreprises
du livre et de l'édition spécialisée de la SODEC et bénéficient du Programme
de crédit d'impôt pour l'édition de livres du gouvernement du Québec.

© Les Éditions du Boréal 2009
Dépôt légal : 3e trimestre 2009
Bibliothèque et Archives nationales du Québec

Diffusion au Canada : Dimedia
Diffusion et distribution en Europe : Volumen

*Catalogage avant publication de Bibliothèque et Archives nationales du Québec
et Bibliothèque et Archives Canada*

LaRue, Monique, 1948-

    L'œil de Marquise

    ISBN 978-2-7646-0678-0

    I. Titre.

PS8573.A738O34   2009   C843'.54   C2009-941255-1
PS9573.A738O34   2009

Pour Louise-Aurore, née le 1er mai 2008

La chicane

L'autre bord du fleuve

Rien ne peut mieux démontrer l'existence de ce qu'on appelle « l'ironie de la vie » que l'imbroglio engendré par la dispute entre mes frères après le deuxième référendum sur l'indépendance politique du Québec. Mon frère Doris, plus sérieux, plus zélé que jamais, s'est mis à demander à n'importe qui et à tout le monde si on pouvait être raciste à son insu, inconsciemment raciste, à soupçonner notre famille, notre père, notre grand-père Cardinal de racisme, à traiter Louis de raciste. Un mot que nous n'arrivions pas à nous mettre dans la bouche, à prononcer normalement dans des phrases dont l'un de nous était le sujet. Un mot qui n'existait pas dans notre enfance, comme Doris l'a dit un jour à Salomon. À ce moment-là, la chicane a pris un autre tour.

Je suis la sœur de deux frères qui ne s'entendaient pas : Louis, l'aîné, et Doris. Je suis née entre les deux, j'ai vécu toute ma vie dans leur intime inimitié, compris l'un, compris l'autre, comme ces enfants de divorcés qui s'exercent à ne pas prendre parti, à concilier l'inconciliable.

Je m'appelle Marquise Simon. Le nom de mon père est Cardinal — Maurice Cardinal. Mais il n'aurait jamais consenti à m'appeler autrement que par le nom de mon mari : Mme Salomon Simon. C'est à ce titre que je recevais chaque année une carte Hallmark, pour mon anniversaire. J'ai choisi de porter le nom de mon mari non pas pour me conformer à la tradition, mais pour ne pas porter celui de mes frères. Sous le nom de Marquise Simon, j'écris pour les enfants : des livres, une émission de télé. Je raconte des histoires dans les bibliothèques, à la télévision, à la radio, sur des disques que les parents donnent à Noël ou aux anniversaires. Des histoires, il n'y en aura jamais assez pour consoler un enfant. J'écris pour les enfants de dix ans. Je les aide à franchir le premier « jamais plus », le cap du chiffre unique. On voit tout de suite, dans les autobus, à qui je m'adresse, pour qui je travaille. Chandails trop longs, manches trop longues, pantalons trop bas pour les garçons. Cils ourlés, soutien rembourré pour les filles. C'est comme ça que je me définis, que je gagne ma vie, et fort honorablement. Mon émission est non éducative. Ma mission est non éducative. Je raconte pour apaiser, offrir un répit, une escapade loin des parents.

Mes frères s'imaginent que je me donne un titre de noblesse, que je les toise. Ils ne lisent jamais ce que j'écris, mais ils savent toujours ce que j'écris.

« Elle se prend pour un écrivain !

— Pas pour un écrivain, pour une écrivaine.

— Un mot qui n'existe même pas en français.

— Elle se prend pour une auteure, une *outeûreee*.

— Pour qui je me prends ! »

Mes frères, donc…

Dr Louis Cardinal, médecin de famille, bienfaiteur bien-aimé des petits et des démunis. Indépendantiste, défenseur de la langue française, candidat souverainiste deux fois défait. Mon aîné d'un an.

Notre cadet, Doris. Artiste floral, hybrideur, architecte paysagiste. Créateur de beauté et en cela bienfaiteur, lui aussi.

Dix ans de différence, moi entre les deux. Capable de les comprendre, de les sentir, incapable de les comprendre, de pénétrer dans leur tête, dans leur corps. Deux hommes et une femme, deux frères et une sœur. Notre seul consensus serait l'amour de l'hiver, dans tous ses états. Nous n'avons que mépris pour les sanglots de l'automne, les attendrissements printaniers, détestons les joies, les avachissements de l'été.

Louis.

A passé une grande partie de sa vie dans un petit bureau aux murs placardés de chêne, rue Hochelaga, dans les dispensaires, les salles d'attente, les CLSC, les couloirs de l'Hôpital Maisonneuve-Rosemont, le nez dans les bactéries, le pus, dans les trous et les replis les plus dégoûtants de notre corps. Le nez bouché.

Doris.

Une grande partie de sa vie penché sur des plans de parcs et de jardins, dans la lumière diffuse et l'humidité des serres, le silence de ses boutiques, des sanctuaires, plutôt, odorants et paisibles. Connu à travers le monde via Internet pour ses ikebanas fusion, ses bonsaïs boréaux, ses archipels de jardins, ses métissages de paysages.

Louis dans la matière humaine, Doris dans le végétal et le minéral, Louis grand et bâti, Doris petit et sec, l'un extraverti, sanguin, oppressé, l'autre oppressé mais renfermé. Un fumeur, un non-fumeur. Un buveur de vin et un buveur de thé. Un buveur de vin qui voudrait être buveur de thé et un buveur de thé qui a peur du vin.

À égalité quant au niveau de vie.

Quand le Petit est né, j'avais neuf ans et Louis en avait dix. Cela faisait déjà plusieurs années que nous étions déménagés de l'autre bord du fleuve. Nos parents avaient demandé au locataire du haut, Rainier-Léopold Osler — à cette époque un illustre inconnu —, d'être le parrain, parce que notre père s'entendait bien sur les questions théologiques avec Osler. Mais avant qu'on puisse choisir la marraine, il y a eu un drame, heureusement un faux drame, avec le couteau de cuisine, et Osler est parti pour une destination inconnue qu'on sait aujourd'hui être l'Algérie, puis Cuba, peut-être le Pays basque.

Osler, Osler, Osler…

Je l'ai vu s'en aller par la fenêtre du sous-sol d'où j'attendais les Russes. C'était la Guerre froide et Louis, qui lisait le journal et discutait déjà de politique, m'assurait que les Russes allaient arriver par le pôle Nord, descendre le fleuve Saint-Laurent en sous-marins et nous faire abjurer notre foi catholique. À Fatima, la Vierge avait pleuré sur le Canada. Je guettais les navires de guerre, dans la plus grande ignorance de l'histoire du monde.

Osler est parti à l'aube. Il portait une cape noire, un béret, des souliers en cuir noir. Mon souvenir de lui ce jour-là se confond avec des photos d'André Gide, à cause de la cape et du béret. Jeune et fier avec sa barbe blonde, le regard intense et exalté. Au garde-à-vous sous la seule ampoule électrique de la rue, qui nous faisait l'honneur de se trouver devant chez nous. Un taxi est arrivé. Un taxi! Il était bien le seul à prendre le taxi. Plus tard dans la journée, Mme Toussaint, sa « ménagère », est venue nous porter un chèque. Osler ne manquait jamais d'argent. Mme Toussaint repassait ses chemises, elle faisait sa cuisine, son ménage. C'était une femme exubérante, toujours de bonne humeur, comme on en connaissait peu autour de nous. Deux originaux.

Le lendemain, un camion de déménageurs a pénétré comme un tank russe dans notre petite rue et on a vu les meubles d'Osler disparaître un à un : le buffet à pointes de diamant, l'armoire chantournée, le vaisselier et la huche à pain dénichés au fin fond des rangs, derrière l'ancienne seigneurie de Cap-Aurore. Où sont allés ces meubles ? Je ne le sais pas non plus.

Osler nous ayant quittés, nos parents ont décidé que nous serions parrain et marraine de l'enfant à naître. Le frère de notre mère, un jésuite qu'on appelait « père Doris », nous a expliqué que nous serions ses gardiens si nos parents mouraient, et cela, tant que nous serions en vie. La porteuse serait une cousine qui s'appelait Doris en l'honneur du premier. Qu'il soit garçon ou fille, le bébé s'appellerait donc Doris.

Notre mère a perdu ses eaux un matin très tôt. Grand-père Aubin, un petit homme à la voix éraillée qui sentait le tabac à pipe, est venu de la ville en autobus pour prendre soin de nous, avec un sac de nos chocolats préférés : des Kit Kat, des Caravan, des Caramilk. Notre père était parti en expédition.

Au baptême, Doris a porté la robe longue qui avait servi pour nous, à la différence que Louis et moi avions été baptisés à Montréal, par le chanoine L. G. Quand le père Doris lui a mis du sel sur la langue pour faire sortir le démon de son corps, il n'a pas bronché. Il me semble que ses yeux balayaient déjà le monde comme des gyrophares, mais on me dira qu'un bébé naissant n'a pas de regard. Sous prétexte que je n'ai pas eu d'enfant, chacun veut m'en remontrer.

C'était un petit garçon aux oreilles décollées, au désespoir de notre mère. Une tête de radar, un « p'tit v'nimeux »,

« pas franc », « un sournois », dirait bientôt notre père. Où est la poule, où est l'œuf? Tout ce qu'on peut dire, c'est que le soupçon était dans l'œuf.

Après le baptême, notre mère a passé des petits fours, des sandwiches sans croûtes commandés à la pâtisserie. Et pendant qu'ils poireautaient entre adultes, nous nous sommes glissés, Louis et moi, dans la chambre où dormait le Petit, qui était jusque-là *notre* chambre. À la place de nos lits, nos parents avaient mis un berceau tapissé de satin qui datait de nos aïeux. On nous avait relogés au « sous-sol fini ». Quand on avait emménagé dans cette maison, le fleuve débordait au printemps et l'eau montait dans la cave. Notre père avait fait installer une pompe, il avait demandé à Osler de refaire le « solage ». Ils avaient beau dire qu'il n'y aurait plus d'inondations, qu'on allait canaliser le fleuve Saint-Laurent, j'avais quand même peur des rats d'égout qui pouvaient entrer par les tuyaux et la cuvette des toilettes.

Osler savait tout faire. Il avait vu la guerre, il connaissait la charpenterie, la menuiserie, et savait comment fabriquer des meubles, malaxer le ciment. Il disait que ce que notre père appelait le « solage », on devait plutôt appeler ça les « fondations ». « Osler est un *Jack of all trades* », disait notre père, avec envie. Lui n'était pas habile dans une maison. Il n'était habile qu'à la chasse, à la pêche, dans la forêt. Il utilisait un mot anglais quand il avait besoin d'exprimer l'envie et le mépris mêlés.

Nous avons entrebâillé la porte de notre ex-chambre, où ça sentait désormais le talc, le lait caillé, la merde verte des bébés. Louis voulait voir si on pouvait jouer avec ce petit frère qui nous attirait les moqueries du voisinage. « Votre mère est bien trop vieille pour avoir un bébé », disaient les Kulnicki, nos ennemis d'en face — des pauvres, qui habitaient un ancien chalet d'été. « Votre mère a des cheveux gris ! Elle est trop vieille ! Les Cardinal vont avoir un bébé ! Han-han-ahan-han... »

En voulant le sortir de son berceau, Louis s'est empêtré dans le tulle et le bébé s'est mis à crier, avec la voix de stentor dont sont dotés les nouveau-nés. Nous avons examiné sa petite bouche sans dents, écarlate, ses gencives rouges comme des blessures, son visage torturé. Il avait des coliques, il avait faim, il faisait des crises depuis qu'il était arrivé, jamais rassasié, jamais apaisé. Un tyran. Notre mère épuisée n'était pas capable de faire face à ses exigences.

Mais son petit doigt lui disait tout. Elle est arrivée en coup de vent, comme si elle sortait d'un rêve, elle nous a crié en chuchotant (elle avait une manière de crier en chuchotant) : « Mais qu'est-ce que tu fais là, Louis, pour l'amour ! Est-ce que tu veux le tuer, ce bébé-là ? »

Est-ce que tu veux le tuer, ce bébé-là !

Nous, parrain et marraine, n'avions bien entendu jamais pensé à tuer notre frère et filleul et ne l'avons jamais fait non plus. L'idée a pourtant été introduite dans notre tête.

Ça allait mal. Notre père avait raté un concours. Il était arpenteur-géomètre et travaillait pour « la Couronne » — une couronne en or pur qui nous mettait au-dessus du commun, nous permettait de regarder nos voisins de haut. La Couronne nous mettait sur un piédestal. Mais il venait de rater un avancement vers cette « Couronne » qui régnait sur les terres et forêts de la reine d'Angleterre. Selon ce qu'il nous en a toujours dit, il ne parlait pas suffisamment l'anglais. Et notre mère faisait une « dépression ». C'était le nom d'une nouvelle maladie, une invention des médecins, des ennemis intimes, plus intimes peut-être que les Anglais. Nos parents ne croyaient pas à l'existence de la maladie mentale. Mon père ne m'a jamais pardonné d'avoir épousé

Salomon Simon, un psychiatre. J'ai introduit un chaman dans la famille, un devin des reins, des cœurs et des sexes. Ce n'était pas un cadeau à faire à un homme soupçonneux.

Si notre mère était encore de ce monde, elle nierait nous avoir dit de telles paroles : « Est-ce que tu veux le tuer, c'est un bébé naissant, si tu l'échappes, il peut mourir, c'est fragile, la tempe d'un bébé naissant, mince comme du papier, leur crâne est mou, est-ce que tu lui as cogné la tête, réponds ! Réponds donc ! Qu'est-ce que vous lui avez fait, vous deux, là, à ce bébé-là ? Dites-moi la vérité. »

Elle était maigre et osseuse, mais son ventre était encore ballonné, son dos voûté, tout son corps penchait par en avant, déséquilibré par la grossesse. « Viens ici un peu, Louis. J'ai envie de te saisir par les ouïes, mon p'tit gars. Viens ! Touche ! Mets ta main ici ! Son crâne n'est pas fermé, le sens-tu, là ? Une aiguille à tricoter est capable de le tuer. Il va peut-être être fou, ce bébé-là, à cause de toi. »

Il va peut-être être fou, ce bébé-là, à cause de toi.

Elle avait cette manière de prendre notre main pour mieux nous montrer comment tracer une lettre, éplucher une pomme. Elle a obligé Louis à palper la fontanelle qui palpitait sous le duvet. Ensuite, nous, parrain et marraine, allions guetter pour voir si ce bébé-là allait être fou.

Il n'a pas demandé à naître plus que vous autres, ce bébé-là.

Pourquoi, pourquoi est-ce qu'on nous parlait de mort et de folie, comme si on pouvait comprendre des choses aussi graves à neuf et dix ans ?

Osler est parti, Doris est né à la fin de l'été. L'été 1957. L'été des mites. Notre mère enceinte fait son grand ménage et des nuées sortent de la chambre antimites. Un fléau sans nom, dirigé contre nous. Nos manteaux d'hiver, en laine bleu marine, ceinturon et capuchon rouges, l'habit de noces et la robe de mariée : les mites ont tout ravagé. Une plaie d'Égypte dans une vallée de larmes. Des poux dans nos rosiers, des chats qui viennent faire leurs besoins sous nos fenêtres, des papiers gras que les voisins demandent au vent de nous envoyer, avec la graine de leurs pissenlits, leurs feuilles d'automne, et maintenant les mites. Tout vient de chez eux, les Kulnicki, des « sans-dessein » qu'on toisait sans vergogne, qui vivaient dans un chalet alors que nous, de l'autre bord du chemin, nous habitions une authentique maison victorienne avec une tourelle, comme dans les contes.

L'été des mites, l'été des mannes dans les moustiquaires que notre père appelait *screens*. « Maurice ! soigne ton français devant tes enfants. » Il employait des mots anglais pour se défouler, *screens, sink, desk,* pour se venger des Anglais qui lui avaient enlevé un échelon de sous les pieds, qui l'avaient « barré » de l'échelle des salaires et dont la Couronne l'obligeait à « lécher les bottes ».

Les mannes sont des éphémères et les éphémères n'ont rien à voir avec la manne qui tombait en rosée dans le désert pour les Hébreux, mais à l'époque je confondais les deux. Mon mari, Salomon Simon, a reçu pendant des années une boîte de manne d'Iran d'un de ses anciens élèves au Douglas Hospital. Les élèves de Salomon l'aimaient comme un père.

En ces années d'avant Salomon, dans ces limbes d'avant Montréal, nous jouions à faire des galettes au bord du fleuve Saint-Laurent. Ce qu'Osler appelait « faire des ricochets ». Nous étions les seuls enfants dans les environs à part les Kulnicki, à qui on avait déjà cessé de parler quand Doris est né, à cause d'un incident entre Louis et l'aîné des Kulnicki sur la patinoire de hockey. On pourrait penser que nous vivions dans une société dite « multiculturelle » puisque habitaient, au-dessus de nos têtes, un homme d'origine belge nommé Osler et, en face de chez nous, ces Kulnicki que nos parents croyaient être des « immigrants ». Mais ce n'était pas le cas. Je me suis fait dire des années plus tard par Christian Kulnicki, un grand metteur en scène qui a adapté un de mes contes pour le théâtre, qu'un certain Koulnitzszy serait arrivé ici avec un régiment de mercenaires, au XVIIIe siècle, qu'il aurait épousé une Canadienne française et que tous les Kulnicki du Canada descendraient de cet homme.

Le bord de l'eau sentait le bois pourri, l'huile à bateau. Les vaguelettes bruissaient au passage des paquebots à cheminées qui s'avançaient vers le port de Montréal. Tout cela a disparu avec la canalisation du Saint-Laurent, la construction d'une route transcanadienne. Avant la canalisation, les inondations étaient annuelles comme les crues du Nil, les eaux montaient dans les jardins, alimentaient les grands saules. Au printemps, on se déplaçait en chaloupe dans la rue. Notre père chaussait ses bottes de pêche pour descendre à la cave. Durant l'été, il amarrait la chaloupe au bout de la rue pour aller à la pêche avec Osler, avant le lever du soleil. Notre mère faisait pousser des fraises et des framboises au bord du fleuve. On jouait dans les terrains vagues, près des fils barbelés et des baraques de l'armée canadienne. Louis réussissait des « galettes » de dix coups. Jamais Doris n'a réussi le moindre ricochet. Il n'a pas connu Osler. Quand il est né, les travaux de canalisation du fleuve Saint-Laurent étaient déjà commencés. Rien n'était plus pareil, aux abords du grand fleuve tels qu'on peut les voir sur une aquarelle achetée par notre grand-père à un peintre local nommé Marc-Aurèle Fortin.

Notre grand-père Cardinal était un collectionneur de « Canadiana » et notre père a poursuivi sa collection. Selon Doris, c'est ce grand-père qui aurait posé une pancarte antisémite à l'entrée d'un village des Laurentides fondé par son père, Mardochée Cardinal.

Référendum : la veille

En 1980, il y a eu un premier référendum sur l'indépendance politique du Québec et, en 1995, il y en a eu un deuxième, dont les résultats ont été extrêmement serrés. Mes frères ne s'étant jamais accordés, il est en quelque sorte normal qu'ils aient adopté en vieillissant des positions politiques opposées. Le lendemain du deuxième référendum, ils se sont chicanés et cela a eu des conséquences.

Dès le départ de la campagne qui a précédé le deuxième référendum, Doris a commencé à dire que, personnellement, il en avait fini avec cette question de l'indépendance, que cette question était anachronique, qu'elle l'« envahissait », qu'on avait le droit de ne pas s'y intéresser. Personne ne l'obligeait à se prononcer sur la question de l'indépendance du Québec hors de l'espace sacré de l'isoloir. Mais il se sentait soupçonné, il avait besoin de s'expliquer et de se soulager la conscience.

Dès qu'il a su faire une phrase, Doris a été traité de menteur par notre père. Il est impossible de déterminer s'il a fabulé en premier ou s'il a fabulé après s'être fait traiter de menteur en ayant dit la vérité. Même moi, qui ai pourtant assisté à chaque minute de son enfance, je ne saurais dire à quel moment ni pourquoi notre père a commencé à mettre ses paroles en doute, à se méfier de lui, puis à le traiter carrément de menteur. Il nous semble normal aujourd'hui qu'un enfant de deux ans ne fasse pas de distinction entre la vérité et la fiction, qu'un enfant qui fait pipi par terre dise que ce n'est pas lui qui a fait cette monstruosité, parce qu'il a peur de la punition, parce qu'il a conscience que ce n'est pas sa volonté qui a causé cette erreur honteuse de ses sphincters. L'esprit humain est naturellement fabulateur. Mais cette donnée élémentaire n'avait pas rejoint le monde dont était issu notre père, pour qui la psychologie, l'enfant, l'enfance, l'imagination étaient « des idées modernes ». Il croyait *vraiment* que Doris était « un menteur », que sa nature était mauvaise, qu'il était « sournois » de nature, hypocrite de naissance. « Tu mens. » Le verdict tombait. Et parce que le couperet pouvait toujours s'abattre, Doris avait peur, comme on avait peur de Staline, toutes proportions bien gardées. Et notre père, flairant sa peur, en concluait logiquement qu'il avait quelque chose à cacher. Je ne sais pas comment on apprend ce que veulent dire des mots aussi importants que « mensonge » et « vérité ». Sans doute en se rendant compte qu'on nous a menti, ou qu'on peut mentir, comme le jour où j'ai imaginé que, si jamais ces Russes me sommaient d'abjurer ma foi catholique, le mensonge pourrait me sauver. Je sais par contre que mon frère Doris a appris le mot « mensonge » à force de se demander ce qu'il avait pu dire qu'on appelait « mensonge ». Est-ce à cause de son regard que notre père se méfiait de lui ? À cause de ses yeux qui ne se fixaient jamais sur rien et ne regardaient jamais *franchement* les autres ? Moins il était cru, moins il disait la vérité, non par malice, mais parce qu'il voulait éviter de se faire accuser. Il mentait pour se défendre, comme nous tous. Il arrangeait la réalité, disait le contraire de la vérité dans l'espoir d'être crédible puisque, quand il disait la vérité telle qu'elle était, il n'était pas cru. Un petit jeu comme il y en a d'autres, entre un adulte tout-puissant et un enfant confiant. Un petit jeu qui devient rapidement un enfer à moins qu'on ne tombe dans la fiction professionnelle. Avec les années, ça a pris l'allure d'une vraie chasse à l'homme. Notre père était obsédé par la fourberie de Doris. Il disait qu'il allait se retrouver à l'école de réforme, sur l'échafaud. Il le traquait, comme le chasseur à l'arbalète traque son ours, une terrible chasse, qu'il pratiquait avec fierté. Notre père n'était pas beau. Il avait un gros ventre, des verrues au visage. C'était un ancien blond, avec des cils et des sourcils très pâles, et une faiblesse aux yeux. Il pouvait donner l'impression de vivre dans l'approximation, mais il était au contraire un chasseur aux sens aiguisés, habitué à entendre et à voir des signes cachés dans les bois et les sous-bois. Il pouvait lire dans le secret du corps de Doris, détecter ses réflexes : non pas le clignement des paupières, mais l'effort pour ne pas cligner, des mécanismes que seul un adulte doté d'un caractère dissimulateur ou un schizophrène peut maîtriser, mais jamais un enfant de huit ou dix ans.

Et Louis avait la réputation d'avoir bon cœur. Notre père disait que Louis était *easy-going*. Il ne se méfiait pas de « son » Grand. Moi, j'étais une fille. Nous étions parrain et marraine, d'un autre niveau existentiel que Doris.

Ainsi, Doris est devenu un homme qui a besoin de prouver qu'il est franc et honnête, un homme qui, dès que le soupçon flotte, se sent obligé de dire ce qu'on ne lui a pas demandé. Il n'y a pas une grande différence entre se sentir soupçonné et se sentir coupable. Doris ne la faisait pas. C'est pourquoi, j'imagine, il éprouvait sur certaines questions des démangeaisons, des besoins de cracher, d'expulser ses intérieurs pour démontrer sa sincérité, comme ces gens qui se lavent trop les mains, ce qu'il faisait aussi, et il expectorait pour rien, par nervosité. Un homme assez peu apte à s'accommoder de la pression que ressent le citoyen à la fin des campagnes référendaires sur l'indépendance de sa nation. Que l'entité sécessionniste soit le Québec ou le Monténégro, qu'elle soit placée au centre belliqueux et balkanisé de l'Europe ou aux confins pacifiques de l'Amérique, la pression ressentie par les citoyens n'est pas fondamentalement différente.

Plus la campagne avançait, plus les sondages annonçaient que les deux camps seraient nez à nez. Et plus Doris disait en ricanant qu'il faisait partie des « mous », des « tabarnacos » : ploucs fréquentant les plages mexicaines bon marché, célèbres pour leur sabir, suspectés de mollesse politique.

« S'il y avait une seule bonne réponse aux référendums, disait-il avec un air baveux, est-ce qu'il y aurait autant de gens qui ne savent pas quoi répondre ? » Il honnissait le devoir de choisir entre noir et blanc, entre Oui et Non.

Quelques jours avant le deuxième référendum sur l'indépendance politique, des gens ont rapporté à Louis que Doris refusait de dire s'il allait voter pour ou contre la séparation du Québec, ce qui laissait clairement entendre qu'il allait voter contre. Un Cardinal !

« Il paraît que ton frère voterait Non ? »

C'étaient des gens qui ne pouvaient pas imaginer qu'on puisse refuser d'avoir son propre pays. Ils étaient scandalisés.

Pour Louis, la cause de l'indépendance, de la libération

du peuple québécois, le désir qu'il soit reconnu comme une nation au sein des autres nations, que sa culture soit connue dans le monde comme culture nationale, la certitude qu'il ne pourra conserver sa langue et sa culture sans obtenir le contrôle de son territoire politique, ces convictions claires et distinctes sont toujours restées claires et distinctes, elles n'ont jamais changé de nature.

Un médecin ne parle pas pour rien, un médecin ne s'énerve pas.

Il leur a répondu d'un air entendu : « Ça ne me surprend pas de Doris, il n'y a rien qui me surprend là-dedans de la part du Petit. »

Le Petit. Doris tolérait d'autant moins que Louis l'appelle « le Petit » qu'il *était* petit. Bas sur pattes. Court de bras. Né petit. Resté petit. Issu de petits Aubin, paysans de Normandie, de Loire et *tutti quanti*. Combien de fois ai-je été surprise de reconnaître Doris de loin par sa démarche, sa manière de gonfler le thorax, de regarder les autres de bas en haut, de refuser de toutes ses forces cette réalité : la hauteur de son corps ?

Et Louis était grand. Élancé et charpenté comme les Cardinal en général sauf notre père. Il était « bel homme » comme les frères de notre père, nos oncles Cardinal, du Bas-du-Fleuve, que nous voyions peu, à cause de brouilles. Je puis en témoigner de manière désintéressée : mon frère aîné était une belle pièce d'homme. Épaules larges, jarrets velus. Doris n'a trouvé sa beauté que plus tard. Pendant des années, il a caché son visage sous une barbe noire et drue qui lui donnait un air menaçant.

On a continué à appeler Doris le Petit et on n'aurait pas dû, et Louis moins que les autres. Doris était le benjamin. Quand il a été évident qu'il était le plus jeune, et qu'il resterait le plus petit (il n'y avait que notre mère d'aussi petite que lui), on aurait dû cesser de l'appeler comme ça, mais on a continué par habitude. Difficile de changer un surnom établi durant une enfance comme la nôtre, passée en commun et loin de tout. Quand Louis l'appelait le Petit, il exerçait son pouvoir d'aîné. Il reculait dans le temps de l'enfance. Les paliers qui séparent les époques s'écroulaient, comme un escalier s'écroule dans un incendie, et on se retrouvait avant l'âge de raison.

Le 29 octobre 1995, veille du deuxième référendum sur l'indépendance politique du Québec, le clan du Oui et le clan du Non étaient *fifty-fifty*. Chaque militant du Oui a été invité à convaincre un indécis.

Ce jour-là, mon frère Louis quitte son appartement d'Habitat 67, où il vit seul depuis une dizaine de jours, déjà, parce que sa femme, Virginia, vient de le quitter. Quelques jours avant le deuxième référendum, Virginia a fait ce qu'elle voulait faire depuis des années : se séparer, retrouver son indépendance sans explications. Voyant cela, sa fille, Rosa Lou, quinze ans, est partie se réfugier chez son amie de toujours, Fatima, qui était elle aussi aux prises avec ses parents. Son père avait décidé de changer de sexe. Mais nous ne savions rien de cela. En vérité, nous ne pensions guère à Rosa Lou. Elle faisait tout pour se faire oublier, pour ne pas nous déranger.

La veille du grand jour, outragé par le départ de Virginia, Louis met sa veste de cuir, enfourche sa vieille BMW et s'amène en trombe et sans prévenir chez Doris, qu'il considère comme le chouchou, le confident, le protégé de Virginia. Il pense que Doris a aidé Virginia à se séparer de lui, qu'il l'a encouragée, que les deux sont depuis des années ligués contre lui. Il apporte la caisse de bière de rigueur la veille d'un vote. Il frappe à la porte d'en arrière, comme à l'époque de nos grands-parents Aubin.

Ils n'ont pas parlé de Virginia ce soir-là. Doris s'est contenté d'écouter le plaidoyer du Grand, comme il avait écouté le plaidoyer contraire de Salomon la veille. Il était sincèrement « indécis ». Il faisait partie du marais, des personnes irritées de ne pas comprendre de quelles statistiques on débattait depuis six semaines, honorées qu'on leur demande leur avis, étonnées qu'on les sollicite à la porte, par téléphone, étourdies par les avis contradictoires et les exhortations de plus en plus péremptoires de part et d'autre, par les menaces, les peurs, les culpabilisations, les rafales de chiffres, les mensonges, les accusations de mensonge, les campagnes de publicité, les fameuses commandites sur lesquelles on allait revenir pendant plus d'une décennie, et pour finir par ces Anglais d'Ottawa et de Toronto qui se pointent tambour battant avec leurs drapeaux, en autobus nolisés payés avec l'argent public, dans les jours précédant le grand soir. La politique.

Doris voulait honnêtement exercer son jugement comme citoyen. Comme un juge de la Cour suprême. Soupeser les plateaux seul face à sa conscience morale, scrupuleusement et en secret, en vrai sujet philosophique. En éternel suspect.

Mais il avait perdu la foi, comme Paul Claudel l'a reçue en touchant au pilier d'une cathédrale, dit-on. Au premier référendum, il avait voté Oui, comme nous tous. Mais le temps avait passé. L'histoire telle qu'on la lui avait racontée, l'histoire de nos ancêtres s'était évaporée. Il en énumérait les leitmotivs sur les doigts de la main, d'un ton aigre : la défaite des plaines d'Abraham, les Patriotes de 1837, la confédération des chemins de fer, la nuit durant laquelle le leader indépendantiste René Lévesque a été trahi par les

Anglais, « toutes ces affaires-là », disait-il en haussant les épaules, comme s'il comprenait et connaissait si bien que ça l'histoire du Canada, l'histoire du Québec, le détail si complexe des relations fédérales-provinciales et de leur comptabilité.

Il se décevait lui-même de ne pas être comme les autres, de ne pas être à l'unisson, de ne pas être enthousiasmé par le rêve que nos familles maternelle et paternelle caressaient depuis trois ou quatre générations. Ce n'était pas son rêve et il ne pouvait pas le cacher. Il avait désappris à mentir.

Louis est reparti vers onze heures du soir : « En tout cas. J'ai fait ce que j'avais à faire… » Il a terminé sa vigile dans un bar, avec les gens du Oui. « Demain, un des derniers peuples sans pays va avoir son pays. On va gagner. Il faut qu'on gagne ! »

Il est allé regarder les résultats avec ses amis.

Salomon et moi, nous ne savions pas que Virginia était partie. Depuis le temps qu'elle en parlait ! Louis était tellement insulté qu'il ne nous l'a pas dit, à nous, les deux personnes les plus proches d'eux depuis vingt-cinq ans. C'est l'occasion que Virginia avait choisie pour partir qu'il ne digérait pas et n'a jamais pardonnée.

Devant la possibilité bien réelle que le Québec se sépare du Canada, un certain John Honderich, propriétaire du *Toronto Star*, avait nolisé dix autobus en partance d'Ottawa, pour que les Ontariens et le *rest of Canada* viennent à Montréal exprimer leur amour aux Québécois, nous supplier de ne pas briser leur pays, de respecter sa devise : *A mari usque ad mare*. Des cousins de Virginia, des ex-mcluhaniens recyclés dans les *cultural studies*, en ont profité. Ils savaient que leur cousine habitait une œuvre d'art, un des plus beaux lieux de Montréal, ils pensaient crécher chez elle. Louis les a mis à la porte. Et Virginia est partie avec eux.

« Qu'elle aille au diable avec les Blokes, si elle les aime tant que ça », criait Louis. Rosa Lou l'écoutait, mais il ne la voyait pas. Que Virginia soit partie de cette manière-là prouvait qu'elle ne l'avait jamais aimé, lui, individu de sexe mâle, esprit masculin dans un corps masculin. Elle avait juste voulu mettre son nez d'Anglaise dans une famille canadienne-française. Il s'est mis à la haïr, en une seconde, à la traiter de « maudite Anglaise de la montagne ». Et Rosa Lou se taisait, mais elle pensait que son père était raciste, que traiter sa mère de maudite Anglaise, c'était du racisme antianglais.

Dépenses camouflées, votes influencés, référendum volé. Recomptages, accusations. On allait en parler pendant des années, encore… La politique.

Le syndrome du *fifty-fifty* était parmi nous. Après ça, il y a eu Al Gore et George W. Bush. López Obrador et Calderón. Le référendum sur l'Europe en France. Comme si le système de l'argumentation occidentale était dans une impasse. *Fifty-fifty*. Comme si le néant nous montrait son visage.

Montréal

Si je n'avais pas rencontré, en 1961, aux cours du samedi matin de l'École des beaux-arts de Montréal, celle qui a été pendant si longtemps ma seule amie, la sœur que je n'avais pas, Virginia Higgins, si je n'avais pas été pour elle la sœur qu'elle n'avait pas, ma vie et celle de mes frères n'auraient pas été les mêmes puisque Virginia n'aurait pas épousé Louis. Je n'aurais pas non plus épousé, beaucoup plus tard, et pour mon plus grand bonheur, Salomon Simon, que j'ai rencontré là aussi, à l'École des beaux-arts de Montréal, ces années-là.

Même si ça semble tiré par les cheveux, je dirais que Montréal a joué un rôle dans la chicane. Une ville peut évidemment jouer un grand rôle dans la vie des humains, les modifier.

Quand on vivait tous les trois, Louis, moi et Doris (par ordre de naissance), dans la maison au bord du fleuve, on regardait Montréal, en face, qui s'étendait jusqu'au loin, vers l'ouest. Sa silhouette parfois embrumée, parfois claire, les lumières lointaines dans la nuit. On discernait la montagne, l'édifice Aldred, la Sun Life, l'église Bonsecours, la cathédrale, et les clochers d'Hochelaga où Louis avait été baptisé. Il tirait une supériorité d'être né dans la fumée des manufactures, dans une « maison à appartements », sur le macadam.

À cette époque si lointaine, Montréal était la ville des cent clochers, la ville de synagogues que nous ignorions, mais on n'y voyait encore ni temples sikhs ni mosquées. La Terre n'était pas encerclée par une Toile invisible et les portes des pays riches n'étaient pas encore verrouillées à double tour. Montréal était une ville austère, nordique, grise chez les riches et rouge chez les pauvres, une ville pauvre qui n'avait pas encore développé son sex-appeal de ville pauvre. Une ville fermée, avec des restaurants fermés, des tavernes fermées, des bars fermés. Aucune terrasse. La dernière grande ville aux confins de l'Amérique du Nord. Une ville séparée en deux langues. N'oublions pas que la plupart des amis de Salomon n'avaient jamais *entendu* parler français avant l'âge de quinze ou seize ans. Ils vivaient en anglais dans l'Ouest et n'en sortaient que par la route du Sud, qui mène droit à Plattsburgh et à New York. Salomon passait ses vacances dans le Bronx, où habitaient alors la jumelle de sa mère, Ida, et son mari Otto. Il n'avait jamais vu la ville de Québec ni le reste du Québec avant de nous rencontrer. Il vivait dans l'axe New York-Montréal. Et d'ailleurs, sa mère est partie à New York, habiter chez sa jumelle identique, après le deuxième référendum sur l'indépendance politique du Québec, que nous appellerons dorénavant le DRIPQ, pour faire plus court.

Au-delà de ce territoire vivaient de vagues tribus de *French Canadians,* fermés comme des huîtres et butés comme des buses.

Nous. Nous qui, avant d'avoir l'âge de traverser seuls le pont Jacques-Cartier, ne venions à Montréal qu'une fois par mois, assister à la messe du dimanche dite par notre oncle jésuite, un homme qui était allé en mission au Japon.

Chez nos grands-parents Aubin, le dimanche midi, on mangeait de la soupe aux légumes, de la fesse de porc aux patates jaunes et de la tarte aux pommes « à la mode ». Ce que Louis a toujours tenu à appeler la « *civilisation* canadienne-française ».

Notre grand-père Aubin avait été vendeur d'articles religieux chez Dupuis Frères quand il était jeune. Longtemps après s'être marié, il s'est lancé avec son frère dans le commerce des fleurs et il a gagné beaucoup d'argent grâce aux talents de ma grand-mère, à son goût pour l'art. On ne connaissait personne d'autre à Montréal que ces grands-parents, leurs enfants, les enfants de leurs enfants, qui nous faisaient un peu pitié parce qu'ils vivaient sur le macadam, un mot dont notre père nous avait expliqué qu'il venait de McAdam, un Anglais de toute évidence (en réalité un Écossais). Nous avions l'insigne supériorité de vivre sous les ormes et les grands saules, sur la rive sud du fleuve Saint-Laurent qu'on n'appelait pas encore « banlieue », encore moins « 4-5-0 », mais « Montréal-Sud ».

En 1961, à quatorze ans, j'ai obtenu la permission de prendre l'autobus le samedi matin pour aller suivre des cours à l'École des beaux-arts de Montréal. Notre grand-mère Aubin avait transmis à notre mère son amour des belles choses. Notre mère avait d'inassouvissables désirs d'ascension sociale et elle aimait l'art comme elle avait la foi en Dieu et comme elle aimait ses enfants. De tout son cœur. L'amour de l'art, si critiqué de nos jours, m'a sauvé la vie en l'incitant à courir le très grand risque d'autoriser sa fille à prendre l'autobus, l'autobus vide, bringuebalant et joyeux, qui filait allégrement vers la grande ville, au-dessus des remous du fleuve que le remblayage de l'Exposition universelle de 1967 n'avait pas encore réduit à n'être qu'un filet, une ombre du dieu fleuve. Cela, et tout ce qui s'ensuivra de rencontres et de métamorphoses, je le dois à l'art qui sauve la vie et vit dans les villes.

Et en cette même année 1961, quand Salomon a eu quinze ans, sa mère, une femme aux yeux et aux cheveux noirs comme l'ébène, à la peau blanche comme un drap, si belle qu'elle aurait pu être actrice, si élégante qu'elle aurait pu être ballerine ou mannequin, mais qui se consacrait exclusivement à son mari et à son fils, l'a inscrit aux cours du samedi matin de l'École des beaux-arts de Montréal pour qu'il parle la langue française.

Salomon avait deux langues natales, aussi natales l'une que l'autre, et refusait de choisir entre les deux parce qu'on ne choisit pas entre son père et sa mère. Son père était comptable au ministère canadien du Revenu, il parlait « les deux langues ». Sa mère faisait de la traduction à la maison, elle parlait « les deux langues ». Ses parents parlaient l'anglais ou le français indifféremment, sans préférence, sans mêler les deux, avec une discipline de fer. Il n'y a jamais eu une seconde de discordance dans leur duo. Ils s'échangeaient les langues comme des musiciens font des vocalises. Avec son père, Salomon a toujours parlé uniquement anglais et il n'a jamais parlé à sa mère et à sa tante qu'en français. La seule consigne était de ne jamais employer un terme anglais en français, et vice versa. Quand Salomon parlait avec son père, il prononçait son nom en anglais : *Solomonn Saillmonn* et, avec sa mère, il le prononçait en français. Une éducation dont il était fier.

Mais l'anglais avait tendance à l'emporter sur le français dans son cerveau bilingue, à cause des amis qu'il s'était faits, rue Clarendale, rue Hampton, dans l'ouest de Notre-Dame-de-Grâce, et à cause de la décision de mes beaux-parents de l'envoyer à l'école anglo-protestante parce que les catholiques ne voulaient pas de lui et que, étant athées, et juifs, ils ne voulaient pas de crucifix dans l'éducation de leur fils unique.

Je regardais depuis si longtemps la silhouette tutélaire du pont Jacques-Cartier. Mon instinct me disait que ma vie allait prendre une autre couleur, que la grisaille allait se colorer quand j'en franchirais la voie royale par mes propres moyens. Et c'est bien ce qui est arrivé. J'ai rencontré Salomon Simon et Virginia Higgins, qui ne se connaissaient pas mais qui étaient les deux seuls Anglais de cette classe du samedi matin de l'École des beaux-arts — ce que « nous » appelions des « Anglais ». Des Anglais qui affirmaient qu'ils n'étaient pas anglais et qui parlaient français. On est curieux de tout à cet âge. Ce qui s'entrouvrait au bout d'une simple balade en autobus était le contraire de toute réalité connue. C'était le nouveau, le rare nouveau auquel notre locataire d'en haut, Rainier-Léopold Osler, nous avait initiés, Louis et moi.

Nous sommes devenus amis dès le premier jour et, pour tous les trois, cette amitié, dont l'improbabilité et la nouveauté ne nous ont jamais échappé, dont l'improbabilité est toujours restée présente à notre esprit et l'a toujours rendue précieuse, cette amitié était un don, un cadeau de la ville même, à cet âge où l'on est si avide, si pressé de traverser vers l'autre rive de la vie.

Salomon était un grand et gros garçon à lunettes qui passait le plus clair de son temps à lire sur le balcon de ses parents, à lire dans l'autobus, à l'école, partout. Il avait un corps de lecteur, un corps de personne qui reste assise toute la journée. Le teint doré, de la couleur de la tire Sainte-Catherine, pour ceux à qui cela rappelle quelque chose. Les cheveux noirs de sa mère. Un nez épaté, des lèvres épaisses.

Il portait des chaussettes blanches, un coupe-vent sport comme « les Anglais » qui allaient au *high school* et qu'on croisait dans l'autobus. J'ai mis du temps à apprendre qu'il était juif.

Virginia, qui habitait quelque part près de la montagne, n'en savait guère plus que moi. Elle savait que les juifs n'étaient admis à l'Université McGill que sous réserve de certains quotas du temps où son grand-père y enseignait la *common law*. Que les clientes juives se faisaient faire des robes extrêmement coûteuses pour les bar mitzvah dans l'atelier de couture où travaillait sa mère.

Ceux que nous appelions les Anglais pouvaient être étrangers entre eux et ils pouvaient parler français. Ce qui était fabuleux, c'était de tenir la preuve que les parents ne savaient pas tout. La preuve qu'il y avait un autre Montréal et un autre monde que le leur. Un autre Montréal que celui de nos expéditions en famille quelque dix rues à l'est de l'École des beaux-arts.

Je me souviens de l'instant où, dans cette classe des Beaux-Arts, Virginia Higgins a fait son entrée. De mon éblouissement. De son élégance. De sa supériorité. À cause de son incandescence, le charme de Virginia était appelé à ternir. Mais à cette époque, nous n'aurions jamais pensé que cela était possible. J'ai tout de suite voulu être elle. Ses cheveux épais, frisés, d'un blond florentin, le blond de Titien et de Véronèse, foisonnaient dans son dos et lui faisaient une crinière léonine, électrique. Son petit visage pointu était si blanc, si lumineux qu'il semblait surnaturel. Ses yeux ronds, très bleus, ses sourcils arqués lui donnaient une expression *effrayée,* sur le qui-vive, que je n'ai détectée que des années après, en la reconnaissant, trop tard, dans une œuvre d'art.

Et moi! Moi, avec mes tresses serrées et ma frange trop courte, mes bas beiges et ces couvre-chaussures appelés « rainettes » à peu près disparus aujourd'hui sauf chez les femmes hassidiques que je vois en porter, identiques aux nôtres…

La déesse est venue s'asseoir à la dernière place libre, entre moi et Salomon, que je ne connaissais pas encore. Elle m'a demandé mon nom avec une grâce inimaginable, un accent que je n'avais jusqu'alors entendu qu'à la radio, et encore. Madame allait au Collège Marie de France, un collège français de France où l'on n'était pas obligé de recevoir des cours de religion. Et j'ai appris qu'elle n'était pas française mais pas anglaise non plus, et j'ai appris l'existence des artichauts, d'Arcachon, d'une moutarde de Dijon qui était la seule vraie moutarde, et d'une langue française des environs de Tours, qui était la plus belle et la plus pure. J'ai appris que ce qui n'avait jusque-là existé que dans la bouche d'Osler, dans les livres que j'empruntais à la bibliothèque qu'il avait fondée dans le sous-sol de l'église, existait à Montréal même. J'ai pris l'autobus 165 par mes propres moyens, j'ai vu de mes yeux vu, en passant, l'appartement de Virginia et de ses parents, je suis allée vérifier par moi-même l'existence effective de ce Collège Marie de France. Même si je sentais qu'il est ridicule et impossible de changer d'accent, je suis devenue incapable de parler normalement. J'ai perdu mon naturel et, comme ma mère quand elle parlait avec Osler, j'ai changé mon accent, quitte à faire rire de moi par mes frères, et n'ai plus jamais été capable de le fixer — je change selon l'interlocuteur comme un crapaud qui prend la couleur des feuilles.

Changer. Se transformer. Avec mon flair, mes modestes économies, je me procurerais moi aussi un tailleur de tweed, des gants en peau de porc, des souliers à talons hauts et des bas nylon. Virginia a tout de suite consenti à être ma grande sœur, mon modèle de beauté et ma conseillère de mode. Elle aimait partager ce qu'elle savait. C'est après, avec les rides, et avec Rosa Lou, qu'est venu ce qui devait fatalement venir : la jalousie, la mesquinerie, la compétition.

Comment Virginia avait-elle arraché à sa mère la permission d'aller à l'École des beaux-arts, lieu de perdition francophone, y suivre les cours d'un barbu séparatiste ? Cela reste un aussi grand mystère que de comprendre comment j'ai réussi de mon côté à traverser le fleuve Saint-Laurent. La vie est faite de chances et de malchances. Pour elle comme pour moi, une porte de plomb oscille sur ses gonds avec cette permission de prendre l'autobus Sherbrooke, elle vers l'est et moi vers l'ouest, jusqu'à l'École des beaux-arts où nous nous rencontrons.

Je suis leur première *French Canadian* et Virginia désire depuis qu'elle est jeune rencontrer ces *French Canadians* honnis par ses parents, dont elle écoute le patois à la radio, dont la présence s'impose, en ces années-là, dans les boîtes à chansons, éclate dans les boîtes à lettres et les édifices du gouvernement canadien, dans les garnisons de Sa Majesté la reine des Anglais, ces impérialistes dont elle condamne les politiques, refuse l'héritage.

Et nous sommes les premières filles dans la vie de Salomon. C'est comme ça qu'il nous appelait : « les filles ». Il se sentait miraculeusement à l'aise avec nous, qui ne savions ni a ni b du baseball et du football. Sa finesse, sa douceur masculine pouvaient se manifester sans crainte. Son visage avait une expression bienveillante, un soupçon de tristesse. J'ai tout de suite aimé la commisération avec laquelle Salomon Simon parlait des personnages des romans qu'il lisait,

sa manière de considérer notre pauvre humanité avec déso-
lation, sa sollicitude. Mystère des amitiés et miracle des rencontres. Dans les grandes salles aux plafonds hauts, on faisait du fusain, on expérimentait la couleur et la forme, mais
ce n'était pas ce qui nous intéressait. Ce qui était grisant,
c'étaient les êtres humains, les Montréals, les gens auxquels
nos parents n'avaient pas accès parce qu'ils respectaient des
frontières que nous franchissions comme de rien, sans
qu'ils le sachent. C'est ça qui nous plaisait à tous les trois,
c'est ça qui était fabuleux.

Nous sommes devenus en peu de temps assez amis
pour aller manger chez Mister Steer après les cours. Et puis
Salomon se dépêchait de se rendre chez un ami de son
grand-père maternel qui tenait à lui enseigner l'hébreu
moderne. Virginia payait souvent une partie de l'addition.
Elle avait de l'argent de poche à volonté. Non qu'elle ait été
riche. Son père était un professeur d'anglais à la retraite.
Elle n'était pas plus riche que nous, mais pendant les vingt-
cinq ans de son mariage avec mon frère, tout le monde,
dans la famille Cardinal comme dans la famille Aubin, allait
rester convaincu qu'en Anglaise hypocrite elle cachait de
l'argent, qu'elle était avare.

Plus tard, je m'inscris en lettres anglaises à l'université francophone et Virginia en lettres françaises à l'université anglophone. Il ne me serait jamais venu à l'idée
d'aller à l'Université McGill et, au Collège Marie de
France, la directrice déconseillait l'université « canadienne-
française » pour la raison bien connue que nous, Canadiens
français, parlerions mal le français.

Salomon, qui étudiait déjà à McGill, a introduit Virginia auprès de la rédaction d'un journal étudiant favorable

aux *French Canadians*. La chose existait. Tout existait. Virginia a travaillé comme photographe pour eux pendant un an. Sous haute surveillance, en butte à des inquisitions maintenant inimaginables, nous avons conquis ensemble Le Vito, Le Pam Pam, La Casa espagnole, le Chat Noir, des lieux bien insignifiants, aussi extraordinaires pour nous que le Pérou pour Pizarro. Virginia connaissait maintenant mieux que moi, qui étudiais l'anglais, nos poètes, nos chansonniers, les pièces de théâtre qu'on jouait à Montrèal. Elle essayait de parler joual, de sacrer en « québécois ». On a commencé à employer le mot « Québécois » pour désigner les Canadiens français. Et elle avait un but fixe : rencontrer un « Québécois ». Elle était obsédée par le désir de perdre sa virginité, à cause de son signe astrologique, la Vierge, et du prénom que ses parents lui avaient donné, comme pour insister sur ce signe infâmant pour une femme née en 1947. Seul un Québécois pouvait la délivrer de son sort. Dans mon cas, c'était réglé. Le prince qui me réveillerait serait Osler à sa sortie de prison. C'étaient ces choses capitales qui nous occupaient, en cette fin des années 60. Le bouillonnement qui nous entourait, l'homme qui nous libérerait.

En 1969, après la manifestation « McGill français » organisée par l'Union générale des étudiants du Québec pour protester contre un projet de loi défavorable au français et contre l'unilinguisme anglais pratiqué dans l'université la plus riche de Montréal, Virginia a quitté le journal parce qu'elle était plus radicale que les autres, mais surtout parce qu'elle avait rencontré un vrai séparatiste en la personne de mon frère Louis.

Louis n'avait pas le droit d'aller à une manifestation comme celle-là, à cause de son casier judiciaire. Mais il m'avait dit qu'il irait quand même et j'ai donné rendez-vous à Virginia devant le Bourgeois de Calais de la rue Sherbrooke, où je savais qu'il avait rendez-vous. Elle me pressait de lui présenter mon frère. Les présentations étaient une règle qui fonctionnait encore dans nos milieux. Et la manœuvre a fonctionné, pour le meilleur et pour le pire. Avec son Nikon F, son sac d'objectifs et de posemètres, Virginia l'a tout de suite intrigué. Elle prenait des photos, le visage caché derrière son appareil. Il ne pouvait voir que ses longs doigts aux phalanges délicates, les ongles qu'elle polissait pour qu'ils brillent. Elle portait ce jour-là des demi-gants en cuir, le costume rayé et la cravate de son grand-père décédé, sa chemise blanche et ses boutons de manchette en or. Elle pouvait se le permettre, elle était la féminité incarnée. Elle était aussi le genre de femme à défendre l'idée qu'il est à la portée de toutes de profiter du confort masculin, de jouir du poids léger de ces vestes de laine doublées de satin, de la fraîcheur du coton bien repassé des chemises masculines. L'idée de s'emparer des privilèges des hommes.

Louis a tout de suite réussi ce que lui seul aura su faire : faire rire Virginia. Il avait « le tour » avec « les femmes ». Il sortait de sa manche une panoplie de blagues de goûts variés, qui venaient en partie de notre père. Celles de notre père étaient grossières et déplacées, des jeux de mots saugrenus, des cascades de calembours qui laissaient les gens mal à l'aise. Les blagues de Louis venaient du même fond masculin et douteux. Mais il savait les accommoder.

C'est comme ça qu'ils se sont rencontrés. La première photo de Louis prise par Virginia, celle où l'on voit de manière si saisissante qu'ils vont coucher ensemble, comme si le visage de Louis était aspiré dans l'objectif de Virginia, comme si ses yeux regardaient le tube de l'appareil pour y pénétrer tout entier, cette photo a été prise le 28 mars 1969, au début de la manifestation contre les privilèges, la richesse, l'unilinguisme de l'Université McGill, et contre la loi linguistique que l'on s'apprêtait à faire passer au sujet des écoles où iraient les immigrants arrivant à Montréal.

Après ce jour, Virginia ne photographiera plus jamais d'événements politiques, elle abandonnera le journalisme et le reportage et se consacrera aux visages. De tous ces visages, celui de Louis est le premier. Quand le visage de mon frère apparaissait dans son bac d'acide, il était invariablement joyeux. Et Virginia, pendant des années, ensuite, va dire que ce n'est pas ce qu'elle cherche, qu'elle veut capter la tristesse du visage de mon frère. Et pour deviner la tristesse derrière le sourire de mon frère, il fallait être plus sensible que la majorité des gens. Elle s'exerçait à devenir une plaque sensible, à faire de son appareil une extension de son corps. Elle captait son visage mobile, changeant comme la surface d'un lac, à l'instant où son sourire se changeait en grimace, à l'instant où son visage exprimait une tristesse dont il n'était pas conscient.

C'est le premier homme par lequel elle se laisse regarder. Et le dernier, malgré les « amants » qu'elle déclarera avoir après son divorce. Si elle est devenue photographe, c'est bien parce qu'elle ne supportait pas d'être l'objet du regard des autres, en particulier celui des hommes. Elle voulait être le sujet regardant.

Louis sortait régulièrement avec une fille, mais dès ce soir-là il l'a trompée avec Virginia même s'ils n'ont pas fait l'amour — du moins Virginia m'a dit qu'ils ne l'avaient pas fait. Nous nous disions tout, mais elle avait un autre rapport que nous avec la vérité. Elle savait pratiquer le sous-entendu, l'omission, techniques d'autodéfense que nous ignorions. Elle n'a pas caché à Louis qu'elle était de « langue paternelle anglaise », qu'elle vivait dans un quartier anglais. Mais il n'a rien demandé. Il pensait qu'elle était française parce qu'elle allait au Collège Marie de France et il ne l'a jamais considérée comme une Anglaise, pas une seule fois avant le DRIPQ. D'ailleurs était-elle française ou anglaise ? Son grand-père maternel était consul de France en Virginie, sa mère était née en Virginie et avait vécu dans les consulats, à l'ambassade de France à Washington, parcelles de territoire plus françaises que la France, concentrés de la France. Et son grand-père paternel était né en Angleterre, mais je crois qu'il n'était pas anglais mais écossais, une nuance qui, hélas, m'échappait à l'époque.

Louis n'a pas dit non plus à Virginia qu'il avait fait dix mois de pénitencier, c'était un sujet tabou.

Le matin du 24 février 1966, mon frère Louis s'est fait prendre au volant d'une voiture volée. Il venait de déposer Osler devant l'édifice de l'Impôt sur le revenu du Canada, sans savoir qu'Osler transportait une bombe dans son sac, bombe fabriquée de ses propres mains, avec huit bâtons de dynamite provenant des chantiers de l'Exposition universelle de Montréal et un réveille-matin Westclock. Après avoir laissé Osler, il a failli écraser une vieille dame et, au lieu de filer comme un salaud, il s'est arrêté pour voir si elle était blessée. La police avait le numéro de plaques de l'auto. Le juge a tenu compte de sa bonne conduite. Mais il avait « un casier ».

Et c'est pour ça qu'il s'est sauvé quand l'Université McGill a fait appel aux forces de l'ordre, le jour de la manifestation « McGill français ». Il a pris Virginia par le bras, ils ont couru vers la rue Milton et sont entrés dans une épicerie pour étudiants qui se trouve encore là sauf erreur. Ils ont acheté de la bière et sont allés la boire là où habitait Louis, au fin fond de Rosemont, où Virginia n'avait jamais mis les pieds malgré son amour pour les Canadiens français. De même que, malgré son charme, elle ne s'était jamais retrouvée seule avec un garçon avant Louis, parce qu'elle était réservée, elle avait un mélange de charme et de pudeur qui, à la longue, s'est révélé aussi délétère qu'un parfum qui empoisonnerait la fleur qui le sécrète et le répand.

Je suis restée seule dans la foule des dix mille étudiants qui marchaient dans la rue Sherbrooke. Mais je n'étais jamais seule ! J'avais Osler, sa voix sur un enregistrement qu'il avait fait, pour moi, sur un magnétophone à bande.

Est-ce qu'on scandait déjà « Québécois/nous sommes québécois/le Québec aux Québécois » ? Je ne sais pas. Époque qui dure une trentaine, une quarantaine d'années. Après quoi, le mot « Québécois » change de sens. Ni Virginia ni Salomon, il me semble, n'auraient spontanément employé le mot « québécois » pour se décrire, ce jour-là. Le mot, il me semble, nous désignait, nous, les anciens Canadiens français. Je dis « il me semble », mais je ne l'aurais pas dit à l'époque. Je l'aurais affirmé.

Je ne sais pas si j'étais contente que Virginia parte avec Louis. Nous n'étions pas proches l'un de l'autre, pas plus que nous n'étions proches de Doris. Et peut-être nous serions-nous tout simplement éloignés les uns des autres, mes frères et moi, si Virginia n'avait pas rencontré Louis. Mais, à partir de ce moment, nous avons au contraire été amenés à nous fréquenter dans le petit groupe qui s'est formé, dont le noyau était constitué de Virginia, de Salomon, de Louis et de moi. Doris est arrivé plus tard. Comme tous les petits groupes, nous avions notre lieu, le Café Prague de la rue Bishop, un entresol où chantait un Breton maintenant décédé. Des amis de Louis, des amis de Salomon, qui ne se parlaient pas nécessairement entre eux, venaient souvent nous rejoindre. Virginia et moi, nous étions les deux seules filles, chacune, à sa manière, inatteignable.

Ils se sont mariés au mois de décembre 1970. La réception a eu lieu sous le haut plafond du restaurant Hélène de Champlain de l'île Sainte-Hélène. Mes deux amis se sont trouvés projetés dans ma famille. Salomon était placé à côté de Doris. Il a naturellement engagé la conversation avec lui. Doris, à treize ans, encore imberbe, si seul, dans ses habits du dimanche, ce jour-là.

Salomon lui a raconté comment son père, Dave, avait longtemps milité au sein des syndicats de la fonction publique fédérale, comment Dave avait un cousin communiste qui s'était engagé dans le seul bataillon canadien parti combattre la Phalange et défendre la démocratie en Espagne, comment ce cousin avait rencontré Fidel Castro à Montréal en 1959, lui avait serré la main et avait été invité à La Havane, comment la mère de ce cousin avait épousé un homme qui avait des oncles ou des grands-oncles fondateurs de kibboutz en Israël ou comment sa grand-mère a rencontré Paul Robeson quand il était venu à Montréal à la Sala Rossa, et qui était Paul Robeson.

Doris buvait comme du petit-lait ce que Salomon racontait. Ces histoires de la famille de Salomon ont ouvert pour lui un chemin fabuleux, qui menait à un autre monde.

Salomon est aussi la première personne qui a dit devant Doris qu'il se pourrait que le nationalisme ne soit pas seulement un bienfait, que ses parents étaient « internationalistes ». On avait toujours entendu dire que l'être humain aime naturellement sa patrie et sa langue. Les mots d'ordre de Salomon : antinationalisme, respect de la démocratie. Durant son enfance, il avait fréquenté un camp d'été au Vermont, où il avait appris à chanter que son pays, c'est la terre entière, des hymnes qu'il a toute sa vie fredonnés sous la douche.

Louis acceptait que Salomon pense ce qu'il pense parce qu'il comprenait pourquoi il le pensait et parce que, dès le début, ils ont éprouvé de la sympathie l'un pour l'autre, ils « s'entendaient » bien. Ils discutaient et, quand ils en arrivaient à la conclusion qu'ils n'étaient pas d'accord, chacun s'arrêtait, et cela n'allait pas plus loin. Ils n'essayaient pas de se convaincre, de faire *changer* l'autre. Ils se faisaient confiance, jusqu'à acheter un triplex ensemble, rue Laurier, près de la rue de Gaspé.

Jusqu'au DRIPQ, l'amitié, la nouveauté, la curiosité et, on rira si on veut, la recherche du Bien étaient plus fortes que la politique dans le petit cercle. Que Salomon vote pour le Nouveau Parti démocratique du Canada et que Louis soit membre du Rassemblement pour l'indépendance nationale, du Mouvement souveraineté-association, du Parti québécois, cela ne créait pas de conflit. Nous étions tous athées. Nous découvrions le monde sans les œillères de la religion. On partageait une certaine idée de la société nouvelle que définissaient des mots comme « cogestion », « autogestion » et d'autres. Les « Anglais » qui n'étaient pas partis pour Toronto se sont mis au français. Les amis de Salomon qui baragouinaient le français ont fini par le parler très bien à notre contact et ils en étaient fiers. Cela les distinguait de leurs parents restés unilingues anglais, les y opposait.

Tout le monde admettait que le français serait la langue dans laquelle on vivrait. Les nationalistes et les non-nationalistes arrêtaient leurs discussions au point ultime, avec la même discipline qu'un couple qui utiliserait le *coitus interruptus*.

Mais Louis ne pouvait pas accepter que Doris reprenne les idées de Salomon.

Référendum : suite

Pourquoi est-ce qu'un frère aime son frère, veut aider son frère, le soutenir, s'inquiète pour lui, prend sa part ? Pourquoi est-ce que deux frères partagent une partie de leur vie, se considèrent comme soudés et solidaires ? Parce qu'ils ont le même père et la même mère.

Et pourquoi est-ce qu'un frère se pose en rival de son frère, annule le vote le plus important de la vie de son frère par une simple croix sur un bulletin référendaire ? Pour la même raison sans doute.

Quelques jours avant le deuxième référendum sur l'indépendance politique, Virginia a quitté Louis. « Il faut que je sauve ma peau », a-t-elle dit en partant. Rosa Lou la croyait. Elle acceptait vaillamment son sort. Est-ce qu'une fille peut empêcher sa mère de *sauver sa peau* ?

Virginia a déposé ses cousins torontois à la porte du YMCA et elle est allée dormir chez les femmes de la rue Waverly. Elle m'a téléphoné et, le lendemain, je suis allée chercher ses vêtements et d'autres affaires à Habitat 67. Rosa Lou était partie chez son amie Fatima. Mon frère était seul. Virginia n'est jamais retournée là-bas, dans sa ziggourat babylonienne, cette construction de Lego, cet appartement sublime dont la vue donnait sur la ville de Montréal d'un côté, sur le fleuve de l'autre.

Vingt-cinq ans de mariage. Dès le lendemain, elle allait mieux. Respirait mieux, mangeait mieux, vivait mieux.

Mais Louis a chuté.

Le parti indépendantiste a perdu le deuxième référendum par moins de un pour cent des voix.

Le soir de la défaite, le chef indépendantiste, qui était également premier ministre du Québec, a déclaré à la télévision que le camp du Oui avait été battu par l'argent et par des votes ethniques. Quiconque se trouvait au Québec ce soir-là se souviendra de ces mots toute sa vie. On peut, on pourra longtemps, en tapant les mots « argent », « ethnique », « Québec » sur le moteur Google, constater l'ampleur des réactions qu'ils ont suscitées. Ce soir-là, le « démon des origines » s'est échappé de la boîte.

Quand il a vu le référendum perdu, Louis a bu, il a piqué du nez, il a passé la nuit sur la corde à linge. Il avait tout perdu.

Et le lendemain matin, il est allé attendre Doris devant son magasin du Vieux-Montréal. Un matin grisâtre et venteux de novembre. Une lumière blafarde et sans issue. Le début de cet hiver 1995-1996 que je ne peux me rappeler sans angoisse.

« On a perdu à cause de vous autres. Tu vas me dire de quel bord t'as voté, toi, parce que si mon propre frère a annulé mon vote, hier, j'ai le droit de le savoir. »

Débraillé, fripé, des coulées de sel sur les joues, la barbe pas faite.

« On a perdu à cause de vous autres, bandes d'eunuques, on va rester colons, c'est ça que les gens veulent, ils vont l'avoir, mais *watch out* Ottawa. »

Il aurait dû venir chez nous en premier, mais non. Il voulait *savoir* de quel côté avait voté Doris. Si Doris avait annulé son vote, il voulait qu'il l'*avoue*.

« C'est ça qui est ça, Doris. Il y en a qui aiment mieux rester en dehors de l'Histoire avec un grand H. Dans les limbes. Dans l'incubateur. Comme les saints Innocents. Comme des eunuques, hein, Daurette ? »

« Eunuque », « Daurette » : des mots sortis du moulin à blagues de notre père qui traitait Doris d'eunuque pour essayer de lui faire dire si oui ou non il fréquentait les demoiselles.

« Les immigrants ne comprendront jamais. »

Les immigrants…

Mon frère aîné, le Dr Louis Cardinal, aurait prononcé, le lendemain du deuxième référendum, des paroles qu'il n'avait certainement pas besoin de prononcer.

Les immigrants…

« Il est venu me provoquer, a dit Doris plus tard. Il est venu laver son linge sale en famille, se défouler. Il sait très bien que je n'aime pas que les gens parlent des juifs d'une certaine manière. »

Les immigrants…

Inutile de le nier : on avait entendu ces choses-là des centaines de fois dans la bouche de mon père, de mes oncles, et dans celle de Louis : « Les immigrants ne peuvent pas comprendre le projet de l'indépendance du Québec. »

Le ton professionnel et paternel que prend le Dr Cardinal quand il veut expliquer la complexité de sa maladie à un ignorant.

« On ne réussira jamais à convaincre les immigrants, comprends-tu, mon vieux. Les immigrants n'ont pas le même passé que nous, qu'est-ce que tu veux… Ils n'ont pas souffert pour la langue française. Ils n'ont pas eu leurs ancêtres humiliés par les Anglais, leur père éjecté de la fonction publique *Canadian*. »

Difficile de se méfier d'une voix si chaleureuse, d'un visage si humain, si sensible, ouvert comme un grand livre. Inutile de nier le malaise. Au contraire, l'établir.

Nos parents employaient l'expression « c'est un immigrant », « les immigrants » pour désigner les Kulnicki, qu'ils croyaient immigrants. Mme Kulnicki, qui faisait le ménage et le lavage chez les autres et qui, pour laver les planchers et les toilettes, préférait rester nu-pieds. Travailler nu-pieds : c'était bien « une immigrante ! » disait notre mère. Être habillée « comme une immigrante » signifiait, pour elle et pour sa sœur, Paulette, porter un foulard de lainage *paisley* au lieu d'un chapeau de feutre, des bas noirs, une jupe qui dépasse du manteau, un manteau de drap, par opposition au manteau de fourrure que les femmes canadiennes-françaises achetaient dès qu'elles en avaient les moyens, à crédit s'il le fallait, parce que ça ne faisait pas « immigrant ». Et elles, elles nous voyaient comment, avec nos peaux de bêtes ? On ne se le demandait pas. Il était supérieur de s'habiller de fourrure. Et maintenant c'est le contraire.

Marcellus, Jazzar, Osler, Kulnicki : c'étaient les noms étrangers qu'on entendait quand on était jeunes, et deux de ces noms sont aujourd'hui bien connus à Montréal. Claudel Marcellus, le meilleur ami de Doris, est devenu danseur, il aurait été engagé dans une troupe flamande s'il ne s'était pas blessé, et Christian Kulnicki est réalisateur, metteur en scène. Il a une troupe de théâtre, il fait des films.

Mais on se moquait d'un nom qui commençait par le mot « cul », d'un enfant qui s'appelait Claudel et dont le père était le seul médecin noir sur la rive sud. On s'en moquait sans vergogne dans la cour de récréation, on les mettait à part sans états d'âme. Et personne, personne au monde ne se demandait comment il se faisait qu'ils soient là, parmi nous. Personne ne se doutait du dur trajet derrière ces noms qui n'étaient ni anglais ni canadiens-français.

On n'avait jamais entendu parler non plus du fait qu'on pouvait être raciste. Le mot « racisme » ne faisait pas partie du vocabulaire enseigné.

Les immigrants, les émigrants? Les gens confondaient.

Les femmes italiennes dans l'autobus le matin, quand Louis était servant de messe et qu'on allait ensemble à la messe de sept heures, ont été nos premières « immigrantes ». Elles partaient du nord de Montréal à la noirceur, traversaient le pont Jacques-Cartier pour venir travailler à la manufacture de vêtements, elles riaient en italien au fond de l'autobus. Les « Anglais » n'étaient pas des étrangers. Ces femmes parlaient une autre langue, une langue enlevée et joyeuse, et on les regardait parce qu'elles n'étaient pas comme nous. Elles portaient des bas noirs, elles avaient des dents en or, elles ne rasaient pas leurs aisselles et, surtout, elles riaient! Elles étaient si amies, si gaies. Nous les regardions parce que c'étaient des femmes au travail et que nos mères ne travaillaient pas. Le travail leur était strictement interdit. Ces femmes au travail avaient l'air de s'amuser beaucoup plus que nos mères. On ne connaissait aucune joie du genre. Des femmes « populaires », disait notre mère. Avant que le soleil se lève, l'hiver, les travailleuses italiennes s'engouffraient sous nos yeux dans la manufacture, et on n'imaginait pas qu'elles avaient des enfants comme nos mères, on n'avait aucune idée du voyage qu'elles avaient dû faire, de Campobasso, des Abruzzes, jusqu'à ce travail en manufacture sur la rive sud, en face de Montréal. On ne soupçonnait pas une seconde ce qu'il y avait derrière leurs rires. Et maintenant, quels sont nos sentiments quand on repense à ça ? Et que pouvons-nous y faire ?

« Les immigrants », « les vieux pays » : ces mots n'étaient pourtant pas prononcés sans respect ni admiration par notre père, un homme qui n'est jamais sorti de la province de Québec sauf pour aller à Ottawa.

Des mots qui évoquaient aussi l'océan, le risque, le courage de partir, le désespoir qui pousse à partir, tout ce qu'Osler nous avait révélé. J'ai toujours su qu'Osler était arrivé ici par désespoir.

Chose certaine, Doris ne peut pas se souvenir de ces femmes italiennes, il n'était pas né. L'usine a fermé quand il est né. Ce dont il prétendait se souvenir était le fruit de son imagination recomposé à partir de ce qu'il avait entendu dire. Et quand Louis lui mettait ça sous le nez, ça l'humiliait.

Il disait que Louis, quand il allait au collège dans le nord de Montréal, passait absolument tout son temps à rire des Italiennes qui faisaient des conserves de tomates, de leurs maris qui faisaient du vin de pissenlit ou qui allaient travailler dans le port de Montréal avec une veste et un chapeau. Que, quand on passait devant la buanderie chinoise de la rue Ontario avec notre grand-mère Aubin, elle nous faisait peur avec le « péril jaune ». Elle avait peur des yeux bridés. Qui peut prouver qu'on ne nous a pas mis dans le subconscient une peur du visage asiatique ? Des fois, disait Doris, je fais des cauchemars où il y a des Asiatiques qui me courent après. Cela prouvait selon lui que nous avions quelques petites bêtes dans l'inconscient.

Il se demandait quelle intonation, quelles nuances le mot « immigrant » avait dans la petite cuisine de nos grands-parents Aubin, partisans de « l'achat chez nous » et des caisses populaires. Comment il se faisait qu'on n'ait jamais entendu parler du racisme sur la rive sud du Saint-Laurent, si loin de Montréal qu'on comptait les immigrants sur les doigts de la main : la famille de Claudel Marcellus, dont la mère était blanche et dont le père, noir, cardiologue, inspirait une sorte de respect décontenancé. Un cardiologue noir avait déménagé près de notre école !

Et quand Doris les a retrouvés plus tard dans la vie, Claudel Marcellus, qui est maintenant son associé, ou le fils du jardinier italien, qui est devenu millionnaire, il n'a jamais osé leur reparler de cette école parce que ce n'étaient pas de bons souvenirs. Les enfants les rejetaient et il les comprenait parce qu'il était lui aussi rejeté par les autres, pour d'autres raisons.

Après le deuxième référendum, Doris a commencé à dire que Louis était raciste, et notre père aussi. Notre père était franchement surpris et perplexe. « Ah ? S'il veut nous traiter de racistes, qu'est-ce que ça peut nous faire ? Moi, ça ne me fait pas un pli. »

R-r-r-acisss. Racist'. Ra-cis-tttt'e. Un mot qui jusque-là dormait dans les dictionnaires et qui s'est réveillé. Qui avait longtemps somnolé dans les rues de Montréal avant de bondir comme un démon le lendemain du DRIPQ.

« Qui est-ce qui a lutté pour la langue française, Doris, comment ça se fait qu'on parle encore français ? aurait dit Louis, le lendemain du DRIPQ. Ceux qui arrivent ici, comment est-ce qu'ils pensent que ça s'est fait ? Par l'opération du Saint-Esprit ? Il a fallu que nos ancêtres aient une volonté du diable. Il a fallu qu'ils fassent des familles de treize enfants comme y en a d'autres qui en font sous notre nez. Tu sais de qui je veux parler. »

54

Il voulait parler des hassidim et de leurs familles nombreuses. Nous l'avions tous déjà entendu s'exprimer à propos des hassidim. Louis s'occupait des édifices à appartements de notre père dans Outremont. Trois immeubles dans trois rues différentes du même quartier. Dans les discussions qui concernaient ces « blocs » d'appartements, il était toujours question du « juif » qui voulait acheter, qui avait acheté à côté, en face, derrière. « Pourquoi est-ce qu'on n'aurait pas le droit d'appeler un juif un juif ? Est-ce que c'est nous ou eux qui s'habillent de manière distinctive, et même très distinctive ? Ils ne nous regardent même pas, comme si on n'existait pas, nous, le peuple canadien-français ! »

Il a fallu un processus pour que je prenne conscience de l'existence de ces mots, de leur signification. Un processus qui se produit pendant que je raconte, du fait que je raconte, qui devient réel et ne l'était pas tout à fait jusquelà, que je dois rendre réel, à mes risques et périls, comme le démineur. On ne peut pas plaire à tout le monde et à son père. Même avec la plus grande prudence, on est en danger dans un champ de mines, et il faut y aller, il faut le déminer.

Plus le sujet était délicat, plus le niveau de langue de Louis baissait et plus il employait un vocabulaire de charretier. Mais quand il parlait à la radio — parce qu'il s'est occupé toute sa vie de luttes linguistiques, de calculs linguistiques comme s'il était spécialiste en statistiques, il s'exprimait sur un autre ton. « Qu'est-ce que ma fille, Rosa Lou, a appris de la bouche de certains professeurs européens qui ont choisi de vivre ici mais qui nous méprisent ouvertement ? Qu'il n'y a pas de culture québécoise. Que la civilisation canadienne-française est un produit de notre imagination, une construction mentale. Il y a trois cents cultures à Montréal, mais pas de culture canadienne-française. C'est ça que ma fille pense, c'est ça qui lui est enseigné. Résultat, elle a honte de son père, de son grand-père, de sa propre famille. Il y a un fossé, à cause de toutes ces histoires-là, entre ma fille et moi. C'est comme si un cheval avait engendré une antilope. »

Et Rosa Lou avait des amis qui lui disaient : « Rosa ! Ton père a parlé de toi à la radio. Il a dit qu'il avait engendré une antilope. »

C'est cette fois-là que Rosa Lou a coupé ses beaux cheveux de toutes les nuances du blond. Zouic. Coupés court et teints en bleu électrique. Elle savait bien que c'était Louis qui tenait à ces cheveux, interdisait qu'on les coupe.

« Il doit y avoir une raison pour qu'on nous accuse d'être des racistes, Louis », aurait répondu Doris ce matin-là.

C'est sa version.

Louis a osé allumer un cigare. Un cigare puant dans un temple consacré à la beauté, où il est interdit de fumer, c'est écrit sur le mur. Un sanctuaire.

Dans les « boutiques » de Doris, qu'on devrait appeler « œuvres d'art », car c'est de cela qu'il s'agit, on peut dire sans mièvrerie que les fleurs parlent. Elles attirent notre attention, elles nous interpellent, on ne peut faire autrement que d'arrêter toute autre activité pour poser le regard sur ce que le « floriste » veut montrer et qui est si parfait, si simple, si étonnant qu'on a le sentiment de n'avoir jamais pris conscience de la présence des fleurs avant cet instant où elles nous prient silencieusement de réfléchir à leur signification, à leur raison d'être, en dehors de toute la niaiserie florale et jardinale du monde, qui est, on le sait, immense et ne cesse de croître de jour en jour, ce qui ne fait qu'accentuer la pureté de la position de Doris.

Mais Louis n'a jamais même regardé une seule des créations de Doris. Il empuantissait le temple avec sa fumée, envoyait sa fumée au nez de Doris, lui parlait dans le nez, avec sa voix de curé, sa voix de frère aîné qui ronronne et s'enfle comme la flamme du poêle à bois. Je n'ai aucune difficulté à imaginer ce qu'il a dit, nous avions tous entendu ce genre de paroles et je les entends encore clairement en moi-même.

« Voyons, pauv' gars, écoute un peu, j'ai travaillé toute ma vie dans un hôpital pure laine pure bedaine, j'ai soigné des pauvres diables qui ont le diabète, faut leur couper la jambe parce qu'ils n'ont pas d'hygiène. Pas de dents pour mastiquer. C'est ça les *pea soups,* mon vieux. Des pauvres. Ça ne savait ni lire ni écrire il y a cinquante ans. Demande-leur pas, aux ti-casses, ce que ça veut dire, xénophobe. Ils ne le savent pas. Fument leurs trois paquets par jour, boivent leur caisse de bière, toujours pas capables de dire deux mots de suite. Ils m'appellent "docteur" et ils me donnent les bleus, comprends-tu ? Les entends-tu, les gens, comment ils parlent, comment ils ne sont pas capables de parler, encore et toujours pas capables de parler ? Ils le savent, qu'ils ne connaissent pas un mot d'anglais, ni d'espagnol ni de chinois, ils le savent, qu'ils ne sont pas méchants, qu'ils n'ont pas appris la méchanceté, les bonnes manières, les bonnes idées dans les grandes capitales de l'Europe. Il y a des humoristes français qui s'amusent à dire qu'ils ont déjà rencontré un Québécois méchant. Tu trouves ça drôle ?

— Louis, va-t'en donc avant d'en dire trop. Va-t'en donc avant que je m'énerve. »

En famille, Doris bafouille. Devant notre père, il bégayait, même. Quand il bégaye, il peut s'énerver. Notre mère avait peur de lui dans ces moments-là. Elle sentait ses « crises ». Elle ne le disait pas, mais elle faisait ses quatre volontés parce qu'il faisait des crises. Elle n'était pas capable de le « dompter ». À l'école, Doris était « un p'tit pogne les narfs », « un p'tit mauvais v'nimeux ». Il y aurait eu, selon notre mère, une certaine « maladie de nerfs » du côté des Cardinal, et Doris en aurait hérité. De la « danse de Saint-Guy ». Doris a déjà mis le feu dans les poubelles de l'école. Il était capable de tuer un chat avec ses mains. Un jour, un clerc de Saint-Viateur l'a aspergé d'eau bénite en criant « Arrière, Satan ! » pour que le démon sorte de lui.

Ce matin-là, comme toutes les fois qu'il se lançait dans une certaine voie, Louis a fini par retomber sur l'histoire des blocs à appartements de notre père et de « ceux qui achètent pour faire baisser les prix ».

Il aurait parlé d'insectes envahissants dont Doris n'a pas voulu répéter le nom, une comparaison utilisée partout au monde par les racistes, utilisée au Rwanda par les racistes, la comparaison universelle des racistes. Et Doris a dit qu'il n'admettait pas cette manière de parler. Louis a répondu qu'il n'avait pas de leçons à recevoir de lui. « Toi, ti-pit, t'as voté Oui ou t'as voté Non, hier, vas-tu le dire ? »

Ti-pit n'a pas répondu.

« Donc, t'as voté Non, a dit Louis.

— Tu peux pas lire dans ma conscience.

— Si t'avais voté Oui, tu le dirais. T'as peur de me le dire en pleine face, t'as honte de ce que t'as fait. »

Doris n'a pas dit Oui, il n'a pas dit Non, il lui a balancé un coup de poing au visage. Le sang a giclé de sa lèvre fendue. Il a perdu sa dent vissée. Il s'est écroulé par terre. Il est tombé sur la tête. Il a essayé de se relever, mais il a perdu connaissance. Claudel Marcellus est venu voir ce qui se passait. Doris était blanc comme un drap. Claudel a essayé de parler à Louis, et Louis a ouvert les yeux, les a refermés aussi vite. Claudel voyait bien que Louis le comprenait, qu'il était conscient, mais il ne répondait pas à ses questions. Doris ne disait pas un mot, il ne réagissait pas. Claudel a décidé d'appeler une ambulance. Quand les ambulanciers sont arrivés, Louis ne voulait pas entendre parler d'aller à l'hôpital, mais ils l'ont attaché à la civière et l'ont transporté à l'urgence.

Pendant des mois, il a eu un trou à la place de sa dent. Ensuite, l'os s'est infecté. On lui a bloqué la mâchoire. Quand les gens lui demandaient qui lui avait fait ça, il répondait : « Mon fréye », et les gens cessaient de l'interroger.

Un soir, il a téléphoné à Doris et Doris a été obligé de l'écouter. Il s'est fait dire qu'il était la cause de l'échec de son mariage, qu'il était un parasite, un téteux, un ingrat. Il s'est fait dire que Virginia s'était mariée uniquement pour avoir accès à une famille canadienne-française, qu'elle avait lancé sa carrière sur notre dos, avec l'argent de son mari, que jamais une « Anglaise de la montagne » n'aurait pu entrer dans la « cabane » de la rue *Visitâtion* par elle-même, qu'elle s'était infiltrée dans notre famille pour nous photographier, comme si on était des extraterrestres.

Il a bien fallu que Rosa Lou revienne de chez son amie Fatima, dont le père commençait doucement à se transformer en femme sous l'effet des hormones, qu'elle revienne chez son père quelque temps, même si elle détestait Habitat 67 et ses habitants capitalistes. Elle dormait quand Louis se levait et se levait quand il se couchait, mangeait ses propres plats en regardant la télévision. Rosa Lou, à cette époque-là, aurait très bien pu plonger dans l'héroïne comme la cousine de Fatima, maintenant décédée, ou dans la lutte contre le capitalisme, comme Fatima, avec laquelle il n'est guère plus possible de parler normalement, mais elle a plongé dans les sciences pures. Elle résolvait des problèmes de physique ou de calcul des probabilités. Elle étudiait les formations géologiques, fréquentait le mont Mégantic. Virginia est partie en voyage autour du monde grâce à une bourse du gouvernement du Canada. Rosa Lou s'est réfugiée dans le bathyscaphe des mathématiques, de la rationalité scientifique, dans une bulle de sécurité, étanche et fiable.

Les deux refus

Carmen entra

Est-il possible d'aimer quelqu'un *parce qu'*il appartient à un groupe différent du nôtre? Ce que nous prenons pour de l'amour serait alors une forme d'obéissance aveugle à la loi de l'exogamie, qui reviendrait à la peur de l'inceste? Est-ce qu'il est possible de tomber amoureux pour échapper à la peur inconsciente d'être raciste ou à la peur d'être inconsciemment raciste? Est-ce que j'aime Salomon parce que ses grands-parents sont juifs, est-ce qu'il m'aime parce que je suis de « souche canadienne-française »? Après le DRIPQ, ces questions qu'on pourrait approximativement qualifier d'ethnopsychiatriques sont devenues confuses.

Louis s'est mis à dire que Virginia n'avait aimé que le Canadien français en lui, pas l'homme qu'il était. Il s'est mis à la traiter de « maudite Bloke ». Les étiquettes ont pris de l'importance, comme les guêpes à la fin de l'été.

Mais c'est Doris qui s'est aventuré le plus loin dans le désir de sortir de son clan. Le matin il se bat avec son frère et le soir il rencontre une femme du nom de Carmen Perez Garcia, qui n'y est évidemment pour rien.

Plus jeune, c'est certain, Doris ne savait pas parler aux filles, et les hommes du clan Cardinal se moquaient de lui. Il passait pour snob, voire pour « anormal » parce qu'il ne maniait pas la blague sur les femmes et la politique. Un aristocrate chez les palefreniers. Mais son caractère rébarbatif attirait certaines femmes. Elles s'imaginaient deviner « le petit garçon blessé derrière l'homme mûr ». Sa réserve, son indépendance éveillaient notre éternelle « maternitude ». Il ne leur donnait aucune chance, écrasait tout germe de sentiment. Il se voyait comme un loup solitaire, un homme qui ne veut d'aucune des obligations de l'amour. Ne supportait vraiment la vie qu'en voyage. Avant Carmen Perez Garcia, mon frère Doris n'avait jamais rien *donné* de son corps, de son esprit, de son argent.

Et si ce n'avait pas été le lendemain du deuxième référendum sur l'indépendance politique du Québec, Carmen et Doris ne se seraient jamais adressé la parole. N'eussent été ces circonstances, il ne lui aurait pas donné un bouquet de roses « au nom de la politique ».

Tout le monde, le lendemain du DRIPQ, discutait de la « déclaration » dite du « vote ethnique » de M. Parizeau. Mais pour Carmen Perez Garcia, le 31 octobre, c'était le jour des Morts. Elle voulait acheter des fleurs. C'est comme ça qu'ils se sont rencontrés. Elle me l'a raconté elle-même, un soir, avant qu'ils partent ensemble pour le Japon.

Quand elle est entrée dans le magasin de Doris, rue Saint-Paul, dans le Vieux-Montréal, un certain juge Roux parlait du mot « ethnique ». Elle a entendu ce mot. Elle avait une opinion sur la question. Mais comme tous ceux qui pénétraient pour la première fois dans le magasin de Doris, elle était sidérée. Elle n'avait jamais vu de tulipes translucides comme du jade, ni d'hybrides d'iris et d'orchidées, d'œillets couleur sable, de marguerites noires au cœur blanc. Des œuvres faites à partir de croisements, de bouturages, de méthodes de semis héritées de notre grand-père et transformées, haussées au statut d'art par mon frère Doris. « Floriste ». Artiste coloriste floral, diplômé d'un institut texan et d'un institut français. Créateur de rosiers capables de résister au gel du Labrador. Inventeur d'un art, réputé pour la perfection, la fraîcheur de ses créations, dont la beauté atteint tout le monde, même les gens qui, comme moi, ne connaissent rien aux fleurs et ne les aiment pas.

Il a entendu froufrouter sa jupe de taffetas, claquer ses bottes pointues, il a levé les yeux sur ce manteau d'alpaga blanc que Carmen porte l'hiver, rencontré son visage, le visage épanoui et lumineux de Carmen Perez Garcia alors âgée de vingt-cinq ans. Sa peau veloutée, ses lèvres sombres, ses dents brillantes. Des courbes, des volumes qu'elle ne cache pas un seul instant. Pourquoi bouder le plaisir d'être dotée d'un corps supérieur, d'un sourire enchanteur ? Rien ni personne n'a jamais signalé à Carmen la possibilité de comportements aussi antinaturels. Le genre de femme que notre mère aurait qualifiée de « petite commune », ce qui désignait dans son vocabulaire toute femme qui se sert de ses armes, voire toute femme qui cède à la tentation de signaler l'existence même de la sexualité, mot qu'elle ne prononçait jamais. C'est devant une femme « comme ça » que mon frère, comme c'est bien compréhensible, oublie un instant de contester, comme il le fait depuis l'âge de raison, la décision de nos parents de lui donner la vie. Il se laisse aller. Il cesse d'en vouloir à la vie.

Une femme généreusement « dépoitraillée », la taille fine, étranglée par une ceinture de cuir verni, une croix en or dans son corsage, mais en aucune manière vulgaire, n'en déplaise à feu notre mère qui ne pouvait même pas s'imaginer ces pays, ces plages, ces villes où notre nature sexuée a pignon sur rue.

Je ne dis pas que Doris ne s'intéressait pas aux femmes comme un homme « normal », comme tant de gens l'ont suggéré, à commencer par mon père et mon frère qui l'appelaient « l'eunuque ». Mais aucune femme n'était jamais entrée dans son cœur sauf moi, qui lui ai servi de mère et qui l'ai trahi pour suivre Osler en France. Geste normal pour une femme de vingt-cinq ans.

On lui avait dit qu'elle trouverait en tout temps des oiseaux du paradis dans ce magasin. Alors, elle a demandé des *oissos* du paradis. Pendant que Doris préparait les fleurs, le juge, incapable de résister à Carmen, a demandé à cette pure inconnue ce qu'elle en pensait, elle, de la déclaration de Parizeau. Il est évident qu'il supposait, à cause de l'accent, des vêtements, cheveux, yeux, peau, de certaines caractéristiques que la loi canadienne regroupe sous les mots de « minorité visible », que Carmen était une personne qui se sentait attaquée, exclue, visée par le mot « ethnique ».

« Rien, rien du tout, monsieur. *Nada.* »

Le juge s'est excusé avec grâce et amabilité, et il est parti.

Sans rien dire, Doris a déposé les oiseaux du paradis devant elle et lui a fait signe d'attendre un instant. Il est allé dans une serre, derrière, pour choisir lentement six roses thé de sa confection et les a offertes à Carmen Perez Garcia : « Au nom de la politique. » Ce sont des roses uniques, elle n'en verra jamais de semblables. « Les fleurs ne font pas de politique. » Il s'efforce de sourire. Ses lèvres s'étirent, ses joues collaborent du mieux qu'elles peuvent. « Il m'a donné des *rosses,* me racontera-t-elle, il a dit que les fleurs ne font pas de politique. J'ai trouvé ça *cute.* »

« Votre magasin est *esplendide* », répond-elle, pour le

remercier. Elle voit bien qu'elle lui plaît. Elle plaît à tous les hommes. Elle dit qu'elle va mettre les *rosses* sur un autel pour sa grand-mère et que sa grand-mère va la protéger. Il ne lui demande pas d'où elle vient, mais il le devine. « Mais si c'est pour le jour des Morts, vous avez besoin de la zem-paxuchitl ! » La zempaxuchitl est la fleur du jour des Morts au Mexique, paraît-il. « C'est vrai, dit-elle, mais comment est-ce que vous pouvez savoir ça ? — Attendez-moi une minute ! » Et Carmen va repartir de la boutique de mon frère avec six *rosses* qui ne font pas de politique, ses *oisseaux* du paradis et trois œillets hybridés de marygolds, fleurs d'origine aztèque dont le nom en nahuatl serait zempaxu-chitl, selon ce que j'ai compris de cette affaire.

Il aurait bien pu ne jamais la revoir. Elle n'est pas revenue à son magasin et il ne savait pas qui elle était. Et cela aurait été dommage, parce que je n'aurais pas connu Carmen.

Jimmy Graham

À partir de ce moment, la vie de Doris se divise en deux
branches qui s'éloignent l'une de l'autre. Il y a un Doris
Cardinal qui va s'enfoncer dans les sables mouvants du
Bien en s'acharnant à accuser publiquement son frère de
racisme. Et un Doris Cardinal qui va s'élancer, les yeux fermés, vers le sentier de l'amour. Un Doris qui veut rompre
avec nous et un Doris qui veut se lier à une inconnue. Mais
on n'a qu'une vie, et ces deux chemins suivent la même
pente, comme les rigoles que nous faisions dans la glace, au
mois d'avril, quand j'étais chargée de l'amuser. Suivant la
même pente, ils vont se rejoindre au même point, quelques
mois plus tard, devant le même mur, le même blocus, le
même refus, par deux fois réitéré.

Deux refus absolus, à la mesure du visage absolu de
mon frère cadet.

Au début de cette année 1996 dont le souvenir reste
marqué par l'incompréhension, le malentendu, la décep-
tion, Salomon a fait sa conférence à la Société d'ethnopsychiatrie de Montréal. C'est ce soir-là que j'ai vu Jimmy
Graham pour la première fois. Je me rappelle aussi le détail

de cette soirée, comme si j'avais senti que Jimmy ne cesserait de se rapprocher de nous, volontairement ou non, consciemment ou non, je ne saurais le dire, même maintenant.

Jimmy Graham était connu, aimé comme artiste, à Montréal.

Il venait, à trente-deux ans, de remporter le concours international du Mur de la paix et des Premières Nations. Il était relativement célèbre, sa carrière, son talent fascinaient les Montréalais.

En 1996, cela faisait trente ans exactement que son père, Peter Graham, était mort dans l'attentat de l'Impôt fédéral. Et Jimmy Graham avait décidé de le rappeler systématiquement, sur toutes les tribunes. Il en avait le pouvoir et les moyens. Il était un grand artiste. Un artiste véritablement grand. Ce qu'il y a de plus grand dans l'humanité, donc.

Étrange soirée, à laquelle je devais repenser sans jamais en percer le mystère et sans oublier la leçon qu'elle comportait : il y a une limite à notre capacité d'interpréter nos semblables, une limite qu'il ne faut jamais perdre de vue. Étrange soirée, oui, que celle où Jimmy Graham s'insinue dans notre monde comme une panthère fabuleuse se pointerait le nez à l'orée du bois puis y rentrerait jusqu'à nouvel ordre.

Dès que nous sommes entrés dans la petite salle de conférences de l'Université du Québec à Montréal, Salomon l'a vu et lui a souri avec son amitié, sa chaleur naturelle. Jimmy Graham lui a répondu par un signe de tête, sans sourire. Salomon m'a dit son nom.

Contrairement à la plupart des gens, je savais qui il était, je me souvenais très bien de la mort de son père, Peter Graham, dans l'attentat de l'Impôt fédéral. Je savais aussi qu'il n'était pas là par hasard. Il connaissait Salomon. Salomon m'avait parlé plusieurs fois de lui.

Nous avions souvent comparé, Salomon et moi, nos souvenirs de la journée du 24 février 1966, où Osler, conduit par mon frère Louis, a posé une bombe à l'édifice de l'Impôt fédéral. Le père de Salomon, Dave, travaillait pour Impôt Canada et, ce jour-là, il se trouvait dans l'édifice du boulevard Dorchester, maintenant René-Lévesque. Normalement, il sortait faire des enquêtes dans les entreprises, vérifier les livres comptables. Il n'aimait pas rester enfermé de neuf à cinq dans un bureau. Ses relations avec les autres vérificateurs étaient froides : mon beau-père n'a jamais été membre du Parti communiste canadien, mais son cousin, qui porte le même nom que lui, Dave B. Simon, l'a été, et les gens confondaient.

Mais ce jour-là il était resté au bureau. Quand la mère de Salomon a entendu à la radio qu'un attentat à la bombe venait d'avoir lieu à l'édifice de l'Impôt fédéral, comme nous l'avons entendu de notre côté à la même radio de Radio-Canada, elle s'est inquiétée. Elle a attendu un appel de son mari. C'est Salomon qui a répondu. Son père lui a dit que le concierge, Peter Graham, était mort. Un innocent, qui n'avait jamais fait de mal à une mouche. Un homme de trente-sept ans, père de deux jeunes enfants : rien ne pourrait jamais excuser l'individu qui avait fait ça. La bombe avait éclaté dans le garage de l'édifice. Peter Graham se trouvait là par hasard. Sa mort a été jugée accidentelle au procès, un procès que la famille Graham n'a jamais digéré, parce que le juge a conclu que la bombe n'était pas la cause *directe* de la mort, qu'il n'y avait pas eu *intention* de tuer un homme. Il semble que Peter Graham soit mort d'un arrêt cardiaque, et non pas de l'éclatement de la bombe.

En raison de ces événements, le père de Salomon ne m'a jamais acceptée comme belle-fille. Il n'a jamais accepté que Salomon se marie avec la sœur de Louis Cardinal, le jeune homme qui conduisait l'auto volée par Osler le 24 février 1966. Il n'est pas venu à notre mariage. Il ne voulait pas rencontrer ma famille. Et la mère de Salomon ne m'a jamais acceptée non plus. C'est un miracle que leur réticence, leur froideur n'aient pas déteint sur nous. Mais il n'y a pas de miracle. Il n'y a que l'amour, la chance de l'amour, et ce n'est pas la même chose.

Le père de Salomon était comptable et Peter Graham concierge, mais ils appartenaient tous les deux au même club philatélique, à l'Impôt fédéral. Le père de Salomon avait déjà rencontré la veuve, Jasmina Graham. Une femme timide, qui ne connaissait presque personne à Montréal, ne parlait pas l'anglais, s'exprimait mal en français. Il lui a téléphoné, il lui a dit qu'il voulait l'aider.

Salomon a été obligé par son père d'aller au salon funéraire. Il voulait qu'il soit là, pour les deux enfants de Peter Graham : Jimmy, qui n'avait que deux ans, et Cynthia, à peine plus âgée. Salomon n'avait jamais parlé à une Noire avant ce jour-là. Il n'avait jamais vu un mort embaumé. Les hasards de la génétique avaient fait que le petit garçon était beaucoup plus pâle de visage que sa sœur et sa mère. Toutes ces réalités étaient nouvelles pour Salomon. Un grand crucifix surplombait le cercueil de Peter Graham, comme si le Christ protégeait de son corps incliné le visage poudré de Peter Graham, ses cheveux blonds, ses lèvres trop roses, ses mains jointes sur un chapelet de cristal. Mais ce n'est pas ce qui avait le plus frappé Salomon. Ce dont il me parlait toujours, c'était la veuve. Elle ne pleurait pas : elle souriait. Ses enfants ne pleuraient pas non plus. Ils étaient tous les trois convaincus que Peter Graham n'était pas mort. Seul son corps était dans le cercueil. Son âme attendait quelque part et, un jour, elle serait réunie au corps. Peter Graham ressusciterait, et toute la famille serait vengée et récompensée par Dieu.

Même s'il connaissait l'existence de la religion par ses grands-parents maternels, Salomon avait reçu une éducation strictement matérialiste et athée. Il ne comprenait pas comment cette femme pouvait affirmer que son mari était vivant, quand il était étendu dans un cercueil. Il n'avait jamais rencontré personne qui croyait en Dieu à ce point et de cette manière. Ses parents lui ont expliqué ce qu'ils savaient de la foi catholique, ce qui n'était pas grand-chose. Il n'a jamais oublié cette scène parce que sa mère, qui était sujette aux chutes de tension, avait été tellement frappée par l'attitude, pour elle irrationnelle, de Jasmina Graham qu'elle avait perdu connaissance.

Plus tard, cette femme et ses enfants sont devenus des patients assidus des services psychiatriques du Douglas Hospital. Salomon ne les a jamais traités, mais il était forcément au courant de leur dossier. Jimmy, sa sœur, sa mère s'arrêtaient souvent à son bureau pour s'informer de son père, Dave. Il les croisait à la cafétéria, dans la salle d'attente. Il transmettait leurs salutations à son père.

Vu de loin, le hasard devient loi. Jimmy Graham m'apparaît ce soir-là comme un astre inconnu, qui n'obéit à rien d'autre qu'à lui-même. Un astre imprévisible, indépendant, dont la force d'attraction est supérieure à la nôtre.

La conférence de Salomon avait été annoncée dans les journaux et à la radio. C'était l'occasion pour Jimmy, j'imagine, de mettre à exécution son projet de rappeler par tous les moyens possibles l'anniversaire de la mort de son père dans l'attentat de l'Impôt fédéral, à Montréal, en 1966.

Dès novembre, la Société d'ethnopsychiatrie de Montréal avait commandé à Salomon une conférence sur l'après-référendum. Le cachet était honorable et Salomon avait accepté même si, tout psychiatre qu'il fût, il considérait la psychanalyse freudienne, et dans une certaine mesure l'ethnopsychiatrie, comme des spéculations intéressantes, mais pas comme de la médecine. Dans son domaine, la psychiatrie, Salomon était spécialiste des médicaments. Il travaillait avec un neurologue. Il s'intéressait à la chimie des neurones et aux neurotransmetteurs.

Après la déclaration dite « du vote ethnique », des centaines d'organismes ont voulu discuter de la question « des ethnies, du "nous" de souche et de l'après-référendum ». C'est en ces termes mêmes qu'était rédigé le communiqué de la conférence.

Ce soir-là, il neigeait. De gros flocons collants tombaient depuis la veille en mouillant le pavé, qui gelait et se transformait en patinoire. Cette bouillie s'était accumulée dans les rues parce que les employés de la voirie étaient en grève. Il n'y avait presque personne pour écouter Salomon dans la petite salle de l'Université du Québec à Montréal réservée par la Société d'ethnopsychiatrie. Un psychiatre d'origine libanaise l'a présenté aux quelques étudiants qui se trouvaient là. Jimmy Graham s'est assis au premier rang. Ses cheveux crépus, passés au peroxyde, faisaient une aura poudreuse autour de sa tête, évoquant clairement Jimi Hendrix. Il portait un manteau en poil de chameau d'où sortait le col d'une chemise rose. Son visage était vide, sans expression.

Juste après que Salomon eut commencé à parler, Doris est entré dans la petite salle et s'est discrètement assis sur le côté. Doris n'a jamais eu rien à faire dans une université. Le titre de la conférence, qui avait incité les gens à rester chez eux, l'avait sans doute attiré. Alors que tout le monde souffrait d'overdose politique, alors que personne ne voulait plus rien savoir des chicanes postréférendaires, il était resté accroché aux « six mots » du premier ministre et chef du Oui et à sa chicane, à sa bataille avec Louis. Tel que je le connaissais, sa cervelle était grignotée, comme la plupart des cervelles mais sans doute davantage, par l'« esprit de l'escalier », particulièrement actif, si on peut dire, dans le cas d'une personne née avec un soupçon dans l'œuf.

Une assistance clairsemée n'a jamais empêché Salomon de parler avec autant d'enthousiasme et d'énergie que s'il y avait cinq cents auditeurs. Il a fait sa conférence à partir de quelques notes, avec sa bonne humeur habituelle, et voici ce qu'il a dit, en substance, ce soir-là : « À Montréal, il n'y a pas de guerre dans les rues, pas d'attentats suicides, mais il y a des guerres de mots, et les guerres de mots sont tout de même moins dangereuses, plus civilisées que les guerres tout court. Nous devons donc nous réjouir de vivre dans une ville comme Montréal. Mais les guerres de mots sont de vraies guerres, pas des métaphores. Un mot est un acte, un acte de parole. Un *speech act* est quelque chose d'aussi concret que d'entrer dans les eaux territoriales d'un pays. Mais toujours préférable à l'agression physique. Toujours plus rationnel. »

Si je me souviens si nettement du contenu de la conférence, non écrite, non publiée, c'est à cause de ce qui a suivi. Dès qu'il a compris que Salomon était arrivé à sa conclusion, Jimmy Graham s'est levé pour aller parler au micro dans un charabia d'anglais et de français. J'avais senti sa présence, nerveuse, intense, tout au long de la conférence, comme je la sentirai, après ce soir-là, dès que j'entrerai quelque part et qu'il s'y trouvera.

« *For God's sake, Solomon. What did you say?* Est-ce que j'ai bien entendu ? *Did you say that?* Est-ce que vous avez vraiment *dite* que, à *Montreal*, il n'y a pas de guerre, pas d'attentats ? Mais vous savez bien que ce n'est pas vrai, Salomon ! Vous savez très bien, mon cher ami, qu'il y a *ou* au moins *one death for political reasons* à Montréal, *even if everybody wants to forget it.* »

Et il s'est retourné vers la salle pour crier, avec une force qui nous a fait sursauter : « *I am the son of Peter Graham, assassinated thirty years ago, in February nineteen sixty-six by Rainier-Léopold Osler.*

— Jimmy, Jimmy… » a dit Salomon avec un grand calme.

Il est descendu de la tribune, il est allé vers lui, il lui a fait sa grande accolade, poitrine contre poitrine. Les gens ont commencé à chuchoter, à se lever. Je suis allée retrouver Salomon. Mais Doris m'a devancée. Il s'est planté droit devant Jimmy Graham et, sans attendre que Salomon fasse les présentations, il lui a dit : « Je me présente. Doris Cardinal. Né le 19 août 1957. Le jour où votre père est mort, j'avais neuf ans. Je m'en souviens. Mais je ne pouvais pas comprendre ce qui se passait. J'admire ce que vous faites, monsieur Graham. » Il lui a tendu la main.

Les minutes qui ont suivi me paraissent encore irréelles. Le regard de Jimmy est resté éteint. Son visage n'a pas bronché. Il a continué à regarder Salomon tout en prenant la main de Doris distraitement, mollement, comme si c'était un objet quelconque. Il l'a *retenue* quelques instants, comme si elle n'appartenait à personne, tout en continuant à parler avec Salomon. Salomon m'a dit ensuite qu'il avait bien vu, mais qu'avec Jimmy le mieux était de ne pas s'occuper de ses manœuvres.

Au bout d'un nombre indéterminé de secondes qui m'ont plutôt semblé être des minutes, Jimmy Graham a lâché la main de Doris, il a fini par la lui « redonner ». Et comme si je n'existais pas, comme si Doris n'existait pas non plus, il a fait volte-face, tel un danseur distrait qui sortirait brusquement de son état de concentration et se rendrait compte qu'il a eu un moment d'absence, qu'il lui faut débarrasser le plancher.

On est toujours un peu au théâtre quand on sort de chez soi, mais on l'oublie. Ce fut donc un moment très particulier du théâtre social. Et la première rencontre entre Doris et Jimmy.

Il était entendu que nous irions manger ensuite avec les organisateurs de la conférence et certains membres de la Société d'ethnopsychiatrie. Nous avons pris un taxi avec deux psychiatres homosexuels, aussi charmants qu'érudits, vers un restaurant libanais du nord de la ville. Pendant le repas, Salomon a expliqué ce qui s'était passé. Tout le monde connaissait Jimmy Graham, mais personne ne savait qu'il était le fils de Peter Graham, personne ne se souvenait de l'attentat de l'Impôt fédéral, ni du nom d'Osler, pour la bonne raison que peu de ces personnes habitaient Montréal trente ans auparavant, en 1966. Salomon a surtout parlé de la mère de Jimmy Graham, Jasmina Graham, de la manière dont elle avait élevé ses enfants, dans la vénération de leur père. Elle avait gardé, disait-il, un culte personnel provenant de la religion des Yorubas d'Afrique, ce qui, inutile de le dire, a passionné nos hôtes. Elle vivait dans un monde séparé du reste de la société, le monde de ses ancêtres africains et de son mari mort.

Elle avait été trouvée bébé à la porte d'un couvent, en Haïti, fille sans doute d'un Américain en mission, vraisemblablement le fruit d'un viol. Une religieuse canadienne-française l'avait ramenée travailler à Montréal chez sa sœur, une mère de huit enfants, dans un petit château sur les crêtes du chemin de la Côte-Sainte-Catherine. Après la mort de son mari, elle avait économisé suffisamment d'argent pour envoyer ses enfants au collège Marianopolis. Elle voulait qu'ils étudient le commerce, la comptabilité, le droit. Mais ils s'étaient dirigés ailleurs. Cynthia était devenue une des meilleures spécialistes de l'histoire du Québec et du Canada. Jimmy avait eu un cheminement plus chaotique. À l'âge de douze, treize ans, il prenait, vendait de la marijuana et du haschisch. Au collège, il aurait subi l'influence d'un professeur de philosophie d'origine kurde qui avait lui aussi perdu son père. Il a commencé à se considérer comme un être supérieur. Un jour, il a dit à Salomon qu'il était comme Jean-Paul Sartre, qui n'avait pas de surmoi parce que son père était mort quand il était jeune. Avec les psys de la Société d'ethnopsychiatrie, nous avons discuté de ce genre de choses.

Doris est rentré chez lui à pied.

Je l'ai vu, du taxi qui nous emmenait au restaurant, avec ses bottes Sorel, son Kanuk rouge, marcher à grande vitesse, à petits pas, tête baissée, comme un animal fonce dans la forêt. Doris est le marcheur compulsif typique. Il a toujours marché dans Montréal comme on marcherait en soi-même. L'espace extérieur *est* son âme : c'est un mystère dont on s'approche quand on regarde les œuvres qu'il a créées partout dans le monde et qui l'embellissent, sans aucun doute.

Je l'ai vu tourner le coin des rues Saint-Denis et Cherrier vers l'est, dans la poudrerie, le vent, les rafales, sans faire attention aux divers états de l'eau en congélation, comme s'il ne sentait pas les pics, les miroirs de glace, les silex que ses pieds écrasaient et faisaient craquer comme des os sous ses bottes. Même quand la neige les rend méconnaissables, il sent le tracé des rues de Montréal, comme nos ancêtres en mocassins reconnaissaient leur chemin dans le bois.

Dans la nuit qui a suivi, une panne d'électricité majeure a paralysé Montréal. Dès neuf heures, le lendemain matin, Doris a téléphoné chez nous, à l'autre extrémité de la ville. Il voulait savoir si on avait l'électricité. Mais c'était un prétexte. Il voulait surtout poser à Salomon cette question qui, à force d'être répétée, réitérée avec zèle, allait dissoudre le petit noyau formé en 1969 sur un trottoir de la rue Sherbrooke quand Virginia a fait la connaissance de Louis : « Ce que tu as voulu dire hier soir, Salomon, c'est qu'on peut être raciste inconsciemment ? »

Salomon a été très sec. Il a dit qu'il *n'avait pas* à parler de ça à neuf heures du matin un samedi. Doris a insisté. Il a dit qu'il *fallait* au contraire en parler, que c'était très important. Il a proposé d'aller manger au restaurant mexicain du quartier chinois pour « en discuter ».

Salomon était sensible « aux aspects ethniques et culturels des problèmes psychiques ». Mais après le DRIPQ, il a décidé qu'il n'allait pas, sous prétexte qu'il était psy, et « d'origine juive », se transformer en valet de service dans un monde où ce genre de question n'est pas près de cesser de nous empoisonner l'existence, existence qui pourrait être si agréable si chacun voulait vivre en paix avec son voisin.

Ce matin-là, il était de mauvais poil. Et je savais pourquoi. La veille, au restaurant libanais, les psys de la Société d'ethnopsychiatrie avaient naturellement posé des questions sur Osler. Ils n'avaient jamais entendu parler de l'attentat de l'Impôt fédéral. Ils voulaient savoir qui était Osler, pourquoi il avait mis une bombe, comment il était arrivé au Québec, s'il faisait partie du Front de libération du Québec. Je suis restée muette. Et Salomon aussi. Tout le monde a senti le malaise. Osler est l'un des deux ou trois individus au sujet desquels j'ai entendu Salomon exprimer des sentiments proches de la haine. D'instinct, et par formation, il traitait la haine comme une bonbonne explosive, mais avec Osler, il perdait les pédales, pour des raisons que je comprenais.

Quelque vingt-cinq ans plus tôt, en 1972, un samedi midi, Salomon m'avait donné rendez-vous Chez Dusty, au bas du mont Royal. Il m'avait mise au pied du mur. Il voulait savoir si je l'aimais. Il voulait un oui ou un non. J'ai répondu non, sans même considérer que je pouvais lui faire de la peine. J'étais dans un état d'anesthésie. Je lui ai dit que je partais rejoindre Osler en France. Virginia me prêtait l'argent.

Même s'il était blessé, Salomon ne l'a pas montré. Il a pris acte, sans commentaire ni autres supplications. Mais il ne s'est pas gêné pour dire qu'il était scandalisé de me voir partir avec un homme de dix-huit ans de plus que moi, qui venait de passer cinq ans au pénitencier. J'ai répondu que l'âge ne compte pas en amour, qu'entre Osler et moi c'était « l'Amour véritable ». Je le vois encore, pantalon kaki, chemise bleu pâle, grimper avec fierté le talus vert émeraude du mont Royal. Je suis partie de mon côté, le cœur léger, faire mes bagages pour m'enfuir à Paris en laissant Doris seul avec notre père, après la mort de notre mère, pour faire ma vie avec Rainier-Léopold Osler.

De cette manière, j'ai perdu huit ans de vie avec Salomon.

Huit ans plus tard, le 20 mai 1980, nous sommes retombés l'un sur l'autre dans la chambre du Royal Victoria. Rosa Lou venait de naître. Louis et Virginia s'étaient séparés un an, réconciliés, ils venaient de déménager à Habitat 67, une œuvre d'art, un joyau architectural. Et Virginia avait accepté de faire un enfant.

Rosa Lou est née à l'aube de ce 20 mai 1980, jour du premier référendum sur l'indépendance politique du Québec. Dès qu'elle l'a vue, l'infirmière s'est exclamée que c'était un bébé supérieur à la moyenne. Son calme, son attention au monde étaient exceptionnels. Louis, les cheveux longs aux épaules, le drapeau du Québec à la main, ne doutait pas qu'avec cette petite fille allait naître le Québec libre et indépendant. C'était le plus beau matin de sa vie.

Le temps peut être notre ami et, ce jour-là, il m'a rattrapée dans ses filets. Salomon portait encore un pantalon kaki et une chemise bleue, il conduisait une Volvo et louait un très bel appartement près de McGill. Son mariage n'avait duré que deux ans. C'est ce jour-là que nous avons fait l'amour pour la première fois, Salomon et moi, sur le vieux sofa qui lui venait de ses parents, un sofa inconfortable que je garderai jusqu'à la fin de ma vie. Mais, avant, il m'a dit bien clairement que je ne devais pas craindre une grossesse, qu'aucune femme ne pourrait jamais avoir d'enfant de lui. Il m'a expliqué pourquoi.

La psychiatre avec laquelle il avait été marié ne voulait pas d'enfant. Elle l'avait persuadé de faire ce qu'il fallait pour ne pas avoir d'enfant : la chose la plus logique, couper à la source. Il s'était laissé convaincre. Une erreur. Une décision regrettée chaque jour de sa vie. Une décision que son père ne lui avait pas pardonnée. Son père avait un seul fils et il s'attendait à ce que son fils ait un fils. Salomon avait écouté cette femme qui l'avait ensuite quitté pour un autre homme. Il avait fait ce qui lui semblait le plus simple et le plus rationnel : une vasectomie qui s'est révélée irréversible pour des raisons techniques.

Bien entendu, je lui ai dit que ça ne changeait rien. Ce n'était pas le moment de réfléchir. Mais nous n'avons jamais vidé cette question.

Après avoir fait l'amour avec lui pour la première fois, je lui ai dit qu'il venait de me délivrer de Rainier-Léopold Osler. Il s'est redressé d'un coup, comme si je venais de lui donner un coup de poing. « Marquise, je ne veux plus jamais entendre ce nom-là. » Si je voulais continuer à faire l'amour avec lui comme il le désirait, comme il l'avait toujours désiré même quand il était marié avec une autre, je devais promettre de ne plus prononcer le nom de cet individu. Je me suis tue, et puis, moins affamés que la première fois, nous avons recommencé à faire l'amour, en y mettant beaucoup de temps et en oubliant tout ça.

Et plus tard, nous avons ouvert la télé pour connaître les résultats du premier référendum sur l'indépendance politique du Québec. Salomon avait voté contre l'indépendance et j'avais voté pour. Nous avons écouté René Lévesque, si humain dans la défaite. Nous avons admiré son souci d'éviter la chicane. Nous l'avons écouté parler à la foule d'un centre sportif où Louis se trouvait. Quand il a dit, avec son charme légendaire, « si je vous ai bien compris, vous êtes en train de me dire : à la prochaine fois », Salomon a dit que, même s'il y avait du déni dans ces mots-là, on pouvait faire confiance à cet homme-là, parce que c'était un démocrate.

Mais il a ajouté qu'il n'avait aucune pitié pour les mythomanes comme Osler. Et je l'ai laissé dire. Je n'ai pas défendu Osler. J'ai accepté que Salomon vitupère tout son soûl contre Osler sans que j'aie le droit de répondre.

Dès ce jour-là, il me semble, Salomon a commencé à penser que si je n'avais pas été sous la coupe d'un pervers, d'un pédophile, d'un illuminé, d'un terroriste, de ce Rainier-Léopold Osler, je ne serais pas allée à Paris, nous nous serions mariés, il ne se serait pas fait ir-ré-ver-si-ble-ment va-sec-to-mi-ser, et nous aurions eu de nombreux enfants qui auraient fait la joie de ses parents. Osler était le talon d'Achille de notre couple. Même si je ne parlais jamais de lui, et peut-être parce que je n'en parlais jamais, Salomon sentait que je conservais de l'amitié pour lui. Il avait embelli mon enfance, marqué ma jeunesse, formé mon intelligence, ouvert mon esprit. Sans Osler, je ne l'aurais jamais rencontré, lui, Salomon. Je serais restée de mon côté du fleuve, je n'aurais pas été poussée par la curiosité et tout ce qui s'est ensuivi.

Il faut dire qu'après notre mariage Salomon a reçu des lettres anonymes disant qu'en épousant un juif anglophone fédéraliste je trahissais ce que j'étais. Je n'ai appris l'existence de ces lettres que récemment. Je suppose, je crains qu'elles ne soient venues d'Osler. Je suis certaine que c'est ce qu'a pensé Salomon. La preuve, il ne m'en a jamais parlé.

Pour toutes ces raisons, dès le début de la campagne du deuxième référendum, j'ai appréhendé un certain « retour » de Rainier-Léopold Osler. S'il était encore vivant quelque part en ce bas monde, il allait se manifester. J'étais convaincue qu'il n'avait pas changé d'idée, qu'il n'avait pas abandonné son rêve, qu'il suivait l'évolution de la situation.

C'est pourquoi j'ai été si saisie, le soir de la conférence de Salomon à la Société d'ethnopsychiatrie, en janvier 1996, par l'apparition inopinée de Jimmy Graham dans ma *réalité proche*. Quand il a crié, avec une colère qui faisait peur, « *I am the son of Peter Graham, assassinated by Rainier-Léopold Osler thirty years ago* », et ensuite, durant tout le repas au restaurant libanais, quand Salomon a raconté la vie brisée de la veuve de Peter Graham, le culte qu'elle avait pour son mari, j'ai senti de manière concrète et détaillée les conséquences de l'acte d'Osler, la gravité de son acte.

La soupe à l'estomac de vache

Quelques semaines plus tard, le troisième mardi de ce mois de janvier 1996, suivant une vieille habitude entre Salomon et Doris auxquels je me suis jointe ce soir-là, nous sommes allés manger une soupe à l'estomac de vache au restaurant mexicain du quartier chinois. Le premier des jardins créés par Doris à Montréal, celui qui l'a rendu célèbre et que la population montréalaise a honoré au point qu'il a fallu en restreindre l'accès, est ce jardin mexicain du quartier chinois. Un jardin sous serre qui reproduit les conditions du désert. Cactus et plantes grasses. Les grands-mères cantonaises et autres descendantes plus ou moins directes des Han, qui ont tant protesté contre le projet saugrenu de faire un jardin mexicain dans leur quartier et un jardin chinois dans le quartier portugais, placotent en compagnie de superbes répliques de têtes olmèques. Doris et son associé, Claudel Marcellus, ont gagné leur pari.

Doris voulait « vider » la question du racisme de notre famille. Il y tenait, comme un chien à son os. Et Salomon était bien décidé à ne parler ni de racisme inconscient, ni de la Société d'ethnopsychiatrie, ni de la Déclaration et encore moins du racisme de Louis. En fait, Doris voulait que Salomon dise : Louis est raciste. Et Salomon était têtu. Il ne dirait jamais quelque chose pour faire plaisir à quelqu'un.

Nous avons été sauvés par Carmen Perez Garcia.

Apparemment, elle était une amie des propriétaires.

Elle a tout de suite reconnu Doris.

Boucles de nacre blanche, collier de turquoises. J'ai ressenti, même si elle était beaucoup plus jeune que moi, ce que j'ai ressenti pour Virginia la première fois : apparition d'une femme qui a quelque chose à m'apprendre, en tant que femme. Son décolleté en V conduisait le regard, comme un vaste estuaire, de la longue plage de son cou aux cônes parfaits de ses seins. Je l'ai tout de suite aimée, et elle est restée jusqu'à ce jour une amie rare et passionnante.

Ce soir-là, je me suis sentie soulagée de voir Doris si troublé. S'il était ému et perturbé, il était sauvé. Et s'il était sauvé, je l'étais aussi. De quoi ? Je ne sais pas. Mais le destin d'un frère et d'une sœur demeure parfois lié jusqu'à ce que *les deux* aient rencontré le contraire de leur frère ou de leur sœur, et cela, je l'ai toujours senti dans mes os.

Le miracle, pourtant, n'a pas été le hasard de cette rencontre dans ce restaurant dont les propriétaires connaissaient la mère de Carmen Perez Garcia parce qu'elle les avait accueillis, comme infirmière, au dispensaire de Côte-des-Neiges à leur arrivée à Montréal. Au sens de la science, il n'y a pas de hasard. Si Doris n'avait pas étudié les jardins mexicains, je n'aurais jamais rencontré Carmen, il ne l'aurait sans doute jamais revue non plus.

Le miracle, c'est que la conversation ait échappé à sa pente maudite quand, après plusieurs Corona, alors qu'il ne restait plus que Doris, Salomon et moi dans le restaurant, Carmen et le propriétaire sont venus s'asseoir à notre table — « parce que, a dit le propriétaire, vous êtes les seuls non-Mexicains à apprécier ma *sopa de mondongo* ». C'est le propriétaire qui a commencé à jouer au petit jeu de *qui l'on est et d'où l'on vient,* deux choses différentes pourtant. Il nous a dit qu'il était né au Mexique. Il l'a dit *sponte sua* sans qu'on lui pose la question. On savait tous que c'est une question qu'il ne faut pas poser. Il l'a devancée, dans le seul et très hospitalier dessein de se présenter. « Mes grands-parents sont nés au Mexique, mes parents aussi, mais nos enfants sont canadiens, ils n'ont que la nationalité cana-dienne, pas la mexicaine. » Comme ce n'était pas un petit aveu que celui-là, Salomon s'est empressé de dire : « Mon père est né en Russie, il est parti de là-bas à l'âge de quatre ans, avec son père, poursuivi par les hommes du tsar. Moi, je suis né à Montréal. Je n'en partirai jamais. » Chaque fois que Salomon dit que son père est né en Russie, il ajoute : « Il est parti tout jeune enfant, avec son père, caché dans une charrette à foin, sabrée par les hommes du tsar. »

Puis Doris a dit, sur le ton grinçant qui me rappelait le triste épisode de son enfance où il grinçait des dents parce qu'il avait le ver solitaire : « Je suis né très très loin d'ici sur la rive sud en face de Montréal, mes grands-parents viennent de Saint-Glin-Glin, de Saint-Liboire, de Témis-couata. » J'ai opiné. Et quand on a eu fini, Carmen Perez Garcia nous a tous regardés en souriant et elle a dit, sur un ton qui montrait que, même si elle simplifiait la situation, ça allait être beaucoup plus long dans son cas : « Mon père était *dé Méhico — el déeffé de Méhico naturalmenté.* » Elle croyait qu'on ne serait pas capables de faire la différence entre *la ciudad* et *el país.* « Ma mère est née à Jalpan, une petite ville au centre du Mexique que vous ne connaissez pas. Quand je suis née, elle est retournée vivre à Jalpan. »

L'ai-je dit? Carmen adore parler. Plus que séduire, être admirée, danser : parler. Contrairement à Virginia, qui avait elle aussi cette caractéristique, c'était un plaisir que de l'écouter. Virginia était minutieuse, répétitive, accaparante. Carmen était rapide, mélodieuse. Son impétuosité, son amour pour la vie que les dieux lui avaient réservée étaient communicatifs. Et c'est cela qui fascinait Doris, parce que c'est exactement cela qui lui a été enlevé, coupé à la source par notre père : la sincérité flamboyante, la parole jamais entravée, la liberté de raconter, d'exagérer, sans mesurer.

Sa mère n'avait que vingt ans quand elle s'était trouvée enceinte d'un ingénieur de passage. Elle était retournée accoucher chez sa sœur, à Jalpan, une petite ville, un gros village niché au creux d'une vallée qui se vante d'avoir résisté plus longtemps que tous les autres aux Espagnols et au catholicisme. Village qui, comme toute la vie de Carmen Perez Garcia, était hors du commun, mille fois plus extra-ordinaire que tout ce que nous avions pu imaginer avant d'entendre ce qu'elle tentait de nous décrire mais qu'il fallait voir, à tout prix, pour comprendre. Les Indiens de la vallée étaient les plus indomptables de toutes les Amériques, ils vivaient dans des forêts peuplées de bêtes sauvages, fonçaient comme des flèches sur les chrétiens. Le grand-père paternel de Carmen avait parmi ses ancêtres le seul Indien non converti par l'évangélisateur de la région, le père Junípero Serra, un autre fameux personnage, qui a traversé toute la Californie pieds nus dans ses sandales et construit des *misiones* de style baroque sur la côte Ouest et au Nouveau-Mexique. Six mois après sa naissance, sa mère avait laissé Carmen à la garde de sa sœur pour aller vivre chez leur tante, à México. Et Carmen avait été traitée par sa tante comme *una reina,* en vertu de la solidarité de l'Amérique latine, de la famille latino-américaine, tellement plus humaine que la famille schizophrénique, que la société sadique d'Amérique du Nord dominées par *el capitalismo, el dinero.*

Sa mère revenait la voir à Jalpan de temps en temps. Parfois, elle la ramenait à México, où elle avait un amant, un avocat qui défendait les victimes de la place des Trois-Cultures. Carmen dormait alors chez la tante de sa mère, qui vivait avec *tío* Juan, Espagnol au destin non moins remarquable. Elle nous a raconté ce qui s'était passé en 1968 sur cette place des Trois-Cultures, que nous ignorions ou avions oublié. Et Doris lui a fait remarquer que c'est un jardin de la place des Trois-Cultures qui lui avait servi de modèle pour son jardin mexicain. Il a ajouté modestement : « Moi, je connais *Halpan,* je suis allé à *Halpan.* » Elle lui a fait un large sourire. Elle était sous le charme du hasard, qui avait mis deux fois de suite sur son chemin cet homme de Montréal qui connaissait non seulement la Catrina et *el día de muertos,* mais Jalpan.

Salomon et moi, nous nous taisions. Nous les écoutions parler, un peu moins médusés qu'eux par cette cascade de coïncidences qui n'en étaient pas, par cette série de surprises qui avaient la très grande qualité de nous éviter les pénibles sujets qui obsédaient Doris depuis sa chicane avec Louis. À Jalpan, l'oncle de Carmen travaillait dans l'excavation. Il s'occupait d'un jardin, non loin de la ville, un jardin caché en plein cœur de la jungle la plus touffue, la plus inextricable qu'on puisse imaginer : le jardin de M. Edward James, à Xixitla. Un paradis terrestre où Carmen accompagnait son oncle et où, pendant qu'il travaillait, elle plongeait nue dans des bassins d'eau turquoise, des tourbillons laiteux d'une fraîcheur incroyable. Eh bien, Doris connaissait

Xixitla. Il y était allé, comme à Jalpan. Il lui en a donné la preuve, en mentionnant une allée de bosquets taillés en serpent, une chose qui ne s'invente pas. Et il avait visité les églises de la vallée. Ainsi, ils s'étaient peut-être déjà rencontrés. Nous avons tous senti qu'elle était troublée, agréablement intriguée.

Mais comment, avons-nous osé demander, était-elle donc arrivée à Montréal ?

« La bonne étoile, *la suerte !* » Quand des visiteurs demandaient à voir l'église, la première des quatre églises bâties par les franciscains dans sa vallée natale, Carmen allait chercher le curé ou, si les portes étaient ouvertes, elle les faisait visiter moyennant un peu de monnaie. Un jour, un professeur sympathique a pris une photo d'elle. Quelques semaines plus tard, elle a reçu sa photo dans une enveloppe en provenance de Rimouski, Québec, Canada. Sa mère a écrit au professeur pour le remercier et lui demander comment faire pour immigrer au Canada. Elle voulait travailler comme infirmière. Le professeur est revenu sur les entrefaites à Jalpan compléter son étude des traces indigènes dans la décoration des églises espagnoles.

« C'est vrai, a dit Doris avec autorité. On voit des ananas sculptés dans les chapiteaux, des singes, des sirènes qui ont des traits amérindiens, des anges aztèques… »

Carmen hochait la tête avec ravissement et nous regardions Doris avec étonnement.

Ce professeur s'intéressait au syncrétisme artistico-religieux hispano-autochtone. Il les a aidées à venir au Canada. Elles sont arrivées à Montréal l'hiver, ravies, éblouies : elles n'avaient jamais vu de neige. Ce professeur avait quinze frères et sœurs : Carmen a été littéralement adoptée par un de ces frères et sa femme, qui avait elle-même six sœurs. C'est chez eux qu'elle a habité pendant que sa mère apprenait le français à Montréal, faisait des stages en techniques infirmières et passait avec brio son épreuve nationale de dissertation critique conformément aux règlements de l'État du Québec.

Et pourtant.

Seize ans plus tard, Carmen voulait s'en aller. Quitter le Québec et retourner au Mexique. Contrairement à sa mère, elle ne se sentait pas québécoise, n'avait jamais voulu être québécoise. Même si elle vivait ici, elle restait mexicaine. Heureusement, on pouvait retourner là-bas. C'était de plus en plus facile, de moins en moins cher. Alors, elle retournait à Jalpan, chez sa tante, à México, chez *tío* Juan, pour les fêtes de Noël et de fin d'année, dès qu'elle le pouvait.

Après le silence qui a suivi cet aveu, elle s'est levée et est allée, avec une certaine solennité, mettre un disque en espagnol, un disque de Mercedes Sosa. La fameuse chanson de Violeta Parra, *Gracias a la vida*. Et sans doute parce qu'elle pensait que nous ne connaissions pas Mercedes Sosa et Violeta Parra, elle a pris soin de préciser que Violeta Parra est chilienne et Mercedes Sosa, argentine. Et comme il est difficile de parler en même temps que Mercedes Sosa chante *Gracias a la vida,* nous n'avons pas répondu que tout de même nous savions que Mercedes Sosa et Violeta Parra n'étaient pas mexicaines. *Gracias a la vida que me ha dado tanto.* « Grand hymne politique, hymne à la vie », a bredouillé Doris. Mais elle a remis *Gracias a la vida* dix fois, vingt fois, jusqu'à ce qu'on chante *Gracias a la vida* et qu'on applaudisse Mercedes Sosa chaque fois qu'elle était applaudie sur l'enregistrement *live*.

Doris lui a demandé son numéro de téléphone et la permission de la reconduire chez elle.

Le lendemain, il a laissé un message dans son espagnol très convenable sur son répondeur hispanophone et un message en français dans une boîte vocale de l'éducation permanente de l'Université de Montréal, où elle avait dit qu'elle était secrétaire.

Ça a pris un mois. Il l'attrapait au vol, elle n'était pas libre. Il la rappelait.

Le frère qui avait peur d'être raciste

Peu de temps après cette soirée où, par le miracle du verbe latino-américain, nous avons échappé aux chausse-trappes qui jalonnaient la vie quotidienne, Salomon a été invité à une tribune téléphonique à la radio. Mon mari était devenu une vedette à Montréal, il n'est pas exagéré de le dire. On ne peut nier non plus qu'il en tirait de la satisfaction, voire une certaine vanité. Depuis la déclaration du chef du Oui, on marchait sur une glace inégale et fragile, mais, pour Salomon, 1996 a été faste.

En janvier, son équipe a publié un article sur les neurotransmetteurs qui a permis d'améliorer les régulateurs d'humeur pour les personnes qui cessent de fumer. L'Université McGill l'a choisi comme « Meilleur professeur » de l'année 1995 : Salomon donnait le cours sur les médicaments utilisés en psychiatrie, mais il le donnait à sa manière, avec des notions d'histoire culturelle. Il faisait écouter des morceaux de musique qui ont joué un rôle en psychiatrie, comme la rhapsodie de Brahms qui a empêché William Styron de mettre fin à ses jours. Il voulait que les futurs médecins se souviennent que les médicaments ne remplacent pas le reste. Il a été choisi comme « Personnalité de la semaine » par *La Presse*. Les journalistes se sont aperçus qu'il était archi-radiophonique, archi-télégénique, que son français et son anglais étaient élégantissimes. Les médias se sont mis à lui demander son avis. Salomon s'exprimait sans états d'âme, sans parler en mal de son prochain mais sans tourner sa langue sept fois dans sa bouche. Il la tournait une ou deux fois seulement. Il est devenu une sorte de juge, de « Salomon » montréalais, comme il disait.

Tout le monde n'était pas d'accord avec l'importance qu'il prenait dans les médias, avec la confiance que lui accordaient les journalistes — les gens pensent que les psychiatres sont déséquilibrés, comme si les fous déteignaient sur eux. Même si la prudence était déjà de mise, on ne se gênait pas pour me faire sentir que mon mari était bien habile à se faufiler, qu'il était invité parce qu'il était juif et que les médias avaient peur de passer pour antisémites et racistes « en ce moment ». Cette jalousie n'a jamais réussi à l'atteindre. Salomon avait sincèrement le sens communautaire. Il aimait descendre dans les studios de Radio-Canada, participer à la vie de la société. Il était heureux que sa parole, son jugement comptent au-delà de son cercle d'influence professionnelle. Il tenait ces valeurs de son père. Et il ne voyait pas pourquoi il faudrait cacher son contentement de soi. Quand on l'invitait, il acceptait avec plaisir, spontanément, quel que soit le sujet, comme un enfant qui reçoit un cadeau.

Doris a téléphoné à cette tribune téléphonique du midi. « Je m'appelle Doris Cardinal, j'habite Montréal. J'ai un petit témoignage à vous lire. »

J'étais en voiture et j'ai sursauté quand j'ai entendu sa voix qui dérapait légèrement à la radio. Je me suis garée pour mieux écouter.

Parfois, quand Doris était enfant, notre père, au lieu de dialoguer normalement avec lui, se taisait lourdement. Cela signifiait : « Doris ! voyons donc ! Comment est-ce que tu penses que je peux te croire ! Encore un mensonge ! » Et Doris cédait. *Sans qu'on lui ait rien demandé,* il se justifiait, et on sentait sa peur. C'est ce combat contre la suspicion que me rappelait sa voix, ce midi-là — mais j'ai mis des années à le comprendre. Pourquoi un homme renfermé, peu éloquent en général, se met-il à parler à la radio, à se mêler d'affaires publiques qui ne le concernent pas ?

« Quand j'ai entendu votre question du jour, j'ai commencé à écrire, a-t-il dit à l'animateur. J'en ai quatre pages… » Il fouillait dans ses papiers. « Je vais vous en lire un peu… » L'animateur était inquiet, il va sans dire, mais il l'a laissé lire son « témoignage ». Et c'était pathétique, parce que Doris lit mal. L'animateur l'a laissé continuer par humanité. Salomon, en studio, s'est contenté d'écouter, comme quand il est trop tard pour empêcher la potiche de se casser en mille morceaux.

Ensuite, Doris a envoyé ce texte au journal *Le Devoir.* Un journal qu'il ne lisait jamais mais auquel notre père était abonné. Ç'a été la première de quelques lettres que Doris a adressées aux journaux francophones de Montréal durant cet hiver 1996, se transformant, alors que ce n'était pas du tout son genre, en un de ces épistoliers intempestifs qui s'adressent aux autres à travers les journaux et les tribunes téléphoniques et ne réussissent le plus souvent, il me semble, qu'à entretenir les chicanes.

« Le lendemain du référendum, a donc lu Doris d'une voix que je qualifierais de fanfaronne, quelqu'un de mon proche entourage m'a dit des choses *racistes*. Je ne suis certainement pas le seul à avoir entendu ce genre de choses là. Sur le coup, je n'ai pas dit à cette personne : "Tu es *raciste*.

Ce que tu dis là est *raciste*." Je n'ai rien dit. C'est pour ça que je dis qu'on est une société qui se tait devant le *racisme*. […] »

L'animateur a interrompu Doris avec doigté, il l'a remercié. Salomon a fait signe qu'il passait son tour et l'animateur a pris d'autres appels.

L'un d'eux était de Jimmy Graham.

« Je te reconnais, Cardinal, a dit Jimmy dans un excellent français. Je sais qui tu es et tu sais qui je suis. Je suis Jimmy Graham. Mon père est mort il y a trente ans, au mois de février 1966, à cause de l'idéologie nationaliste. Et je ne comprends pas qu'on laisse passer à la radio les propos racistes qu'on vient d'entendre. »

En studio, Salomon a regardé l'animateur, surpris, mais l'animateur a fait comme s'il n'avait pas entendu cette dernière phrase. Il n'a pas demandé à Jimmy Graham de développer son accusation. Il l'a remercié d'avoir appelé à sa tribune téléphonique, en soulignant que Jimmy Graham était le grand artiste qui venait de remporter le concours du Mur de la paix. Jimmy Graham a quitté les ondes, mais il a tout de même ajouté : « Qui se souvient de l'attentat de l'Impôt fédéral ? Est-ce que vous allez en parler, à votre tribune ? »

Et il avait bien raison : aucun des nombreux intervenants, diversement indignés, qui ont appelé ensuite ne semblait se souvenir ni se soucier de la mort de Peter Graham.

Les appels ont commencé à pleuvoir, les gens se répondaient les uns aux autres. Pour certains, Doris était un traître parce qu'il avait dit que « nous » étions un peuple de racistes. Pour d'autres, toute personne qui ne se déclare pas clairement antiraciste participe, qu'elle le veuille ou non, au racisme inévitable de toute société.

Ce qui a augmenté la confusion, ensuite, comme un nuage de lait se dissout lentement dans une tasse de thé, c'est que Doris était de plus en plus convaincu d'avoir été raciste, ce jour-là, à la tribune téléphonique, parce qu'il n'avait pas dit clairement qu'il était antiraciste. « Si Jimmy Graham, disait-il, a entendu quelque chose de raciste dans mes mots, c'est lui qui a raison. Ce n'est pas à celui qui parle de juger, c'est à celui qui entend. Ce n'est pas à nous de dire qu'on n'est pas racistes. C'est aux autres de juger. »

Il s'est mis à soupçonner son inconscient d'être raciste. « Même si je suis antiraciste, disait-il, cela ne m'empêche pas d'être raciste sans le vouloir. »

Louis ne m'a dit qu'une chose à ce sujet : « Moi, quand je parle, je sais ce que je veux dire et je le dis. Sinon, je me considérerais comme fou. » Cela prouve tout de même qu'il était au courant.

Il voyait bien que j'étais sensible aux « raisonnements » de Doris. Son sentiment de culpabilité semblait sans fond, sans raison, sans remède, sans solution. Quelque chose, dans cette mélasse, me rappelait Monsieur Soupçon, un de mes personnages. Monsieur Soupçon n'agit pas. Il est invisible pour les autres personnages. Seuls les lecteurs le « voient ». Monsieur Soupçon écoute les conversations. On peut deviner ce qu'il pense, mais il ne le dit pas. Il porte un habit à queue noir et un plastron blanc. C'est un personnage mystérieux, même pour moi. Je ne sais pas d'où il vient. Je sais par contre que les enfants le reconnaissent et le comprennent. C'est un personnage qui « marche ».

Peu de temps après, j'ai gagné un prix littéraire pour un livre où apparaît Monsieur Soupçon, livre publié dans le brouhaha référendaire et qui était passé inaperçu au Salon du livre de novembre. Le livre s'intitulait *Le Blaireau dansant*. Une histoire de jalousie et de meurtre entre deux blaireaux, à propos d'une femme. Dans le résumé de presse, on évoquait ce personnage, le « nain Soupçon ».

Ce prix a été le signal d'une série d'enfantillages qui valent la peine d'être relatés. Doris m'a envoyé une lettre. Une lettre écrite à la main, en lettres carrées, de son écriture maladroite, tremblante. Il m'accusait de m'être servie de lui comme modèle de Monsieur Soupçon, parce qu'il est petit. J'ai répondu par la bouche de mes canons : « Monsieur Soupçon est petit, Doris, parce que c'est l'origine du mot "soupçon". Du latin, *sub* et *specere*. "Regarder", *specere*, et *sub*, "d'en bas". *Sub-specere.* »

C'est le genre de choses que les écrivains aiment, les mots, tout ça, mais Doris n'a jamais étudié, jamais lu. Tout mon malheur est là. Mon malheur, pas le leur : j'ai des frères qui ne savent pas ce qu'est l'*imagination* littéraire.

Mon histoire provient évidemment d'autres légendes, contes, mythes, dont une légende allemande qui a inspiré une œuvre de Gustav Mahler.

« Gustave Malheur ? Je ne connais pas ton Gustave, Marquise, m'a dit Louis de son côté. Mais tu sais très bien que mon totem chez les scouts était "Blaireau magique". C'est Osler qui m'avait donné mon totem, et il y a une seule personne dans le monde entier qui sait ça, et c'est toi, Marquise. Tu es méchante, Marquise, tu es très méchante. Tu as toujours été méchante. »

J'ai juré que je n'avais pas pensé à ça. Je me suis justifiée, embourbée. J'ai raconté que nous hébergions sous le balcon avant de notre maison, rue Clémenceau, une colonie de mouffettes qui y faisaient leur ravage. Que notre voisin, membre de la société de protection des animaux, nous avait dénoncés comme empoisonneurs de mouffettes. Que cela m'avait mise sur la piste des blaireaux. Tout ça était parfaitement vrai. Mais cela semblait faux, évidemment.

Dérapage, commérages, rumeurs. Au Salon du livre d'Ottawa, après la réception du prix, un ami de mon frère Louis au temps de l'attentat de l'Impôt fédéral est venu me dire que Peter Graham était un espion de la Gendarmerie royale du Canada, que ses enfants camouflaient la vérité. Pourquoi me dire ça? Et le même jour, un éditeur marxiste-léniniste est venu me demander s'il était vrai que mon mari avait effectué des voyages à Cuba dans les années 60 pour le compte de son père communiste. C'était l'oncle de Salomon qui avait fait ces voyages. Et le père de Salomon n'était pas communiste.

Un de nos cousins, qui partageait les idées politiques de Louis et admirait son engagement, a entendu Doris à la radio. Ce cousin a bien compris de qui Doris parlait. Sa femme m'a appelée pour me dire que Louis n'était pas raciste, mais un homme de cœur, un homme qui aimait son peuple. Un raciste est un homme haineux, disait-elle, c'est Doris, le dénonciateur, le rapporteur, qui est raciste. C'est un raciste « à rebours », haineux contre les siens.

Doris a bien senti toute cette incompréhension. Ses belles intentions se sont retournées contre lui comme contre un enfant qui joue avec un tison dans une forêt et qui allume un incendie.

Il n'est pas si étonnant que Jimmy Graham ait confondu Louis et Doris pendant un certain temps. Ou joué à les confondre? Il a écrit sur Internet, ce qui en 1996 était encore une pratique nouvelle, que *Louis* Cardinal avait dit des choses racistes contre les immigrants à tel poste de radio. Il a envoyé chez Doris quelques lettres adressées au Docteur *Doris* Cardinal. Il connaissait son adresse personnelle.

« Est-ce que vous savez, docteur Cardinal, ce qu'a coûté à la famille Graham la mort de cet homme innocent, mon père ? Est-ce que vous avez déjà pensé aux conséquences de votre fanatisme, aux vies brisées, au deuil de ma mère ? »

Ces phrases, Doris les prenait au sérieux. Même si c'est difficile à croire, il a réellement fait paraître l'encadré suivant, dont j'ai conservé la coupure comme spécimen :

« Doris Cardinal, propriétaire de deux magasins à Montréal, créateur de l'archipel de jardins de Montréal, déclare qu'il est une personne distincte et qu'il ne veut pas être confondu avec son frère, le Dr Louis Cardinal, qui a participé à l'attentat à la bombe de l'édifice de l'Impôt sur le revenu national du Canada en 1966. Je ne partage pas les idées de mon frère et n'approuve pas ses actes. »

Des malentendus se produisaient chaque jour, à des échelles plus ou moins grandes. On trouvera la trace de procès entre universitaires, entre hommes politiques, entre des hommes politiques et l'Assemblée nationale dans les articles de Cynthia Graham ou d'autres historiens du présent. Dans toute société complexe, les malentendus se comptent sans doute par milliards chaque jour. Ils n'ont pas d'intérêt en soi, ne sont pas de dimension assez importante pour qu'on les codifie. Des enculages de mouches, comme disait Louis. Des niaiseries, à l'échelle de l'Histoire. Des insignifiances. Mais quand ils concernent certaines questions, ces malentendus s'insèrent dans la chaîne des causes et des effets. Ils exercent leur corrosion à un niveau microscopique, qui échappe aux journalistes, aux hommes politiques, aux professionnels de la communication. Ce qu'on disait dans les chaumières allemandes à la veille de la Seconde Guerre mondiale a fait partie des causes de la grande catastrophe. C'est de cela, après tout, qu'il était question, et pas d'enfantillages.

Le cas qui me préoccupe est celui de mes frères, parce que je suis leur sœur.

« Le Petit devrait chercher la définition du racisme dans son dictionnaire », disait Louis. Il avait d'autres chats à fouetter. Il entamait des procédures de divorce éclair. Donnait à Virginia tout ce que son avocate demandait, et plus encore. Vendait son appartement.

C'est à ce moment que Doris a déniché la photo de la maison de notre aïeul, avec sa pancarte antisémite. Il répétait qu'il avait entendu notre père dire à ses frères, à ses cousins, à ses beaux-frères que Franco, Mussolini, Salazar étaient « des hommes forts, des chefs comme ceux dont le peuple canadien-français aurait besoin, pauvre peuple mou, sans discipline, comme les Portugais, les Espagnols, les Italiens, dont l'économie s'est relevée d'un coup sous la férule de Salazar, Franco et Mussolini ».

Je crois comme Doris qu'on peut être le porteur asymptomatique d'aversions inculquées, qui tordent le jugement, dictent les mots. Que nous nous méfions des gens qui ne nous ressemblent pas, que notre méfiance s'exprime par préjugés, présupposés, jugements, dénis, généralisations dont nous ne sommes pas conscients. On ne peut nier que notre père écrivait des lettres de style haineux contre un certain Bennett dans des feuilles de choux provinciales que Doris a retrouvées Dieu sait comment.

J'avoue. J'avoue pour qui, à la place de qui?

Moi aussi, j'ai entendu des choses concernant des marches que notre arrière-grand-père aurait organisées avec des fusils contre le parlement d'Ottawa. Une croisade qu'il aurait faite, habillé en sieur de Maisonneuve, pour réhabiliter la croix du mont Royal.

Mais il y a, au début, à la fin, à d'autres moments de notre vie, des plages, des îles, des lieux qui échappent à la chicane, et je m'y évadais, je passais tout mon temps dans mes contes, dans le monde minuscule et pas encore tout à fait social des enfants. Dans cette part non socialisée du monde des enfants, selon ma modeste expérience, le racisme n'existe pas encore. La concurrence, la jalousie, la cruauté existent, mais elles ne sont pas motivées par des questions d'apparence et de couleur. Pas avant un certain âge. À deux, trois ans, les individus se comportent les uns envers les autres comme des bêtes dans la jungle, c'est à qui donne le plus gros coup de bâton, prend la place de l'autre, mais dans cette petite jungle, selon mes observations, la teinte de la peau, la texture des cheveux, ce genre de *détails* ne compte pas, tant que des adultes ne montrent pas qu'ils comptent. On dit que les enfants seraient *colour-blind*, qu'il faudrait redevenir *colour-blind* comme des enfants, aveugles à la couleur de la peau. Mauvaise métaphore. Les yeux des enfants fonctionnent à merveille. Ils voient la teinte de la peau, les cheveux, le nez de « l'autre eux-mêmes » qui leur fait face. Mais leur conscience ne remarque pas ces détails avant qu'on leur enseigne à les remarquer et à les haïr. C'est un fait dont je puis témoigner, parce que je l'ai constaté plus d'une fois de mes propres yeux, moi, Marquise Simon. Mais on peut sans doute m'apporter des témoignages contraires.

La guerre d'Espagne

Après des semaines, un soir de la mi-février, peut-être à cause de la pression qu'exerce sur les femmes indépendantes la grande foire de la Saint-Valentin, Carmen Perez Garcia a enfin accepté de sortir avec Doris. Elle lui a fixé rendez-vous dans un bar à salsa, comme si elle voulait lui montrer qu'ils n'étaient pas faits l'un pour l'autre : selon Carmen Perez Garcia, aucun Nord-Américain ni aucun Européen n'est capable de danser la salsa et la samba. Le transfert de poids et le rythme s'apprennent avant d'entrer à l'école. Elle pensait qu'elle ne pourrait jamais aimer un homme né en Amérique du Nord, un homme aussi raide, sérieux et petit que Doris.

Mais dans l'après-midi de ce jour-là, sa mère a reçu une nouvelle qui lui a enlevé toute envie de danser la salsa. *Tío* Juan, le « compagnon » de sa tante, qui lui avait pratiquement servi de grand-père, était mort la veille, à México, durant son sommeil.

« Je suis venue par politesse, mais je dois repartir », a-t-elle dit, tristement, à Doris.

Elle porte ce soir-là une robe noire moulante qui attire les regards des femmes autant que des hommes. Doris est déjà attablé devant une bière. Elle accepte de prendre un verre avec lui et lui raconte en pleurant l'histoire tumultueuse de cet homme qu'elle aimait tant : Juan Sartena Manuel de Falla, résistant qui, à la fin de la guerre civile espagnole, a été dénoncé par ses voisins, emprisonné dix ans sur une île de la mer Cantabrique. « Et quand il est sorti de là, sa femme vivait avec un capitaine de la *Guardia civil*. » Il s'était enfui de l'Espagne franquiste, avait refait sa vie avec la tante de la mère de Carmen, qui habitait Coyoacán.

Et cet homme de légende s'était éteint doucement, la nuit précédant ce rendez-vous au bar à salsa.

C'était la première fois de sa vie que mon frère Doris avait accès, fût-ce indirectement, à ces Espagnols qui ont été assez lucides pour lutter contre le fascisme dès les premiers signes, ces héros dont Salomon lui avait parlé parce que son père en avait rencontré quelques-uns et qu'il admirait, pensant qu'il n'aurait pas eu, lui, une telle lucidité politique.

Ce Doris Cardinal ne dansait pas la salsa, mais il n'était pas comme les autres : il savait écouter ! Il se préoccupait de ce que Carmen était « véritablement », ce qui voulait dire, dans sa bouche, de ce qu'elle était avant d'arriver à Rimouski. Il s'intéressait à ce qu'elle avait perdu et reperdait ce soir-là : les crèmes caramel de *tío* Juan, le *dulce de leche* qu'il préparait dans un grand chaudron de fer sur un feu de charbon dans le petit jardin de la tante, la manière dont il arrangeait les calamars, l'obligeait à tout manger des sardines grillées, la tête, les yeux, les arêtes, la peau.

Les cheveux de Carmen étaient attachés en une seule natte bien lisse, qui tombait sur son sein gauche et bougeait à chaque respiration. Doris a commandé deux autres *cervezas,* du pop-corn, qu'elle appellait *palomitas* et mangeait avec du sel et du citron vert.

Et il écoute et elle répète, autant de fois qu'il le faut, que c'est dur de ne pas être à México mais à Montréal avec un pur inconnu. Elle parle de ces fruits tropicaux en comparaison desquels les pommes de la vallée du Richelieu ou les fraises de l'île d'Orléans ne sont pas des fruits. Elle peut dire autant qu'elle veut que le Mexique est mieux que le Québec, que l'Amérique latine est plus humaine que l'Amérique du Nord, que ses valeurs sont supérieures à celles de l'Amérique capitaliste, le répéter jusqu'à dépasser sa propre pensée. Parler du sol en terre battue des maisons dans les villages, des toits de tôle qui crépitent sous la pluie, du jour où elle a été si offensée quand un garçon de Rimouski lui a demandé si c'était vrai qu'en « Amérique du Sud » il y avait encore des charrues tirées par les chevaux comme à Rimouski au XIXe siècle. Ils sortent d'où, à Rimouski, s'ils ne savent pas qu'il y a des animaux laboureurs, des maisons en tôle et des sols en terre battue en Amérique latine, que le Mexique est un pays d'Amérique du Nord, que les Mexicains ne sont pas espagnols même s'ils parlent espagnol?

Elle se plaint. Elle se plaint de sa famille d'accueil qui l'a insultée à mort en disant que les *frijoles* ressemblent à de la bouette, à de la bouse de vache. « C'était méchant, Doris, de me dire ça. »

Elle parle du corridor d'université qu'elle va bientôt quitter, pour toujours, où elle ne reviendra jamais. *Nunca, jamás.* Elle peut répéter, *nunca, jamás:* cet homme-là l'écoute religieusement, il écoute la musique de l'accent tonique comme un mendiant met les pieds dans un château. Elle sanglote, et mon frère n'a jamais pu regarder une femme qui pleure, il n'a jamais été capable de supporter ça.

Quand ils quittent le bar, la ville est à son pire. Sur la fameuse « glace noire », il faut se tenir par le bras pour ne pas glisser. Doris lui dit quelque chose, je ne sais pas ce qu'il lui dit. *Tío* Juan est mort, elle a besoin de consolation, c'est naturel. Même mon frère peut sentir pourquoi nous éprouvons parfois le besoin de faire l'amour quand nous apprenons la mort de quelqu'un. Il est *ému* par sa *douleur*. Lui, qui se qualifie de « cœur de pierre », cette femme qui pleure le chavire, l'attire vers une zone inconnue. Il marche à côté d'elle dans le froid, le vent, suit le mouvement de ses hanches et perd l'équilibre que des années de sports martiaux lui ont donné, parce que cet équilibre est une lutte contre son désir de basculer et, ce soir-là, il bascule. Cette femme a besoin de faire l'amour, nous le sentons bien, la mort est à ses côtés et elle a l'instinct de faire l'amour pour répondre à la mort, pour se sentir vivante, pour se rassurer, au point peut-être d'oublier la prudence que lui ont inculquée sa mère et les amies de sa mère, infirmières spécialisées dans la transmission des maladies sexuelles. C'est lui qui se charge des précautions d'usage un soir comme celui-là à une époque comme la nôtre. Un homme de devoir comme mon frère sait s'occuper de ces détails en gentilhomme, j'en suis certaine. Il chuchote quelque chose en interrompant solennellement les opérations, elle est déroutée par ses mises en garde, pense qu'il se méfie d'elle, et puis elle le sent trembler de toute sa carlingue, comme un avion qui va décoller, ils font l'amour avec énergie et souplesse, comme ni l'un ni l'autre ne l'a jamais fait. Pas seulement un moment de plaisir, fût-il aigu, mais un moment de communication « des âmes ».

Et Doris, qui a fait l'amour pour la première fois à dix-huit ans avec une femme de trente-cinq ans parce que Louis et les amis de Louis se moquaient de lui, Doris dira à

Salomon que, même s'il a toujours prétendu qu'il est ridicule de souffrir pour une femme, de verser une seule larme pour une femme qui pleure, il a commencé ce soir-là à avoir peur de la perdre, à mal respirer quand il était loin d'elle. Et Salomon va dire à Doris que faire l'amour, c'est toucher et être touché, oublier le grand jeu sadique de la vie. C'est une formule simple qu'il utilise avec ses patients, femmes frigides et hommes violents, femmes violées et hommes impuissants.

Cette nuit, fût-elle exceptionnelle, ne changeait cependant pas la décision de Carmen. Elle avait déjà donné sa démission à l'Université de Montréal ! Elle s'en allait ! Ne reviendrait pas. *Nuncá, jamas.* Elle pleurait en disant combien elle détestait l'université, le snobisme des professeurs, combien elle en avait assez de notre civilisation cruelle où un sourire est l'équivalent d'une cession de pouvoir, assez de prendre sa pause café à côté d'une fausse fontaine, de manger sans compagnie, elle qui venait d'un pays où on prend le café tous ensemble tous les après-midi à seize heures. « *Escúchame, Doris* : leur corridor qui sent l'eau de Javel, la *minouterie,* Doris, qui se met à *cliquéter* quand la clé d'un inconnu s'insère dans la serrure, le corridor fermé à clé, Doris, les néons qui s'allument pendant deux secondes et après c'est le noir, mesure d'économie, et moi toute seule dans un petit bureau tout *moissi,* à la merci de n'importe quel tueur en série : c'est *lougoubre.* »

Montréal était, en ce 15 février 1996, au plus creux de cette phase annuelle si difficile à comprendre même pour ses habitants les plus anciens, car la ville rentre mystérieusement à l'intérieur d'elle-même, elle se métamorphose en une autre ville, hostile, méconnaissable, les rues cessent d'être des rues, deviennent des magmas de lave solidifiée, des miroirs de goudron, des bas-reliefs de givre, un sol lunaire où l'on ne peut marcher qu'avec des crampons. Mais Doris aimait les froids : froid cru de novembre et froid sec de janvier, froid gris de décembre, froid bleu de février, froid jaune de mars, froid immobile et froid mobile, piquant ou pénétrant. Carmen maintenait chez elle des températures de plus de vingt-cinq degrés et il s'est résigné à vivre tout nu dans la vapeur. Il le faisait pour elle : danser, écouter de la musique à tue-tête, sortir en boîte, vivre à poil…

Elle répétait qu'elle allait partir au Japon pour un voyage *muy especial,* pour rendre service à une amie, Noriko Yamakasi, la seule véritable amie qu'elle se soit faite ici, si une amie véritable est une personne qui s'intéresse à ce que vous êtes vraiment, et si ce que vous êtes vraiment, c'est ce que vous avez été dans votre enfance.

Et quand Carmen idéalisait son enfance, Doris se taisait avec tristesse. Mais elle ne le remarquait pas. Une femme qui parle est rarement une femme qui écoute.

Elle avait rencontré Noriko par l'intermédiaire d'une annonce au babillard de l'université : elle cherchait une femme pour partager son appartement et Noriko s'était présentée. Un soir, elles s'étaient rendu compte qu'elles utilisaient des mots semblables, l'une en espagnol et l'autre en japonais, pour dire « amour véritable ». Et qu'elles attendaient exactement la même chose de la vie. N'étaient ni l'une ni l'autre du genre à perdre leur temps avec des hommes qu'elles n'aimaient pas *absolument.* Prêtes à un long siège. Disposées à affronter seules les difficultés de la vie si l'amour véritable ne se présentait pas de lui-même. D'accord sur le fait que la quête d'un homme est indigne de l'amour, qu'on ne cherche pas l'amour véritable, on le trouve.

L'amour véritable

Noriko Yamakasi, fille d'un riche marchand de cornichons de Kyoto, allait introduire le Japon dans nos vies et les changer.

En 1990, la famille Yamakasi est venue passer une semaine au Canada, avec les cinquante employés de la compagnie, pour admirer l'automne dans les Rocheuses. À Vancouver, la marraine de Noriko a fait remarquer que le Canada serait un pays où sa filleule, unique héritière de la compagnie familiale, pourrait apprendre l'anglais. Un pays moins dangereux, plus respectueux des usages que les États-Unis. Personne, dans la compagnie de cornichons, ne parlait ni n'écrivait encore d'autre langue que le japonais.

Noriko a d'abord vécu un an sur le campus de la University of British Columbia, où elle a rencontré deux de ses compatriotes qui l'ont invitée à traverser le Canada en moto. Rendue à Montréal, elle a décidé d'y rester. Elle voulait suivre un cours de cuisine avec un chef bordelais, dans un restaurant de la rue Peel. Elle voulait apprendre les rudiments du français. Au Japon et partout dans le monde, disait-elle à son père pour le convaincre de financer son séjour, quand on donne un nom français à un produit, cela ajoute du prestige à ce produit, et particulièrement dans l'industrie culinaire.

Elle a donc suivi un cours de français à McGill puis un autre à l'école de français de l'Université de Montréal. Elle était, comme cela arrive périodiquement à certaines personnes, sous le charme de notre existence francophone en Amérique. Sous le charme de la ville de Montréal, parfois si laide. Un charme qu'elle attribuait à la liberté d'y vivre comme on veut sans être jugé par les autres.

Mais en réalité, le destin la retenait. Le destin et l'amour véritable qui venait à sa rencontre. Elle prenait chaque soir l'ascenseur avec le moniteur du laboratoire de langues, Yvon Marchessault, né à Mont-Laurier, un garçon qui se destinait à une carrière « internationale », s'était inscrit au Profil international de son collège, aimait les langues étrangères, mais ne connaissait rien du Japon, pas même le nom des îles qui le composent, rien que Tokyo, Nagano, les sushis qui venaient d'arriver à Mont-Laurier.

Loin de Kyoto, elle s'est sentie libre d'amorcer une liaison avec ce garçon aux yeux bleus et aux cheveux blonds, si doux, si accommodant. Ils utilisaient pour parler soit l'anglais, qu'Yvon Marchessault avait appris devant son appareil de télé et qu'il maîtrisait encore maladroitement, soit le français rudimentaire de Noriko. Ce qui rendait inutiles le téléphone portable, duquel Noriko ne pouvait s'arracher jusque-là, et l'ordinateur, auquel Yvon Marchessault était rivé une douzaine d'heures par jour. Détachés des machines, ils étaient ramenés à leur condition humaine, à la réalité physique de « l'amour véritable ».

Noriko racontait à Carmen comment ils faisaient pour se passer de mots. Ce n'est qu'une fois entrés dans l'oreille de Carmen que le bonheur et la chance devenaient complètement réels pour Noriko. Par ricochet et par comparaison, cependant, devenait réel aussi pour Carmen le fait que Doris Cardinal serait au mieux, pour elle, un allié temporaire. Elle racontait elle aussi, pour donner le change, comment elle avait rencontré Doris en achetant des oiseaux du paradis, qu'ils s'étaient revus par hasard au restaurant mexicain du quartier chinois. Mais elle n'avouait pas qu'il était un homme impatient, changeant comme le vent, à prendre avec des pincettes. Elle avait croisé plus d'une fois, j'imagine, ce que j'appelle le « regard de serpent » de mon frère : quand ses yeux se vident subitement de toute expression, comme un siphon. L'instant d'après, il redevient un souriant gentilhomme, comme s'il avait eu une crise. Elle ne voulait pas être la solution miracle dans la vie d'un homme sombre. Elle n'aimait pas la rage qui grondait au fond de lui comme une bête enfermée. Un ours est un ours et elle ne connaissait pas les ours, n'avait aucune envie de les connaître, pas plus que les épinettes ou les carcajous du Lac-Saint-Jean. C'est tout cela que lui faisaient comprendre, par comparaison, les récits de Noriko, qui avait tant besoin de l'oreille de Carmen pour que devienne bien réel son « amour véritable ». Des heures à raconter à Carmen, non sans une perfidie bien féminine dans les détails, ces moments bénis durant lesquels on n'a plus ni père ni mère ni société, on ne fait que jouir de la chance de rencontrer un homme quand on est une femme, de toucher son corps, d'en sentir le poids, de l'accueillir sans fin, de tressaillir dans des profondeurs sans limites. Noriko n'en finissait plus de vanter les qualités de son amant. Quand ils faisaient l'amour, dans toutes les positions bien entendu, elle était une patineuse de fantaisie, une sylphide dont il n'avait jamais fini de découvrir le corps, avec ses gros doigts de mécanicien qu'il tenait de son père, des doigts attentionnés jusqu'au génie, qui électrisaient sa peau si blanche et si lisse.

Et Noriko, avec ses ongles longs, le faisait frissonner à son tour en rayant finement son dos large comme un mur, et son ventre, membrane vivante sous ses caresses.

Elle ne voulait plus retourner à Kyoto.

Elle voulait vivre à Montréal avec ce garçon qui faisait la cuisine, le lit, les courses, la vaisselle, sa propre lessive et son propre repassage : qualités accessoires mais si exotiques qu'elles devenaient érotiques.

Quand elle reprenait ses esprits, cependant, elle se rendait bien compte de ce qu'elle était : la fille unique d'un homme qui avait remonté pièce par pièce le commerce de la famille Yamakasi dans le Japon défait et humilié jusqu'en la personne de son empereur après la Seconde Guerre mondiale. Sa famille comptait sur elle et sur un mariage judicieux pour prendre la relève de ce commerce, fruit de la fidélité de ses oncles, de son père, de ses tantes paternelles aux employés et aux familles des employés, de la fidélité des employés à la famille, de la fidélité de sa mère à son père, et ainsi de suite, depuis la fondation de l'entreprise, au milieu du XIXe siècle, quand on vivait à l'ombre du palais, dans une chaumière avec un poêle à riz au rez-de-chaussée et, à l'étage, une chambre commune où l'on conserve encore aujourd'hui les cendres de la mère de M. Yamakasi selon le rite shinto, chaumière que nous avons eu l'honneur de visiter, Salomon et moi, il y a quelques années.

Tout l'argent accumulé par les humains qui avaient précédé Noriko Yamakasi dans la compagnie de cornichons — et c'est beaucoup d'argent car, comme chacun sait, on travaille au Japon six jours par semaine et dix heures par jour —, cette fortune accumulée reviendrait, quoi qu'il arrive, à Noriko, à son mari et à ses enfants. Cela impliquait certains devoirs. Et Noriko aimait ses parents. Elle aimait sa tante, son oncle, les employés qui la connaissaient depuis sa naissance. Elle aimait son père et sa mère, et son père l'aimait à la folie. Elle ne voyait pas comment elle pourrait jamais lui dire qu'elle vivait déjà avec un Québécois, lui qui ne connaissait pas l'existence du Québec, du fait français au Canada, et ne reconnaissait pas le principe de l'union libre. Elle était encore plus incapable de lui dire qu'elle envisageait de faire sa vie avec un *gaijin*, dans une autre ville que la capitale impériale que ses ancêtres habitaient depuis cinq générations.

Pour gagner du temps, elle parlait de fonder à Montréal une succursale de l'usine de cornichons. Mais M. Yamakasi savait bien que jamais personne en Amérique du Nord ne mangerait ses cornichons. Des cornichons bleus, magenta, d'une consistance caoutchouteuse dont le goût nous reste en effet fort étranger.

C'est ainsi que Noriko avait demandé un soir à Carmen Perez Garcia de lui servir d'intermédiaire, d'aller au Japon expliquer la situation à ses parents. Et Carmen, prise au dépourvu, n'avait pas su refuser. Toutes les deux sentaient combien fragile était leur amitié, l'une née au fin fond du Mexique et l'autre à l'ombre de la muraille du palais impérial.

Ce voyage diplomatique devait idéalement avoir lieu durant la floraison des cerisiers. M. et Mme Yamakasi s'étaient rencontrés à seize ans dans l'allée de *sakuras* du temple Daigo-ji, la plus belle allée de *sakuras* de tout le Japon, et pensaient que c'était pour cette raison qu'ils ne s'étaient jamais quittés ni disputés.

Et Doris disait que, si Carmen le désirait, il pouvait l'accompagner. Il connaissait un peu le Japon. Il a commencé à faire ce projet d'y retourner, de transformer sa boutique de la rue Sherbrooke en espace japonais, d'adapter le jardin japonais, les techniques du bonsaï, l'art de l'ikebana aux goûts de plus en plus éclectiques des Montréalais, voire d'ouvrir un jour sa propre boutique à Tokyo ou à Kyoto. Et pourquoi pas?

Transfuge

Il existe à Montréal des magasins à grande surface qui appartiennent à des intérêts américains, où une certaine classe de gens peut s'approvisionner en grande quantité et en grande qualité à des prix « intéressants ». Salomon et moi avons pris l'habitude de les fréquenter, selon le principe, discutable, qu'on peut faire des économies si on gagne assez d'argent pour être admis dans le club. Ce sont les lieux les plus cosmopolites de la ville, une biopsie du monde riche en translation. J'aime y observer les consommateurs, dans l'éclairage cru et désobligeant des néons, l'un derrière l'autre avec leurs petites caractéristiques, tous les mêmes devant les paniers de nourriture et d'électroniqueries. Des gens qu'on étiquette sommairement comme arabes peuvent tout aussi bien s'avérer turcs, iraniens, indiens , pakistanais, sri-lankais, on peut s'amuser de la même façon à discerner dans les visages asiatiques Chine, Japon, Corée, Vietnam, Thaïlande, Laos, sans compter les minorités ethniques, on peut mesurer son ignorance des régions, ethnies, tribus, nations africaines, en avoir honte, mettre son honneur à ne pas confondre hispanophones et lusophones, s'exercer l'oreille aux accents anglais, *and last but not least* se mêler à la parenté francophone, Libanais, Égyptiens,

Haïtiens, Français de France, Québéciens-d'origine-canadienne-française, car tous sont québécois, il faut le dire, le répéter, jusqu'à ce que dans un effort linguistique collectif le sens du mot « québécois » soit dans l'usage ce qu'il est en droit, ce qui ne saurait tarder mais n'est pas encore tout à fait acquis, selon votre humble servante.

C'est là que, un jeudi soir du mois de mars, nous avons vu Carmen Perez Garcia et Doris, et qu'ils ne nous ont pas vus. À un moment donné, toutes les têtes se sont tournées vers un endroit où ça discutait. Salomon m'a poussée du coude…

Ce qui s'est passé est simple à comprendre. Doris a posé une question en anglais à l'employée. La dame qui le suivait dans la file l'a apostrophé : « Monsieur, vous parlez français, je vous ai entendu. Vous n'avez pas d'affaire à parler anglais à la caissière. On est au Québec, ici. Elle est *obligée* de connaître le français. » Et mon frère a rétorqué : « Woh woh woh, madame, est-ce que vous êtes la police de la langue ? » La caissière ne savait plus sur quel pied danser. S'est ensuivie une discussion inverse de celles dont nous étions familiers dans notre jeunesse, du temps où l'on se faisait un devoir de s'adresser en français aux anglophones de Montréal, époque que Doris n'a pas connue puisqu'il avait vingt ans quand est arrivée la Charte de la langue pour laquelle il ne s'est pas battu.

Il y avait, entre eux et nous, deux corpulentes dames en saris, leurs maris, frères ou beaux-frères en habits de ville et chemises blanches, trois moines bouddhistes portant la toge ocre, un homme poussant deux paniers de cigarettes, une liasse de cent dollars à la main. Carmen a déposé sans rien dire son unique achat sur la courroie de la caisse : une valise en plastique dur mauve pâle. Ils sont partis sans nous voir, à notre grand soulagement. Les gens étaient exaspérés, comme chaque mois de mars, mais plus encore cet hiver-là, l'angoissant hiver de 1996. Avec la télé, on pouvait constater tous les soirs que le printemps était arrivé partout dans l'hémisphère nord. Il n'y avait qu'à Moscou et à Montréal qu'il faisait encore si froid.

Mon frère m'inquiétait, malgré l'âge où nous étions rendus. Je me sentais responsable de lui. Contre ce sentiment, comme tous les autres, je ne pouvais rien. Il m'était impossible de me défaire de mon rôle de marraine. Et il le savait. Il a toujours su comment me faire peur — courir après des chiens inconnus, s'accrocher à l'arrière des camions, jeter des cailloux aux véhicules de la police. Un frère conserve toute sa vie le pouvoir de détruire passablement ou totalement la vôtre. Peu de gens s'en rendent compte, mais l'existence de cette épée de Damoclès est un fait, un fait issu de la conception que nous avons, à tort ou à raison, de la biologie.

Je savais bien que l'incident auquel nous venions d'assister n'était ni fortuit ni isolé, et je n'allais pas me faire croire qu'il était dû au climat de Montréal. Depuis qu'il fréquentait Carmen Perez Garcia, ce qui ne faisait pas longtemps, Doris avait en effet décidé de changer de langue. Il voulait ni plus ni moins faire ce que les journalistes appellent un « transfert linguistique » : ne parler qu'en espagnol avec la mère et les amies de la mère de Carmen, ne parler qu'en anglais avec Salomon. C'était sa nouvelle marotte, et il était difficile de faire comme si elle n'existait pas.

Deux jours après avoir retrouvé Carmen Perez Garcia au restaurant mexicain, déjà, il nous avait appelés pour nous annoncer qu'il prenait des cours d'espagnol. Et pourquoi est-ce qu'on éprouverait le besoin d'appeler sa sœur et son beau-frère pour déclarer qu'on prend des cours d'espagnol ? On sentait bien que ces cours d'espagnol correspondaient à quelque chose d'autre. « Si tu changes de langue, tu es déjà quelqu'un d'autre, Marquise ! »

Un peu plus tard, fin mars, il nous a invités à manger chez lui avec Carmen Perez Garcia. Première fois de toute sa vie que mon frère Doris m'invitait à quoi que ce soit.

C'était devenu un musée, cette maison de la rue Visitation qu'il avait achetée de nos grands-parents Aubin. Il avait tout laissé en l'état : planchers de bois, plafonds bas, murs qui penchent. Il vivait dans l'annexe qu'il avait fait construire après avoir acheté le terrain adjacent, une « maison-jardin », au croisement de la maison de Melnikov à Moscou et de la maison japonaise traditionnelle, selon ce que nous avions lu dans un magazine spécialisé qui lui avait consacré sa page couverture. Doris était très connu dans ce monde du luxe — notre père, qui était au courant de tout, disait plutôt : le « monstre du luxe ».

Il nous a fait asseoir dans d'inconfortables meubles en liège et, à notre stupéfaction, il a déclaré qu'il voulait désormais parler en anglais avec Salomon. Salomon a continué à répondre en français, pour la bonne raison que Doris ne parle pas si bien l'anglais que ça. On ne devient pas bilingue en criant ciseaux. Et irriter un psychiatre n'est pas donné à tout le monde. La patience de Salomon est un tank russe. *What do you want as an apero, Salmon ?* « Il faut dire *Solomon*, Doris », ai-je dit tout bas. Mais il ne l'a pas trouvée drôle, comme on dit. Ce soir-là, tout le monde, à commencer par Carmen, a senti que quelque chose ne tournait pas rond chez mon frère. Il était « parti », comme un bolide qui s'engage sur un monorail et va nécessairement frapper un mur. Pas moyen de changer de sujet. En anglais : « Ça fait trente ans, Salomon, qu'on parle français, toi et moi. On a même oublié que tu es anglophone. Vous autres, les Anglais, vous en avez profité pour apprendre le français. Mais moi, à force de parler français dans mon magasin, je parle moins bien l'anglais que mon grand-père. C'est ça, la conséquence de nos lois ! La liberté de parole, vous ne pensez pas que ça commence par la liberté de la langue ? »

On voyait que des démons avaient pris possession de sa cervelle, qu'il voulait avoir raison, provoquer la discussion, mijotait ses phrases, discutait avec lui-même, répondait sans qu'on le questionne, depuis la tribune téléphonique, depuis la bataille avec Louis, depuis la deuxième campagne référendaire, voire la première.

Selon le principe bien connu qu'il est impoli de parler de politique autour d'un repas, nous ne répondions pas. Nous sirotions notre margarita et nous intéressions à sa collection de masques et de statuettes. Des masques aztèques, des figures en terre cuite qu'il avait rapportées du Pérou, des copies de statuettes plus primitives encore, à la frontière de l'humain et de l'animal, des mères au visage androgyne et aux yeux de reptile tenant dans leurs bras un enfant mort, des femmes mortes en couches au visage rond comme la lune, des serpents enlacés…

Le couvert n'était pas mis. Il marchait de long en large comme un ours en cage, buvait de l'eau et semblait avoir oublié qu'il nous avait invités pour un *mole*.

« J'apprends l'espagnol ! Ce qu'on demande aux immigrants de faire, je vais le faire. Tout le monde devrait être obligé de faire comme moi. Les gens comprendraient ce que c'est que d'apprendre une langue à quarante, à cinquante ans, quand on est obligé de tout laisser et de quitter son pays. »

Il disait ça en anglais ou en espagnol. Mais Carmen refusait de parler espagnol.

« C'est à toi de parler français.

— Mais j'apprends ta langue !

— On n'est pas obligés de devenir vos professeurs d'espagnol ! »

Il voulait parler anglais avec Salomon, avait entrepris des démarches pour changer son nom de famille, un droit de l'homme reconnu par la loi. Un processus si long qu'il ne s'achèverait que sept ans plus tard.

Doris a toujours été difficile à supporter, et il le sait. Il ne peut vivre que seul, comme un infirme, et il en est conscient. Il ne dort pas aux mêmes heures que les autres, ne mange pas aux mêmes heures que les autres. Il ne tenait pas en place.

« Il n'y a pas une grande différence entre un être humain qui parle français et un être humain qui parle anglais… »

Mais Salomon n'entrait pas dans son jeu. Pour Salomon, l'amitié ne désigne pas la relation exigeante, rare, exclusive qu'elle signifie pour Doris. Elle désigne une sympathie, un préjugé favorable. Et Doris a très bien senti, ce soir-là, que Salomon pouvait lui retirer son amitié.

Il est pénible de voir quelqu'un se tromper. Un homme comme Doris aura beau parler espagnol, il ne sera jamais un papillon danseur de salsa et de mérengué. Il restera toujours lourd et philosophique. D'ailleurs, parler espagnol, comme le rappelait méthodiquement Carmen, n'est pas si facile que ça. « On commence à en avoir assez d'entendre notre langue parlée n'importe comment ici, à Montréal… Il y a *oune acento tô-nico* en espagnol ! »

Au bout d'une heure, Salomon s'est levé et il a dit à Doris qu'il allait l'aider à préparer la bouffe. Je suis restée avec Carmen.

« Est-ce que tous les hommes québécois font la cuisine, *Marquîsse* ? » Carmen n'a jamais pu se mettre en bouche le son *z* de mon prénom et cela ne m'a jamais dérangée, bien au contraire.

Nous avons discuté des mérites comparés de l'homme québécois et de l'homme latino-américain en riant comme des folles pendant que mon mari et mon frère faisaient chauffer les plats. Dans mon for intérieur, je me reprochais de rire aussi franchement. Si par malheur Doris nous entendait, il l'interpréterait comme une moquerie. Doris ne peut pas supporter l'ironie féminine. Mais quel plaisir elle procure !

Selon Carmen Perez Garcia, l'homme latino serait plus beau, plus séduisant, plus mâle que l'homme québécois. Mais l'homme québécois aurait une manière de te regarder et de te dire que tu es belle sans te traiter comme une potiche, l'homme québécois ne se permet jamais de regarder les autres femmes en ta présence et, pour tout dire, elle ne supportait plus certaines manières des hommes latino-américains. Mais est-ce que l'homme québécois, *Marquîsse,* ne serait pas un peu en crise ? Pourquoi les femmes belles et intelligentes vivent toutes seules, ici, à Montréal ?

Affinités féminines. Je la connaissais à peine qu'elle me racontait sa vie intime. Elle avait rompu il n'y avait pas si longtemps avec un professeur salvadorien, un linguiste comparatiste invité à l'Université de Montréal pour travailler sur le *spanglish* de Montréal, un salaud, qui avait la fâcheuse manie de faire le bilan des tenants et aboutissants de chaque rencontre sexuelle sur une échelle de 1 à 10, de se fixer des objectifs et d'évaluer des comportements précis dans un journal intime qu'il avait laissé traîner exprès pour lui faire savoir ce qu'il attendait d'elle. « Une fois qu'on a connu un homme québécois, *Marquîsse,* on ne peut plus retourner dans un monde où les hommes se considèrent comme supérieurs aux femmes et se prennent pour d'autres. *Nosotros los hombres, nosotros los españoles, nosotros los latinos, nosotros no somos afeminados, no somos víctimas de las mujeres, de las feministas norteamericanas que deciden de todo.* »

Elle partait avec Doris pour Kyoto dans moins d'un mois, le 3 avril. N'avait pas l'intention de revenir à Montréal. Voulait travailler en Floride. Sinon, elle retournerait au Mexique.

Nous sommes passés à table et Doris est revenu à la charge.

« La traduction est de moins en moins un problème dans le monde, l'ordinateur traduit tout. »

Il buvait de la *cerveza,* ne mangeait pas de cet excellentissime *mole* confectionné dans l'après-midi selon la recette de *tío* Juan. Malgré l'intérêt que nous manifestions pour le *mole,* pour la ville de Puebla où il aurait été inventé par une religieuse, pour la panoplie des piments mexicains utilisés dans le *mole,* sans parler de notre étonnement face à un poulet cuit avec du chocolat, Doris, comme un loup qui ne se contenterait pas de tomber dans son piège mais y retomberait chaque fois que quelqu'un l'en délivre, ne démordait pas de son idée fixe.

« Ce que l'espéranto n'a pas réussi à faire, l'ordinateur va le faire. Les problèmes linguistiques vont devenir archaïques. Une des plus grandes causes de division entre les hommes va tomber, la cause des chicanes et des guerres va disparaître. »

Il avait ressorti l'affiche de notre grand-père, un coq de girouette en fer forgé portant les mots « Fleurs Aubin Flower Shop », où les lettres du mot « Fleurs » n'étaient pas plus grosses que celles des mots « Flower Shop », et il attendait névrotiquement les représentants de l'Office de la langue française. Et se vexait que Salomon ne l'applaudisse pas.

Il voulait traverser le miroir, devenir étranger, toujours plus étranger, étranger aux étrangers et à lui-même, comme l'enfant qui naît passe de l'eau à l'air, du noir à la lumière, apprend à regarder le corps de sa mère comme un autre corps, ce corps dans lequel il se trouvait, duquel il faisait partie depuis toujours, il s'en dégage peu à peu et apprend à le considérer comme un corps étranger. Il découvrait que l'on peut faire avec la langue maternelle la même chose qu'avec le corps maternel. S'en séparer.

Il passait son temps libre au YMCA, adorait le YMCA, buvait du café avec des militants chiliens exilés depuis la chute d'Allende, discutait du rôle des Américains en Amérique latine, des difficultés que certains étudiants avaient à se loger à Montréal, s'indignait de ce qu'il voyait et entendait : un concierge de la rue Durocher qui avait dit qu'il ne voulait ni Asiatiques, ni Latinos, ni Noirs, ni Anglos chez lui. Une chauffeuse d'autobus très maquillée et désagréable qui avait refusé sous ses yeux de donner une deuxième correspondance à une femme immigrante qui avait abîmé la sienne. Une cliente BCBG qui avait bousculé une Indienne en sari dans son magasin. Un employé des postes qui s'était acharné, grossièrement, sur un Africain qui essayait d'envoyer un colis dans son pays. Et il n'avait rien dit. Il n'avait pas osé dire à cet employé des postes du

Canada d'origine canadienne-française : ce que vous faites, monsieur, est carrément raciste et je vais vous dénoncer à votre employeur.

Il avait raison. Mais Salomon et moi restions accrochés à la règle selon laquelle on ne parle pas de politique à table. Et Carmen a fini par comprendre notre tactique. Elle a dit affectueusement qu'il n'était pas un homme québécois comme les autres, qu'elle était heureuse de partir au Japon avec un grand voyageur, mais qu'elle comprenait les « Québécois » de défendre leur langue, que cela n'avait rien à voir avec la manière dont ils traitaient les immigrants. Et elle nous a raconté les amours de son amie Noriko, la raison pour laquelle elle avait consenti à faire ce voyage dans un pays qui « ne lui disait rien » *a priori*.

C'était la première fois de sa vie que Doris allait partir en voyage avec quelqu'un. Le voyage, c'était quelque chose de sacré pour lui. Le voyage, c'était la preuve que la vie n'est pas une prison. Et il devait commencer à penser qu'il allait devoir partager ses dessous, l'arrivée dans un pays comme le Japon avec une femme qu'après tout il ne connaissait que superficiellement et qui lui échappait, il le sentait aussi bien que nous. Mon frère Doris est un homme qui a peur de l'intimité. Je ne parle pas de l'intimité sexuelle, sur laquelle je suis probablement la femme au monde qui en sait le moins, encore qu'une sœur partage avec son frère la préhistoire de cette affaire sexuelle. Je parle de l'intimité psychologique, quotidienne, du fait de vivre avec quelqu'un matin, midi et soir, dans l'espace limité de la chambre japonaise qu'il avait retenue dans un *ryokan*. Une expérience qui devait le rendre nerveux, l'effrayer et l'angoisser.

Il devait se demander si le charme de Carmen allait survivre aux fuseaux horaires, si le charme n'était pas en train de lui échapper.

On pourrait dire laconiquement que sa courbe bipolaire était en train de tourner, ou, poétiquement, que Saturne était en train de reprendre ses droits sur lui.

Premier refus

Deux jours avant ce départ pour le Japon, mon frère Louis sonnait chez Doris, par une terrible nuit de pluie et de vent, moi quelques pas derrière lui.

Premier avril 1996, onze heures du soir. Cette pluie tenace et froide nous glaçait les os depuis trois jours. On entendait le murmure mouillé des pneus dans la rue. J'ai vu que la lampe était allumée dans l'« annexe », au fond du jardin. J'avais convaincu Louis. Il s'était décidé à la dernière minute. Ce n'était pas une heure pour sonner chez un frère qui vous a cassé une dent et envoyé au plancher, un frère qui parle contre vous à la radio et déforme vos propos dans les journaux. Ce n'était pas de gaieté de cœur que Louis venait frapper comme un mendiant. Il avait repoussé le moment le plus possible. Tergiversé, débattu. Mais ce soir-là, je l'avais décidé. Je savais qu'il ne restait que deux jours avant le départ de Doris. Nous avons pris le taxi et nous sommes allés chez lui sans l'avertir. J'avais peur qu'il refuse de nous ouvrir si on lui téléphonait avant.

Il a mis du temps à venir répondre. Je suppose qu'il subodorait quelque chose, en traversant le « jardin couloir » sous plexiglas qui permet de passer de son annexe moderne à la petite maison de nos grands-parents. Je suppose qu'il n'a pas été *complètement* surpris quand il a vu, dans le judas, *qui* était là. Qui d'autre que nous pouvait sonner à la porte d'en avant ? Qui d'autre, oui, pouvait venir lui rappeler qu'on ne s'échappe pas ? Qui d'autre que nous, son frère et sa sœur ?

Il nous a ouvert sans enthousiasme. La vieille serrure de notre grand-père, la chaîne de sûreté… Nous le sentons bien, quand nous sommes tous les trois seuls ensemble, mes frères et moi, situation que nous évitons le plus possible : tout ce que nous sommes peut s'effondrer. Le temps arrête son cours principal, une autre scène apparaît. Les constructions mentales de chacun, les façades, les victoires personnelles, les rencontres, les amours, les efforts de sagesse et de maturité, tout peut disparaître en fumée et une autre histoire peut reprendre son cours comme si le temps n'avait pas avancé. Et pourtant, il a avancé.

Il n'était pas content de nous voir, ne souriait pas, planté dans la porte de nos grands-parents Aubin.

« Doris, a dit Louis tout de suite, ce n'est pas un poisson d'avril. J'ai quelque chose de grave à te dire. »

Il nous a fait signe d'entrer, l'air lugubre, comme si une force plus grande que sa volonté l'empêchait de faire autrement. S'il avait écouté son instinct d'animal prêt à sauter sur quiconque pénètre dans son territoire, il nous aurait fermé la porte au nez. La surprise, l'éducation l'en ont empêché. Il n'avait pas revu Louis, bien entendu, depuis la chicane du DRIPQ, et Louis avait changé, en six mois. Il avait maigri. Il n'allait pas bien et cela paraissait.

Je ne veux pas te voir, va-t'en. Si Doris nous avait dit la vérité comme c'est la seule et unique règle dans la famille, c'est ce qu'il aurait dit. Mais comme si un ventriloque parlait derrière lui, il a plutôt dit :

« Qu'est-ce qu'il y a ? Qu'est-ce que vous venez faire ici, vous deux, qu'est-ce que tu veux, le b-b-blaireau ? »

Louis a sursauté et moi aussi. Doris le faisait exprès d'employer le totem scout de Louis.

« J'aimerais ça si on pouvait se parler, s'il te plaît, Doris, pour une fois. Juste une fois. J'ai une faveur à te demander. »

Doris renifle, c'est un tic. Il renifle et fait un petit mouvement de tête par en arrière.

« Je suis malade, a dit Louis. J'ai une maladie grave. »

Il sait comment annoncer ce genre de choses. Il sait comment les gens réagissent.

« J'ai un cancer du sang. »

Louis n'a pas peur du mot cancer. Il l'a si souvent prononcé. Il s'efforce chaque fois de prendre un ton adéquat. Mais il sait qu'il n'y en a pas.

« Je t'annonce que ton frère est mortel, ajoute-t-il, pour dire quelque chose. Tu ne sens rien, c'est normal. La mort des autres ne nous touche pas. Je le sais. On ne peut pas comprendre, se mettre à la place des autres. Ça n'existe pas. Pas vraiment. C'est ça, le mystère de la médecine. »

Il parle, remplit le vide. Un instant passe, un autre, Doris ne dit rien. C'est ça, depuis toujours, la force du Petit : fermer les écoutilles.

« Ma propre mort ne me surprend pas, continue Louis, je suis médecin : les sarcomes, lymphomes, je connais ça, le mal est à l'intérieur de nous à notre naissance, est-ce que tu vois où je veux en venir ? »

Doris hausse les épaules.

« Bon. Je vais te dire pourquoi je suis ici. Tu représentes la plus grande chance que j'ai de m'en sortir. On a le même père et la même mère. Ce qui veut dire que tes cellules souches sont — peut-être — compatibles avec les miennes. Marquise a fait le test. Ça ne marche pas. Je te demande une faveur, une grâce. Si j'avais pu éviter de nous placer dans cette situation-là, je l'aurais fait. J'ai beaucoup réfléchi, inutile de le dire, Doris. Marquise m'a convaincu de te le demander.

— Appelle-moi pas Doris.

— Tu t'appelles Doris Cardinal, qu'est-ce que tu veux, tu es mon frère. C'est la réalité. Tu ne peux pas la changer. Je suis venu à la conclusion qu'il fallait que je te le demande, même si ça nous embête, tous les deux. Je sais que tu ne m'aimes pas. Tu as failli me tuer. Mais tu n'es pas un monstre. Que tu dises oui ou que tu dises non, ça va t'embêter. Aussi bien dire oui. Ne pas te le demander, ç'aurait été une forme de suicide, et je ne suis pas comme ça. Je veux me battre. J'ai besoin de la moelle de ton os iliaque. De tes cellules souches. Je n'entre pas dans les détails. Tu n'aimes pas la médecine, je le sais, tu ne crois pas à la médecine. Je vais recevoir de la chimio, de la radio, les cellules cancéreuses vont être détruites, les cellules normales vont l'être aussi, j'ai besoin de tes cellules. Si tu acceptes, si tu deviens mon donneur, tu vas recevoir un document de l'hôpital pour t'expliquer quoi faire. Pas compliqué. Ils vont prendre les cellules avec une aiguille. L'opération dure une heure. Trois ou quatre semaines après, tu vas avoir repris toutes tes forces. Deux jours à l'hôpital au maximum. Ça presse. Si tu n'acceptes pas, je vais m'arranger autrement, mais mes chances vont diminuer. »

Doris ne répond pas…

« Si ça avait impliqué un danger, j'aurais peut-être renoncé, mais c'est mineur. Sans effets secondaires pour toi. »

Enfin la réponse tombe :

« Non. Je ne peux pas. »

On est là tous les trois et qu'est-ce qu'on peut ajouter ? Personne ne trouve rien à dire.

« Je pars en voyage dans deux jours. Les billets sont achetés. Je pars pour le Japon. Je ne sais pas pour combien de temps. Je ne pars pas tout seul. Marquise a dû te le dire. »

Sa voix se raffermit. Il dit la vérité. Ce non le libère. Ce non fait craquer, céder les liens. Il renie sa famille, son frère, les fameux « liens du sang », il le fait, il fait cet acte salvateur et nécessaire pour lui-même. « Je ne *veux* pas. »

Mais il ne peut s'empêcher d'enrober sa décision : « Je ne vais jamais chez les médecins, je déteste les hôpitaux, je ne veux pas me faire endormir. L'idée qu'on prenne de la moelle dans mes os… non. »

Ses yeux sont vides. On peut crier, s'énerver, s'indigner, il n'est plus là. Je murmure : « Tu veux sa mort, tu veux la mort de ton frère ! »

Une roche.

« Tu veux le tuer ! »

Louis s'en va. Avant de sortir, il dit : « Qu'est-ce que je t'ai fait ? Je sais que je n'ai pas été le frère que tu voulais, mais quand même. Je le savais. Je l'avais dit à Marquise. »

On parle à une pierre, à un humain réfugié dans la pierre. Je m'en vais aussi : « Si Carmen savait ça, Doris, si elle savait que tu peux sauver la vie de ton frère en retardant ton voyage d'une semaine, elle te dirait d'aider Louis. Il n'y a pas une seule femme qui ne te dirait pas d'aider ton frère. Elle va le savoir, compte sur moi. »

Mais il reste inatteignable. Et je ne crois pas que Carmen ait jamais su ce qui s'est passé ce soir-là. C'est resté en très petit comité.

« Sans cœur, a dit Louis.

— Sans moelle. »

C'est ce que Doris a répondu, et que j'ai pris pour de la pure méchanceté, du pur cynisme, ce jour-là.

Et s'il pensait qu'il ne reverrait jamais Louis, il se trompait joliment. S'il pensait ça, il ne connaissait ni son frère ni la médecine de nos jours.

Nous cherchons un taxi, rue Sainte-Catherine, pas une minute à perdre. « Non, on n'en parle plus, je te l'avais dit, Marquise, tu vois que j'avais raison. »

Du taxi, Louis appelle Salomon. « C'est non, mais j'ai un plan B. C'est peut-être contre ses principes de donner de la moelle. Ce qui est dur, c'est de voir à quel point il me déteste. »

Il est une heure du matin. Louis fait du café, des œufs et du bacon, s'enferme avec du chocolat 89 % cacao dans le bureau de Salomon, calcule les décalages horaires, laisse des messages dans des boîtes vocales. Appelle en Angleterre, en Allemagne, au Nevada, à Vancouver, à Toronto. Réserve un billet pour Toronto le surlendemain.

Il a déjà alerté ses amis. Ses amis ont alerté des collègues. Des directeurs de service connaissent des directeurs de service. Un collègue, parti travailler aux États-Unis après une surspécialisation à Hong Kong, devenu neurochirurgien et millionnaire, est marié à une hémato-oncologue polonaise, qui a elle-même un collègue, le Dr Ramsès, dont la surspécialité concerne les greffes et qui gère à Toronto une banque de donneurs anonymes. Des histoires comme ça.

Nous avons devant nous un homme qui livre un combat extrême, qui s'en va recevoir la moelle de l'os iliaque du Donneur inconnu, ou des cellules de son sang, ce n'est pas clair, pas encore décidé, ça dépend du Donneur inconnu. Louis a toujours détesté parler de médecine en dehors de l'Hôpital Maisonneuve-Rosemont, et je ne pose pas de questions.

Salomon m'explique que mon frère va abandonner ses défenses biologiques, se laver de son propre sang, de tous ses anticorps, habiter des chambres stériles, dans un hôpital privé. Il va changer de groupe sanguin. Interdit de dire quoi que ce soit à qui que ce soit. Il ne veut pas que Rosa Lou se doute de rien. Il est trop « émotif » pour lui en parler. Il ne veut pas la perturber, le moment n'est pas propice. Inutile de discuter. Il demande si elle peut rester chez nous, avec Salomon et moi. L'appartement d'Habitat 67 est vendu. Il y a longtemps qu'il reconnaissait ses symptômes. Pas un mot à Virginia non plus, s'il vous plaît. Pas de pitié, pas de compassion. Il ne veut être l'objet de personne.

Il raconte sommairement à Rosa Lou qu'il a vendu Habitat 67, les meubles, les électroménagers, qu'il s'en va pour un temps indéterminé, qu'elle va habiter avec nous. Et il part! À notre charge de déménager Rosa Lou et ses affaires contre son gré.

Et ce n'est pas plus compliqué que de déménager un poisson rouge. Rosa Lou dans son bocal fait des mathématiques, de la physique, de la chimie. Elle doit monter sa moyenne, très perturbée par le départ de Virginia, par le changement de sexe du père de Fatima, par les comportements erratiques de Louis, qu'elle considère tout simplement comme un alcoolique raciste, ou un raciste alcoolique. « C'est normal que mes parents n'aient plus le goût de baiser ensemble, nous dit-elle laconiquement. Ils sont vieux. »

Et pendant deux ans, cloîtrée dans notre sous-sol, sortant la nuit comme un rat pour se faire à manger, elle va vivre en ne se fiant à aucun humain, mais seulement aux pures et dures sciences.

Louis est à moitié mort. Techniquement mort. Comme Tristan, il s'en va sur sa barque combattre le venin. Il n'est plus tout à fait de notre monde.

« Salut, adieu, merci! »

Ironie des petites villes

Montréal étant, avec les avantages et les inconvénients que cela comporte, une petite ville, et les petites villes favorisant l'ironie de la vie, Doris et Carmen, qui prennent l'avion d'Air Canada vers Vancouver, et Louis, qui prend l'avion d'Air Canada pour Toronto, sont destinés à se rencontrer, le 3 avril à l'aube, dans l'aire des départs, déserte à cette heure-là.

Louis dit qu'il a tout de suite reconnu la silhouette et la valise de Doris — nous achetons tous les trois nos valises sur la plaza Saint-Hubert chez un de nos cousins Aubin. Il a aussi aperçu Carmen, perchée sur des sandales, dans la robe bleu turquoise qu'on voit sur la photo qu'il prendra d'eux ce matin-là.

Alors, il suit son instinct, il obéit à son goût de la dérision, et à sa curiosité masculine pour la femme qui accompagne le Petit. Il tape sur l'épaule de Doris de manière si claire que Doris n'a d'autre choix que de faire les présentations :

« Mon frère Louis.

— Ah ! Ton frère !

— Carmen Perez Garcia. »

Elle est scandalisée, enchantée, intéressée.

« Doris a oublié de vous parler de moi, dit Louis. C'est très ironique. »

Elle sent bien qu'on lui cache quelque chose. Elle sent surtout, je crois, que Louis vit sous d'autres lois. Son détachement, la fatalité, l'aura de mystère qui l'entoure ce matin-là et ne le quittera plus jamais : il est un homme qui sait qu'il va mourir et qui a vu mourir. Une tristesse légère, dénuée d'intérêt personnel, flotte autour de lui, une tendresse générale pour l'espèce humaine, pour la condition mortelle, et pour lui-même.

« Vous ne vous ressemblez pas », dit-elle pour combler le silence.

Doris ravale son dépit. Il sait ce que ça veut dire : vous ne vous ressemblez pas. Sa *taille*. Il serre les poings, ne veut pas laisser voir sa folie. Mais il *est* l'objet d'une impertinence, d'une chiquenaude sans origine. On *rit* de lui. Louis, affable, séduisant. Carmen trop contente, trop ravie de le rencontrer. Ces clins d'œil que Louis ne peut s'empêcher de faire aux femmes et qui lui ont valu une réputation usurpée, les galanteries qu'il sait tourner avec tant d'adresse que même moi, sa sœur, je ne me présenterai jamais devant son regard autrement que maquillée et vêtue de la manière la plus attrayante… Le roi de l'improvisation.

« Je m'en vais à Toronto », dit-il à Doris.

Il s'incline légèrement : « Madame, mon petit frère a bien de la chance de voyager en votre compagnie ! Il n'y a pas de justice en ce bas monde. »

Mon petit frère. Carmen sent bien qu'elle n'a pas les antennes pour comprendre et elle n'oubliera pas la scène, me la racontera plusieurs fois. Louis exerce son charme, ses talents de magicien, comme l'année où il avait reçu un livre de magie et qu'il faisait enrager Doris en refusant de lui révéler ses trucs.

« Je suis heureuse de faire votre connaissance », dit-elle à Louis, avec son sourire si communicatif.

Chaleureuse, ouverte aux compliments. Elle parle au troisième membre de la famille, après tout, un homme qui a l'air beaucoup plus simple que celui que, peut-être à tort, elle a accepté comme compagnon provisoire.

« Ravi, *señora*. Adieu. Je m'en vais de mon côté !

— Attendez », dit-elle. Elle sort son appareil et lui demande de prendre une photo. Et Louis le fait. Il prend la photo de Doris et Carmen dans la file des voyageurs, devant le comptoir d'Air Canada. Carmen dépasse Doris d'une tête avec ses talons hauts. Doris a la bouche serrée, les épaules trop hautes, comme chaque fois qu'il doit faire prendre sa photo, surtout avec Louis derrière l'appareil.

« Ils vont changer tout mon sang, dit tout bas Louis à Doris, en aparté. Je vais changer de groupe sanguin. Après ça, je ne serai plus ton frère et tu ne seras plus mon frère. »

Dès qu'il a tourné les talons, Carmen mitraille Doris de questions.

« Je ne le vois plus. Il y a eu une dispute. Il ne m'aime pas.

— Comment ça, il ne t'aime pas ! Il est venu te parler. C'est ton frère !

— On ne parle pas de lui, O.K. ? Il n'existe pas pour moi.

— Oh ! Oh ! Qu'est-ce qu'il t'a dit au juste, qu'est-ce qu'il voulait ? Pour nous, en Amérique latine, ce ne serait pas possible. La famille, c'est ce qu'il y a de plus important. Tu devrais te réconcilier avec lui. Qu'est-ce qu'il t'a fait ?

— Il ne m'a rien fait, je ne m'entends pas avec lui, c'est tout. Pour nous, ce n'est pas la même chose que pour vous. »

Elle ne comprend pas cette menace dans la voix de

Doris. L'énergie, l'optimisme, l'adrénaline qui le font marcher depuis le mois de février continuent à décliner. Il redevient ombrageux.

Deuxième refus

Ils continuent cependant leur chemin jusque de l'autre côté de la Terre, en sol japonais. Ils ont rendez-vous au café Starbucks de la gare de Kyoto avec une amie d'enfance de Noriko et sa sœur jumelle. L'une mariée à un moine bouddhiste, l'autre au fils d'un homme d'affaires ami des parents de Noriko. Tanaka et Tanada ont appris l'anglais dans les meilleurs collèges de Londres et accepté de servir de traductrices par amitié pour Noriko. Doris n'arrive pas à les distinguer l'une de l'autre, mais il retient que Tanaka, l'amie de Noriko et épouse du moine bouddhiste, s'habille simplement, de blouses à col chinois, pantalons larges, souliers plats, tandis que sa jumelle porte à toute heure du jour des robes de cocktail en voile et en gaze, couleur anthracite, chocolat, vert Nil, et des sandales hautes qui lui tordent les chevilles.

C'est Tanada, la plus élégante, qui va s'occuper de Doris et de M. Yamakasi, pendant que Tanaka plaidera avec Carmen la cause d'Yvon Marchessault auprès de la mère. Elle garde sa photo dans son sac pour la sortir au bon moment.

Les Yamakasi, chez qui nous serons somptueusement reçus en 2005, Salomon et moi, à l'occasion d'un colloque de psychiatrie, habitent un quartier occidentalisé, en bordure d'un minuscule carré de rizière, une maison faussement *made in Sweden* dans laquelle se trouve une pièce à tatamis consacrée aux ancêtres et au costume de samouraï du futur enfant de Noriko. Le reste à l'occidentale. Mme Yamakasi fait visiter la chambre de Noriko, M. Yamakasi prend le caniche qui remplace Noriko sur ses genoux durant le repas. Soixante ans, l'air d'un enfant. Un corps sans muscles, en élastique. *Plus petit* que Doris. Assis en tailleur sur sa chaise, il happe deux ou trois petits poissons séchés, observe d'un œil vif ses invités, lesquels doivent faire entièrement honneur au bœuf de Kobe que Mme Yamakasi fait rissoler dans du suif et arrose de saké, debout devant un réchaud posé sur la table.

Quand M. Yamakasi a compris que Doris était propriétaire d'un commerce, que ce commerce avait appartenu à son grand-père comme le sien, son visage s'est éclairé. Début de leur connivence et de leur alliance, de leur amitié filiale, spontanée, libre et désintéressée, comme l'est toute véritable amitié. Doris est invité dans un club du quartier de Gion dont les Yamakasi sont membres depuis plusieurs générations. On lui demande s'il joue au golf. Et le lendemain de la partie de golf, gagnée par Doris, on vient le chercher en taxi pour l'amener à l'usine de cornichons. Photos, photos, photos — en pantoufles, sarrau, chapeau sanitaire, au milieu du cercle des cinquante employés, devant le plateau de thé, devant l'étalage des cornichons qui constituent, semble-t-il, une pièce notable de la cuisine *saseki*. Sur chaque emballage de plastique qui scelle la couleur, la texture et la saveur des cornichons et des algues de M. Yamakasi, on lit que la famille Yamakasi a la permission de vendre ses cornichons à l'empereur du Japon depuis le début de l'ère Meiji. Suremballage, cellophanes, rubans. Visite de la maison où M. Yamakasi est né, à l'ombre du mur impérial, avec sa boutique au rez-de-chaussée, au cœur de Kyoto sauvée des bombardements de la Seconde Guerre mondiale par la décision d'un secrétaire d'État américain. Qu'est devenu le commerce de cornichons pendant la Seconde Guerre mondiale? M. Yamakasi a-t-il connu des victimes d'Hiroshima, entendu, vu l'explosion? Où était-il le 6 août 1945? Cela ne prend pas beaucoup de diplomatie, et Doris n'en a pas beaucoup de toute façon, pour sentir que ce sont des questions que l'on ne pose pas, pas plus qu'on ne demanderait à Salomon si dans la famille de l'oncle Otto il y a eu des victimes de l'Holocauste.

Au lieu de parler de l'événement central du XXe siècle, ou encore du cousin Aubin qui a été fait prisonnier par les Japonais en 1944, Doris raconte comment nos grands-parents, cultivateurs dans des montagnes pierreuses, ont bâti pièce par pièce un commerce de fleurs dont il a pris la relève. M. Yamakasi approuve avec gravité. À partir de ce moment, il accapare Doris tous les jours, ce qui lui permet d'échapper aux complices de sa fille. Car il a vite compris pourquoi ce Canadien sympathique et cette Mexicaine voyante ont soumis leur corps à l'un des plus importants décalages horaires de l'industrie aéronautique. Il a vu la photo du blanc-bec qui prétend lui prendre sa fille. Il boude. Sort de son portefeuille la photo de Noriko, la montre à Doris, et la traductrice rapporte à regret, les yeux baissés, les paroles amères de M. Yamakasi envers sa fille. Et Doris, qui a refusé de secourir son propre frère, éprouve de la compassion pour ce père contrit. Il se met à sa place, lui qui ne s'est jamais mis à la place de son propre père et n'a jamais essayé de le comprendre. Il s'identifie au drame de

M. Yamakasi qui, dit-il le soir à Carmen, a consacré toute sa vie à son travail, n'a fait qu'obéir aux lois de sa société et se trouve pris au piège d'un monde qu'il ne comprend pas. Un « bon père » traité avec ingratitude.

C'était, comme l'avait prévu Noriko, l'éclosion des fleurs de cerisiers, la fête de l'éphémère. Les époux Yamakasi invitèrent Doris et Carmen au temple Daigo-ji. Rien, chuchotait M. Yamakasi, après quoi ses paroles passaient à travers la bouche ronde, les lèvres perlées de la traductrice et le tamis de la langue anglaise : rien ne peut dire la beauté d'une fleur de *sakura*. C'est tout ce que nous tenons. Cette fleur, mon frère Doris n'avait pas besoin de mots pour la louanger, il pouvait mieux que tout autre en partager le silence. Ce blanc rosi sur le ciel bleu, cette branche chargée qui se balance dans le vent, c'est beaucoup plus qu'un cliché. La fleur de *sakura* cristallise cette amitié qui va modifier la vie de Doris et la nôtre par ricochet. Modification aussi subtile que la rose flétrie de Ronsard dans notre langue.

Pendant ces dix jours cependant, et selon une stratégie finement orchestrée par Noriko depuis Montréal, Doris et Carmen ont vécu séparément, lui avec le père et elle avec la mère, sans pouvoir changer d'un iota le programme fixé par M. et Mme Yamakasi et transmis quotidiennement par les jumelles traductrices.

Et Carmen se sentait prise en otage. Elle en voulait à Doris de ne pas s'occuper d'elle et de passer son temps avec M. Yamakasi. Elle voulait aller faire des courses dans les grands magasins. Elle n'admettait pas ces horaires autoritaires. Elle faisait sentir son exaspération par des bouderies. Et Doris, qui ne l'avait jamais vue dans cet état maussade qui lui rappelait peut-être des états analogues de notre mère, ne comprenait pas la nostalgie de Carmen, son impatience de rentrer au Mexique.

Elle n'avait pas gagné le droit de travailler aux *Estados Unidos* et s'en réjouissait. Elle voulait retrouver son air natal, le nombril du monde duquel sa mère l'avait arrachée, revoir sa famille, parler sa langue. Il semble, disait-elle, que nous venions de quelque part. Que nous naissions quelque part. Que cela change quelque chose. Mais cela, comment Doris aurait-il pu y être sensible? Il n'était pas sensible à ce qu'elle disait, non parce qu'ils venaient de deux cultures différentes, comme ils le pensèrent tout naturellement, mais parce qu'ils étaient deux individus allant en sens opposé : lui vers l'extérieur, vers le non-soi, et elle vers l'intérieur, vers son soi perdu. Lui vers l'avenir, elle vers le passé. Lui vers le silence, elle vers le bruit. Lui vers le dépouillement, l'abstraction, l'infini, au plus loin de la vie concrète. Elle vers la foule, les casseroles et les braseros du Zócalo de México. Carmen au Japon se trouvait aux antipodes de ce qu'elle était et voulait être. Le décalage horaire, la nouveauté culinaire altéraient son jugement. Selon Doris, il y a les voyageurs et les non-voyageurs et, même si elle avait émigré, elle n'était pas voyageuse. Quand elle pestait contre les Japonais, leur froideur, ce petit signe sec qu'ils vous font en guise de salut, il disait qu'elle était fermée et négative. Elle répondait que c'était lui qui l'était. Il aimait tellement le Japon qu'il disait avoir vécu une vie antérieure à Kyoto. Elle s'ennuyait de son « bordel latino-américain ». Leurs discussions touristiques s'envenimaient chaque jour. Ils se servaient de perceptions culturelles pour se blesser mutuellement, ce qui n'est jamais très noble. Ils cessèrent à un certain moment de se toucher, n'ayant plus aucun désir l'un de l'autre, ce qui est bien la fin d'un amour ou d'une relation. Car il est loin d'être certain qu'on puisse parler d'amour entre Doris et Carmen entre le 31 octobre 1995 et le 20 avril 1996.

Même quand on reviendrait plus tard sur cette période, elle continuerait à raisonner comme un pied, s'obstinant à répéter que la musique japonaise n'est pas de la musique, que la danse des geishas est un piétinement. *No libertad. Ninguna libertad. Una cárcel.* Pendant des années, elle a été brouillée à mort avec Noriko et elle s'est acharnée à ridiculiser les melons carrés, la ponctualité maniaque, la démarche des Japonaises, et à vitupérer contre les mœurs japonaises.

Une discussion sur la pizza aux algues a mené à une discussion sur l'indépendance du Québec et, sur les entrefaites, Tanaka a téléphoné pour dire que M. Yamakasi les attendait chez lui. Il avait rendu son verdict : il ferait la connaissance du garçon qui prétendait lui voler sa fille quand celui-ci aurait appris à parler et à écrire le japonais. Pas seulement parler. Lire et écrire. Pas seulement les *katakanas,* les *kanjis* qui viennent de Chine et qu'il faut apprendre un par un.

« L'homme qui va profiter de l'argent de mes ancêtres ne peut pas être un analphabète. Il doit connaître au moins trois mille caractères. Quand il aura montré qu'il peut lire et écrire le japonais, on verra. »

Ce soir-là, Doris et Carmen ont passé leur dernière soirée ensemble. Il fallait prendre des décisions. Carmen réclamait une chaise. Elle en avait assez de s'asseoir par terre. Elle faisait tout pour provoquer la discussion. Et Doris a compris pourquoi quand elle a annoncé à brûle-pourpoint qu'elle était *enceinte* et qu'elle voulait élever son enfant au Mexique. C'était à prendre ou à laisser.

« J'ai fait les tests. »

La bombe atomique.

« Je veux avoir mon enfant au Mexique. J'ai besoin de retourner chez moi. Je veux qu'il soit chez lui au Mexique. »

Elle pleurait et souriait en même temps.

« Je suis contente. »

La petite pièce qui servait de salon le jour et de chambre à coucher la nuit donnait sur un minijardin avec lanterne, azalées et érables nains que Doris s'efforçait de ressusciter. Il s'est levé sans rien dire et il est longuement sorti dans ce jardin.

Doris a toujours dit qu'il n'aurait jamais d'enfant. Dès l'âge de quinze ans, il blâmait tous ceux qui avaient des enfants. Et s'il y avait une chose qu'il faisait toujours, c'était de s'arranger pour dire, durant les premières heures qu'il passait avec une femme, qu'il n'aimait pas les enfants. Les femmes enceintes le dégoûtaient, une femme ayant déjà accouché n'était plus apte à satisfaire les besoins d'un homme comme lui. Plus d'une m'a dit combien c'était désolant de la part de mon frère de dire des choses comme ça. Membre du mouvement *zero population growth*. Favorable à la distribution de contraceptifs dans le Tiers-Monde, à l'avortement libre et gratuit. Défavorable à la présence d'enfants dans les restaurants. Il ne voulait perpétuer la vie en aucune manière. Et il avait une peur bleue d'avoir un enfant sans le vouloir.

Cela avait été entendu on ne peut plus clairement dès la première fois. Carmen ne l'a jamais nié. Il en a conclu qu'elle avait agi délibérément. Qu'elle l'avait trahi, qu'elle lui avait menti, qu'elle avait utilisé son corps et son sperme pour se faire engrosser comme certaines féministes dont il avait entendu parler.

Qui peut savoir, et elle-même pouvait-elle être certaine de ses intentions ? Elle portait un stérilet.

Quand il est rentré, elle a senti qu'elle avait été métamorphosée en sorcière. Son regard éteint, terni comme de l'or qui perdrait son reflet, exprimait un mépris inimaginable, le mépris du mâle pour la femelle qui s'est fait engrosser.

Mais elle se sentait toute-puissante. Elle lui a crié, et peu importe que les cloisons soient en papier et les éclats de voix inconnus des rues japonaises, avec son accent le plus populaire, que la vie (le cul) avait fait en sorte qu'il serait le père d'un enfant, qu'elle n'avait couché (baisé) avec personne d'autre que lui depuis le soir de février où il était venu chez elle, qu'elle n'avait jamais rencontré personne de si inhumain, que son désir le plus cher s'accomplissait, qu'elle aurait cet enfant et qu'il ne le connaîtrait jamais. Elle était du côté de la vie et de la lumière, il était du côté de la mort et de la noirceur. Personne ne pourrait l'empêcher de donner ce petit être à la lumière.

Dar a la luz.

Et lui qui ne voulait rien *donner* haïssait le corps féminin qui allait recommencer le processus sans sa permission.

Il s'est alors produit un incident que Carmen m'a raconté plus tard avec emphase parce qu'elle y voyait un sens symbolique, quelque chose *del realismo mágico*! Un gros cancrelat a fait son entrée dans la chambre en se dirigeant droit vers elle, avec sa vertigineuse vitesse de cancrelat. Elle est montée sur le seul objet possible, sa valise mauve de plastique rigide, hurlant sans bon sens, même si sa voix allait traverser les cloisons de papier de riz et déranger les ombres qui frôlaient mystérieusement les murs du *ryokan*. Le cafard noir la *regardait*. Et Doris riait. Je connais le ricanement malsain de mon frère.

Un cafard gros comme un gros scarabée qui se déplaçait en suivant l'encoignure du plafond, à la vitesse de l'éclair, puis s'immobilisait en la regardant. Et on aurait dit qu'il pensait, qu'il était intelligent.

Selon elle, c'était son bébé, son bébé qui sortait pour menacer Doris, pour la protéger.

Elle a pris son futon et est allée dormir dans le vestibule en refermant les cloisons, bien inutilement puisque ce cancrelat pouvait passer dessous.

Mon frère aurait alors poussé une étrange lamentation, et cette plainte, quand vous l'entendez, vous savez que celui qui la laisse sortir porte en lui-même quelque chose de terrible, de dangereux fantasmes, des secrets dont une femme doit se méfier. Vous pouvez penser, comme Carmen, qu'il est *oune sychopathe*.

Dès qu'il a fait jour, elle a réveillé le propriétaire pour sortir du *ryokan*, marché avec sa valise jusqu'à la gare, pris le Shinkansen avec ses derniers yens, acheté un billet pour Toronto avec sa carte de crédit, et de Toronto elle est repartie pour le Mexique par n'importe quel chemin, peu importe le prix des billets d'avion et la longueur des escales.

Je connais mon frère : pas une demi-seconde d'attendrissement ou de regret.

Dès qu'elle a prononcé le mot « enceinte », elle a été bannie.

Ce non, ce deuxième non en quelques semaines, ce refus de donner un atome de son corps lui a au contraire redonné une énergie monstre. Sa courbe bipolaire a rebondi et, pour parler comme Salomon, Doris a compensé, il a surcompensé, mais il n'a pas décompensé. La simple idée d'un enfant qui serait sur la terre à cause de lui faisait naître, bien au-delà de sentiments que l'on pourrait nommer, un tourbillon d'images dangereuses — des conduites à grande vitesse sur des autoroutes étroites, des viaducs glissants, des chutes dans le vide depuis des ponts de bateaux, depuis des chambres d'hôtels, depuis l'Empire State Building de New York ou le tablier du pont Jacques-Cartier, des flashes avertisseurs qu'il ne prenait pas à la légère parce qu'il avait travaillé pour se maîtriser, mentalement et physiquement, pour acquérir sa connaissance des forces dangereuses qui gouvernaient sa vie comme un monstre au fond de la mer s'emparerait d'une chaloupe. Il était capable de harnacher sa folie, comme notre arrière-grand-père Mardochée Cardinal a endigué les eaux d'une rivière pour construire une petite centrale électrique. Doris n'est pas un homme qui pourrait retracer sa vie, se la raconter comme un cheminement. Sa vie aurait plutôt la forme d'une zone, d'un lac nordique avec des îles, des rochers, des roches souterraines, des marécages, des nénuphars et leurs sempiternelles racines flottantes.

Pour sortir du vortex, il avait ses méthodes.

D'abord, ajouter Carmen à la liste des pièges dont il s'était arraché — une étudiante qui travaillait pour lui l'été, des avocates matérialistes avec lesquelles il jouait au tennis, qu'il lâchait comme un vieux torchon dès qu'elles lui parlaient de la difficulté qu'éprouve la femme de carrière à avoir des enfants avant trente ans, une infirmière dont le rire était aussi beau que le glouglou d'un ruisseau, qui cousait elle-même ses jolies robes à fleurs, de qui il s'était détourné en se faisant violence parce qu'elle voulait un enfant. Et Carmen l'hypocrite. La der des der. Il s'était fait avoir. Utiliser comme un animal reproducteur. Un fluide de son corps avait passé la membrane d'un ovule et engendré du sang, de la lymphe, des cellules osseuses, des cellules nerveuses, un amas dégoûtant dans un nid microbien tout mou.

144

Il a fait ce qu'il fallait. Il a marché. Il a marché dans Kyoto, de jour et de nuit et, au bout d'un temps indéterminé, il a dormi.

M. Yamakasi, outré du départ précipité de Carmen Perez Garcia, une entremetteuse, une ingrate qui n'était même pas venue les remercier avant de s'en aller, ne voulait plus entendre parler d'elle. À son retour à México, elle avait envoyé des roses par téléfleuriste à Mme Yamakasi, mais ces roses étaient rouges et ils en avaient été insultés.

Il a fait savoir à Doris qu'il désirait continuer à jouer au golf avec lui le temps qu'il resterait. Doris l'a invité en retour dans un restaurant français et lui a confié qu'il avait le projet de visiter les mille et un jardins de Kyoto, d'en apprendre les noms, d'en étudier les particularités, d'en reconnaître le mystère. Une affaire qui pouvait absorber le reste de sa vie, car, devant ces pierres muettes, ces jardins de sable blanc, il ne s'agit pas de comprendre. M. Yamakasi hochait la tête. Doris en savait plus que lui sur l'art du jardin. Il avait étudié en auditeur libre à l'École d'architecture de l'Université de Montréal. Le principe du *wabi* était familier à son cœur. Il n'avait jamais été éloigné de cet idéal, d'une certaine perfection de l'imperfection, du degré supérieur de la perfection qui consiste à isoler l'imperfection et à en faire une chose parfaite. Ce genre de recherche qui peut vous mettre à l'abri de la condition humaine, si éloignée de la vie concrète que M. Yamakasi n'y comprenait rien du tout. Il se contentait d'inviter respectueusement mon frère dans les restaurants les plus secrets de Kyoto.

Assis en tailleur sur un coussin, dans un salon privé, en face de M. Yamakasi et Mme Yamakasi, il s'efforçait de supporter la douleur de ses genoux ankylosés et s'acharnait à saisir avec des baguettes des oursins déposés sur de la glace pilée, des organismes gluants ressemblant à des fœtus abandonnés, des algues flottant dans des bouillons clairs, des fèves dont la putréfaction est réputée exquise, des poissons dont le poison tue, et par-dessus tout ces simples grains de riz blanc se détachant un par un comme des flocons, où il a puisé l'intuition fulgurante du jardin de glace de Yellowknife. Il fut introduit par un ami de M. Yamakasi auprès des moines d'un temple zen perché au nord de la ville où il pourrait, moyennant une somme d'argent considérable, vivre dans la frugalité, apprendre à perdre tout désir, récupérer la maîtrise de soi et de son corps, se soumettre à l'eau bouillante des *onzen* en compagnie d'hommes qui ne lui jetteraient pas un seul coup d'œil, atteindre le vide au cœur du monde et le dépasser, atteindre le rien qui le sauverait de sa nature humaine, et savoir qu'il n'avait encore rien compris. Deux mois à progresser de l'incompréhension à la compréhension de l'incompréhension, des éléments intransmissibles, inaccessibles au commun des Occidentaux, que je ne fais ici que mentionner sans prétention autre que de tenter de suivre les quelques pierres que je connais du cheminement de mon frère.

À la fin, il a lu le livre d'un Français sur la mort volontaire au Japon. Puis il s'est demandé si le jardin japonais, la cérémonie du thé et le zen étaient de la fumisterie. Après quoi il a senti qu'il était prêt à revenir à Montréal, avec son projet de transformer la boutique de la rue Sherbrooke en boutique japonaise et de gagner de l'argent avec la mode du Japon et des japonaiseries. C'est ce que j'ai entendu, imaginé, c'est ce qu'il m'a raconté, ce que Carmen m'a raconté.

Un frère est-il autre chose que le produit de notre imagination? De quelle autre manière aurait-on accès à ses frères? S'il lisait ce que je viens d'écrire, il s'exclamerait que je suis menteuse, que je me prends pour une autre, et me renverrait l'accusation fondamentale de notre famille.

Quand il est revenu à Montréal, il semblait serein, parvenu à une certaine indifférence qui, même mélancolique et saturnienne, était plus supportable que l'agressivité linguistique dont il nous accablait avant de quitter Montréal avec Carmen Perez Garcia.

Il a envoyé son associé, Claudel Marcellus, en mission à Kyoto, et Claudel a été, en cette année 1996, et jusqu'à preuve du contraire, le premier Haïtien de l'histoire du monde à devenir maître de l'ikebana. Au lieu d'obéir aux règles, il les a adaptées, sous l'influence d'un ami qui aurait, dit-on, inventé une gestuelle mitoyenne entre le rap et le *butô*. Il a gagné un prix floral et a été réinvité à donner un cours dans un atelier d'ikebana de Kyoto.

C'est de cette manière que Doris a trouvé le moyen de s'absenter de son âme comme je m'absente de moi-même en racontant ce que je raconte, mais avec moins de retombées économiques que lui, dont la fortune a tant prospéré. Sa boutique de la rue Sherbrooke est devenue un lieu reconnu, en Amérique du Nord, dans ce créneau qu'on appelle l'« ikebana fusion ». Les ambassadeurs du Japon à Washington et à Ottawa, les ambassadeurs et les consuls des autres pays, la maison du gouverneur général du Canada, les maisons des lieutenants-gouverneurs provinciaux commandent maintenant ces arrangements inédits, qui ne ressemblent à rien de connu et qui arrivent dans un état de fraîcheur à couper le souffle. Avec Claudel Marcellus, il a développé un marché du jardin japonais hors Montréal. Avec un environnementaliste connu, il a fait la promotion du paysage encadré et du jardin-paysage, atteint jusqu'à un certain point la province, de sorte que l'on peut voir, si l'on est initié, jusqu'à Chicoutimi, à Chibougamau, des jardins particuliers qui reproduisent en mousse, à petite échelle, les monts velus et usés du Bouclier canadien, les faisant voir d'une autre manière et comme si on ne les avait jamais vus encore.

Il a gagné de l'argent, contracté une passion pour l'accumulation, comme notre grand-père Cardinal avait entretenu la passion du hasard et perdu le bureau d'arpenteurs fondé par son père dans une partie de poker illégale. Interroger chaque soir son chiffre d'affaires lui donnait des frissons comparables à ceux du joueur compulsif devant sa roulette. Il découvrait le dangereux plaisir du hasard monétaire, des calculs et des risques. Il réinvestissait l'argent, l'argent de l'argent. Avec des courtiers beaucoup plus jeunes que lui, il se penchait sur les mécanismes boursiers les plus aventureux et les plus modernes. L'argent a pour ainsi dire pris la place de Carmen Perez Garcia.

Dans les rues, les restaurants, les avions, la plupart des femmes restaient instinctivement à distance de cet homme mis comme une carte de mode. Elles s'en éloignaient comme on s'éloigne d'une centrale nucléaire. Son regard en fusil, ses lèvres minces et serrées, cette façon qu'il avait de tourner la tête brusquement, comme un oiseau qui entend des bruits supersoniques, son visage aux traits barrés et, surtout, l'intensité de son silence traduisaient et trahissaient cette fulmination que la plupart des femmes savent reconnaître et fuir comme la peste. Elles se protégeaient le visage avec la main dans l'avion, plaçaient un livre entre elles et lui.

Il est revenu définitivement à Montréal le 23 juin 1996, la veille de la première fête nationale du Québec depuis le deuxième référendum sur l'indépendance nationale.

Il a peut-être lu, dans le journal qu'on lui a passé dans l'avion, l'entrefilet que j'ai découpé ce jour-là : un film allait

148

être consacré à Rainier-Léopold Osler. Il serait tourné par une jeune cinéaste qui avait quelques documentaires à son C.V. et s'appelait Jasmina-Pierre Graham. La fille de Cynthia Graham. Elle avait entendu parler de son grand-père « assassiné », voulait revenir sur cet épisode de l'histoire du Québec à la lumière des trente années qui avaient passé et des deux référendums tenus sur l'indépendance politique. Elle avait reçu des subventions des gouvernements fédéral, provincial et municipal pour ce projet.

Louis n'a pas pu lire cet entrefilet. Il était en convalescence à Toronto. Mais il avait survécu, il était sauvé des eaux, ressuscité.

Il n'en restait pas moins que Doris l'avait tué. Il ne l'avait pas tué à coups de marteau, de hache ou de poignard, mais il l'avait tué, même s'il n'était pas mort. Il était coupable. Coupable d'un crime non commis et donc impossible à avouer.

C'est seulement à Saint-Savin, dans le Poitou, plus de dix ans après, que j'ai commencé à pouvoir réfléchir à ces questions qui me dépassent infiniment.

Dans sa chambre stérile, Louis, qui ne lisait jamais, avait lu la Bible qui se trouvait dans son tiroir, comme Dostoïevski en Sibérie. Est-ce qu'il a lu l'histoire de Jacob et Ésaü, l'histoire de Joseph jeté par ses frères dans un puits ? Je ne sais pas. Il disait qu'il n'en voulait pas à Doris. Qu'il avait réfléchi au sens de la vie.

Il n'a jamais voulu nous raconter le déroulement ni nous expliquer la nature exacte de ses traitements. Il ne voulait plus même reparler de cette épreuve. « Si jamais j'ai une récidive, Marquise, je ne recommencerai pas. C'est une aventure qu'on vit une fois, pas deux. »

Je me suis aperçue que je tenais à lui. J'ai commencé à comprendre ce que me disait si souvent Salomon, que la seule chose que je pouvais faire pour lui, c'était d'essayer de l'aimer. C'était difficile d'aimer mon frère, mais divers sentiments me liaient désormais à lui. L'admiration pour sa combativité, la gratitude pour son amour de la vie, la tendresse, si contraire à la vérité, qui s'infiltrait peu à peu en moi. Pendant des années, il a eu l'impression de vivre dans un corps étranger, par usurpation.

À Toronto, il a vu sur Internet que la maison où notre père passait naguère ses vacances d'été, à Cap-Aurore, au bord du fleuve Saint-Laurent, chez ses grands-parents maternels, était en vente et, dès qu'il a pu, il est allé la visiter. Elle avait appartenu entre-temps à une communauté religieuse, mais tout était resté comme avant : les meubles du salon, un sofa victorien, un piano fameux, de marque canadienne, des lampes sur pied, la galerie de portraits de notre arrière-grand-mère, née de La Chevrotine. Il prétendait qu'on voyait sur les photos que cette arrière-grand-mère avait un grand-père abénaki. Le piano était encore en état.

Avec la vente d'Habitat 67, il a pu payer Cap-Aurore et un appartement plus commode dans une conciergerie de l'île des Sœurs d'où il avait une vue sur le fleuve et sur le dôme de l'église de Laprairie, non loin de l'endroit où nous avions placé notre père, dans une maison pour vieillards. Il a abandonné la médecine pour des cours de sommellerie. Il voulait changer de vie. Il comprenait la valeur du temps, la chance d'avoir un corps vivant, capable de jouir de la splendeur du jour, un cœur capable de remercier d'être en vie. Il voulait monter une cave à vins à Cap-Aurore, transformer ce qu'il appelait le « manoir » de La Chevrotine en gîte du passant, en table d'hôte. Il passait de longs weekends à Cap-Aurore, revenait à Montréal rendre visite à notre père, lunchait avec Salomon. Il adorait conduire sa voiture de l'île des Sœurs à Cap-Aurore, parlait d'acheter un yacht, comme au temps où il naviguait sur le lac Champlain avec un de ses confrères de l'Hôpital Maisonneuve-Rosemont.

Il a recommencé à manger trop et trop bien, à prendre du poids, à boire beaucoup plus que nécessaire, à vociférer contre les tarés qui avaient fait rater le DRIPQ. À dire qu'il faudrait faire un lavage de cerveau au peuple québécois pour qu'il cesse d'avoir peur de son ombre, à parler contre Virginia, contre les femmes, à se plaindre de sa fille ingrate et sans racines.

Les gens savaient qu'il avait triomphé d'opérations risquées et dépassé la mort. Cela imposait le respect.

Saint-Savin (France),
automne 2007

Le soupçon dans l'œuf

En 2007, après une tournée en Suède, j'ai fait un voyage en France avec Salomon. Pour moi qui avais tant aimé la France dans les années 70, quand je l'avais parcourue en Renault 4 avec Osler, le pays gentrifié, coquet, européanisé que nous parcourions trente ans plus tard en Peugeot semblait sans intérêt. Mais la route nous a menés au-delà de la frontière du tourisme, dans le Poitou, dans l'abbaye romane de Saint-Savin plus précisément, à la voûte de laquelle on peut voir une représentation du meurtre de Caïn peinte *a fresco*.

C'est Salomon qui l'a repérée. « Tu ne verras pas ça souvent, Marquise, une scène de meurtre dans une église chrétienne. »

Ce jour-là, j'ai éprouvé le besoin de réfléchir au refus de Doris, à l'audace morale de ce refus. L'eau avait coulé sous les ponts depuis le terrible soir où Louis et moi avions sonné à sa porte par une nuit de pluie et de tempête, le 1er avril 1996.

Onze ans plus tard, Louis était toujours pétant de santé et d'énergie. Doris n'était pas un assassin parce que la médecine avait réussi. Mais s'il était mort ? Je ne suis pas juriste, mais devant cette fresque à moitié effacée la question s'est tout à coup posée clairement : est-ce que mon frère cadet avait commis cette action de « tuer » mon frère aîné en lui refusant son aide en 1996 ? De quoi avais-je été témoin au juste ?

Si Louis était mort de ce lymphome non hodgkinien, sa mort aurait été liée au refus de Doris. Mais on ne pouvait pas dire pour autant que le refus avait pour but de causer la mort. C'était compliqué.

Au temps de notre père, il n'y avait pas de greffes de moelle osseuse ou de cellules souches, et Doris n'aurait jamais eu à prendre une telle décision. Les soubassements de la morale étaient ébranlés par la médecine. Les réponses et les applications variaient de continent en continent, de classe sociale en classe sociale. Les cours de justice ne semblaient pas y voir plus clair que le simple mortel. Le président américain interdisait la recherche sur les cellules souches. Des femmes transgressaient la loi et se faisaient payer en espèces pour porter des bébés pour d'autres femmes. On sait depuis toujours que la paternité peut être falsifiée. Mais maintenant, un enfant pouvait très bien naître sans savoir exactement qui était sa mère : celle qui avait fourni l'ovule ou celle qui avait fourni l'utérus ? Si l'on était conséquent, il fallait admettre que la notion de frère n'était plus absolue. Et rien de cela n'allait empêcher la question de la moelle de se poser de nouveau puisque, comme chacun sait, on ne guérit jamais d'un lymphome.

Je disais à Salomon : « Je ne veux pas juger pour juger, mais je veux comprendre, me comprendre en tant que sœur. Si on ne se comprend pas comme sœur, on ne comprend pas le lien humain. Et qui voudrait avoir vécu sans avoir au moins tenté de comprendre son appartenance au genre humain ? Pas moi. »

Doris disait périodiquement qu'il n'avait jamais cru

que Louis puisse mourir, qu'il avait toujours su qu'il y avait d'autres options, que ce n'est pas parce qu'on est le frère de quelqu'un qu'il faut accepter de lui donner de la moelle, qu'un don doit être libre, qu'un don ne peut jamais être obligatoire. Les dons entre parents devraient être interdits, un don qui n'est pas libre n'est pas un don. Il était habitué à se justifier, à argumenter devant des tribunaux imaginaires. Comment ne pas lui donner raison sur certains points? Il revenait de temps à autre sur des sujets comme la médecine occidentale et la médecine orientale, le droit de chacun de disposer de son corps, l'éthique médicale à l'ère posthumaine, les funestes habitudes alimentaires de Louis que lui, un homme frugal, n'avait pas à réparer. Nous ne disions rien.

Ce jour-là, à Saint-Savin, j'ai raconté à Salomon le moment où j'avais entendu l'histoire de Caïn et Abel pour la première fois.

Nous étions tous les trois avec notre mère dans la cuisine, Doris avait quatre, cinq ans peut-être. Je ne me souviens plus pourquoi elle nous avait raconté cette histoire de Caïn qui tue Abel et qui répond à Dieu : « Suis-je responsable de mon frère ? » Mais je sais qu'elle a employé la forme « suis-je » et non « est-ce que je suis ». Et ses mots s'abattent sur les enfants qui mangent leur soupe dans la cuisine sombre. Nous ne savons pas sur qui la culpabilité est dirigée, mais elle est palpable, nous la recevons sur nos épaules et nous la faisons nôtre. Ce n'est pas bien de répondre à Dieu, de répondre tout court, de répondre par une question, par une impertinence. Pas bien de mentir à Dieu, d'affronter Dieu. Caïn a répondu : « Suis-je responsable de mon frère ? » a dit notre mère. Et elle s'est tue. Les sous-entendus nous sont tombés dessus : nous étions comme Caïn et Abel et nous le savions, et elle aussi le *savait*. Elle savait qu'il nous manquait quelque chose, que nous ne nous aimions pas, que nous ne pouvions pas nous aimer les uns les autres. Toutes les mères ont observé la férocité des luttes fraternelles. Mais elles ne sont pas toutes aussi impuissantes à transmettre ce qu'elles ne possèdent pas. Sans doute savait-elle obscurément pour quelles raisons c'était comme ça, elle qui était à l'origine de l'œuf.

« C'est pour ça qu'elle nous a raconté cette histoire-là, ai-je dit à Salomon, ce jour-là. Nous ne nous aimions pas, nous ne pouvions pas nous aimer, nous le sentions et nous nous en sentions coupables. En tant que fille, je me sentais protégée. C'était entre mes frères qu'il y avait un problème. »

J'ai lu ensuite dans *Joseph et ses frères*, de Thomas Mann, que Caïn et Abel avaient une sœur, Noémi, que Caïn et Abel se la disputaient : l'aîné considérait qu'elle lui appartenait comme aîné, le cadet considérait qu'elle lui appartenait parce qu'elle était sa jumelle. Cela ne m'a pas avancée. Dieu merci, je ne suis pas la jumelle de Doris et on n'est plus à l'âge biblique où l'on s'échangeait les sœurs entre frères.

À Saint-Savin, toute la nef est illustrée de scènes de l'Ancien Testament. Salomon était vraiment content de voir ça. Il remerciait son grand-père maternel de lui avoir enseigné ces histoires en cachette de ses parents athées. L'Arche de Noé. Abraham. Caïn et Abel. Ce jour-là, il m'a raconté la première fois qu'il a vu un crucifix.

Salomon, Salomon, Salomon…

Il ne se gênait pas pour raconter plusieurs fois la même chose. Ce n'est que maintenant que je comprends l'humanité de la répétition. Mes frères et moi, aussitôt que nous avions entendu une chose, nous nous faisions un point d'honneur de manifester, impatiemment et impoliment, que nous n'avions pas besoin qu'on nous la répète. Nous avions si peu d'humanité en nous. Nous ne tolérions la répétition chez Salomon que par exception. C'est ce qui a permis que les choses changent : Salomon.

Il aimait raconter autant de fois qu'il en avait envie une chose qu'il avait trouvée drôle ou qui lui avait procuré du plaisir. Il disait que ça lui redonnait ce plaisir. Il avait vu un crucifix pour la première fois à cinq ou six ans : une collision, la découverte d'un autre monde dans sa ville. « *Who is that guy?* avait-il demandé à son père en lui tirant la manche. *Who is that guy, Dave? Who is he? — The Christ. Jesus Christ.* » Ils se trouvaient dans une école catholique pour voter et il a très bien senti la réprobation de la dame qui surveillait le scrutin, pas à cause de l'anglais mais de la religion, c'est cette différence-là qu'il a ressentie la première fois qu'il a entendu parler de nous. Et qui était Jésus-Christ ? « *Oh my God!* » avait répondu son père. Salomon riait chaque fois qu'il racontait cet épisode.

C'était toujours lui qui repérait le crucifix le premier. Moi qui ai vu des crucifix toute mon enfance, je me suis dangereusement habituée à cette image qui m'a peut-être tiré quelque compassion quand j'étais jeune, encore que j'en doute : c'était surtout de la peur qu'on ressentait, et la peur est contraire à la compassion parce que, si on a peur, on se méfie de l'autre, on est dans l'impossibilité psychologique de se mettre à sa place. Avant de rencontrer Salomon, j'étais endurcie et insensible. À cinq ans, avant que je puisse m'en souvenir, je n'étais plus empathique à la souffrance d'un homme cloué sur une croix et abreuvé de fiel sous les sarcasmes. Dans les musées, c'est Salomon qui ressentait de la pitié devant les pietà, moi, j'y étais habituée.

Nous sommes restés longtemps assis dans l'église tous les deux, la tête renversée à quatre-vingt-dix degrés jusqu'à s'en casser le cou, à regarder les scènes bibliques sur la haute voûte romane. Des religieuses chantaient du grégorien et Salomon aimait le grégorien, la liturgie catholique. Quand il était enfant, il allait à la messe catholique avec un de ses amis irlandais et il aurait voulu pouvoir communier comme lui. Il me racontait toujours les mêmes histoires.

Je ne connais rien à Dieu, mais je respecte les religions humaines. Je respecte les symboles humains, les questions, les réponses humaines, les œuvres, les mots humains. Je respecte donc « Dieu ». Malgré l'athéisme qui nous est tombé dessus quand Louis a commencé à aller prendre un café au lieu d'aller à l'église le dimanche, je revendique le droit, en tant qu'être humain qui sait lire, d'interpréter respectueusement cette histoire biblique. J'ose donc dire ce que j'ai ressenti le jour où ma mère nous a raconté l'histoire de Caïn et Abel et que j'ai répété à Salomon à Saint-Savin : je comprends pourquoi Caïn est frustré de ne pas être traité avec équité et selon ses droits. Du point de vue de nos droits laïques, Dieu est injuste. Il refuse le don de Caïn. Et notre père, comme Dieu, était injuste avec Doris. Il refusait ses mots. Il refusait de le croire. Il refusait sa confiance, son don d'enfant. Il ne l'aimait pas. « On ne peut aimer son enfant et ne pas lui faire confiance », disais-je. Mais Salomon n'en était pas si sûr. Il se demandait ce qui avait pu se produire pour que, si tôt, notre père imagine que Doris lui mentait. Selon Salomon, il exprimait de cette manière la menace que représentait Doris, un individu séparé de lui, un étranger dont il n'avait pas l'entière possession, un *autre*, avec ses pulsions et ses désirs incompréhensibles et imprévisibles. C'est de lui-même qu'il se méfiait en se méfiant de son fils.

Selon un certain psy du nom de Erikson, que l'on étudie quand on écrit pour les enfants, il y aurait huit stades dans le développement de l'être humain, et le premier serait la confiance. Et Doris ne l'a tout simplement jamais passé. Il l'a sauté, ai-je dit à Salomon, il n'a pas eu le choix.

Nous parlions librement, à bâtons rompus.

« Tu es nietzschéenne, Marquise, si tu prends la part de Caïn, a conclu Salomon.

— Mais je ne prends pas sa part ! Je le comprends. C'est différent. »

Même si nous n'avions pas lu Friedrich Nietzsche au complet, nous n'avions pas besoin de préciser ce que nous entendions par « être nietzschéen ». Peu importe ce que nous voulions dire par là, qui n'était certainement pas conforme à la rigueur philosophique. Nous nous disions ce que nous voulions, et ce que nous ne voulions pas dire, nous ne le disions pas.

Je n'ai pas dit à Salomon ce jour-là que, parce qu'il était enfant unique, il ne pouvait peut-être pas comprendre cette histoire biblique aussi bien que moi. Heureusement que cela n'a pas franchi mes lèvres, parce qu'il avait une relation fraternelle avec mes frères. Il aurait été méchant de lui rappeler sa « solitude biologique », de lui dire que mes frères n'étaient pas ses frères. J'ai échappé à ma méchanceté naturelle et involontaire, ce jour-là comme tous les jours de ma vie avec lui. Il neutralisait le mal qui était en nous et nous dépassait, mes frères et moi, et dépassait tout aussi bien notre père. Comme un aimant, il attirait la limaille de la méfiance hors de moi. Même Doris a fini par comprendre, je crois, que notre père n'était pas à l'origine de sa méfiance, du mal qu'il lui a infligé en lui refusant sa confiance. Mais cela a pris beaucoup de temps et de morts. Notre père souffrait de la maladie de la méfiance et une telle maladie ne peut que s'aggraver, elle ne peut pas être guérie parce que le seul remède serait la confiance, qui repose sur un don, comme la moelle. On ne sait pas pourquoi on aime quelqu'un ou pourquoi on ne l'aime pas.

Sans avoir lu les milliers de pages autorisées sur Caïn et Abel, je le dis comme je l'ai dit ce jour-là à Salomon : l'histoire de Caïn et Abel est à l'origine de toutes les histoires parce que les sentiments de Caïn et Abel sont nos premiers sentiments dans l'œuf animal et qu'ils déterminent tous les autres. Pourquoi la chance de l'amour nous est accordée, pourquoi elle nous est refusée, on ne le sait pas. C'est ça, l'histoire de Caïn et Abel. Les sentiments sont arbitraires. Si je comprends quelque chose au mot « Dieu », c'est qu'il signifie cette loi arbitraire, notre impuissance face aux sentiments, les nôtres, ceux des autres, à partir de l'œuf. C'est pour ça, selon moi, que la Bible dit : « Tu honoreras ton père et ta mère » et ne dit pas : « Tu aimeras ton père et ta mère. » Parce que l'amour ne se commande pas. Ne se conjugue pas à l'impératif, comme notre mère nous le conjuguait, sentimentalement : « Aimez-vous les uns les autres. »

Quand les familles comptaient six, dix, douze enfants, et qu'elles contribuaient si bien au renouvellement du peuple canadien-français, et même dans les plus petites familles des années 1950, qui n'étaient pas si petites que ça, le doute et le soupçon habitaient le cœur des enfants. Ce n'était pas l'époque de l'enfant-roi. Les enfants se demandaient si leurs parents les aimaient vraiment ou s'ils n'étaient pas des Petit Poucet, des Hänsel et Gretel que leurs parents vont perdre dans la forêt parce qu'ils ont trop de bouches à nourrir. Et même l'enfant-roi se demande s'il est aimé.

Cette question se posait au superlatif pour Doris. Elle se posait dans l'absolu. Tout le monde voyait clairement que Louis était aimé par notre père, avait la confiance de notre père. Il ne cachait pas sa préférence arbitraire, son rejet arbitraire. Il vivait sous un régime de sentiments antiques. Il n'était pas « sentimental », il n'était pas romantique, il ne faisait pas semblant d'éprouver des sentiments qu'il n'éprouvait pas.

Quand Louis, après sa « résurrection », pensait à Doris, il disait : « Le plus dur, c'est de comprendre à quel point il ne m'aime pas.

— Mais toi, est-ce que tu l'aimes ? »

Il n'a jamais répondu à ma question.

Nous n'avons pas la clé de notre cœur.

Je ne cherchais pas à excuser Doris ni même à le juger. J'essayais de le comprendre. Comprendre n'est pas excuser. Raconter n'est pas excuser. Expliquer n'est pas excuser. À chacun de juger.

Doris ne sentait pas la portée de ses actes. Il était désensibilisé. Quand notre mère est morte du cancer du poumon, je suis allée rejoindre Osler à Paris. Je l'ai abandonné. Il était si seul que Montréal lui tenait lieu de compagne. Il arpentait le boulevard Saint-Laurent. C'est là qu'il a développé sa passion pour le commerce, pour le pouvoir de communication du commerce, et qu'il a trouvé par quel chemin s'éloigner de nous. Il allait tous les jours chez Virginia après l'étude. Il écoutait les disques de Louis. Et Louis n'aimait pas ça. Virginia était seule. Louis travaillait tard le soir et Doris la distrayait. Et Louis ne pouvait rien dire. Il n'avait pas de raison de se plaindre. Quel mal cela pouvait-il lui faire que Doris soit là ? Il était jaloux quand il le trouvait dans son salon. Même mariée, Virginia avait avec Doris, comme avec tous les hommes, le comportement *flirt* et ambigu qu'une femme doit savoir quitter avec le mariage mais dont elle n'a jamais pu se défaire.

Caïn, au lieu d'avaler sa haine et de s'autodétruire, au lieu de se faire croire qu'il aime Abel en bon chrétien, dénonce la théorie sentimentale de l'amour fraternel, la théorie de la bonté humaine, de la famille humaine. Si on se place de son point de vue, Abel lui a *enlevé* l'amour de Dieu, de par son existence. Caïn ne peut pas aimer l'existence d'Abel, il ne peut pas ne pas être jaloux de la chance d'Abel. Il ne le tue pas toujours à la hache comme à Saint-Savin. Il peut ne pas avoir envie de lui donner un petit peu de sa moelle. Le meurtre découle de la naissance.

Salomon m'écoutait en hochant la tête, avec son sourire peiné, compréhensif et bon. Il se contentait de m'entourer de son bras et, de cette manière, il m'apaisait. Je finissais par laisser au silence le soin de conclure.

Dans notre famille, il y a toujours eu de la jalousie entre frères. Le frère de mon grand-père Cardinal s'est chicané avec mon grand-père et le frère de mon arrière-grand-père s'est chicané avec son frère. Notre arrière-grand-père, Mardochée, était marié à une femme extrêmement belle et son frère s'est sauvé au Michigan avec elle. C'est pourquoi nous avons de la parenté au Michigan. Après le départ de sa femme avec son frère, notre arrière-grand-père Mardochée est devenu paranoïaque. C'est ce que Louis a raconté, quand Doris a découvert l'existence de la photo supposée de la maison de notre grand-père paternel, avec sa pancarte antisémite, qui se trouve au Centre commémoratif de l'Holocauste de Montréal.

« Caïn tue peut-être son frère parce qu'il ne peut pas tuer Dieu, a ajouté pensivement Salomon, ce jour-là, à

Saint-Savin. Il ne conçoit pas qu'on puisse tuer Dieu, il tue son frère. C'est pour ça que Freud invente l'histoire des frères qui décident de supprimer le père. Et Dostoïevski raconte celle des frères qui s'entendent sur la nécessité de tuer leur père. »

Tout ça nous dépasse, dépasse ce qu'on peut comprendre dans une seule vie humaine. Une seule vie humaine ne suffit pas à comprendre *Les Frères Karamazov*. Ce n'est pas le roman *Les Frères Karamazov* qu'il faut comprendre, mais qu'on ne peut comprendre le mystère.

Nous parlions, sans besoin de prouver quoi que ce soit, nous avancions des hypothèses, comme si nous avions toute la vie devant nous, ce jour-là, en septembre 2007, à Saint-Savin.

Ensuite, nous sommes allés dormir à Poitiers. Dans les champs, les tournesols penchaient la tête et ne pouvaient pas ne pas évoquer Van Gogh et son frère Théo, mais je n'ai pas poursuivi sur ce thème.

À Poitiers, nous avons mangé une choucroute à la brasserie juste à côté de l'hôtel, en face de l'église Notre-Dame-la-Grande.

Cette nuit-là, je m'en souviens, nous avons ouvert un courriel de Rosa Lou, dans l'ordinateur de notre chambre. Elle était enceinte et nous annonçait son prochain mariage. Et en voyant le tour si inattendu que prendrait la descendance, avec cet enfant qui allait naître au printemps de l'an 2008, dont nous connaissions les deux grands-pères, j'ai dit : « Quand même, Salomon, on n'aurait jamais pu prévoir ça. Même toi, le devin, tu n'aurais pas pu prévoir, en 1996, comment les choses allaient tourner en 2008.

— C'est vrai, a dit Salomon. L'avenir est imprévisible. »

Et malheureusement, c'était vrai.

Le saut du millénaire

Fin 1999

Fin 1999, l'humanité s'est demandé si ce n'était pas le bout de l'aventure, si on n'allait pas replonger dans le néant. Bombe atomique, menace nucléaire et, pour clore le joyeux XXe siècle, le bogue appréhendé des ordinateurs. Un oubli, une erreur élémentaire et le monde pouvait cesser de fonctionner. Le vernis de la raison est mince : moi, Marquise Simon, j'ai stocké de l'eau potable dans la semaine précédant le tournant de l'an 2000.

L'humanité a remporté la manche. Des milliers de jeunes hommes, parmi lesquels Marco Tremblay, le futur mari de Rosa Lou que nous ne connaissions pas encore, ont travaillé comme des moines à tester les mailles de la Toile. Les nombres ont tourné. Les ordinateurs ont suivi. On a changé de siècle, on a changé de millénaire. Mais le temps nous a montré son visage, dans son langage chiffré.

Notre ville était bel et bien devenue un des derniers lieux de la planète où les gens pouvaient encore immigrer, et avec les gens viennent les mœurs. Quand ils posaient le pied à Montréal, nos nouveaux concitoyens sentaient bien que tout y était en suspens — eux qui venaient de quitter famille et pays, mais nous aussi qui y étions bien installés depuis toujours. Le mot « toujours » avait été arraché de la terre par une charrue puissante et on voyait les racines de la souche, comme des cheveux hirsutes, une tête de Méduse hébétée. Il y avait des gens qui aimaient Montréal, des gens qui détestaient Montréal pour cette même raison : instabilité, mouvement, métamorphose.

Ce n'était pas tout à fait la même chose partout. Ce n'était pas comme ça à Tokyo, au Caire, à Istanbul ou à Pékin. La fameuse diversité n'était pas aussi grande. La perméabilité non plus.

Mon livre *Le Blaireau dansant* était repris par un éditeur français, on le traduisait en diverses langues, j'étais invitée dans des festivals, des salons du livre, des tournées de rencontres. Le voyage en avion est devenu une manière obligée de pratiquer un certain nombre de métiers. Au retour, Montréal m'apparaissait comme l'éternel village gaulois sous la loupe d'Albert Uderzo. Atterrir à Montréal, c'était toujours tomber dans le vide, à des années-lumière de l'humanité et de son berceau. Mais aux douanes, on voyait les familles arriver. Des femmes en grand manteau, en sari, des têtes foulardées, des visages invisibles. Les fils, pères, maris ou frères en costume de ville, présentant les passeports de la famille à nos ineffables douaniers, sous notre dur regard de citoyens bétonnés. Pas de béton qui tienne.

Même nos hassidim, qui portent si haut le noble souci de conserver son être, étaient effleurés par la vague. On les a vus sortir faire leur marche de santé en couple, chaussés de Nike comme n'importe qui, acheter des vélos, les garçonnets en redingote noire foncer droit sur les trottoirs sans détourner le regard, et leurs sœurs à trottinette, et les rabbins parler en yiddish dans leurs téléphones portables en cueillant l'argent aux guichets des banques mondiales, habillés comme l'étaient les rabbins en Pologne ou en

Roumanie au XIXe siècle. Les gens disaient que, le soir de l'an 2000, notre quartier hassidique ferait une cible de choix pour les islamistes fondamentalistes. On sait, on sait maintenant que le XXIe siècle a attendu 2001 pour sonner. Mais le *millénaire* nous a rappelé notre condition *éphémère*.

Le 31 décembre 1999, à Montréal, la température était douce et clémente, comme elle allait le devenir insidieusement, disait-on, avec le réchauffement du climat terrestre. Les jeunes filles faisaient claquer leurs talons hauts pendant qu'aux pôles les glaciers fondaient et que dans les forêts déforestées le gaz carbonique sortait de terre. Des flocons gros comme des mouches descendaient lentement, flânaient sans se toucher dans l'air anormalement doux pour un 31 décembre, et fondaient au sol, sans faire de dégâts.

Salomon a fait cuire son cipaille du Lac-Saint-Jean comme chaque année depuis trente ans et nous nous sommes demandé d'où venait le mot « cipaille » comme chaque année : de Chicoutimi ou de l'île Maurice ? Trois jours de travail. Lièvre, chevreuil, oie sauvage, perdrix tués durant l'automne par Louis et dépecés crus. Foncer le chaudron de fer des Cardinal avec une pâte grande comme la table. Salomon faisait depuis si longtemps son cipaille que les gens ne l'appréciaient plus. Quand on a sablé le champagne, il a dit de sa voix désolée que c'était sa dernière Saint-Sylvestre, qu'il faut savoir arrêter la tradition quand on change d'époque. La maison était remplie de fantômes qu'on ne voyait que le 31 décembre. Le chevreuil, l'oie, le saumon fumé au bois d'érable, toutes ces gibelottes de la colonie ne faisaient plus le poids. Il aurait fallu du cru, pas du cuit. Du tartare de chevreuil et du tartare de saumon. Plusieurs habitués nous avaient faussé compagnie sous prétexte de fêter le millénaire en grand, qui en Égypte, qui en Asie. Le petit noyau avait éclaté, le petit cercle était dissous. Virginia et Doris ne venaient plus depuis déjà quatre ans à la Saint-Sylvestre de Salomon. D'anciens militants indépendantistes qui s'efforçaient de faire avancer l'État du Québec comme hauts fonctionnaires à l'étranger retrouvaient, comme chaque année, d'anciens militants du Nouveau Parti démocratique devenus les avocats des autochtones, juges de cours intermédiaires, ou d'anciens syndicalistes, devenus éleveurs de chevaux, parlaient à d'anciens troubadours devenus diplomates et à d'anciens diplomates devenus romanciers. Les voix avaient doublé, triplé en assurance, en affirmation de soi. Un mélange de colère, de surprise et d'indignation grondait à l'unisson. Il fallait bien constater que le monde n'allait pas dans la direction qu'on lui avait dit de prendre, que la vie ne nous donne pas toujours ce qu'elle nous doit.

Malgré ses efforts, le soleil révolu de cette constellation ternie, Louis, était bien impuissant à ressusciter l'éclat de naguère. Comme chez les antiquaires, tout semblait poussiéreux autour de lui. L'eau avait coulé sous les ponts, mais le couple qu'il avait formé avec Virginia était beaucoup plus long à mourir dans le cœur des autres que dans la réalité.

Rosa Lou était partie depuis deux ans.

Elle avait commencé la médecine à l'Université Laval et, à la suite d'une chicane épique avec son père, elle avait tout abandonné. Elle était partie, sans argent, sans but, avec une amie de fortune, en Amérique latine. Seule une carte postale, envoyée à Salomon, au Douglas Hospital, en provenance de México, nous donnait raison de croire qu'elle était toujours en vie.

Que sert à l'homme de vaincre un lymphome non hodgkinien et de perdre sa fille s'il n'est pas reconnu par les autres? Louis était nerveux, irritable, il était devenu un homme qui a sans cesse besoin de sentir son pouvoir, son influence, un homme qui aime les titres, les fonctions honorifiques, la reconnaissance, autant qu'il a besoin de pain et de beurre : un homme qui fait son bilan. Quand il s'arrêtait à la maison, il réclamait son double scotch et nous faisait d'une voix tendue le compte rendu de ses réalisations personnelles. Il repartait aussitôt, la tête haute, préoccupé, sans entendre ce que nous avions à dire. Trop angoissé par sa place dans le monde. *Honouroolic* et vaniteux. Il s'intéressait à la généalogie, à notre ancêtre abénaki, attendait son premier doctorat *honoris causa*. « Savais-tu, Marquise, qu'ils vont donner la Médaille de l'amitié entre les peuples à ton frère Louis? »

Même si l'eau avait coulé sous les ponts depuis le DRIPQ, beaucoup de gens pensaient que c'était un peu fort de café de voir Louis Cardinal présider la Semaine de l'amitié entre les peuples, souvent confondue avec le Mois de la lutte contre le racisme.

Moi, je pensais que c'était sa réponse à Doris qui l'avait traité de raciste à la radio, à Rosa Lou qui l'avait accusé d'être raciste devant nous lors de la chicane dont j'ai parlé. C'était sa manière de les faire mentir, de redorer son blason.

Une lettre très claire avait paru dans la rubrique des lecteurs du journal *Le Devoir*, pour s'opposer à cette décision de l'Organisme de l'amitié entre les peuples.

L'honnêteté du président de la Semaine de l'amitié entre les peuples
Par Cynthia Graham (L'auteure est historienne.)
À la surprise de quelques-uns, la première Semaine de

l'amitié entre les peuples du troisième millénaire sera présidée par le Dr Louis Cardinal. À notre connaissance, cette décision n'a pas été approuvée par un représentant digne de foi des communautés ethniques. On doit en déduire que la décision de la Société de l'amitié entre les peuples est considérée comme juste par lesdites communautés. Le « bon Dr Cardinal », comme on l'appelle dans certains milieux, n'est pourtant pas le meilleur choix pour promouvoir l'amitié entre les peuples et la lutte contre le racisme. Nous nous expliquons mal cette décision. Le Dr Cardinal n'a jamais publié de rétractation ni admis sa propension à ne pas reconnaître son erreur quant à sa participation à l'attentat de 1966 au siège de l'Impôt fédéral, à la suite duquel est mort Peter Graham. Dans le film Mais qui était Rainier-Léopold Osler et que venait-il faire parmi nous ?, *que Radio-Canada tarde à présenter au public, le Dr Cardinal affirme ne ressentir aucun remords et n'endosser aucune responsabilité pour la mort de Peter Graham. Le Dr Cardinal pratique tout simplement le plus vieil art du monde, l'hypocrisie ! Son profil arrogant, son nez bourbonien montrent à tous que le cynisme personnel a la voie libre.*

La plupart des personnes qui se trouvaient là le 31 décembre 1999 avaient lu cette lettre, parue quelques jours auparavant. Mais tout se passait comme si nous avions été immunisés. Louis disait que c'était du « picossage de cul de poule de bonne femme » et ne parlait que du fait, pourtant ridicule, qu'il allait couper le ruban et actionner le mécanisme qui dévoilerait le Mur de la paix du grand artiste Jimmy Graham, le 3 janvier. Et c'était pathétique de voir un homme qui avait abattu un lymphome se vanter de couper un ruban honorifique.

Mais qui pouvait savoir ce qu'il pensait, et lui-même le

savait-il? On n'en était plus là. Le temps brouillait les cartes comme il aplanit certaines collines et en fait saillir d'autres du même mouvement. Quelles étaient ses intentions en acceptant la présidence de la Semaine de l'amitié entre les peuples? Qui l'avait choisi, lui, Louis Cardinal? Comment est-ce que tout ça fonctionnait? Il fallait qu'il ait la confiance de quelques personnes. Ces personnes avaient peut-être raison. Peut-être était-il « sincère » et « ami des peuples ». En dehors du Ku Klux Klan, des partis néonazis, des négationnistes, la majorité des gens sont tout de même pour le bien et contre la haine. On ne pouvait pas éliminer l'hypothèse qu'il ait évolué.

Oui, il se pouvait qu'il ait compris que, s'il continuait à parler comme un imbécile dans la foulée de notre père et de notre grand-père, en perroquet, comme la marionnette de ses ancêtres, il allait avoir des problèmes avec la société. Il s'était converti et, comme converti, il en rajoutait. On ne peut sonder les reins et les cœurs de son frère ni de personne. On ne comprend pas le sens des événements au moment où ils se produisent. On ne peut prévoir ce qu'ils vont entraîner. Toute prédiction et toute interprétation sont vouées à l'erreur. Personne n'est Dieu et il n'y a pas de vision globale dans le village planétaire.

Un père et un fils qui ne s'étaient jamais rencontrés

Notre père était mourant. De Cap-Aurore, Louis lui téléphonait tous les jours. Je faisais de même. Il souffrait d'em-
physème, les complications se succédaient. Cet homme qui
était sorti de sa maison chaque jour de sa vie pour prendre
le sens du vent et observer les nuages ne pouvait plus se
mouvoir seul. Son corps ne fonctionnait que grâce à certains artifices d'évacuation et d'ingurgitation. Selon les
médecins, il avait encore toutes ses facultés cognitives. Il
savait de quoi il allait mourir, de quelle manière. Et, pour le
grand passage à l'an 2000, il voulait revoir Doris. C'était son
seul souhait.

« Amène-moi Doris, Marquise. Arrange-toi pour qu'il
vienne me voir au plus sacrant. »

Rien d'autre ne l'intéressait. Ni moi ni Louis. Il aimait
qu'on place sa chaise devant la fenêtre du solarium, se
chauffer au soleil les yeux fermés. Mais à l'arrivée de la
noirceur, il frissonnait, se lamentait, voulait voir Doris,
demandait pourquoi il ne venait pas, imaginait que nous
serions capables de le tenir loin de lui pour des raisons liées
à son testament, à l'argent, aux immeubles, aux objets qui
nous reviendraient à sa mort.

Pourtant, quand il était entré dans ce centre pour

vieillards « Au bord du fleuve », Doris nous avait dit, par répondeur interposé, qu'il nous abandonnait toutes les décisions le concernant. Il ne voulait rien de l'argenterie, de la verrerie, des porcelaines accumulées par notre mère, rien de la part qui restait au chalet de chasse de La Macaza, rien de la collection de Canadiana.

Et quand il recevait sa carte d'anniversaire Hallmark, il la jetait sans même la regarder. « Qu'est-ce qu'un père ? Un homme qui vous engendre sans vous demander la permission », disait-il avec cette grimace qui lui tenait lieu de sourire. Nous ne répondions pas. Impossible de parler de notre père, de notre mère entre nous.

Un homme avait raté sa communication avec son fils. Cet homme s'attendait tout de même à ce que ce fils vienne le voir sur son « lit de mort », parce que c'était la manière dont les choses se passaient dans son esprit : un père ne parle pas à son fils et ce fils vient le saluer solennellement sur son lit de mort. Nous étions bien incapables d'affronter le malheur survenu entre notre père et notre frère. Mais notre devoir était de faire quelque chose avant qu'il soit trop tard.

Avec le tralala millénariste, Louis s'était mis dans la tête de les réconcilier. C'est le mot qu'il employait. Le 31 décembre, il m'a entraînée dans le boudoir où je travaille et m'a dit avec un air piteux : « Marquise, il faut qu'on se parle. » Il avait fait son « examen de conscience ». « Marquise, les relations avec un frère commencent avant l'âge de raison. On n'en est pas responsable. Ni lui ni moi. Je ne sais pas plus que lui pourquoi ça a tourné comme ça. » Il regrettait que Doris ne soit pas avec nous, de ne pas être son ami. Il ne lui en voulait pas d'avoir refusé de l'aider dans sa maladie. Il lui « pardonnait ».

Je ne lui ai pas dit qu'il se comportait encore en grand

frère, que le pardon est une grâce qu'on accorde, qu'il faut être un roi pour pardonner ! Je n'ai rien dit de tel parce qu'il était sincère. Il regrettait sa méchanceté, il regrettait de s'être amusé à montrer à bégayer à Doris, d'avoir continué à l'appeler le Petit ou d'avoir ri de lui quand il le rencontrait avec des filles.

« Pourquoi ? Pourquoi est-ce que j'avais besoin de montrer que j'étais le plus fort ? Pourquoi est-ce que je me sentais en concurrence avec lui, Marquise, et pas avec toi ?

— Parce que je suis une fille.

— L'homme est un animal agressif, Marquise. J'adorais rire de lui quand il était dans son bain. Je l'appelais Toothpick. Pendant des années, je lui ai fait croire que son pénis était anormal parce qu'il ratatinait dans l'eau du bain. Il croyait tout ce qu'on lui disait. Je lui donnais des coups, pour le simple plaisir d'être le plus fort, de cogner sur lui.

— C'est un mystère.

— Mystère si tu veux, mais il est minuit moins quart. Je l'appelle. »

Si Louis voulait pardonner à Doris, je n'avais rien à faire là-dedans. Il était si rare, déjà, que lui et moi puissions parler comme nous venions de le faire, sans que Salomon doive nous servir de ligament ou de paratonnerre.

Doris a répondu. Il n'était pas loin, mais nous ne le savions pas. Il regardait la télévision. Le monde entier regardait le millénaire arriver de fuseau horaire en fuseau horaire. L'humanité, comme une seule conscience, était tournée vers un changement de chiffres : un 2 qui prend la place du 1, trois 0 qui remplacent trois 9.

Louis avait préparé ses mots, des mots qui, dans son esprit, auraient le même effet que les nettoyants qu'on annonce à la télévision.

« Je veux te saluer pour l'an 2000. Et je veux aussi te dire que p'a ne va pas bien. Comme tu t'y attends, il va mourir. Il lui en reste pour un mois au gros maximum. Il veut te voir. Il a toute sa tête. Il pense à toi sans arrêt. Il ne comprend pas que tu ne viennes pas le voir au moins une fois. Il ne fait que répéter ça, toute la journée : "Je veux voir ton frère, amène-moi ton frère, as-tu des nouvelles de ton frère ?" Je lui ai promis que t'irais. Je l'ai promis à l'infirmière. »

Doris ne raccrochait pas, mais il ne disait rien. « Ton père est ton père, a ajouté Louis. Tu ne peux pas changer ça. » Ces mots-là, il ne les avait pas préparés. Et Doris, qui est si susceptible, a probablement senti tout à coup le ronron dans la voix de Louis, sa bonne conscience d'aîné, un rien de satisfaction, de prêchi-prêcha, et il a sorti son arme : le silence. Et Louis a commencé à s'énerver. Il a commencé à dire que s'il n'allait pas voir son propre père à la veille de sa mort, il allait le regretter. Ce serait inhumain, ce serait cruel de ne pas y aller. Ce serait le tuer. Les mots se sont mis à pousser les uns sur les autres et le feu a pris dans les fardoches, et ça a été une leçon, toujours la même leçon, ce soir-là, de constater comment un homme calme et rationnel, un médecin qui toute sa vie a parlé aux gens malades dans des situations délicates, peut perdre les pédales par simple contact téléphonique avec *son frère*. Le conducteur monte à bord du train sain d'esprit et il se met à délirer. J'ai repris l'appareil des mains de Louis, mais Doris avait coupé. Les douze coups ont sonné, les invités ont envahi le boudoir. C'était l'an 2000 et rien n'avait changé. Du moins, c'est ce que j'ai pensé. Que le temps ne fonctionne pas comme une horloge.

Le Mur de la paix

Selon Rosa Lou, notre vie peut être décrite comme un trajet de probabilités à l'intérieur d'un certain périmètre. Le trajet de la molécule dans son liquide. Le trajet de l'animal dans la forêt. Les pas qui vous ramènent chez vous après avoir passé par des endroits où vous avez pu rencontrer ou ne pas rencontrer des personnes connues ou inconnues, emprunter des chemins déjà empruntés ou des chemins nouveaux, sortir ou pas de votre pré carré.

Rosa Lou a sans doute raison. Nous n'avons cessé de nous croiser dans Montréal, mes frères et moi, durant ces premiers mois de l'an 2000, comme des barques attachées par une longue chaîne finissent par se cogner l'une sur l'autre.

Il y avait déjà quatre ans que Jimmy Graham, et plus précisément la filiale torontoise de son bureau d'architectes, avait obtenu le contrat du Mur de la paix et des Premières Nations. Bien avant la tenue de ce concours, il y avait eu de la bisbille au sujet du nouveau quartier. Des étudiants en anthropologie avaient retrouvé des artefacts, du carbone, des restes d'outils qui prouvaient l'existence d'un campement, peut-être même d'une « maison longue » iroquoise à l'endroit où, au XIXᵉ siècle, on avait construit l'édifice des Douanes. Le terrain adjacent était classé comme « significatif », mais non comme « historique de première valeur », par le bureau du Patrimoine urbain. Projets rejetés, pétitions, protestations citoyennes, architectes nationaux contre architectes internationaux, et vice versa. Dans ce contexte, Jimmy Graham l'avait emporté avec une proposition avant-gardiste, qui laisserait le patrimoine intact : il avait obtenu le contrat de construire un « mur virtuel », fait de fibres optiques. Un mur de pixels.

Il y avait déjà beaucoup de monde quand nous sommes arrivés, en métro, le soir de l'inauguration. Nous avons dû traverser un quartier délabré, buter sur des sacs de déchets figés dans la glace, passer entre les mendiants qu'on avait délogés pour construire le Mur. Puis on parvenait à une longue et large esplanade, fleurie en été mais balayée par la poudrerie ce soir-là, au fond de laquelle brillait le hall de verre rajouté devant l'édifice des Douanes pour abriter le Mur de Jimmy Graham.

Doris avait gagné tous les concours d'aménagement extérieur. Ses jardins avaient été inaugurés l'été précédent. Premiers jardins verticaux à Montréal, dont le climat se prête peu aux jardins quels qu'ils soient. Murs végétaux, murs de pixels, même combat, a expliqué un peu plus tard Jimmy Graham, avec son concept de « non-mur ». Dans les deux cas, il s'agissait d'amener l'humanité à une nouvelle représentation de l'intérieur et de l'extérieur.

Pour accéder au hall, on prenait une allée bordée de sapins nains, appelés « arbres de vie », constellés de bougies qui répandaient sur la neige une lumière reproduisant le vacillement de la flamme naturelle. Par-delà cette allée, une collection de graminées originaires des deux Amériques ployaient au sol. La bise pinçait les visages, cinglait les murs de verre, mais à l'intérieur il faisait si chaud que les hommes tombaient la veste. Les dames du milieu culturel vêtues de noir, dont je faisais indéniablement partie, fondaient sous le regard ironique des athlètes de capoiera qui s'occupaient du vestiaire, torse nu sous un *jacket* vert Brésil.

Une trentaine de comédiens sortis de l'École nationale de théâtre, payés selon les normes de la Guilde, circulaient parmi les invités, déguisés en Français et en Indiens, en Louis-Hector de Callières, gouverneur de la Nouvelle-France, en Teganissorens, grand chef onontagué, en Maricourt, jeune frère de Pierre Le Moyne d'Iberville. Des Iroquois, Miamis, Folles-Avoines, plus de trente peuples autochtones dont les comédiens connaîtraient dans un an la langue nationale. Car on referait, devant le Mur de la paix, la lecture du traité entre Français et chefs des Premières Nations. On espérait que Céline Dion accepterait l'honneur de faire cette lecture.

Peu après notre arrivée, mon frère Louis s'est approché du micro et Jimmy Graham s'est placé à ses côtés — sans hurler que son père, Peter Graham, était mort en 1966 dans l'attentat à la bombe de l'Impôt fédéral. La lourdeur de l'année 1996 s'était dissipée, comme quand un orage couve et que, par miracle, le temps change et vire au beau. Jimmy Graham était toujours le même sphinx au regard terne et inquiétant. Mais c'était le genre d'homme à changer continuellement d'aspect. Cheveux ras, chemise noire, costume gris-noir, cravate noir-bleu. Ses longues mains de peintre pendaient le long de son corps. On aurait dit que le petit anneau qu'il portait à l'oreille faisait ressortir la puissance de son cou et de sa nuque.

« Nos ancêtres ont fait des erreurs, disait mon frère Louis quand, sortant de ma bulle, je me suis mise à l'écoute de son discours. Nos ancêtres ont fait venir un arpenteur de

France. Cet arpenteur a mesuré des lots et a pris possession des seigneuries au nom du roi de France sans tenir compte de l'occupation du territoire par les Amérindiens. Quel était le sentiment des Français pour les hommes et les femmes qui les ont accueillis si généreusement en lançant des pains dans leurs bateaux, qui leur ont expliqué qu'ils devaient manger des racines pour éviter le scorbut durant l'hiver ? »

Pendant le discours de Louis, j'ai aperçu Doris entre deux têtes. Il écoutait son grand frère, sérieux comme un pape. Je confesse que je commençais à sourire. Et quand on commence à sourire, on entre dans un doute général dont il est difficile de ressortir. Un des écrivains auxquels on a donné l'étiquette de « migrant » est venu à la tribune, mais je ne l'ai écouté que d'une oreille, perdue dans des supputations sur l'insondable engagement de mon frère aîné dans la promotion de l'amitié entre les peuples et la commémoration de la paix entre les Français et les Premières Nations sous le regard sérieux de Doris, le regard indéchiffrable de Jimmy Graham, le regard festif de la communauté festive de Montréal.

Louis a coupé son ruban. La résille métallique qui cachait l'œuvre de Jimmy Graham s'est enroulée jusqu'au plafond. Le mur virtuel s'est illuminé. Il y a eu un moment de silence. Et puis, tonnerre d'applaudissements. Je ne souriais plus ironiquement, j'étais comme tout le monde émue par ce que je voyais.

Jimmy Graham avait utilisé — c'était écrit dans une intéressante brochure explicative trilingue français, anglais et espagnol — les procédés classiques de la peinture et du dessin. Un ingénieur en informatique du nom de Marco Tremblay, que nous ne connaissions pas encore, avait transformé l'œuvre faite de main humaine en pixels. Le résultat était stupéfiant.

C'est à ce moment que j'ai, comme Ariane, cueilli mon fil. Car devant une fresque, normalement, on regarde d'abord l'ensemble. Mais ce soir-là, mon œil a tout de suite été attiré par un visage dans le bas du Mur de la paix. Le visage d'une Amérindienne, un visage autochtone « classique », si on peut dire : la peau foncée, les cheveux noirs, les traits coupés au couteau. Tout visage est exceptionnel, dans l'œuvre de Jimmy Graham. Celui-là me paraissait étrangement familier.

Ce personnage se trouvait directement sous les sabots d'un cheval blanc, dressé sur ses pattes de derrière, cheval qui évoquait les toiles de Rubens, les combats équestres, la statue de Pierre le Grand à Saint-Pétersbourg, les statues équestres du pont Alexandre III à Paris. Chaque image, expliquait la brochure, ouvrait sur d'autres œuvres de l'histoire de l'art, pour le plaisir du spectateur, mais aussi pour situer l'histoire de Montréal dans l'histoire universelle. Jouant le jeu, j'ai fait une découverte qui m'a remplie de joie, tel un enfant qui trouverait un dollar dans la rue : l'élan du cavalier, l'angle de sa lance me semblaient évoquer clairement une œuvre de Diego Rivera que je connaissais particulièrement parce que Salomon en avait reçu la reproduction, sur une carte postale envoyée par Rosa Lou. Cette scène était intitulée, sur la carte postale, *L'Indienne violée par un Conquistador*. Salomon l'avait épinglée sur le babillard de la cuisine.

Dans la composition de Jimmy Graham, la taille du cavalier, son torse démesuré, serré dans une armure, pouvait faire penser qu'il s'agissait d'un centaure. Le jeu de citations était subtil, sans fin. On ne voyait pas comment le corps de l'homme était attaché au cheval, ni ses jambes. On ne voyait pas son visage, masqué par une visière. Mais il semblait regarder la femme amérindienne, projetée par terre sous sa lance. Les pattes du cheval se fondaient dans un chaos de têtes qui surgissaient du bas du mur. Des visages aveugles, tronqués, détachés de tout corps, pris de tous les angles : les célèbres non-visages de Jimmy Graham. Si vous cherchiez le nom de Jimmy Graham sur Internet, c'était sur ces non-visages que vous tombiez. Vous trouviez aussi, comme cela m'était arrivé, un commentaire de Virginia.

Des torses culbutés dont ressortaient des pieds, des poignets, des mains agrippées tendues vers le ciel rappelaient *Guernica* à tout spectateur le moindrement cultivé et le moindrement âgé, c'est-à-dire à tous ceux qui se trouvaient là.

Les lignes du dessin étaient rendues avec une finesse incroyable par l'ordinateur. On pouvait sentir le geste, magnifié à l'échelle du Mur, l'extraordinaire sûreté de la main de l'artiste.

La grande originalité du Mur était toutefois sa « gestion de la couleur ». Les couleurs changeaient, en effet, variaient durant la journée sous l'influence de la lumière du jour, disait la brochure. Les fluctuations les plus fines de la lumière étaient enregistrées et transmises à un système informatique. La fresque virtuelle revenait une fois par jour au noir et blanc après avoir passé graduellement par le camaïeu, la grisaille, se colorant peu à peu, se saturant jusqu'aux couleurs primaires à midi, puis allant en decrescendo à mesure que la nuit tombait lentement. L'artiste tirait parti de la lumière nordique de Montréal. Sauf les jours de fête, son Mur restait éteint durant la nuit et se rallumait doucement pour accueillir les premiers travailleurs au sortir du métro. Jimmy Graham espérait que la classe ouvrière passerait devant son mur comme le peuple de Moscou descend dans les stations du métro soviétique.

Ce programme informatique, novateur, économe en

énergie, avait été conçu par ce très jeune ingénieur du nom de Marco Tremblay. Un jeune homme qui avait déjà gagné des prix à travers le monde, indiquait sa notice biographique, impressionnante pour quelqu'un qui était né à Montréal en 1980. Huit ans plus tard, nous étions à son mariage avec Rosa Lou. Hasard ou destin? On veut bien croire que nos vies obéissent aux lois de la probabilité, mais il reste difficile pour nos esprits de ne pas attribuer un sens aux rencontres.

L'éblouissement de l'œuvre d'art ne dure qu'un moment. Une fois ce moment passé, Louis a demandé à Jimmy Graham de prendre la parole. Jimmy faisait alterner le français et l'anglais, ce qui lui a été reproché le lendemain. Il parlait trop bas, d'une voix blasée, comme s'il voulait nous faire sentir qu'il se fichait de nos applaudissements. « C'est un antimur, le contraire de la fermeture, *the sign of a new world, a world without any interior... The wall* a toujours signifié *defense, protection.* » Il y avait de la provocation dans ce bilinguisme forcé. Mais devant ce qu'il avait fait, on ne pouvait que s'incliner avec le respect, la tendresse, la reconnaissance qu'on éprouve devant l'œuvre d'un grand artiste. À partir de ce soir-là, pour ma part, je n'ai plus jamais cessé de ressentir cette considération pour Jimmy Graham, plus forte que tout autre sentiment.

Le lendemain matin, les journaux disaient que, comparé aux murs virtuels commerciaux qu'on voyait maintenant partout au monde, le Mur de la paix de Montréal était non seulement un chef-d'œuvre, mais un exemple exceptionnel de collaboration entre l'art et la technologie. On surpassait Toronto, voire Bilbao... On pouvait se féliciter d'habiter une ville aussi utopique et « internationale ».

Ce fut une belle soirée, grouillante et gaie, qui a contrasté avec ce qui a suivi le lendemain, prémices d'une avalanche encore lointaine.

Après les discours, un orchestre de jeunes de toutes origines a fait son entrée, précédé d'une école de samba. Un traiteur a dressé un buffet mi-japonais, mi-brésilien dans le hall, en l'honneur de la communauté brésilienne de Tokyo, qui visitait les Brésiliens de Montréal à l'occasion d'un symposium sur l'esclavage en Amérique, organisé par le Mois de la lutte contre le racisme. C'est d'ailleurs au sujet de ce symposium que Louis a commis quelques jours plus tard une bourde qui a réaligné les soupçons sur lui et donné raison à Mme Cynthia Graham, pour ceux qui avaient lu et noté la lettre qu'elle avait envoyée aux journaux. Louis a dit publiquement qu'il ne croyait pas qu'il y avait eu des esclaves à Cap-Aurore, chez le seigneur de La Chevrotine, auquel nous sommes apparentés. Et un éminent historien lui a prouvé le contraire : le seigneur de La Chevrotine a bel et bien eu une servante noire qui était son esclave. Le Mois de la lutte contre le racisme avait raison et Louis a eu de la difficulté à cacher son ignorance de l'histoire des Noirs. Ce n'est certainement pas ce que les communautés concernées attendaient de la part du président de la Semaine de l'amitié entre les peuples.

Mais l'incident n'a eu aucun impact, tant ces questions étaient galvaudées. Le mot « racisme » était galvaudé. Un mot qui désigne le plus grave des crimes paraissait être devenu une injure parmi d'autres, à peine plus grave que d'autres. Si quelqu'un vous traitait de raciste, il était conseillé de prendre la chose légèrement. Vous pouviez toujours traiter pareillement votre adversaire d'illuminé, de paranoïaque ou d'extravagant, mais il ne fallait pas profiter du fait qu'on vous accuse de l'acte le plus grave, de l'acte fondateur de la haine, pour attirer l'attention sur vous. Ce n'était pas le mot « racisme » mais son fantôme qu'on brandissait. Ce n'était pas de l'éternel grand jeu sadique et tragique de l'espèce humaine qu'on parlait. C'était la coquille de ce mot infâmant, coquille qui rebondissait comme un ballon. On s'inquiète moins des mécanismes du langage que des mécanismes boursiers, probablement avec raison. Ils sont pourtant fort semblables. Et liés. Une bulle linguistique était en train de se former, non moins funeste que les bulles financières et pouvant mener aux mêmes conséquences guerrières. Pendant ce temps, le véritable racisme profitait de la bulle pour ramper et s'étendre dans les rues du nord de la ville, mijoter dans les écoles et les hôpitaux, se montrer sans honte dans les lieux publics, s'afficher carrément dans les statistiques, où on préférait ne pas le voir, tout comme, dit-on, les bulles financières laissent le champ libre aux spéculateurs.

La sœur de Jimmy Graham, Cynthia Graham, et son mari, le recteur de l'Université Concordia, sont venus embrasser Jimmy après son petit discours. Je connaissais Cynthia Graham de vue, parce qu'elle intervenait souvent sur les questions dont je parle. Il était difficile de les concevoir comme frère et sœur. Elle avait la peau très foncée, et Jimmy, peu foncée. Elle était petite et il était immense. Une universitaire sérieuse et un artiste. Cela me rappelait deux jumeaux de ma connaissance, dont l'un était blanc et l'autre noir, sur lesquels j'ai écrit un petit conte que je n'ai pas publié, par peur, tout simplement, qu'il ne soit pas bien interprété.

Tout de suite après le discours de Jimmy Graham, mon frère Louis, happé par ses fonctions, a disparu de ma vue.

Les gens se sont pressés vers le buffet comme des fourmis vers une flaque d'eau. Un vaste champ s'est libéré, à la faveur duquel j'ai vu Doris remonter le courant comme un saumon, avec son allure de Napoléon Bonaparte. J'ai cru qu'il venait vers moi, mais, encore une fois, il a passé tout droit, sans me saluer. M'a-t-il vue? La grande question de ce genre de soirée.

Ce soir-là, ni Louis, ni Salomon, ni moi n'avons parlé à Doris, et il ne nous a pas parlé non plus. La tête haute, il a continué son chemin à petits pas, jouant des coudes, le visage encadré par une barbe bien taillée, lissée et peignée, parmi les invités éternellement plus grands que lui, jusqu'au coin sursaturé de lumens où se trouvaient Jimmy Graham et les médias de masse. Je l'ai vu se joindre à Jimmy Graham et à d'autres hommes en costume noir, chemise noire ou t-shirt noir, au visage également ascétique, qui semblaient tous se connaître. Il y avait des liens subtils, commentés dans la brochure trilingue, entre le Mur de la paix et les jardins conçus par les *landscape gardeners* Cardinal et Marcellus : les graminées, les plants de maïs et de tabac disposés en terrasses rappelaient Machu Picchu, par exemple. Tous ces hommes appartenaient à ces arts de l'environnement, de l'architecture paysagère, du design extérieur, de la « conception d'événements », matières maintenant enseignées dans les universités. L'univers de Doris.

Autour du buffet, les gens buvaient des cocktails brésiliens et mangeaient des crevettes, des plantains frits, des morceaux d'un cochon grillé très parfumé que les athlètes de capoiera présentaient à la pointe d'un faux sabre aux femmes du milieu culturel. Salomon est venu me rejoindre et nous avons échangé nos impressions sur ce Mur de la paix qui était paradoxalement, ai-je fait remarquer, un mur de la guerre. Salomon m'a raconté que, quand il était jeune, il venait jouer dans le terrain vague que Doris avait converti en jardin, aux abords de l'ancien édifice de la Douane britannique. C'était à l'époque un champ plein d'herbe à poux, de petite ciguë et de ces plantes au fruit soyeux et puant qu'on appelait « petits cochons ». Doris avait réhabilité ces plantes dans son Jardin de la paix. Selon la brochure, il y avait de l'herbe à poux, de la petite ciguë quelque part, dans le Mur de la paix. Que mon petit frère ait à cœur de rehausser les asclépiades de notre enfance et leur fruit étrange, avec ses fibres blanches comme du lait, cela m'a pour ainsi dire rassérénée. Une Brésilienne de Montréal a commencé à chanter au micro et Salomon a dit que ça lui donnait envie d'aller nous chercher deux caïpirinhas au buffet. Je me suis amusée à retrouver le latin ou l'espagnol dans le portugais de la chanteuse. Et j'ai tout à coup vu que Louis était en train de danser la samba ! Il dansait quand même bien. Curieusement, il avait enlevé ses chaussettes et dansait pieds nus dans ses Dack's, et il n'était pas le seul dans ce cas — probablement une nouvelle manière de faire. Louis a toujours été un très bon danseur, ai-je pensé, comme notre père, qui faisait danser le fox-trot à ses belles-sœurs à Noël. Il fallait voir Louis danser avec Virginia au temps de leur « gloire », l'attirer en la regardant dans les yeux, la rapprocher de lui pour la rejeter brutalement. Je me rappelle avoir pensé au couple qu'ils avaient formé, je me rappelle avoir pensé que mon frère avait beau balancer son corps d'un pied à l'autre comme s'il ne pesait rien, il était tout de même trop gros, trop vieux pour rendre justice à ce qu'est la samba. Sa partenaire portait une robe noire ajustée dont je ne voyais que le dos, profondément décolleté. C'est à peu près à ce moment qu'on a entendu un cri. Louis venait de tomber par terre. Je me suis avancée. Rien de grave. À cause de cette curieuse idée d'aller pieds nus dans des souliers à semelles de cuir, ai-je pensé, il avait glissé et sa tempe avait heurté le coin du podium où se trouvait l'orchestre. Mais il saignait, il était tout pâle. L'attachée de presse lui a mis un mouchoir sur le front, il est parti avec elle, et sa compagne m'a sauté au cou.

« Carmen ! »

Carmen Perez Garcia me dévisageait de ses yeux toujours aussi ronds, intenses et joyeux. « Mais oui, c'est moi ! m'a-t-elle dit, comme si elle n'avait jamais quitté Montréal. Je te reviens dans cinq minutes, *Marquîsse* ! » Elle m'a présenté son amie, Alexa Quelque Chose. Et elle a disparu dans le décor. Je ne l'ai pas revue ce soir-là.

J'ai attendu Salomon et ses caïpirinhas en regardant le mur de Jimmy Graham. Je cherchais les asclépiades dans le foisonnement de détails. Et à cet instant, je crois, j'ai compris pourquoi le visage de la femme amérindienne dont j'ai parlé plus tôt était si remarquable : l'œil de cette femme était bleu. Son visage était hâlé et ses yeux étaient pâles, avec un iris cerclé de bleu foncé. C'est cela, ai-je pensé, qui attire l'attention. Cet œil bleu dans un visage plutôt foncé : il s'agissait peut-être d'un symbole, du mauvais œil, d'une métaphore du métissage, étant donné la référence à la fresque de Diego Rivera ?

Il me semble que Virginia est arrivée juste à ce moment-là : le buffet était presque terminé, les gens dansaient la samba. Longue, dramatique, dans son éternel tailleur-pantalon noir. Ses cheveux gris, très courts, brillaient comme les glaçons argentés qu'on mettait dans les arbres de Noël, jadis. Ses yeux étaient ceux du tableau, je le voyais bien, mais je ne devais en faire l'hypothèse que quelques semaines plus tard, le jour du « vernissage funéraire ». J'étais convaincue qu'elle ne voulait pas me parler. Les dernières fois que nous avions été en contact, elle s'était montrée désagréable. Nous nous étions éloignées l'une de l'autre, ou peut-être devrais-je dire que je m'étais éloignée d'elle. En toute relation humaine, j'ai comme principe de me suspecter en premier.

Elle m'avait téléphoné, pourtant, deux jours avant, soi-disant pour me souhaiter une bonne année — en fait pour me parler du vernissage prochain d'une rétrospective complète de son « œuvre ». Mais cela faisait au moins un an que je ne l'avais pas vue et j'ai eu un choc. Elle était si changée que j'ai pensé qu'elle avait cédé à la chirurgie plastique. Elle avait seulement maigri. Elle ne portait qu'une camisole de soie sous sa veste. Ses côtes, la cage thoracique visible dans son décolleté faisaient peur. Elle n'avait plus de poitrine, plus de seins, plus de muscles. Je ne l'avais jamais vue dans cet état.

Ma meilleure amie, ma seule amie, ne m'a pas saluée et je ne l'ai pas saluée. Ce n'est pas parce qu'on est amies pendant trente ans qu'on doit l'être toute la vie, nous étions bien d'accord. Si les couples et les mariages se défont, pourquoi pas les amitiés féminines ? Elle est allée droit vers Doris et Jimmy. J'ai vu sans le noter Jimmy Graham la toiser, avec sa froideur naturelle. Je l'ai vue parlementer avec lui. Les photographes de presse étaient partis, mais Doris et Jimmy Graham ont fini par se placer l'un à côté de l'autre et elle a pris une série de photos d'eux. Elle leur donnait des ordres, ils tâchaient de prendre la pose qu'elle désirait. J'ai remarqué que, contrairement aux photographes de presse, elle n'utilisait pas son flash. Elle est repartie aussitôt, comme une vraie cinglée.

Le pilote dont l'avion pénètre dans le brouillard n'a plus que ses instruments de bord pour se diriger. De la même manière, notre vie avec les autres, parmi les autres, devenait un réseau d'hypothèses, de souvenirs irréels, de supputations. Notre intuition nous trompe. Il est certain que, ce soir-là, ni moi ni Salomon n'avons su lire la détresse de Virginia.

Revenant avec ses coupes de caïpirinhas, Salomon l'a vue, lui aussi, photographier Jimmy Graham et Doris. Il m'a dit qu'elle avait détourné les yeux de lui. Et c'était la toute première fois, depuis le jour où nous nous étions rencontrés tous les trois à l'École des beaux-arts de Montréal des décennies plus tôt, que Virginia l'évitait. Il a senti chez elle un désir surhumain de rompre. Il s'est dit que, si Virginia lui manifestait de manière aussi claire qu'elle ne voulait pas lui parler, il n'irait pas vers elle. Il est passé juste à côté, au cas où. Elle parlait à Doris et Jimmy Graham, leur disait comment se placer de biais, le bras de l'un sur l'épaule de l'autre.

C'est la dernière image que j'ai gardée de Virginia vivante. L'image de la femme maigre et sèche, de la femme inassouvie et passablement hautaine qu'elle était devenue à force de fréquenter les milieux de l'art. On a retrouvé ses dernières photos ensuite. Il y a quelque chose dans le regard de Jimmy Graham et de Doris qui ressemble à de la pitié. Et, comme on sait, il est difficile de supporter la condescendance des autres.

Mais moi, de mon côté, j'étais plutôt pressée de dire à Salomon que Carmen Perez Garcia était de retour à Montréal, que je l'avais vue danser avec Louis.

Qu'est-ce qu'un accident?

Le lendemain, 4 janvier 2000, il y a plus de sept ans de cela, Virginia a eu un accident mortel. Elle est entrée à toute vitesse sur l'autoroute qui longe le fleuve Saint-Laurent, sur la rive sud de Montréal. Il était dix heures du soir. Il y avait des travaux sur la bretelle de l'échangeur conduisant à l'autoroute et, au dire d'un conducteur qui la suivait de loin, elle a accéléré au lieu de ralentir. Elle s'est engagée vers l'ouest, vers Montréal, sans regarder ni ralentir. Son auto est entrée en collision avec une voiture qui roulait tranquillement à droite. Elle est morte sur le coup.

La police a appelé à la maison. Le nom de Salomon se trouvait dans le portefeuille de Virginia. Nous sommes partis sans pouvoir dire un seul mot. Il était environ deux heures du matin quand nous sommes arrivés à l'hôpital. L'autoroute passe devant l'emplacement de notre ancienne maison, maintenant démolie, mais Virginia ne connaissait pas ce détail qui ne parle qu'à moi.

L'automobiliste qui a vu l'accident la suivait depuis la hauteur de l'île Charron. Je connaissais cet endroit. Nous allions autrefois en chaloupe pique-niquer là-bas avec Osler. Notre père racontait que l'île avait été arpentée par

Jean Talon, qu'elle appartenait jadis aux jésuites. Mais ce que Virginia y faisait, je ne l'ai appris qu'un peu plus tard, et parce qu'on a bien voulu m'éclairer. Sinon, je ne l'aurais jamais deviné. Je ne savais même pas qu'il y avait maintenant un hôtel là-bas.

Le résident de garde à l'hôpital nous a expliqué que son cerveau était cliniquement mort. Son corps restait branché sur des machines qui maintenaient ses organes en vie. On allait prélever son pancréas, sa cornée, d'autres organes. Il fallait une signature. J'ai dit que Virginia était ma belle-sœur, mon amie depuis trente ans, que sa fille était en voyage, qu'on ne pouvait pas la rejoindre. Le jeune médecin m'a écoutée, mais je crois qu'il n'était pas nécessaire de raconter tout ça. Salomon est allé voir Virginia, pas moi. Il est revenu secoué. Il ne m'en a jamais reparlé.

Quand nous sommes revenus à la maison, il commençait à faire clair et nous avons appelé Louis à l'île des Sœurs. Il n'a fait aucun commentaire. Il ne savait toujours pas comment rejoindre Rosa Lou. Il a demandé à Salomon de lui envoyer un courriel et Salomon a accepté. Ils pensaient que ce serait moins brutal de recevoir un courriel de Salomon que de son père. Mais on ne lui annoncerait pas la mort de Virginia par Internet. On allait lui demander de nous rappeler.

Pendant tout ce temps, je pensais qu'il ne s'agissait pas d'un pur accident, et je le pense encore, ce qui ne veut pas dire que je pensais au suicide, comme tant de personnes le jour de ce qu'il faut bien appeler le « vernissage funéraire ». Ce n'était pas un suicide pour la bonne raison que la collision n'était pas prévisible. Virginia n'a pas foncé sur un poteau. Elle n'a pas utilisé un moyen de mourir de façon certaine. Elle aurait pu entrer sur une autoroute libre et continuer à rouler. Elle aurait peut-être repris ses esprits, décéléré. Mais ce n'était pas un pur accident non plus. La preuve, c'est que personne n'était surpris.

Quand les autres m'interrogeaient, moi, considérée comme sa meilleure amie en titre, je répondais que nous ne nous parlions plus. Ce n'était pas tout à fait vrai puisque nous nous étions parlé le 1er janvier. Je ne dis pas que je n'ai pas eu ma part dans l'échec de notre amitié. J'étais bien consciente de me fermer aux autres, en particulier aux femmes, en tout premier lieu à Virginia. Les mouvements qui forment l'essentiel de ce qu'on appelle l'amitié féminine sont si ténus qu'on ne peut les verbaliser sans changer la nature de l'amitié. Une rivalité absurde avait fini par nous relier, comme les donjons de deux forteresses désaffectées. N'est-ce pas inévitable, entre semblables ? Virginia ne lisait pas mes livres. Je n'abordais même pas la question avec elle. J'avais cessé de lui envoyer mes publications. Le moindre mot aurait été entendu comme une accusation, aurait entraîné un procès d'autojustification, serait devenu un commérage public. Susceptibilités. Le temps avait usé notre amitié féminine, c'est tout.

Elle avait laissé un message sur mon répondeur : « Marquise, c'est moi ! Je t'appelle pour te donner de mes nouvelles. » Le message est resté là bien après sa mort.

Quand elle a rappelé, quelques jours plus tard, on s'est offert des vœux, on a parlé de l'an 2000. Sa voix était agressive, même si elle tentait de l'adoucir. Par une ultime concession, en m'arrachant chaque mot de la bouche, je l'ai remerciée de l'invitation à sa rétrospective : j'étais heureuse de constater que l'an 2000 serait une année faste pour elle. Et ces simples mots ont été suffisants pour que s'ouvre la digue et que s'écoulent lentement et dans les moindres détails tous les faits entourant cette rétrospective de son « œuvre » (c'est le mot qu'elle employait, au singulier). Elle avait passé des mois en chambre noire à imprimer ses visages à la main, ou à les faire imprimer en grand format par des artisans de Gand installés à Verdun, les seules personnes à qui elle pouvait confier ses négatifs, parce que jamais elle ne travaillerait autrement qu'avec négatifs, papier photographique et sels argentiques, elle refusait, refuserait toujours le numérique, revenait de plus en plus au seul noir et blanc, à l'essentiel de la photo, à l'origine de la photo, parce que, m'a-t-elle dit ce jour-là, la couleur met la photo en compétition avec la peinture et la *tue.*

Je me suis souvenue de ces mots, j'ai regretté de ne pas l'avoir mieux écoutée, mais ce jour-là j'avais perdu mon amitié pour elle, comme on perd une clé dans sa poche. Je suis allergique au téléphone, aux longs appels sans but dont les femmes gardent la tradition. Le fil, ce fil qui jadis rattachait la personne au poste téléphonique et le poste au mur, ce fil m'étouffe.

Pour décrire l'organisation de sa rétrospective, Virginia m'a dit ce jour-là, la dernière fois que je lui ai parlé : « On a divisé l'espace en petites chambres. Ça donne l'impression d'être dans un *tombeau.* »

« C'était un avertissement, ai-je dit à Salomon quand nous sommes revenus de cet hôpital où nous avions laissé son corps branché sur des machines, dans un état "posthumain". Quelqu'un qui pense à la mort appelle ses amis. Le mot "tombeau" est un indice, j'aurais dû être plus aimable, l'écouter. » Mais Salomon refusait de voir dans le mot « tombeau » autre chose qu'une coïncidence.

« Attends, attends, Sal ! Elle a dit : "Marquise, tu vois, *je ne suis pas morte !*" Je suis certaine qu'elle a dit ça. »

Mais Salomon s'efforçait de rester calme et rationnel.

« Un accident est un accident. »

Virginia accélère. Elle ne regarde pas dans le rétroviseur, ne surveille pas son angle mort, entre sur l'autoroute, à dix heures du soir, le 4 janvier 2000, non loin de l'île Charron.

Nous avons envoyé un courriel intitulé « Rétrospective Virginia » à rosalux@hotmail.com.

On passait, on trépassait

Un metteur en scène, un maître de ballet réglait nos figures : j'éprouve encore ce sentiment en récapitulant ces événements dont le choc s'affaiblit lentement dans le temps, comme si je parlais à des gens qui n'auraient pas la moindre idée de notre passage sur terre.

Il y avait déjà un moment que nous nous sentions sous l'influence d'une direction invisible, celle qui par exemple ordonnait ou désordonnait nos ordinateurs pendant notre sommeil, nous les remettait le matin différents de ce qu'ils étaient la veille. Les objets n'étaient plus inertes.

Quelques heures après notre retour de l'hôpital, le téléphone a sonné. J'ai espéré que c'était déjà Rosa Lou. Mais c'était Louis, à qui nous avions annoncé un peu plus tôt la mort de Virginia. Salomon venait de s'assoupir, j'attendais dans le noir, à ses côtés, ressassant les impressions que je viens de retracer, incapable de pleurer. J'ai répondu à mi-voix. Il a dit : « C'est fini, Marquise. » Sa voix était lointaine, étouffée. Je ne savais pas s'il parlait de Virginia, de lui-même.

Puis j'ai compris qu'il soupçonnait Doris d'être allé voir notre père en dehors des heures de visite. Il disait que c'était certainement ça qui l'avait *emporté*.

Salomon a téléphoné un peu plus tard au Dr Stein, un de ses anciens étudiants de McGill, pour connaître sa version. Le Dr Stein comprenait la psychologie de notre père. Il ne se formalisait pas de ses « délires » — notre père refusait de se confesser à l'aumônier haïtien, réclamait des « docteurs canadiens-français », un « aumônier canadien-français ». J'avais honte. Honte d'avoir honte de mon père. Mais le Dr Stein comprenait qu'un vieillard, quand son esprit décline et qu'il est tout entier un être du passé, puisse ne pas s'adapter aux temps nouveaux qui le rejoignent dans ses derniers retranchements.

Il ne pouvait pas dire exactement à quelle heure notre père était décédé. Le personnel était réduit, à cause de la période des fêtes. Un infirmier avait cru apercevoir un visiteur vers onze heures du soir. Il pensait que la visite était autorisée, parce que M. Cardinal était très malade. Il est tout de même allé voir. Il n'y avait personne, mais la lampe était allumée. Notre père dormait, respirait calmement, couché sur le dos, bien sanglé. Le même infirmier a refait la tournée vers quatre heures du matin et tout était normal. Vers huit heures, le 5 janvier 2000, l'infirmière de jour a constaté qu'il ne respirait plus.

Deux morts dans notre famille, à quelques heures près, à quelques kilomètres de distance. Deux êtres qui ne s'étaient jamais compris, jamais approchés l'un de l'autre. Virginia a toujours eu peur de notre père. Elle trouvait qu'il avait l'air d'un cochon, chose qui me blessait. Notre père n'était pas beau, notre mère non plus. Notre père avait, c'est vrai, un de ces nez qu'on appelle nez de cochon, des narines ovales, presque verticales. Il louchait et cela lui donnait, par association, un air louche, du moins dans l'esprit de Virginia. Elle détestait ses moqueries. Et lui ne se gênait pas pour dire dans son dos qu'elle était « virginale », pour la traiter de « planche à repasser » ou qualifier son teint de « chair de poisson blanc ».

Des morts simultanées, si l'on peut dire, sans que cela ait aucun sens particulier, même si notre esprit en construit un. Quand on téléphonait à la parenté, il fallait écouter les commentaires sur la Grande Faux, la Mort, le Temps, le Voleur qui vient vous chercher.

Salomon a téléphoné à Doris pour lui annoncer les *deux* décès.

Notre père a été exposé pendant deux soirées et un après-midi, comme il convenait dans son monde. Nous sommes restés debout de chaque côté de son cercueil ouvert, Louis et moi, entièrement vêtus de noir. Nous n'avons pas dit un seul mot sur l'absence de Doris au salon funéraire.

Louis s'occupait des funérailles de notre père et nous, de celles de Virginia.

Salomon était son exécuteur testamentaire, conjointement avec ses deux galeristes. Il est allé à son appartement, près du métro Snowdon. Nous savions qu'elle voulait être incinérée. Nous avons demandé à ses amies de la rue Waverly de faire une urne. Elles s'intéressaient aux rapports entre la poterie et le culte des morts. Elles ont dit qu'elles feraient cette urne selon une certaine méthode japonaise, qui consiste à cuire le vase de façon que la cendre tombe naturellement de l'étage supérieur du four à bois sur la glaçure. Je me souviens que cette image a déclenché un ruisseau de larmes qui m'a fait du bien.

Rosemary et Mary, les directrices de la galerie de la rue de l'Hôtel-de-Ville, nous ont proposé de transformer le vernissage prévu en cérémonie d'adieux. Je trouvais cette idée scandaleuse, mais j'étais la seule de cet avis. Les autres pensaient que c'était la seule chose à faire.

Les funérailles de mon père nous ont plongés dans le passé, mais ce « vernissage funéraire », dix jours plus tard, nous a remis face à nous-mêmes. Virginia était la première personne de notre âge qui mourait et nous n'avions aucun rituel, aucun texte écrit, aucune manière de la faire passer chez les morts.

Le jour des funérailles de notre père, Doris se trouvait dans le dernier banc à l'arrière de l'église quand nous sommes entrés, après un long cortège dans le tunnel sous le Saint-Laurent. Je n'étais pas aussi surprise de le voir que de constater qu'il avait rasé sa barbe et ses cheveux. Blanc comme un drap, dans son manteau noir. La barbe qu'il avait portée pendant vingt ans marquait le creux de ses joues. Son crâne luisait. C'était un autre homme. Il ressemblait, vaguement, au peintre Paul-Émile Borduas, dont notre père aimait les toiles si dramatiques, et en particulier les dernières, en blanc et noir.

Grand-messe, orgue et chant, *De profondis* chanté au complet. Tout ce qu'exigeaient des funérailles catholiques dans le goût de notre père a été respecté. Mais, conformément à un usage moderne qu'il n'aurait pas approuvé, j'ai fait son éloge, comme Louis me l'avait demandé. Et pendant que, dans le chœur de cette église de la Visitation du Sault-au-Récollet, que notre père vénérait parce qu'elle date du Régime français, je parlais à l'assemblée forcément réduite de ses anciens amis, parmi lesquels se trouvait un homme qui, selon Doris, aurait aidé un Français favorable au régime de Vichy à se cacher à l'île d'Orléans après la guerre, et dont j'aurais *bien entendu* préféré ne pas voir la tête chevrotante devant moi. J'avais aussi dans mon champ de vision, au fond de l'église, cet inconnu au crâne rasé, au visage fermé, aux lèvres serrées, plus petit que les autres : mon frère Doris. Je pouvais reconnaître un certain nombre de vieux nationalistes en manteau de laine bleu marine, des confrères du Collège de Gaspé transplantés eux aussi à Montréal, d'autres du Collège André-Grasset, où notre père avait terminé ses études classiques, des membres de confréries désuètes qui avaient apporté leur panoplie de capes, épées, couvre-chefs et autres insignes d'« ordres » auxquels notre père avait appartenu, ordre de l'Alhambra, des Chevaliers du Saint-Sépulcre, de Malte, de Colomb, je ne m'y reconnais guère. Des hommes avec lesquels il avait travaillé comme administrateur de caisse populaire, de commission scolaire, d'autres qui tournaient autour d'un petit journal appelé *Le Moraliste de Montréal*. Notre père était devenu avec les années beaucoup trop ombrageux pour conserver le moindre ami. Mais il était resté lié aux autres par ses opinions politiques. Il venait d'un monde où l'on choisissait son camp une fois pour toutes, où l'on était bleu et conservateur, ou rouge et libéral, de père en fils. Mais il avait fait le pas vers l'indépendantisme, au moment de la fondation des partis souverainistes, un pas innovateur et risqué pour les gens de sa génération.

J'étais une des rares femmes dans l'église, avec quelques représentantes du centre pour vieillards, venues en transport assisté. Conformément à l'esprit de notre famille, je n'ai pas dit ce que je ne pensais pas. J'ai dit qu'il était un homme particulier, qu'il avait rencontré notre mère dans les Jeunesses ouvrières catholiques, qu'il avait formé avec elle un couple ni plus ni moins particulier que les couples de leur époque. Chaque époque a ses couples, comme nous allions le constater dans les mois qui suivraient. J'ai dit qu'on ne pouvait pas parler de lui sans évoquer son attachement au sort du peuple canadien-français, aux paysages du Bas-du-Fleuve, aux peintres de ces paysages. J'ai parlé de sa collection de toiles achetées à des artistes québécois à la fin de la guerre, parce qu'il pensait que ces peintres faisaient avancer le peuple québécois. Même s'il ne comprenait pas leurs abstractions, il aimait leur noirceur. Il aimait les couleurs de la forêt laurentienne diffractées par la spatule de Jean-Paul Riopelle. Son amour pour ces peintres montrait tout de même qui il était, quelle était sa conception du monde, avec les défauts que renferme toute conception qu'un humain né dans une époque et un pays donnés peut se faire du monde. J'ai parlé avec affection. J'étais consciente que chacun de mes frères allait interpréter ce que je disais, que mes frères et les amis de mon père penseraient sans doute : Marquise se prend pour une écrivaine — un mot dont ils moquaient la féminisation dans l'usage québécois, en profitant pour le rabaisser, méchamment. J'avais conscience d'être sur la crête d'un océan dont je ne connaissais pas les fonds, que dis-je, les abysses. Tout ce que je pouvais dire avec certitude, c'est que mon père était mon père, sans comprendre même ce que cela signifiait exactement.

Le vieil abbé Riendeau, aumônier des scouts sur la rive sud dans le temps, a dit la messe. Je ne sais quels chevaliers ou officiers ont fait une cérémonie d'appel au mort, mais c'était impressionnant, qu'on le veuille ou non. Je suis ressortie de l'église entre Louis et Salomon. Doris s'est joint au cortège derrière nous quand nous sommes arrivés à sa hauteur dans l'allée centrale. Toqué, têtu, il a murmuré dans notre dos : « Cet homme-là, je porte son nom et c'est tout. »

Louis s'est retourné, tout rouge, mais n'a rien dit. Une dame payée par nos soins chantait l'*Ave Maria*. À cet instant, j'ai désespéré de nous trois. Doris, ai-je pensé, comme si je devais trouver une explication à son intransigeance, Doris est resté fixé à l'époque où notre mère s'échinait à lui enseigner la propreté. Il n'a jamais franchi cette étape de résistance active dans les toilettes, à retenir ses sphincters plutôt que de faire son « petit cadeau ». Le genre d'explication facile, que récuse Salomon. Nous régressions à vue d'œil, comme c'est normal sans doute dans ces circonstances.

Nous avons tout de même suivi le cercueil jusqu'à la rue ensemble, Doris, Louis, Salomon et moi, nous l'avons regardé glisser dans le corbillard sous le ciel bleu azur. La température de moins vingt degrés était d'une rigueur et d'un absolu propres à honorer la personne qu'avait été notre père. Un membre des Missions étrangères nous a rappelé qu'il contribuait chaque année à leur œuvre. Doris a dit à mi-voix que la chose terrible, c'était la mort de Virginia. Il a dit que Virginia était sa mère, sa sœur, qu'elle lui avait sauvé la vie. Il a ajouté : « Elle ne s'est jamais remise de son divorce. » Et Louis : « Heille, heille, toi, là, est-ce qu'on peut savoir ce que tu fais ici ? » Et Doris : « Comment ça ? » Louis : « On sait que t'es allé le voir. » Doris : « Pis après ? » Louis : « Tu t'es aperçu qu'il était mort, t'es parti, comme un beau sans-cœur. »

J'ai dit d'une voix forte, qui a produit son effet : « Arrêtez ! » Les gens voyaient qu'on discutait devant un corbillard, ils attendaient à l'écart. Doris a dit en bégayant : « Il n'n'n'était pppas mort quand je suis pppparti. Il é-é-é-étttait cccouché sur lllle dos et il-il-il respirait… »

Et ça s'est arrêté là. Salomon a pris Doris par le bras et ils se sont éloignés. Doris n'allait pas venir au cimetière, nous l'avons compris. Salomon m'a fait signe qu'il allait revenir.

Des petits vieux que seul Louis reconnaissait voulaient nous parler. Louis me les présentait. Ils s'accrochaient à lui. Mais il y avait d'autres funérailles après nous et il fallait hâter les choses. Il fallait maintenant se rendre au « cimetière de l'Est », où notre père avait acheté un lot à son arrivée à Montréal, avant même de connaître notre mère, comme pour s'assurer qu'il resterait dans cette ville pour toujours.

À ce moment, j'ai espéré de tout mon cœur que nous ne nous reverrions plus, mes frères et moi, maintenant que nos parents étaient morts. Il était plus que temps de nous séparer, de vivre libres de tout lien, avant de mourir comme Virginia. Je me suis distancée pour me diriger seule vers la limousine qui attendait un peu plus loin et dont la portière était déjà ouverte. Seule, j'ai pris de grandes respirations, écouté mes pas craquer sur la neige, comme une enfant.

Une femme dont j'avais noté la présence inexplicable dans l'église, une femme que j'appelais pour moi-même « la Rostopchine », s'est alors avancée vers moi sur le trottoir. Une blonde d'une quarantaine d'années qui en paraissait cinquante, à cause de son poids. Je la croisais de temps à autre dans le petit monde du livre pour enfants. Elle me détestait, je ne savais pas pourquoi. Inimitiés féminines, particulières, arbitraires. Je n'avais pas la moindre idée de ce qu'elle faisait là, de ce qu'elle me voulait. Derrière elle se tenait un vieillard habillé d'un poncho, en sandales et gros bas de laine, comme les franciscains de jadis. Cet homme me regardait avec des yeux perçants, d'un air entendu, oscillant de la tête, comme pour me signifier que nous nous connaissions. Il avait les cheveux longs, tout blancs, attachés en queue de cheval. Grand, voûté, presque plié en deux, il devait faire un effort pour relever la tête et me regarder. Tout à coup j'ai replacé son visage : c'était Osler.

J'avais vu sa photo dans la revue *L'actualité* du mois de janvier. Le film intitulé *Mais qui était Rainier-Léopold Osler et que venait-il faire parmi nous ?* devait sortir bientôt à la télé, en anglais. Un journaliste l'avait retrouvé, interviewé à Zagreb, pour savoir ce qu'il était devenu.

Je ne savais pas qu'il se trouvait à Montréal et j'aurais préféré qu'il n'ait jamais existé, mais je ne pouvais que lui tendre la main, en femme civilisée, en fille de mon père, espérant, ridiculement, que Salomon n'arriverait pas, que je n'aurais pas à faire les présentations.

« Vous êtes revenu à Montréal ?

— Marquise, voyons, on ne s'est jamais vouvoyés. Qu'est-ce que tu deviens ? Tu es toujours mariée ? Et ta mère ? Est-ce que ta mère est ici ? Je t'offre mes condoléances, je lui offre mes condoléances. Et Louis ? »

J'ai compris qu'il avait oublié le décès de ma mère, cru qu'il n'avait plus toute sa tête. Il a pris mes mains dans les siennes et j'ai bien été obligée de sentir tout le chagrin d'Osler. « Maurice, mort ! Ah, Marquise ! Ah, que ça me fait de la peine ! Je suis venu pour vous dire que j'ai passé les plus beaux moments de ma vie chez vous. Les seuls moments de bonheur de ma vie, je les ai eus avec Maurice et ta mère, Reine. Est-ce que Louis est là ? Je voudrais lui offrir mes condoléances. Et l'autre ? Celui que je n'ai pas connu ? Est-ce qu'il est ici ? »

Mon cœur était fermé. Ses démonstrations, sa sensiblerie m'énervaient. Je craignais comme la peste qu'il vienne au cimetière, au restaurant où l'on offrirait du café et des sandwiches, comme les choses devaient se faire, dans l'esprit de notre père — exposition du corps, grand-messe, enterrement immédiat, sobre collation. Osler manquait de jugement. Il ne sentait pas qu'il dérangeait. Même nous, les enfants, sentions mieux que lui qu'il s'imposait, parfois, quand il descendait après le souper frapper à la porte d'en arrière pour passer la soirée. Nos parents avaient pitié de sa solitude, de son manque d'à-propos, je suppose.

Mais Louis est arrivé, il a tout de suite reconnu Osler et il a dit, sans ménagement, sans hésitation, même si Osler avait maintenant soixante-dix ans et en paraissait beaucoup plus : « Vous n'avez pas d'affaire ici aujourd'hui ! »

Osler a senti la violence de Louis. Il a répété le mot « condoléances » et il est parti avec la Rostopchine. Ils se sont éloignés, elle à grand bruit avec ses bottes à talons aiguilles sur le trottoir, et lui en sandales. Et ce qu'elle faisait là, avec Rainier-Léopold Osler, je n'en avais pas la moindre idée.

Ni Salomon ni Doris n'ont rencontré Osler ce matin-là, après les funérailles de notre père. Ils ne l'ont jamais rencontré.

On passait, on trépassait.

On avançait dans un dédale d'hypothèses. Une galaxie, une nébuleuse d'interprétations.

La rapidité avec laquelle Osler et la Rostopchine ont filé, la fragilité de tout notre être, après la mort d'un père, comme si on était nu sur la paille, la tâche de vider l'appartement d'une amie avec laquelle je n'avais pas eu le temps de faire le point, la difficulté à retrouver sa fille en Amérique latine comme une aiguille dans une botte de foin, tout cela a fait que j'ai chassé Osler de mon esprit. Il y avait trop d'émotions pour qu'on puisse séparer les unes des autres.

Mais on n'est jamais assez sur ses gardes. Il avait réussi à atteindre la part de moi qui restait attachée à lui. Je n'ai pas deviné, imaginé qu'il allait insister, revenir, jusqu'à ce que je lui donne la preuve, hors de tout doute, que cette part était morte. Jusqu'à ce que, forcément, j'aie réussi à la tuer en moi-même.

Nous sommes équipés pour faire face à la mort de notre père. Nous l'anticipons, nous l'attendons, nous savons que nous n'avons pas le choix de l'aborder avec humilité, avec patience et ruse, comme tous les humains engendrés avant nous. Mais nous n'attendons pas le coup que nous portent deux deuils rapprochés, presque simultanés. Quand notre père est mort, j'ai subi l'assaut d'une tristesse plus forte que celle de perdre mon père.

Et cela a pris la forme d'une obsession, d'un remords absurde. C'est le terme « dépouille mortelle », que l'abbé Riendeau avait utilisé si souvent durant les funérailles de notre père, qui m'a fait craquer : je ne supportais pas notre décision d'avoir fait incinérer le corps de Virginia, à sa demande, d'avoir fait brûler quelque chose d'aussi tendre et vulnérable que la « dépouille », le vêtement qui nous restait de Virginia.

Salomon m'a prescrit des médicaments. J'ai dormi, pendant des jours.

Le vernissage funéraire

Pour annoncer le « vernissage funéraire », termes bien contradictoires, la relationniste avait repris la photo que Virginia avait choisie pour la carte d'invitation de la rétrospective. Le visage d'une Égyptienne d'une trentaine d'années, délicatement entouré d'un foulard à plis plats, piqué d'épingles perlées, qu'un groupe antifoulard a qualifié d'ambigu.

L'heure avait été avancée au milieu de l'après-midi, étant donné les « circonstances ». Nous voulions arriver les premiers à la galerie de la rue de l'Hôtel-de-Ville, mais Jimmy Graham était déjà là, absorbé par les visages de Virginia.

Dès qu'on pénétrait dans la galerie, les visages nous encerclaient, nous interpellaient. Tous à la même hauteur, les yeux à hauteur des nôtres. Tous de même format, le triple de la grandeur nature. Chaque photo éclairée séparément. Tous les visages pris exactement de face, comme sur un passeport, sans artifice, sans pitié. Aucun arrière-plan, aucun contexte, même pas de ciel. Deux yeux qui fixent l'objectif. Le masque humain, l'invariable du visage, son énigme. C'était, qu'elle l'ait su ou pas, la dernière exposition de Virginia, et ce fait se répercutait sur le sentiment de perfection et de clarté, sur la simplicité du sens, qu'un critique a résumé en ces mots : « diversité dans l'unité ». Le noir et blanc rendait les infinies nuances de la peau humaine. Elle était allée partout au monde. Elle surexposait, sous-exposait, utilisait des pellicules plus ou moins sensibles. Les teintes pâles étaient foncées, les foncées étaient pâlies ou, au contraire, exagérées. Toutes les peaux devenaient des barrières infranchissables et fascinantes, tous les regards, des ouvertures indéchiffrables.

« Un art du visage, disait un texte rédigé par Mary, Ph.D. de York University, met fin à l'époque du portrait. Pendant des millénaires, les humains sont restés dans leur patelin. Ils ont développé l'art du portrait. Mais cette ère est terminée. Le portrait était un art de l'identité. » Taratata.

Citation de Virginia : « Le voile de sainte Véronique est la préhistoire de la photo. Le visage et sa reproduction sont sacrés. Le visage, c'est le Sphinx, l'énigme humaine. »

Une jeune femme est arrivée, dans une robe rouge et décolletée, sans rapport avec le deuil qui nous réunissait. Les gens seraient bien capables d'oublier pourquoi on était là, de ne pas *sentir* la mort de Virginia. Nous étions si souvent venus à des vernissages au même endroit. Elle n'y assistait jamais. Elle ne voulait pas que les gens reconnaissent son visage. Elle voulait qu'ils regardent les visages qui l'avaient touchée. C'était sa méthode : ne pas choisir, se laisser toucher. Elle disait que c'était la méthode de Virginia Woolf. Elle s'associait puérilement, selon moi, à Virginia Woolf à cause du prénom.

Quand les potières de la rue Waverly sont arrivées, cheveux courts, tailleur-pantalon — non que Virginia ait été lesbienne, du moins je ne le crois pas —, nous avons déposé l'urne contenant les cendres sur une table basse, à côté d'un ikebana dramatique, immense, offert par Doris. Je me suis postée là et j'ai laissé Salomon monter à la mezzanine. Je n'avais pas le courage d'aller voir cette partie rétrospective, « le tombeau ».

Les gens baissaient la voix en apercevant l'urne et l'ikebana, puis les rires, les embrassades reprenaient le dessus. Louis est arrivé tard. Il n'était pas triste et ne faisait pas semblant de l'être. Il m'est apparu ce jour-là comme le plus éloigné, le plus énigmatique des étrangers. C'est Doris qui souffrait. Son ikebana était fait d'un immense bois de mer sur lequel étaient disposées des pivoines, la fleur préférée de Virginia. Leurs pétales écarlates, fripés, le mouvement tordu du bois de mer qui s'élance : c'était l'âme même de Virginia. Doris m'a dit : « Je te demande de remettre l'urne à Rosa Lou, Marquise. Je ne veux pas que Louis la garde. » J'avais de la difficulté à m'habituer à son crâne dénudé, ce crâne dont notre mère nous avait fait sentir la fontanelle ouverte et mouvante, quand il était bébé.

Il y a eu des discours, comme à l'inauguration du Mur de la paix. Mêmes personnes, grosso modo, qu'à l'inauguration du Mur. Salomon a prononcé trois phrases : « On pourrait dire que Virginia Higgins est présente dans les visages exposés ici. Je préfère assumer le fait qu'elle n'est plus parmi nous. Elle ne sera plus jamais là. » Les gens ont bien été obligés de sentir, pendant une seconde, le mystère de la disparition d'un être humain.

Puis Rosemary a dit que Jimmy Graham allait nous adresser quelques mots, ce qui m'a considérablement surprise : il me semblait qu'il y avait quelque chose de systématique dans sa présence autour de nous. Il a parlé d'une « correspondance électronique » qu'il aurait échangée avec Virginia, concernant l'impossibilité, de nos jours, de reproduire les visages sans collaborer à l'hypocrisie du monde, correspondance qui devrait, a-t-il dit, être publiée. Il a parlé d'une exposition à la galerie de York University à Toronto, dans le cadre d'un colloque sur les *transhumanities*. L'exposition s'intitulait *Post-face*. Et Virginia avait intitulé la sienne *Mer de visages*. Il a parlé de l'article que Virginia avait écrit sur son exposition à York, sur ses non-visages, article que j'avais lu sur Internet. « Il y a eu des liens entre Virginia Higgins et moi, pourquoi ne pas le dire. Nous étions de deux générations différentes. Elle souffrait du fait que la photo ne sera jamais un art au même titre que la peinture. Elle n'acceptait pas ça. Nous en avons beaucoup discuté. »

Puis le tintement des verres, le glouglou du vin ont signalé la fin de la cérémonie. La plus vieille des galeristes, Mary, a dit que Virginia aurait voulu qu'on porte un toast et que la vie continue. Des petits groupes se sont formés, en anglais, en français. Le vernissage a enterré les funérailles. Le profane a chassé le peu de sacré dont nous étions encore capables, nous, les humains les plus riches de l'histoire de l'humanité, avec notre urne simili japonaise. Plus démunis que les humains les plus reculés de notre village planétaire. Sans symboles, sans langage pour nos morts, sans rites.

Des gens qui ne s'étaient pas vus depuis longtemps se retrouvaient, d'autres qui se voyaient tous les jours se parlaient avec un enthousiasme renouvelé. Tout le monde oubliait pourquoi on se trouvait là.

J'ai vu Jimmy Graham faire l'accolade à Doris. Je les ai vus se placer ensemble devant l'ikebana et l'urne et se recueillir. Peut-être parce qu'elle sentait le même malaise que moi, Rosemary a allumé deux cierges blancs. Un jeune homme immense, plus grand encore que Jimmy Graham, pleurait silencieusement. Il portait un chapeau de feutre noir avec une plume rouge au ruban. J'ai pensé qu'il s'agissait d'un élève de Virginia à l'Université Concordia, et qu'au moins les larmes humaines existaient encore.

Les gens montaient en procession à la mezzanine, précédés de leur verre. Des appareils ont commencé à diffuser des documents sonores, en anglais ou en français, des phrases de Virginia qui revenaient en boucle, comme si elle continuait à parler, de l'urne où elle se trouvait et ne se trouvait pas. Je suis montée, moi aussi.

Ce qu'on appelait « la mezzanine » était une galerie qui courait sur trois côtés, à l'étage, et qui augmentait l'espace d'exposition. Virginia avait fait subdiviser cette galerie en petites niches fermées par un rideau noir. J'ai tout de suite compris ce qu'elle avait voulu dire au téléphone par le mot « tombeau ». Le format des photos mises bout à bout rappelait les fresques qui couvrent les murs des mastabas égyptiens. Dans l'obscurité, on pouvait avoir l'illusion d'être enfermé, obligé de regarder. Comme dans les tombes d'Égypte, ces photos racontaient la vie de la défunte, celle du petit cercle de ses amis. La mienne. Je déambulais la gorge serrée d'une chambre à l'autre. Virginia parlait. Ces phrases en boucle, en anglais, en français, maintenaient l'impression qu'elle était là.

Quand je suis arrivée au dernier de ces îlots, celui qui était consacré à sa toute première exposition, *In Search of French Canadians,* Jimmy Graham était là. Il examinait ces photos controversées, qu'elle avait tenu à mettre en conclusion de la rétrospective. Je reconnaissais les visages tendus vers le prêtre en chaire dans les églises catholiques de Montréal, et les tirages des années 70, quand elle a parcouru les deux rives du fleuve entre Québec et Tadoussac avec Doris comme aide de camp, pour photographier ce qui restait de la « civilisation canadienne-française ». Des photos humaines et humanistes, qu'elle a développées et imprimées dans sa chambre noire, à la main, où l'on sent son regard perçant et complice : la cuisine de notre grand-mère Aubin, le pain Weston en pile dans l'assiette, la nappe en plastique, le rameau de Pâques, l'huile du frère André et l'almanach Beauchemin, la chaise berçante de pépère Aubin. Des photos pleines de tendresse pour les objets, d'un humour bienveillant, qui avaient été plus tard qualifiées d'« ethnicisantes » par certains critiques qui l'avaient mortellement blessée.

« Vous êtes Marquise, m'a dit Jimmy Graham, tout bas, Marquise, venez vous asseoir, s'il vous plaît. J'ai besoin de vous parler. Venez ici. »

Il a attendu que je sois bien assise sur un tabouret sous la lampe halogène, il s'est assis en face de moi.

« Marquise, m'a-t-il dit d'une voix douce et enveloppante, est-ce que vous saviez que, Virginia et moi, nous avons été collègues pendant plusieurs années à l'université ? Nous donnions un cours, chaque automne, à Concordia. Ce qui veut dire que nous étions dans les mêmes réunions, les mêmes vernissages. Je savais qu'elle était la femme de votre frère. Excusez-moi. Je ne vous demande pas de penser comme moi. Pour moi, vous êtes la femme de Salomon, et la femme de Salomon ne peut pas être n'importe qui. À cause de votre frère, je ne voulais pas lui parler. C'était une artiste d'une autre génération. Je n'ai pas d'affinités avec les femmes artistes. On vivait sur deux planètes différentes.

« Il y a quatre ans, on s'est retrouvés assis l'un à côté de l'autre dans l'avion New York-Montréal. Elle a pris les devants. Elle m'a dit : "Je sais que vous avez des préjugés contre moi, parce que je suis la femme de Louis Cardinal. Je vous comprends. Mais je vous trouve injuste. D'abord, je ne suis plus la femme de Louis Cardinal. Je suis séparée de lui. Je suis Virginia Higgins. Et je vous admire." J'ai été poli. Je lui ai dit que moi aussi, j'admirais son travail. Je ne pouvais pas nier qu'elle avait quelque chose de sympathique. Mais je ne voulais pas la connaître. J'ai dit que j'étais fatigué et j'ai fermé les yeux. Et elle a fait comme moi. À chaque respiration, son bras touchait mon bras sur l'accoudoir. Hasard ou pas, le rythme de nos respirations s'accordait. Est-ce qu'elle faisait semblant de dormir ? Je ne peux pas le savoir. Mais une sensation très intime s'est créée entre nous. Je ne sais pas si elle s'en est aperçue, mais si j'en ai eu conscience, je suppose que c'est la même chose pour elle. J'étais trop endormi pour prendre la décision de me tourner et dormir de mon côté. J'avoue que j'étais curieux de voir jusqu'où elle irait. Plus le sommeil me gagnait, plus je me laissais aller, attiré par ce léger point de contact, à chaque respiration. On a dormi, si on peut dire, jusqu'à l'atterrissage. En sortant de l'avion, elle a proposé qu'on prenne un taxi. On a passé la nuit ensemble. Mais, de mon côté, je jouais un jeu. J'étais curieux. Ensuite, je lui ai dit que je regrettais ce qui était arrivé, que je ne l'aimais pas, *et cætera*. Mais, pour faire avaler la pilule, j'ai ajouté que je la respectais comme artiste.

« Et c'est comme ça que ça a commencé. Parce qu'elle ne me croyait pas. Elle voulait savoir ce que je pensais de ses photos. De la photo. On s'est revus, prétendument pour parler de nos démarches artistiques. Elle venait de quitter votre frère. Mais elle était encore mentalement avec lui, obsédée par lui. Elle sentait le besoin de se justifier, de m'expliquer ce qu'elle avait fait pendant vingt-cinq ans avec lui.

Plus elle en parlait, moins j'en disais. Ça m'amusait de voir Virginia Higgins se débattre. »

Jimmy Graham a un charme ambigu. Il a senti que je voulais en savoir plus, que je le comprenais, que j'étais attirée par lui. En tout cas, il a changé de ton, regardé sa montre pour mettre fin à notre « entretien ».

« Femme rencontre homme ! » a-t-il dit en se levant. Il a étalé ses doigts devant moi : « Un peintre, c'est une main, Marquise. La photo, c'est un regard. Vous comprenez la différence ? On ne peut pas dire que la photo est un art au même titre que la peinture. Il n'y a pas d'histoire de la photo comme il y a une histoire de la peinture. Si Pablo Picasso avait rencontré Virginia Woolf, Marquise, c'est Virginia Woolf qui serait morte, pas Pablo. »

Il m'a effleuré le bras, comme pour me signifier une certaine amitié, et il est parti. Je n'ai pas insisté. Je n'ai pas demandé ce qu'il savait de l'accident, pourquoi il me racontait tout ça. J'étais devant un seuil que je ne voulais pas franchir.

J'écris pour les enfants. Je crée des personnages. On attend d'une personne qui crée des personnages qu'elle comprenne les autres. Mais une personne qui crée des personnages comprend plutôt le mystère des autres. C'est ce que mon métier m'a enseigné : le mystère est humain. Pas divin.

Je l'ai compris de diverses manières, ces jours-là, et plus encore durant les années qui ont passé. Mon père est mort, Virginia est morte. J'ai compris que mon père avait vécu dans un monde où le mystère est divin, et moi dans un monde où le mystère est humain.

Je me souviens d'être restée longtemps à regarder ces

photos prises par Virginia à vingt ans. Dans toute cette rétrospective de son œuvre, il n'y avait pas une seule image qui donnait accès à la manière dont elle avait pu concevoir ce qu'est le désir humain, la sexualité humaine. Pas une ombre de séduction sur ses visages. Son œuvre montrait un monde où la sexualité et le désir humain ne font pas encore partie de ce qui peut être vu, regardé et traité artistiquement, du moins par la photo.

Je suis restée là, toute seule, à faire le deuil de Virginia, le deuil de notre échec à l'aimer, à reconnaître l'artiste qu'elle voulait être, parce que nous étions trop proches d'elle. Nous n'avons pas fait mieux que la plupart des humains, qui aiment l'art mais qui côtoient des artistes sans admettre ce qu'ils sont.

Quand je suis redescendue, j'ai aperçu, de l'escalier, le crâne luisant et raboteux de Doris planté devant l'ikebana et l'urne. De là où je me trouvais, l'ikebana semblait une tache de sang sur une terre désertique.

Louis enfilait son manteau et je crois bien qu'il *fredonnait* en s'habillant. Virginia n'existait plus pour lui. Il n'y avait aucune continuité entre le frère qui avait épousé ma meilleure amie en 1970 et cet étranger. Un couple rompu apparaît encore plus impénétrable qu'avant. J'ai mis sa réaction sur le compte de sa maladie. Il avait frôlé la mort et ne voulait rien savoir d'elle.

Pendant une fraction de seconde, nous avons formé un triangle éphémère, Louis, Doris et moi, dans une chorégraphie suspendue. Pendant cette fraction de seconde, j'ai eu envie de traverser le peu d'espace qui nous séparait, d'aller vers eux. J'ai imaginé que je le faisais, que je m'élançais vers eux. Nous avions aimé tous les trois Virginia Higgins, elle avait fait partie de nos vies, elle était un lien entre nous, qui avions tant de difficulté à établir des liens. Mais j'en étais empêchée par ces forces souterraines vers lesquelles je ne pouvais descendre par mes seuls moyens. Il m'aurait fallu me lester d'un poids, porter un scaphandre.

Salomon parlait avec les deux galeristes qui ont toujours si bien compris, elles, que Virginia était une artiste. Jimmy Graham est sorti des toilettes, lointain, indifférent à ma personne, comme si nous ne venions pas d'échanger les paroles que j'ai rapportées. Salomon a mis son manteau, son bonnet de fourrure. Nous avons salué Rosemary, Mary et nous sommes partis.

En entrant dans la voiture, j'ai dit à Salomon : « On a laissé l'urne là, je suppose qu'elle est en sécurité. » À cet instant, nous avons senti, tous les deux, qu'il y avait quelque chose de mal à disposer de Virginia comme d'une potiche. Mais je ne suis pas retournée la chercher.

Quand Rosa Lou est revenue, quelques semaines plus tard, ni Salomon ni moi n'aurions pu lui dire où étaient passées les cendres de sa mère. Encore maintenant, je me demande comment j'aurais pu faire face à ses reproches. Nous avons laissé les cendres de Virginia sur la table et nous sommes partis. Plus païens que les païens, avec nos vernissages funéraires.

Virginia Woolf et Pablo Picasso

Je me rappelle avoir vu Jimmy Graham sortir en même temps que Doris après nous. Mais notre mémoire peut nous tromper sur les détails. La ville était calme. Un peu de neige était tombée. Une poudre blanche recouvrait les déchets qui s'accumulent sur Montréal en hiver de gel en dégel, avec les ratons laveurs tout gras qui descendent de la montagne et défoncent les poubelles dans les ruelles. Le jour déclinait sur les maisons de poupée canadiennes-françaises de l'avenue du Mont-Royal.

Nous sommes rentrés en passant par ce nouveau quartier auquel le Mur de la paix s'efforçait de donner naissance. Je voulais revoir le mur de Jimmy Graham. La nuit était presque tombée, les couleurs avaient par conséquent beaucoup pâli. Les pixels atteignaient presque le noir et blanc des photos de Virginia.

Et, de loin, on voyait clairement qu'un immense X organisait le Mur de la paix. Dans la partie inférieure, le Conquistador à cheval fonçait sur la femme amérindienne. Et en haut, un Minotaure noir courait dans l'autre sens vers une jeune femme nue, à la peau très blanche, les bras pliés sous la nuque, étendue dans la pose de la *Maja desnuda* de Goya. Avec la grande différence que la *Maja desnuda* a les yeux ouverts et regarde celui qui la peint. Mais celle de Jimmy Graham a les yeux fermés. Les deux femmes s'opposaient, comme les deux hommes, mais en ordre croisé.

Ce Minotaure était une citation de Picasso. Il courait, volait, touchant à peine terre, son sexe tendu en arquebuse, s'élançait vers la jeune femme endormie, d'une blancheur surnaturelle. Partout, sur les bords du mur, comme des parenthèses, des incrustations, on retrouvait d'autres scènes disséminées qui montraient, en hommage à Picasso, un Minotaure caressant une dormeuse ou s'en approchant.

J'ai demandé à Salomon si les personnages féminins lui faisaient penser à quelqu'un. Il a dit que non, il ne voyait pas. J'ai dit qu'il y avait quelque chose de Virginia dans les yeux de l'Amérindienne. Il n'était pas convaincu. Il trouvait que cet œil évoquait plutôt la Sibylle de la chapelle Sixtine. Mais il reconnaissait comme moi la *Maja desnuda*. Goya, Rivera. L'Espagne, l'Amérique latine. L'Ancien et le Nouveau Monde.

J'ai résumé ce que Jimmy Graham m'avait raconté, et surtout cette phrase qu'il avait dite à propos de Virginia Woolf et de Pablo Picasso. « Virginia Woolf a bien pu rencontrer Pablo Picasso, Salomon. Ce n'est pas *impossible*. Il faudrait vérifier dans les biographies. Peut-être qu'elle l'a rencontré, à Paris, avec sa sœur et son beau-frère, qui travaillaient dans le domaine de l'art et connaissaient tous les artistes qui comptaient. Il faudrait voir dans son journal, dans celui de son mari, dans les autres écrits de la bande de Bloomsbury. Imaginons que Pablo Picasso et Virginia Woolf se retrouvent dans le même lit. En effet, ce serait la collision, la catastrophe. » Si on a lu le journal du mari de Virginia Woolf, les romans de Virginia Woolf, si on connaît la vie de Pablo Picasso, ses relations avec les femmes et en particulier avec Dora Maar, la photographe, on ne peut imaginer sans malaise Virginia Woolf aux prises avec Pablo Picasso, comme me l'avait suggéré Jimmy Graham en parlant certainement de lui et de Virginia. Ce serait la plus grande collision mâle/femelle, le plus grand écrasement d'*anima* par *animus,* de l'artiste femme par l'artiste homme, le plus grand broyage d'une femme par un homme.

Nous avons parlé encore un moment devant le mur qui s'obscurcissait, tergiversé, supputé ce qui avait pu se passer entre Virginia et Jimmy Graham, accepté que nous ne le saurions jamais, parlé quand même, encore, de Virginia, parce qu'elle était notre amie, que nous l'avions côtoyée au plus près, et qu'elle était morte. C'était la meilleure manière de faire notre deuil : refermer pieusement le couvercle sur le secret de Virginia. J'étais certaine que Jimmy Graham avait mis l'œil *bleu* de Virginia dans le corps de l'Amérindienne sur le point d'être violée par le Conquistador. Et c'était Virginia, Virginia Woolf ou Virginia Higgins, ou leur combinaison, qui se trouvait représentée dans la *maja desnuda* aux yeux fermés. C'était bien une façon d'exprimer ce que j'appelais le mélange de pudeur et de sex-appeal de Virginia. J'étais certaine que le Mur représentait non seulement la guerre des nations et la guerre des sexes, mais une certaine part des relations personnelles entre M. Jimmy Graham et Mme Virginia Higgins. Je suis presque descendue aussi bas que ces journalistes qui présupposent qu'un personnage représente son auteur, que ces lecteurs pervers qui trouvent leur plaisir à percer le secret d'où sourd l'œuvre d'un artiste, à manipuler la psyché de cet artiste en se servant de ses personnages comme d'une porte d'entrée. Je ne voyais plus ce mur de Jimmy Graham que comme un rébus. Mais Salomon hochait la tête pour me signifier qu'il ne me suivait pas.

C'est avec tout ça en tête que j'ai regardé les images du film *Mais qui était Rainier-Léopold Osler et que venait-il faire parmi nous ?* qui a été diffusé le lendemain. C'est avec les visages de Virginia en tête que j'ai regardé les non-visages de Jimmy Graham dans ce film. Des visages amputés, troués, des visages hallucinants auxquels manquent le nez, une partie de la joue. Jimmy Graham pratique un art de la défiguration, de la déshumanisation des visages. Il peint d'après nature les métamorphoses de la face humaine sous l'effet des tumeurs, des chirurgies plastiques, des chimiothérapies. Les visages des victimes de la torture, les visages des rescapés du suicide. Certains de ces non-visages sont si étranges et si réels qu'ils ouvrent en vous une zone de silence et de terreur. Des visages dont les yeux aveugles vous renvoient vos propres yeux comme des miroirs. Des visages lacérés, aux paupières sectionnées par les militaires. Des visages décharnés, affamés, paralysés, où la symétrie ne joue plus son rôle apaisant, des visages qui n'ont jamais souri, qui n'expriment plus rien. Dans ces visages rongés par le cancer, on peut entrevoir l'au-delà de l'horreur médicale et l'au-delà de la souffrance humaine : la matière inhumaine. Des visages monstrueux comme celui de Michael Jackson ou celui de votre voisine, avec ses paupières sectionnées, sa peau tirée, son nez pointu et ses lèvres gonflées, le visage posthumain de l'ère posthumaine dans laquelle nous sommes entrés, selon Jimmy Graham, pour qui « l'art doit imaginer les utopies de la posthumanité ».

Un manteau caca d'oie

Le film intitulé *Mais qui était Rainier-Léopold Osler et que venait-il faire parmi nous?* a été réalisé par Jasmina-Pierre Graham, la fille de Cynthia Graham, la nièce de Jimmy Graham. Il ne s'agit pas d'un film neutre et objectif. C'est un film polémique sur l'attentat de l'Impôt fédéral en 1966 dans lequel son grand-père a perdu la vie. C'est un film poétique, un film personnel, auquel il est très difficile de rester indifférent. Caméra sensible, mobile, subtilité du montage. Beauté. Beauté des images, lyrisme. Lyrisme de la voix de Jimmy Graham, chuchotée, sans qu'on voie jamais son visage. Beauté des non-visages, mis à la place du visage de Jimmy Graham. On n'entend que sa voix lancinante et douloureuse, comme une basse continue, une lente passacaille. Fulgurance du monologue de Jimmy Graham, enregistré au plus proche, comme si le micro se trouvait sur ses cordes vocales. Montage serré, irrationnel. Contiguïtés de l'art cinématographique.

Je n'ai rien appris sur Osler dans ce film qui m'a heurtée de front, choquée, blessée, dans l'état de deuil où j'étais. Mon père est mon père est mon père est mon père : je ne pouvais que me le répéter, sans comprendre ce que je voulais me dire par ces mots élémentaires auxquels me réduisait sa mort, auxquels me réduisait ce film. Je ne voulais pas qu'on juge, qu'on blâme mon père. Et pourtant, je ne pouvais blâmer une seule seconde de ce film. Ma seule consolation était de penser qu'il ne le verrait pas. Que, s'il n'était pas mort, il l'aurait regardé et ne l'aurait pas compris. Il n'aurait pas compris le point de vue de Jasmina-Pierre Graham. C'était à nous, à moi, sa fille, de comprendre le film de Jasmina-Pierre Graham, pas à lui, qui ne le pouvait pas, puisqu'il était sous terre.

Il y a dans ce film une hypothèse sur notre famille, un biais affiché, volontaire, sur notre famille, sur mon père, sur mon frère Louis, sur nos aïeux, mon grand-père, mon arrière-grand-père Mardochée Cardinal. Les élèves de la mère de Jasmina-Pierre Graham à l'Université Concordia ont fait des recherches sur l'enseignement que mon père a reçu au Collège de Gaspé ; sur ses fréquentations féminines, ses confesseurs, ses collègues, le journal étudiant du Collège de Gaspé ; sur ses compagnons de chasse, son amour de la chasse ; sur les livres de sa bibliothèque, identifiés par les ex-libris numérotés chez l'antiquaire à qui il les a vendus sans nous le dire ; sur sa participation aux meetings contre la conscription, aux réunions de l'association des arpenteurs ; sur son admiration pour Charles de Gaulle, sur ses articles dans le journal *Le Moraliste de Montréal*. Tout est vrai. Aucune erreur. Tout cela aurait, selon eux, influencé et fasciné Osler. Ce n'est pas notre père qui aurait été influencé par Osler, mais Osler qui aurait été marqué par ses discussions avec lui sur la situation du Québec dans la fédération canadienne, sur son échec comme arpenteur unilingue français dans la fonction publique canadienne. Osler aurait trouvé chez nous une figure paternelle, une mère et un foyer.

Avec ce film, notre famille aurait très bien pu devenir le centre de l'attention générale, et il est toujours inconfortable de se trouver sur la sellette médiatique, avec des yeux qui fouillent ou inventent vos secrets. Mais Louis a refusé de donner des entrevues et le ballon s'est envolé. Louis a très habilement refusé de regarder le film, sous prétexte qu'il n'était pas diffusé en français. Il a dit aux journalistes qu'il avait accepté de parler à Jasmina-Pierre Graham parce qu'elle était « mignonne », qu'il ne savait pas qu'elle était la fille de Cynthia Graham. Il a dit que Cynthia Graham avait écrit des contre-vérités au sujet du mois dramatique où l'armée canadienne a emprisonné des Québécois inno-cents, pendant la crise politique d'octobre 1970, quand un ministre québécois est mort par strangulation et qu'un diplomate anglais a été gardé en otage pendant de longues semaines. Il a dit qu'il trouvait scandaleusement antidémo-cratique, et suspect, et tendancieux, de diffuser un film por-tant sur un tel sujet en anglais seulement. Il a dit aux jour-nalistes qu'il en avait fini, lui, avec cette époque, qu'il avait tourné la page, qu'il était à la retraite. À moi, il a dit qu'il avait d'autres chats à fouetter, qu'il déménageait définitive-ment à Cap-Aurore maintenant que notre père était mort, qu'il allait me donner rendez-vous un de ces jours chez un notaire, que Doris ne voudrait sans doute pas venir chez le notaire, qu'on verrait bien, qu'il refaisait sa vie là-bas.

J'ai enregistré le film de Jasmina-Pierre Graham.

J'ai écouté la bande sonore les yeux fermés. Réécouté Jimmy Graham comme on écoute un slam. Je me suis mise à sa place, à la place du fils dont le père meurt absurdement et dont la mère refuse de clore son deuil.

J'ai regardé les images sans le son. Les visages tuméfiés, les faces déformées, la douleur que Jimmy découvre en pei-gnant. Obsession de la destruction.

J'ai réécouté Jimmy Graham psalmodier son rap guerrier, avec l'assurance de ceux qui ont raison.

Et puis, j'ai commencé à percevoir l'ironie, la dérision de ses paroles, la distance microfilmique derrière laquelle il se retranche, la nature de son arme : j'ai découvert le mépris de Jimmy. Son souverain, son inimaginable mépris d'acier trempé pour nous. La grandeur réelle à laquelle il est parvenu comme artiste, du haut de laquelle il peut légitimement et à bon droit mépriser qui bon lui semble, ignorer qui bon lui semble. Jamais je ne l'ai mieux senti que dans ce film où Jimmy n'est présent que par sa voix altérée, scandalisée.

Ce film est-il un film sur Osler ?

Non. C'est un film sur Jimmy Graham. On pourrait croire à de l'amour, on pourrait parler d'idolâtrie, de quelque chose qui dépasse la simple relation d'une nièce cinéaste pour son oncle artiste.

On entend aussi, dans ce film de Jasmina-Pierre Graham, une partie de l'enregistrement qu'Osler a fait pour moi sur un vieux magnétophone à bande qui se trouvait dans le chalet de La Macaza où il avait l'intention de se cacher après l'attentat. Ce même enregistrement que la police m'a rapporté, dont j'avais obtenu la copie et que j'ai écouté, jour après jour, entre vingt et vingt-quatre ans, le plus souvent en compagnie de Virginia, durant les années où Osler était en prison.

Je pensais jusque-là que cet enregistrement était responsable de mon illusion amoureuse. Que la voix enregistrée d'Osler, la technique même de l'enregistrement, à l'époque encore nouvelle, m'avaient piégée. J'avais détruit ma copie des années auparavant. Quand j'ai entendu ces bribes de l'enregistrement d'Osler découpées, malaxées par Jasmina-Pierre Graham, mon irritation et ma colère devant les mots frelatés de Rainier-Léopold Osler ont augmenté d'un cran.

À l'âge que j'avais maintenant, je ne pouvais que mépriser un homme qui se fait croire qu'il est amoureux d'une femme de vingt-quatre ans quand il en a quarante-deux et qu'il n'a jamais été amoureux, et sait qu'il ne pourra jamais l'être, et qu'il confond l'amour avec d'autres besoins. C'est une lâcheté de dire à cette jeune femme que vous l'aimez, de profiter de son âge, de la beauté de votre visage d'homme de quarante-deux ans, de l'ascendant que vous donnent vos cheveux prématurément blancs et votre faconde européenne.

Ainsi, il restait encore un peu d'air dans la baudruche qui avait commencé à se dégonfler des siècles avant, dans une chambre du IIe arrondissement de Paris dont l'atmosphère me fait penser, quand j'en évoque le souvenir, à la période bleue de Picasso, comme le corps d'Osler me fait penser aux hommes de la période bleue de Picasso. Notre histoire avait duré tout au plus six mois. Mais je suis restée là-bas quelques années. J'ai travaillé au Centre culturel canadien. J'ai cultivé la douce illusion d'être française, continué à me comporter comme si j'avais quelque droit à vivre en France. On ne devient pas concrète en un seul jour. La honte m'a parasitée, comme si j'avais croqué une pomme pourrie, avalé le ver vivant. Encore maintenant, si je repense à la fanfaronnade d'Osler, à sa prétention de me montrer, à moi, ce que c'est que de faire l'amour, à sa médiocrité, à son échec traumatisant, j'ai honte, sans savoir si j'ai honte pour lui, de lui, ou de moi.

Paris m'a guérie comme Montréal m'a fait naître.

Sa photo était en page couverture de *L'actualité*, avec ses yeux un peu fous qui n'avaient pas changé. Un journaliste l'avait retrouvé à Zagreb, capitale de la nouvelle république de Croatie. On le voyait, en gros plan, devant le toit en damier rouge et blanc du parlement de la Croatie, damier qui représente la nation croate depuis le Moyen Âge. Sur cette photo, Osler porte un manteau autrichien, un manteau vert autrichien. On lit dans son regard l'entêtement de ceux qui ne veulent pas que le temps passe, qui n'admettent pas que leurs idées soient mortes ou qu'ils se sont trompés, et qui cessent d'évoluer. À l'intérieur, on le voit devant l'édifice de l'Impôt, angle René-Lévesque et Bleury, dans l'accoutrement qu'il avait le jour des funérailles de mon père.

Dans l'entrevue, il évoque l'atmosphère qu'il a trouvée en arrivant ici dans les années 50. Son arrivée à Halifax, puis à Montréal, en plein hiver. Les cols romains et les cornettes, l'alcool derrière les grilles de la Commission des liqueurs, le chapelet en famille, les demoiselles qui vont aux vêpres, tout ce qui va sauter d'un grand coup de poing quand il va revenir de Cuba et, comme son idole Fidel Castro, jeter l'étincelle révolutionnaire dans ce peuple de paysans, si peureux, si casaniers qu'ils n'ont jamais osé quitter les rives de leur fleuve. On apprend des choses qu'on ne savait pas. Combien notre accent lui répugnait, combien il trouvait grotesques les « claques » en caoutchouc noir de mon père, nos bottes d'enfant en caoutchouc brun, la coiffure austère de notre mère. Même s'il ne nous nomme pas, de qui pourrait-il s'agir sinon de nous ?

Osler

Pour Jimmy Graham, Cynthia Graham, Jasmina-Pierre Graham, pour Salomon, Osler est un fanatique. Pour d'autres, il est un héros, un précurseur.

Il a posé une bombe à l'Impôt fédéral. Mon frère conduisait une auto volée. Les faits sont les faits et je vais m'y tenir, sans faire état des sentiments que j'ai éprouvés pour lui. Qui était-il, que venait-il faire parmi nous?

En 1950, mon père a acheté cette maison construite pour un ingénieur du pont Victoria et qu'il a habitée jusqu'à ce que l'âge l'oblige à en partir. Quand il l'a vendue, elle a été démolie pour faire place à un immeuble à étages.

On accédait à son appartement par un escalier en fer sur le côté de la maison. Il jouait de la trompette, le soir, à la brunante. Du jazz. Il marchait au bord de l'eau en lisant, comme les prêtres lisaient leur bréviaire. Le samedi, nous l'entendions écouter l'opéra du Met en direct de New York. C'est dire qu'il était un original, l'extravagance même dans un milieu comme le nôtre. Il vivait avec cette dame qui avait l'âge d'être sa mère, ou sa tante. On n'a jamais su comment elle était entrée dans sa vie. Il y avait de l'exaltation dans leur relation platonique. Elle est morte il y a plusieurs années maintenant.

Rainier-Léopold Osler est né en 1930. Il parlait le néerlandais, le français, l'anglais, l'espagnol, le grec. Il aimait son pays, la Flandre, qui n'était pas un pays, ce que nous comprenions très bien. Les conflits, les revendications et les ressentiments qui occupaient l'esprit de notre père existaient ailleurs, dans la ville de Bruxelles, qui était aussi une ville où on parlait deux langues. Une partie de la parenté d'Osler était française et l'autre, belge. Le néerlandais était leur langue maternelle. Osler disait qu'il n'y a pas de petite langue, que toutes les langues sont égales et grandes, que le néerlandais a toujours été tiraillé entre les empires, les religions.

Il parlait le français avec une clarté et une fougue que nous n'avions jamais entendues, avec éloquence, en projetant sa voix, et cela aussi, c'était extraordinaire pour notre milieu. Nous, les enfants, avions le sentiment que sa langue était supérieure à la nôtre et qu'il était de ce fait supérieur à nous. Mon père ne changeait pas son accent pour Osler, mais ma mère disait qu'il parlait « à la perfection » et elle essayait de l'imiter. Il est difficile de croire qu'il n'avait que vingt-trois ans. Il avait déjà des cheveux blancs. Ses cheveux étaient blonds, coupés en brosse. Il portait la barbe. Sa brosse était si fournie qu'elle faisait comme un tapis. J'avais toujours envie d'y passer ma main. L'été, il portait des shorts pour faire du vélo, et ça aussi nous faisait rire et faisait jaser les voisins. À cette époque-là, on voyait rarement un adulte se promener à vélo.

Osler était le nom de sa mère. Anna Osler. Une femme « émancipée », ce qui avait de quoi faire rêver une jeune fille de ma sorte. Jamais, à ma connaissance, il n'a su qui était son père. Moins d'un an après sa naissance, elle avait rencontré un aristocrate polonais qui vivait à Lille. Le connaissait-elle avant la naissance d'Osler? Était-il son père? Cet homme ne voulait rien savoir de lui. Osler a été placé dans une crèche, puis dans un orphelinat au nord de la Belgique, d'où il ne sortait que quelques fois par an, quand sa mère venait le chercher pour l'emmener au bord de la mer, à Ostende. Ou bien il allait chez son grand-père maternel, qui tenait un estaminet près de la ville d'Ypres. Je me souviens qu'il m'a expliqué l'origine du mot « estaminet », qui vient du patois wallon.

On parlait beaucoup du Canada et des Canadiens dans l'enfance d'Osler, à cause des cimetières de la Première Guerre mondiale. Il récitait *In Flanders Fields,* qu'il nous a fait apprendre, à Louis et à moi. Ce n'est pas si facile de classer quelqu'un, même politiquement. Il éprouvait de l'admiration et de la reconnaissance pour le Canada, pour les soldats de Passchendale, en particulier pour ceux qui parlaient français, parce que, dans un village où il allait avec son grand-père, du côté français, il y avait un Canadien français qui s'était marié avec une fille du coin après la guerre. Cet homme avait raconté au grand-père d'Osler comment ça se passait dans l'armée canadienne. Les soldats francophones recevaient des ordres en anglais, les officiers envoyaient ceux qui parlaient français au combat avant les autres, il n'y avait aucun service en français, aucun avancement. Osler savait ces choses avant de rencontrer mon père. Le film de Jasmina-Pierre Graham n'en parle pas.

Quand il était enfant, Osler s'amusait à retrouver les noms français parmi les noms anglais, sur le mémorial canadien, à Ypres. J'y suis allée avec lui, plus tard. Son grand-père l'amenait à vélo assister à la sonnerie des trompettes au mémorial canadien, tous les soirs à la même heure. Il aimait jouer de la trompette pour cette raison. Il était joyeux parce qu'il avait connu la guerre et le malheur. Et nous n'étions pas joyeux parce que nous ne pouvions pas comparer notre vie avec celle des autres, à ce moment-là. On était dans les limbes de la vie. L'existence d'Osler nous a fait découvrir la vie, le sentiment du combat qu'est la vie. C'est ce que m'a donné Osler, et ce n'est pas rien et je ne suis pas ingrate.

Dès son enfance, il s'est fait du Canada l'image d'un pays où l'on parle deux langues, un pays où une langue est opprimée par une autre, comme en Belgique. Sauf qu'en Belgique le français joue le rôle de l'anglais et le néerlandais, le rôle du français. Il parlait de ça avec mon père, quand ils prenaient le champagne.

Osler avait des caisses de champagne et personne avec qui le boire. Ce n'était pas rien que de prendre l'apéritif au champagne, sur la rive sud de Montréal, les soirs d'été, « comme si c'était de l'eau », disaient nos parents scandalisés. À six heures, quand mon père n'était pas en expédition, ma mère mettait du rouge à lèvres et nous enfilions des vêtements propres. Mon père a trouvé un ami en lui, comme un jeune frère, peut-être. Quand il est parti, la vie s'est éteinte.

Osler faisait son foie gras. Jusque-là, le foie gras était un pâté en conserve. Mais Osler achetait du foie de canard chez une Suissesse qui engraissait des volailles au pied de la montagne Saint-Grégoire. Il disait que cette femme « faisait » du fromage et du saucisson, et cela nous paraissait extraordinaire. Nous connaissions pour notre part des gens qui, comme M. Kulnicki, travaillaient à l'usine Weston. Dans notre esprit, le pain, le fromage et le saucisson étaient fabriqués dans des usines comme Weston, Kraft ou Parker, et non pas à la main et à la pièce par des humains.

Son grand-père espérait faire de lui un prêtre. Il était tenu d'aller à la messe tous les matins, à l'abbaye du Mont des Cats. Je suis allée à l'abbaye du Mont des Cats. Encore maintenant, on y dit des messes pour les soldats canadiens. Un des amis du grand-père était prêtre là-bas. Osler avait fait quelques mois de noviciat chez les jésuites, comme notre père avait passé un an à la trappe d'Oka, avant de se marier. Ils avaient des intérêts communs, une partie d'échecs toujours en cours, sur la petite table de la véranda grillagée, l'été. Osler était catholique et pratiquant, mais il avait sa conception personnelle de Dieu. Une conception « avancée ». Mon père aussi avait ses idées sur la confession, l'enfer, la justice de Dieu. Ils discutaient pour savoir si Dieu est justice ou si Dieu est amour. Osler disait que les idées de mon père sur la religion catholique lui rappelaient celles de son grand-père et la Flandre de son enfance. Lui, il lisait Teilhard de Chardin, qui n'était pas loin de l'Index. Quand ma mère a voulu lire ce Teilhard de Chardin, mon père le lui a interdit. La lecture menait au « problème du Mal ». Les enfants et les femmes ne devaient pas connaître le Mal.

En 1939, quand les Allemands ont envahi la Belgique, sa mère est allée le chercher dans son orphelinat et ils sont partis pour Dunkerque, d'où ils devaient embarquer pour l'Angleterre afin de rejoindre l'aristocrate polonais. Mais, au dernier moment, il a perdu sa mère. Il a laissé sa main une seconde, ils ont été séparés. Il avait neuf ans et il ne l'a jamais revue. Je pleurais quand il nous racontait ça. Je me mettais à sa place. Je pense que c'est pour ça que j'écris pour les enfants. Pour consoler Osler. Pourtant, est-ce si terrible de perdre une mère qui ne nous aime pas tant que ça? Il a été, il aura été toute sa vie un enfant malheureux, plus malheureux que les pierres du chemin, un enfant sans père qui a perdu sa mère à Dunkerque et qui lui en voulait de l'avoir abandonné. Est-ce qu'il peut y avoir sur terre plus malheureux qu'un enfant malheureux? Un enfant malheureux est plus malheureux que la mère qui perd son enfant, comme la mère d'Osler, qui ne l'a jamais retrouvé. Un enfant malheureux dans un palais, un enfant malheureux dans une réserve indienne, un enfant malheureux dans un pays en guerre, c'est l'absolu du malheur. Si un livre pour enfants peut annuler une seconde de ce malheur, cela ne peut pas ne pas être bien.

Comme tout le monde, Osler a eu de la chance par-ci par-là. Un prêtre a remarqué qu'il portait un béret scout et l'a mis dans un train, avec d'autres enfants, en route pour un village du sud de la France, où des familles les ont recueillis et nourris pendant cinq ans. C'est grâce au mouvement scout qu'il est devenu ce qu'il était. C'est par le biais du mouvement scout qu'il est venu au Canada. En 1942, à douze ans, il a été choisi pour assister à un pèlerinage à Notre-Dame-du-Puy et il a fait la connaissance d'un Canadien. C'est là qu'il a entendu un discours du maréchal Pétain qui l'a marqué. La famille qui l'a accueilli pendant la guerre vivait dans un bled perdu, près de la ville de Béziers, où je suis allée aussi. Trois maisons, un café. Même pas de boulanger. Dans cette famille, on disait que le maréchal Pétain préparait secrètement la révolte contre les Allemands et Osler les croyait. Au grand ralliement du Puy, il a rencontré des gens de tous les pays, et en particulier un homme qui s'appelait Georges Crête, qui se trouvait être le neveu du fondateur du mouvement scout au Québec. L'oncle de ce Georges Crête était allé à Lourdes pour l'Année sainte et il avait vu les scouts de France servir comme brancardiers. Il s'était procuré un livre sur le scoutisme français, avait fondé une troupe scoute catholique sur le modèle des scouts de France. Sur le conseil du chanoine L. G. qui nous a baptisés, Louis et moi (et pas Doris), il avait choisi le nom d'« Éclaireurs canadiens-français ».

Mais Lord Baden Powell a fait des pressions sur l'archevêque et lui a dit de se méfier des francs-maçons. L'archevêque a ordonné que les troupes scoutes du Québec s'affilient aux Boy scouts of Canada. La promesse des scouts est devenue celle des Boy scouts of Canada en traduction : *Sur mon honneur et avec la grâce de Dieu, je m'engage à servir de mon mieux Dieu et l'Église, le Roi et le Canada, à aider mon prochain en toute circonstance, à observer la loi scoute.* L'oncle de Georges Crête n'a jamais voulu accepter cette devise-là : servir « le Roi et le Canada » ! Il a abandonné le projet. Mais son neveu est resté intéressé au mouvement scout et, en 1942, il était au ralliement du Puy, où se trouvaient Osler et Guy de Larigaudie, son idole. Osler a retenu ce nom de Georges Crête. Par hasard, un des fils de Georges Crête a été mêlé plus tard au Front de libération du Québec, et, par hasard, Georges Crête était le descendant d'un des Patriotes qui se sont insurgés dans la vallée du Richelieu en 1837. Mais il n'y avait aucun lien entre le fils de Georges Crête et Osler. En 1966, Osler a agi seul avec Louis.

Pendant la guerre, dans le sud de la France, il a aidé à ramasser les suicidés. À la Libération, les autorités l'ont renvoyé en Belgique. Il est retourné au pensionnat, dans l'espoir que sa mère viendrait le chercher. Il y est resté trois mois. Les Allemands, au lieu de capituler, se sont livrés à une dernière agression. C'est comme ça qu'Osler a participé à la résistance, à la libération des Ardennes. Il passait des messages, servait de courroie de transmission. Il a appris à se servir des armes, à poser des pièges et à fabriquer des bombes. À quinze ans, il a vu des scènes qui ont marqué son caractère. Ce qui me le fait croire, c'est qu'il ne nous a jamais raconté cette période de sa vie. J'ai appris ce que je sais de la Rostopchine, qu'il a connue en Suède plus tard.

Il est parti pour Paris, aider le frère de son grand-père qui tenait un café dans le Ier arrondissement. Il y a vécu jusqu'en 1948. Il tentait de renouer avec une jeune fille qu'il avait connue dans le Midi, mais elle était partie se marier à Washington avec un Américain. Il est retourné travailler à Bruxelles. Il a voulu mourir. Il est entré chez les jésuites. Rien de tout ça n'a marché. Il repensait parfois à Georges Crête, « le Canadien ». En 1951, à vingt et un ans, il a décidé d'émigrer au Canada. Il a suivi des cours par correspondance et il a ouvert un bureau chez lui. Mon père a acheté la maison. Dans la fenêtre du haut, c'était écrit : « R. L. Osler, chiropraticien », mais personne ne passait par notre rue et c'était aussi bien comme ça, sans doute.

J'ai dit que je m'en tiendrais aux faits. En dehors des sentiments, Osler nous a marqués, mon frère Louis et moi, pour la raison suivante : même s'il était autodidacte, il était plus cultivé, plus informé que la plupart des gens de notre milieu. Sa culture, sa langue impressionnaient notre père, qui avait été éduqué par un maître privé et ne croyait pas à « l'instruction publique ». Osler s'intéressait à tout. Aux nouvelles idées sur l'éducation des enfants. Aux méthodes de Maria Montessori. Aux enfants inadaptés. Notre père avait tellement confiance en la jeunesse, en l'intelligence d'Osler qu'il s'est rendu jusqu'au département de l'Instruction publique, à Québec, et qu'il a obtenu, après enquête, un *bill* spécial qui nous exemptait, mon frère Louis et moi, de fréquenter l'école, moyennant une déclaration de foi catholique de la part d'Osler. Louis avait huit ans, moi, sept. Nous n'étions pas contents de ne pas aller à l'école comme les autres. Mais, aux yeux de notre père, cela ferait de nous des individus distincts du troupeau de moutons canadiens-français.

Osler nous faisait la classe le matin. À la fin de l'après-midi, il prenait l'autobus pour se rendre à l'Université de Montréal, à la nouvelle Faculté des sciences sociales. C'est là qu'il a découvert les théories marxistes. Il s'est passionné pour les questions sociales, pour la décolonisation, Franz Fanon, Karl Marx, Jacques Berque, Aimé Césaire. Il a rédigé un mémoire sur la réforme agraire à Cuba, trouvé un sens à sa vie : abolir le capitalisme, l'exploitation de l'homme par l'homme. Il avait des hauts et des bas. Une nuit, il a menacé notre mère de se suicider avec le couteau de cuisine. Nous n'avons rien entendu, rien vu, mon frère Louis et moi. Notre père était parti sur la Côte-Nord. À son retour, nos parents se sont enfermés dans leur chambre « pour discuter ». Quand ils en sont sortis, notre père a dit qu'Osler avait beaucoup souffert de la guerre, qu'il était « désaxé », et que nous allions fréquenter l'école publique comme les autres. Le lendemain, Osler est parti, avec sa cape noire, son béret.

Il est allé à Moscou, en Algérie, peut-être au Pays basque. En 1959, il était à Montréal quand Fidel Castro est venu, invité par une chambre de commerce. Il s'est faufilé à l'Hôpital Sainte-Justine pour les enfants, que Fidel Castro a visité, il été vu par une cousine de notre mère, qui lui a même parlé. D'après cette cousine, Osler avait la tête complètement tournée par Fidel Castro.

À la fin de l'année 1960, Louis et moi avons reçu une lettre de lui, sur du papier à en-tête de l'Instituto nacional de reforma agraria, Plaza cívica, Habana. Mes parents n'aimaient pas ça, mais mon père sentait bien qu'il n'aurait pas la force de nous imposer de rompre avec Osler. Louis avait treize ans, ce n'est pas l'âge où un père peut se faire obéir facilement. Osler travaillait à la révolution agraire. Son bureau donnait sur la place de la Révolution. Il voyait la statue de José Martí de sa fenêtre. Il nous parlait de Fidel, de ce que Fidel faisait pour les enfants, pour les écoles. « Ici, le père Noël, c'est Fidel. » Un enfant malheureux fait un adulte naïf, qui croit au bonheur, qui saute sur toute illusion comme la misère saute sur le pauvre monde.

« Grâce au gouvernement révolutionnaire, écrit Osler dans la seule lettre que Louis ait conservée, les petits Cubains reçoivent des cadeaux. À Noël, Fidel descend en hélicoptère dans une ferme, et c'est lui, le père Noël ! » Il s'entraînait pour la guérilla, se préparait à se battre contre le « chacal Trujillo ».

Mon père nous obligeait à lui faire lire ses lettres. Mais nous nous arrangions pour attraper le courrier avant lui dans la boîte aux lettres. Un jour, ma mère est entrée dans la salle de bain pendant que j'étais en train de lire une lettre d'Osler. Où une enfant de treize ans peut-elle cacher une lettre quand elle est toute nue dans son bain ? Nous n'avions pas le droit de verrouiller les portes. J'ai plié le papier et je l'ai fourré dans ma bouche pour l'avaler, mais elle m'a ouvert la bouche, comme on fait avec un chien. J'ai mordu ma mère. Même là, elle était incapable d'imaginer que j'étais amoureuse d'un homme qui aurait pu être mon père.

En 1965, Osler est revenu à Montréal. Il a repris contact avec Louis. Il se faisait appeler Maestro. Mon frère le rencontrait en secret. Nous avons tout appris le jour de l'attentat. Il a été arrêté près du chalet de chasse de La Macaza, le soir même. Un voisin a vu de la lumière de l'autre côté du lac et il a téléphoné à la police. Il a été mis dans une prison à sécurité minimale, au nord de la ville, la même que celle où Louis a passé quelques mois. Il était un prisonnier modèle. Il regrettait sincèrement la mort du concierge

Peter Graham. Il a demandé à terminer sa maîtrise en sciences sociales, ce qui lui a été accordé par la cour, compte tenu de sa bonne conduite. Mon frère lui apportait des livres de la bibliothèque. Je l'accompagnais. Nous allions le voir régulièrement. Il était éteint, déprimé. Il aimait qu'on lui apporte des photos de la maison, de nos parents. J'attendais qu'il sorte de là. Je pensais qu'il m'aimait. Il pensait qu'il m'aimait. Je n'ai jamais eu de preuve du contraire. À Paris, j'ai dû constater qu'il n'avait pas atteint le stade où un homme devient capable d'aimer véritablement une femme. La vie, son enfance l'avaient empêché d'y parvenir.

En 1972, il a été libéré. On lui a fourni un sauf-conduit pour quitter le Canada grâce à une entente spéciale. Nous sommes allés à Dorval en autobus, Louis et moi. Osler était accompagné de deux gardiens. Pour aller aux toilettes, il devait leur demander la permission. J'étais désolée pour lui.

Au moment de partir, il m'a demandé de ne pas l'oublier, de lui envoyer d'autres photos de mon petit frère qu'il ne verrait jamais, des choses personnelles.

Il a dit : « À bientôt, Marquise. » Et je lui ai promis que j'allais le rejoindre.

Il aimait mon prénom. Mes parents m'ont appelée Marquise parce que ma mère s'appelait Reine. Je trouvais ça absolument stupide. Mais quand Osler le prononçait avec son accent européen, je devenais une marquise. Doris détestait lui aussi son prénom parce que c'est un prénom que les hommes et les femmes peuvent porter. Il l'a fait changer par la loi, plus tard. Seul Louis aimait son prénom. Il disait que c'était le prénom des rois de France, que les rois étaient bien supérieurs aux marquises.

Marco Polo et Rosa Luxemburg

Qui aurait pu deviner comment la vie allait amener Louis et Jimmy Graham à faire la paix *inter generationes, in sæcula sæculorum, Amen*?

Personne ne pouvait savoir que la mort de Virginia serait un pont, une passerelle. La mort de la mère a apporté l'amour à la fille. Comme les intéressés nous l'ont maintes et maintes fois raconté depuis, et toujours dans les mêmes termes, voici comment cela est arrivé.

Au bout de plusieurs semaines, Rosa Lou a fini par lire le courriel envoyé par Salomon le soir de la mort de Virginia. Elle se trouvait au Chili, à Valparaíso.

Elle est rentrée dès qu'elle a pu. Ne voulait personne pour l'accueillir à l'aéroport. Voulait être seule pour regarder l'exposition de sa mère.

Rosa Lou. L'histoire pas nouvelle du tout d'une petite fille restée attachée à sa mère par inversion de cordon. La petite fille a le don de deviner les pensées de sa mère, de prévenir ses sautes d'humeur, de subodorer l'orage qui peut à tout moment s'abattre sur leur jardin. Dans cette inversion de rôles, elle devient plus sage que les petites filles normales, qui le sont déjà beaucoup trop. Si la mère sort, elle vérifie qu'on a bien verrouillé la porte, fermé les fenêtres, qu'on a ses clés. Dès onze, douze ans, Rosa Lou était la plus raisonnable des deux.

Même si on n'est jamais prêt à affronter la mort d'une mère, elle était plus raisonnable que jamais, plus résolue que jamais à ne pas gaspiller une parcelle de sa raison, plus que jamais déterminée à lutter, une dernière fois, contre sa mère qu'elle aimait, qu'elle comprenait même, mais qui n'avait rien de ce qu'il faut pour être une mère. Quand elle est sortie de la navette de l'aéroport, elle a marché, en souliers dans la neige, du terminus d'autobus jusqu'à la galerie de la rue de l'Hôtel-de-Ville. Ses anges gardiens, Rosemary et Mary, l'attendaient. Elle avait confiance en elles. Deux sœurs qui étaient comme les deux doigts d'une seule main, deux administratrices et critiques d'art aussi solidement arrimées que les roues d'une jeep : les amies, les comptables, les agentes de Virginia. Deux fées que Rosa Lou connaissait depuis toujours et qui s'étaient penchées sur son berceau.

Elles avaient fermé plus tôt pour la recevoir. Le thé était prêt dans la théière en argent, avec les biscuits à la cannelle. Elles lui ont raconté doucement, à voix basse, avec une infinie précaution, une infinie précision, ce qu'elles savaient de l'accident de Virginia. Le soin que Virginia avait mis à préparer la rétrospective, son angoisse devant la tâche de regarder en arrière, de faire un bilan. Elles lui ont confié les doutes qui les tenaillaient à propos de leur décision d'offrir à Virginia une exposition *rétrospective*. Elles se demandaient si le caractère irrémédiable et définitif d'une rétrospective avait pu jouer un rôle dans son accident. Car c'était un accident.

Elles lui ont expliqué le sens de l'accrochage, le mot « tombeau » utilisé par Virginia, les modifications demandées jusqu'à la veille de l'accident, quel était son état d'esprit ce jour-là, la nature des documents sonores, visuels, télévisuels qu'elles avaient retenus. Elles lui ont montré les critiques et les articles parus à la mort de Virginia. Rosa Lou écoutait, comme quand elle était enfant, avec toute son attention.

Et puis elle s'est levée et elle est allée regarder l'exposition, rassurée sans doute par le murmure de leur interminable conversation. Toujours une émission de télé à se raconter, un livre, un film à commenter, un ministre à critiquer ou à approuver. Elle leur a demandé si elle pouvait rester là pour la nuit, et elles lui ont donné la clé de leur bureau pour dormir, celle d'une douche, un étage plus bas, et elle a continué à regarder les photos de sa mère.

C'était la première fois que Rosa Lou regardait ce que sa mère avait fait. Il y avait une convention, une entente : Rosa Lou ne voulait pas voir ce que sa mère fabriquait et Virginia était d'accord. Discrétion mère-fille.

Elle va rester dix jours là-bas, à la galerie de la rue de l'Hôtel-de-Ville, comme la gardienne du « tombeau ». Tant que la rétrospective est exposée, tant que les visages photographiés par Virginia sont là, dans l'ordre choisi par elle pour faire jouer le chromatisme de la peau humaine comme une sorte de nuancier infini, de clavier dont les visages seraient les touches, avaient dit Rosemary et Mary, elle n'est pas encore morte.

La veille du décrochage, vers trois heures de l'après-midi, par un temps de chien, elle a reçu son premier visiteur. Absolument le genre de garçon qu'elle n'avait pas envie de voir. Un garçon au sourire benêt, le genre de garçon qu'elle avait toujours regardé de haut, à cause d'une certaine coupe de cheveux. Longs et effilés sur la nuque, courts sur le devant. Coupe connue sous le nom de « coupe Longueuil » dans le monde de Rosa Lou, également appelée *mullet*. Ce *mullet* excluait cet individu du nombre des humains qui pouvaient apprécier les photos de sa mère.

Quand on rencontre l'amour, on retient chaque seconde. D'après ce que ce jeune homme racontera huit ans plus tard, Rosa Lou l'aurait fusillé du regard, au point qu'il a failli rebrousser chemin. Mais il était méthodique et tenace, il était venu pour une raison précise et il est resté. Il savait traiter des problèmes beaucoup plus complexes qu'une pimbêche trop maigre (il avait été élevé à la campagne chez des gens qui considéraient encore la maigreur comme un symptôme de maladie). Il n'avait jamais parlé à des filles comme celle-là, mais il connaissait leur existence. Des femmes ainsi habillées, « comme des romanichelles », lui avaient enseigné le français, la philosophie. Une fille de Montréal comme il en avait entrevu, et battu à plate couture, aux compétitions de scrabble où il représentait le Cégep Saint-Jean-sur-Richelieu. Elle portait un poncho vert lime, des jambières en laine rose, des boucles d'oreille en forme d'axolotl qu'il pourrait décrire à ses enfants et petits-enfants parce qu'il l'avait surprise, et sans doute déjà un peu séduite, en demandant à sa manière, crédule, ébahie : « Ah, tu aimes les axolotls ? Tu les trouves beaux ! » Il avait étudié les propriétés métamorphiques des axolotls en biologie. Je suis certaine que Rosa Lou n'a pas daigné lui expliquer que le mot « axolotl » est aztèque, que les petits lézards roses qu'elle portait aux oreilles étaient des porte-bonheur.

C'était un bon garçon, tranquille, posé, content de son existence, qui travaillait avec les ordinateurs et n'avait fréquenté jusque-là que ses cousins et cousines, voisins et voisines. Il ne savait pas comment aborder une demoiselle qui travaillait dans une galerie d'art et qui venait des collèges privés — il aurait parié mille dollars sur la question, et il s'y connaissait en gestion des risques. Il prenait donc son temps, avançant à petits pas, frôlant même l'immobilité. Un empoté, un gêné, un niais. Rosa Lou avait déjà posé son trépied, elle s'apprêtait à photographier les photos de sa mère, pour les conserver toute sa vie. Demain, avaient dit Rosemary et Mary, les ouvriers viendraient décrocher l'exposition, qui serait entreposée aux frais de la succession de Virginia en attendant le règlement de ses affaires.

Elle avait étiqueté ce jeune homme dès qu'elle l'avait vu et rejeté dès la première seconde comme individu mal habillé, « zéro sex-appeal », un « Québécois mou ». Des jeans qui pendent au derrière, une chemise « carreautée », un tee-shirt blanc, des poils au menton. Rosa Lou détestait les garçons qui portent un tee-shirt sous leur chemise pour économiser le lavage, s'habillent comme des bûcherons et achètent leurs vêtements dans les centres commerciaux. Les Québécois moyens, « Q. M. », *ku-emmes,* dans le langage de Rosa Lou. Les « blancs-mangers ». C'est à ce sujet-là, au sujet du Québec, de sa culture, de la langue du Québécois moyen, de la population de la ville de Québec et de ses banlieues, au sujet de la *kétainerie* des Québécois et de l'étiquette snobinarde et condescendante de *ku-emme* qu'utilisaient Rosa Lou et ses amis, que s'était enflammée sous nos yeux l'âpre discussion entre elle et son père, le dernier jour où ils s'étaient vus, deux ans plus tôt, à Cap-Aurore. « Cap-Aurore, c'est un trou, avait dit Rosa Lou. Restez dans votre trou, moi, je m'en vais. Si je reste une minute de plus, je vais mourir étouffée. » Cap-Aurore ! Le plus beau panorama, le plus beau coucher de soleil du monde !

Comprenant qu'il dérangeait et qu'il n'était pas à sa place, comme tant de gens qui entrent pour la première fois dans une galerie d'art et n'en connaissent pas les codes frigorifiants, le jeune homme à la coupe antisexy est directement monté à la mezzanine, sous le regard impitoyable que peut prendre Rosa Lou quand elle retrouve son naturel. Après une demi-heure, il est redescendu, bien décidé à dire ce qu'il avait à dire. Il s'est planté devant elle et, évitant d'affronter directement son regard de tueuse, il a dit que c'était dommage qu'une grande artiste soit morte si jeune. Selon Rosa Lou, il n'aurait pas dit « c'est dommage » mais « c'est de valeur ». Parce que c'était non seulement un *ku-emme,* mais il avait l'accent dit du « 4-5-0 » — ces chiffres, 4-5-0, étant l'indicatif téléphonique de la banlieue sud de Montréal au moment où se passe cette scène, banlieue où Rosa Lou ne mettait jamais les pieds même si son père, sa tante et son oncle y étaient nés. Elle ne connaissait personne qui habitait « de l'autre côté du pont », dans « le trou du 4-5-0 ».

Ainsi, ce Québécois mou qui mâchait de la gomme comme une vache lui demandait si elle connaissait Virginia Higgins. Rosa Lou aurait alors levé vers lui un regard si malheureux, et elle lui aurait révélé une telle détermination, un tel caractère, qu'il est tombé amoureux d'elle. Amoureux de ses yeux durs comme des billes, de son visage verrouillé à triple tour, de ses petits poings fermés. Et il a tout de suite compris ce qui lui arrivait, lui qui n'avait jamais été amoureux, n'avait jamais couché avec une fille ni même cherché à coucher avec une fille. Chaque chose en son temps.

Elle aurait répondu d'une voix hautaine : « Ben, c'était ma mère. »

Ban, c'était ma mèère.

Il était tombé sur une Française !

Et lui prononçait : « ta *maèr* ».

« Ta *maèr* ! Sérieux ? »

Rosa Lou, qui a fait du ballet classique, se serait alors dirigée vers les toilettes avec une démarche et des manières visant à lui faire entendre raison. Qu'il comprenne ce qu'il lui restait à faire. Mais la rage, la fougue de cette petite bonne femme l'attiraient. Elle n'était pas comme les autres. Dès lors qu'il avait compris qu'elle avait quelque chose en commun avec lui, quelque chose à lui apprendre sur lui-même, et qu'elle était son contraire, son miroir, son aimant, il ne pouvait plus la laisser s'éloigner. Pour autant, bien entendu, que son amour-propre ne soit pas mis en danger par la condescendance qu'elle s'obstinait à lui démontrer. Il avait combattu beaucoup de dragons dans sa vie. Il finissait toujours par gagner. Il ne s'énervait jamais.

« Je t'offre mes condoléances.

— Merci.

— Je trouve ça *hot,* ce qu'elle fait, ta mère. Comment est-ce qu'ils font, les artistes, pour faire des choses comme ça ? C'est une chose que je me demande, moi.

— …

— Est-ce que je peux te dire quelque chose ? Quelque chose sur ta mère ?

— Quelque chose sur ma *mèèère* ? »

Elle était offensée.

« Jimmy Graham, ça te dit de quoi ?

— Non.

— C'est un artiste. Est-ce que tu sais que ta mère le connaissait ?

— Non. Qu'est-ce que vous voulez ? Dites-moi ce que vous voulez me dire. Dites-le tout de suite. On parle de ma mère. Ma mère est morte dans un accident. C'est le dernier jour de son exposition. J'aimerais bien rester seule, si vous n'avez pas d'objection.

— Ah bon ! Ah bon ! Je ne voulais pas déranger. Je peux revenir.

— Mais je vous écoute ! »

Tremblay était le nom de famille de son père adoptif et Marco était le prénom choisi par sa mère adoptive.

Sachant que Virginia Higgins était sa mère, il avait d'autant plus le devoir de lui dire certaines choses.

Il travaillait avec des ordinateurs, avait vécu avec de bons parents qui ne lui avaient jamais caché qu'il était adopté. Il avait eu de la chance. Il croyait personnellement que c'était l'intervention de la Providence, mais elle n'était pas obligée d'avoir les mêmes convictions que lui. Les meilleures personnes du monde : un chef de police et une infirmière qui ne pouvaient pas avoir d'enfants, parce que son père adoptif avait eu un cancer des testicules et qu'on ne pouvait pas congeler le sperme à son époque — détail dont Rosa Lou parlerait longtemps après, parce qu'elle pensait encore, et pour cause, à ce moment-là, avoir affaire à un « ku-emme limite stupide ». Un Marco Tremblay qui lui parlait de testicules comme s'ils avaient gardé les moutons ensemble.

Ses parents adoptifs lui avaient donné une enfance parfaite. Et puis, deux ans auparavant, son père avait reçu un appel d'un fonctionnaire et appris que Marco était le fils naturel d'un artiste, grand architecte, peintre, professeur, qui vivait à New York et faisait des monuments à Montréal. Cet homme demandait à faire sa connaissance. Malgré les hauts cris de la mère adoptive, le père adoptif l'avait incité à accepter le rendez-vous parce que, de nos jours, connaître ses gènes et son hérédité peut vous sauver la vie. Et, à son propre étonnement, Marco Tremblay s'était bien entendu avec cet inconnu, ce père bio que sa mère adoptive considérait comme un usurpateur. Quelque chose de très concret et de très masculin les avait immédiatement reliés : l'informatique. Jimmy Graham cherchait justement un programmeur pour la gestion des couleurs du Mur de la paix. Et Marco Tremblay était, tout simplement, un « génie du génie informatique ». Il avait ainsi travaillé avec son père bio. « Pour faire une histoire courte », comme il disait, il prêtait son auto (char) à son père bio quand il venait à Montréal. Mais le lendemain de l'inauguration du Mur de la paix, son père bio lui avait dit qu'il ne reviendrait plus pendant un certain temps.

Il a alors sorti une enveloppe de la besace en jute vert olive, extrêmement *ku-emme*, qu'il portait en bandoulière, avec l'inévitable bouteille d'eau en plastique.

« Tiens. »

Des yeux en amande, brun clair. Des sourcils blonds, finement dessinés. Des cheveux couleur bronze. Un grand sourire un peu niais. Un teint hâlé. Le jour de son mariage, elle lui dirait devant nous qu'il était beau comme une miniature persane.

Il avait trouvé cette enveloppe sur la banquette arrière de son auto. Elle contenait des courriels imprimés envoyés par Virginia Higgins à son père bio. Il avait appelé son père bio à New York, qui lui avait dit avec impatience de jeter tout ça à la poubelle. C'était la première fois qu'il lui parlait sur ce ton. Quelques jours plus tard, il avait vu dans le journal *Le Devoir*, qu'il ne lisait jamais sauf quand, deux semaines par an, il habitait chez son oncle pour garder son chien, que cette femme, Virginia Higgins, faisait une exposition, qu'elle était morte dans un accident près de l'île

Charron, que cet accident s'était produit le jour où il avait reconduit son père bio à l'aéroport.

Rosa Lou ne bronchait pas, les bras croisés sur sa petite poitrine, fermée et hostile. Devant tant de résistance, que faire d'autre que d'abandonner, provisoirement? Il a jeté sa carte professionnelle sur le bureau et s'en est allé, sans autre manière. Mais elle l'a rappelé avec autorité. Elle voulait qu'il reprenne cette enveloppe, ces prétendues lettres, ou courriels, écrits par sa mère. « Ah non! a-t-il dit, découragé, comme s'il parlait à une buse. Je ne suis quand même pas venu ici pour rien, moi. Les lettres reviennent à la personne qui les a écrites ou à ses héritiers. Tu ne sais pas ça, toi?

— Je n'en veux pas.

— Un homme *doit* remettre les lettres qu'il a reçues d'une femme. Je l'ai dit à mon père bio. Je l'ai lu dans un roman. Tu ne peux pas les jeter.

— Quel roman? a-t-elle demandé machinalement.

— Un livre qui s'appelle *L'Amour aux temps du choléra.* »

Ce n'était pas une raison, mais elle a consenti à garder l'enveloppe.

« Je ne les lirai pas.

— Comme tu veux. Moi, j'ai pris la peine de venir jusqu'ici. Je ne savais pas que Virginia Higgins était ta mère. Je me demande bien pourquoi j'ai l'impression qu'on a quelque chose en commun. En fait, on n'a rien en commun du tout (pantoutte). Tu es la fille d'une amie de mon père bio. Bon. Bon. Si c'est comme ça, salut. Ça m'a fait plaisir de te rencontrer. Est-ce que je peux savoir ton nom, au moins?

— Rosa Lou.

— Rosa Lou… Ben, bonjour, Rosa Lou.

— Au revoir. »

Elle a attendu quelques minutes et, quand elle a été certaine qu'elle ne le reverrait pas sur le trottoir, elle est sortie à son tour. Elle était pressée. Elle était en retard. Au coin de la rue, elle a jeté l'enveloppe dans une poubelle de la ville et les idées de Virginia sur la photo et la peinture ont été perdues à tout jamais. Elle avait rendez-vous au métro Mont-Royal avec son amie Fatima pour faire la tournée des bars. Elle ne l'avait pas vue depuis deux ans. Elle savait que Fatima avait fait des bêtises. Elles allaient se soûler et se raconter tout ça.

Il tombait une petite pluie fine et froide qui, avec la nuit, avait commencé à glacer les trottoirs. Rosa Lou n'avait pas récupéré ses vêtements d'hiver, mais elle ne s'en apercevait pas. Elle ne parvenait pas penser à ces détails pratiques, pas plus que nous. Personne n'était retourné à l'appartement de Virginia, sauf Salomon, qui avait rapporté des boîtes de négatifs. Les boîtes sont encore au sous-sol. Elles attendent encore, huit ans plus tard, bientôt neuf, que les Archives nationales du Canada ou du Québec veuillent bien en prendre connaissance.

Elle sortait pour la première fois depuis son retour. Les lumières se reflétaient dans la rue et il lui semblait retrouver son Amérique latine malgré le climat, l'absence de passants, le silence, malgré qu'il n'y ait rien de commun entre la rue Saint-Denis et l'Amérique latine. Elle retrouvait quelque chose de la pauvreté, de la laideur qui embellissent certaines villes puisque, selon une justice distributive immanente, l'argent ne suffit pas, loin de là, à animer une ville. La pluie amplifiait le bruit des autos qui arrivaient par bancs, comme des poissons. Elle avait oublié que le jour déclinait lentement, plus lentement que partout ailleurs. Elle reconnaissait les corniches mal rafistolées de la rue Saint-Denis, l'architecture de tôle, les mauvaises pierres grises, les puits de lumière qui dépassent des toits, les cheminées de Montréal, Le Fameux, où sa mère aimait manger un *smoked meat*. Le spasme allait passer, elle le sentait. Elle allait pouvoir pleurer. Dormir.

Dès qu'elle avait lu le nom de Salomon Simon sur l'écran d'un ordinateur, à la gare d'autobus de Valparaíso, elle avait senti le clic, comme une lumière qu'on éteint, signalant le départ de Morphée et l'arrivée de sa remplaçante, Insomnie, toujours prête à s'installer. Il était arrivé quelque chose à sa mère.

Mais ça allait mieux. Si elle était sage et suffisamment rusée, si elle marchait assez longtemps dans les rues, si elle marchait jusqu'à dormir debout et si elle buvait assez de bière avec Fatima, Morphée allait revenir. Sans s'en rendre compte, elle s'était mise à suivre un homme d'une quarantaine d'années qui poussait une voiturette d'enfant. Il transportait des cannettes vides, dans des sacs en plastique transparent. Il portait la casquette d'une équipe de football locale, des souliers de jogging. Il s'est engagé sous ses yeux dans la rue Saint-Denis, dans l'intervalle entre deux groupes d'autos. Un conducteur a crié, hurlé quelque chose. Alors, elle a attendu le feu vert et traversé prudemment à son tour, en direction du métro. Il n'y avait personne sur les trottoirs, personne à l'intérieur des restaurants. La pluie faisait penser à l'hiver au Chili. Elle allait d'hiver en hiver. Elle n'avait pas de gants, ne sentait plus ses doigts. La galerie allait fermer pour quinze jours. Rosemary et Mary s'en allaient aux Baléares. Dans le métro, l'air chaud venu des sous-sols de la ville avait cette odeur de poussière sucrée qu'elle reconnaissait. Elle allait peut-être convaincre Fatima de s'installer avec elle en appartement. Elle voulait se réinscrire en médecine. Sa mère était morte et elle lui en voulait mortellement. Elle lui en voulait d'être partie autour du monde, d'être devenue un fantôme végétarien, d'être morte parce qu'elle conduisait stupidement, parce qu'elle conduisait comme un pied. Une mère a le devoir de se garder en vie pour son enfant, et Rosa Lou ne voyait pas le jour où elle lui pardonnerait.

Elle avait cinq minutes de retard, pas plus, mais Fatima n'était pas là. Le clochard qu'elle avait suivi était étendu par terre. Sa voiturette s'était renversée. Les gens le contournaient, butaient sur lui. Rosa Lou essaya de lui dire quelque chose, mais il ne semblait comprendre ni le français, ni l'anglais, ni l'espagnol, ni même le portugais. Elle avait une bouteille de jus d'orange dans son sac à dos, mais il ne voyait pas ce qu'elle voulait, avec son jus d'orange. Et pendant qu'elle était accroupie près de ce vieillard, Marco Tremblay est entré dans la station de métro. Il ne pouvait pas l'avoir suivie, mais c'était lui. « Qu'est-ce qu'il y a ? a-t-il demandé de son ton égal et doux. As-tu besoin d'aide ? » Le clochard sentait mauvais. Il a dit qu'il pensait bien que ce clochard avait fait quelque chose dans son pantalon.

« Pis quoi ! Mais t'es qui, au juste ? Qu'est-ce que tu veux ? Tu penses que t'as des leçons à lui donner ? »

Marco Tremblay était secouriste. Il avait longtemps travaillé pour l'Ambulance Saint-Jean. Il connaissait un numéro de téléphone.

Cette fois, elle ne pouvait pas le liquider. En attendant les secours, il fallut même consentir à lui poser des questions. Et c'est de cette manière qu'elle a appris avec la plus grande surprise qu'il était spécialisé dans l'ingénierie des banques. Que c'était ça, sa passion. La Bourse et les banques, les cours internationaux, les finances, les marchés, le merveilleux et mystérieux accord de l'offre et de la demande. La « main invisible ». Il faisait équipe avec des courtiers. Ses programmes roulaient nuit et jour. Ça portait un foulard tricoté par sa mère et ça travaillait pour le système capitaliste ! Jamais, de toute sa vie, elle n'avait rencontré personne qui se soit réellement mis au service du capitalisme mondial.

« Moi, je vais te dire une chose : ce que tu fais, c'est ce que j'aimerais le moins faire au monde. J'aimerais mieux faire n'importe quoi que ça.

— Mais tu vis de quoi, toi, mademoiselle ? »

Elle avait peut-être vécu comme une bourgeoise à cause de ses parents, mais elle avait pris conscience de l'existence de l'Amérique latine et allait devenir médecin pour soigner les femmes doublement exploitées d'Amérique latine. Ce qui était loin d'impressionner Marco Tremblay. Elle avait été obligée d'abandonner ses études en médecine à dix-neuf ans parce qu'elle s'évanouissait. Elle avait toujours, toujours été la première de sa classe. Elle était la plus jeune élève de la Faculté de médecine. Mais elle ne supportait pas l'odeur, la vue du sang. Ça s'appelait un « réflexe vagal ». Cela impressionnait davantage Marco Tremblay.

Deux jeunes hommes sont arrivés peu de temps après, du moins c'est ce qu'il leur avait semblé, car ils étaient déjà engagés dans la longue discussion qui avait commencé de les unir et le ferait pendant encore longtemps. Les jeunes hommes connaissaient ce clochard. Il avait eu un accident d'auto à seize ans et avait perdu la mémoire. Il ne savait ni lire ni écrire. Ils allaient s'en occuper. Fatima n'était toujours pas au rendez-vous, et Rosa Lou a accepté la compagnie de Marco Tremblay jusqu'à la rue Ontario, où se trouvait un bar que Fatima fréquentait. Elle n'y était pas.

Rosa Lou a raconté l'histoire de Fatima qui militait, qui n'acceptait pas le monde dans lequel ils vivaient, qui avait été arrêtée parce qu'elle avait manifesté à l'intérieur des murs de l'université, que son père-femme était allé chercher au poste de police. Et la discussion que l'on a à vingt ans sur les systèmes économiques, le rôle de l'État, la possibilité de changer le monde a repris, et elle ne fut sans doute pas très différente de celle que nous avions, à vingt ans, au Café Prague, avec Salomon et Virginia.

« Sais-tu à qui tu me fais penser ? aurait dit Marco Tremblay, deux heures plus tard. C'est pas à cause de ton nom, mais tu me fais penser à Rosa Luxemburg.

— Rosa Luxemburg ! Est-ce que tu sais qui c'est ? »

Qu'elle était insultante !

Il connaissait la grande Rosa Luxemburg par un cours de philosophie au Cégep Saint-Jean-sur-Richelieu.

Mais Rosa Lou n'écoutait plus.

Elle n'avait pas mangé de la journée, elle venait de boire deux bières coup sur coup. D'une voix sourde, elle a dit que sa mère, Virginia Higgins, qui venait de mourir dans un accident parce qu'elle ne faisait pas attention à elle-même, parce qu'elle méprisait l'existence des choses concrètes, parce qu'elle niait l'existence des autres, ne voulait rien devoir aux autres, rien leur donner non plus — ce qui allait ensemble —, sa mère, qui était morte, qui n'avait même pas pris la peine de se conserver vivante pour elle, morte dans un accident stupide, à la limite de l'accident et de l'imprudence volontaire, sa mère qui cultivait l'imprudence, qui s'était jetée sur une voiture en mouvement, sa propre mère, qui avait peut-être fumé un joint, bu du vin quand elle avait fait ça, oublié qu'elle avait une fille à qui elle n'avait donné ni frère ni sœur, sa mère, en effet, l'avait appelée Rosa Lou pour faire une abréviation de Rosa Luxemburg, mais ce n'était pas du tout, pas du tout à cause de Rosa Luxemburg elle-même, mais à cause d'une fresque du peintre Jean-Paul Riopelle intitulée *Hommage à Rosa Luxemburg*. Les larmes coulaient, enfin, sur les joues de Rosa Lou, elle n'avait même plus de souffle pour continuer.

Il a attendu, sans même prendre la main qu'elle laissait traîner sur la table. Lui aussi était enfant unique. Il n'avait pas connu sa mère bio et ne la connaîtrait jamais, parce qu'elle était morte d'une overdose. Et il aurait au minimum trois enfants. Soit pas d'enfant du tout, soit au moins trois. Et comme elle avait redressé la tête quand il avait dit cette dernière chose, il a ajouté, dans l'espoir qu'elle ne se remettrait pas à pleurer, qu'il connaissait le nom du peintre Jean-Paul Riopelle, mais pas la fresque dont le titre est un hommage à Rosa Luxemburg. Et elle l'a corrigé encore une fois. Non non non. Rosa Luxemburg, dans le titre de Riopelle, ne désigne pas la vraie Rosa Luxemburg, mais une femme peintre que Riopelle a aimée et qu'il appelle Rosa Luxemburg dans le titre de sa fresque.

Il était peut-être ignorant et *ku-emme* de son état, mais il partait pour Dacca quelques jours plus tard. Sa banque l'envoyait là-bas implanter des « produits financiers ». Et Rosa Lou ne savait pas dans quel pays se trouvait Dacca, mais elle savait qu'elle condamnait le fait d'implanter des produits capitalistes dans ce pays (le Bangladesh).

« Des produits qui mènent le monde à sa perte.

— Des produits qui stimulent l'économie. »

Mondialisation/antimondialisation. Fin du capitalisme mondial / fin de l'écosystème. Commerce international / commerce équitable. Taux de change / libre-échange. Ils n'étaient jamais d'accord.

« Sais-tu à qui tu me fais penser ? a dit Rosa Lou, encore plus tard. Tu me fais penser à Marco Polo. Je vais t'appeler Marco Polo. C'est quand même un peu mieux que Marco Tremblay !

— Ah ah ah. Tu te moques toujours du monde comme ça ? »

Très malheureusement, oui. Elle était une jeune femme ironique et l'ironie, pour une femme, c'est mortel.

« Les garçons ont peur des filles comme moi. »

Et Marco Tremblay a répondu avec flegme que, lui, il n'était pas ironique pour un sou. Il n'était même pas certain de comprendre ce qu'elle voulait dire par là, mais il aimait bien ça, une fille ironique. En tout cas, elle ne lui faisait pas peur.

Elle habitait la galerie de la rue de l'Hôtel-de-Ville depuis dix jours, son amie Fatima n'était plus son amie, elle n'avait guère fermé l'œil depuis qu'elle était partie de Valparaíso. Des types l'avaient embêtée dans l'autobus entre Valparaíso et Santiago et elle avait perdu le sommeil. Il y avait toujours eu des moments où elle perdait le sommeil.

Il l'a invitée à dormir « en tout bien tout honneur » chez cet oncle qui habitait dans le nord de la ville, qui enseignait au Cégep Bois-de-Boulogne et qui était parti en Floride. « En tout bien tout honneur. » Rosa Lou se moquerait encore, le jour de son mariage, de cette expression sortie du Moyen Âge, qu'elle n'avait jamais entendue, comme plusieurs mots du vocabulaire de ce Marco Polo !

À partir de ce moment, ils se sont appelés l'un l'autre Rosa Luxemburg et Marco Polo, ce qui leur évitait d'oublier que, entre gens intelligents, on peut se moquer. Ce qui leur rappelait aussi que, malgré son air plouc, Marco Polo était un garçon si intelligent qu'il avait compris ce qu'aucun autre n'avait compris jusque-là : que Rosa Lou n'était pas méchante, mais intelligente. Tellement intelligente qu'elle savait que peu d'hommes sont assez intelligents pour comprendre qu'une fille intelligente n'est pas une fille méchante, seulement une fille différente de ce qu'on attend généralement d'une fille, même de nos jours, même en ce début de troisième millénaire. Elle était rejetée pour cause d'intelligence et, par intelligence, s'y était résignée. Cette constatation la rendait, en effet, un peu méchante comme il faut l'être, tout de même, si on doit affronter la vie toute seule.

Quand elle s'est réveillée, à quatre heures de l'après-midi le lendemain, sans savoir où elle se trouvait, la première chose qu'elle a appréciée, c'est le départ d'Insomnie. Surprise d'avoir dormi, reconnaissante, absolument reconnaissante à Morphée d'être revenu, elle a pensé que la chance venait de lui sourire et que c'était sa mère qui avait mis ce Samaritain sur sa route. La chance fait après tout partie des probabilités.

Il lui avait laissé un mot — plein de fautes d'orthographe, elle le préciserait invariablement aussi chaque fois qu'elle raconterait cette « rencontre du parapluie et de la machine à coudre », expression qu'il ne connaissait pas malgré ses quatre cours de littérature au Cégep Saint-Jean-sur-Richelieu.

« Je t'ai pris pour un plouc, pour un Q. M., c'est vrai, disait-elle.

— Mais c'est du "racisme", ça ! » disait, très sérieusement, Marco Polo.

Janvier 2000.

Qu'on croie que la simple loi des probabilités peut expliquer ce que je raconte, ou qu'on se livre à des interprétations plus anciennes, plus littéraires, il reste que la mort de la mère a apporté « l'amour véritable » à la fille. Sur un plateau d'argent. La mort de sa mère lui a apporté l'amour que, selon Carmen Perez Garcia et Noriko Yamakasi, on ne cherche pas mais qu'on trouve, qu'on découvre parfois longtemps après l'avoir trouvé. Et l'amour nous a démontré une fois de plus qu'il est le grand ami de la mort et qu'il aime bien se jouer des chicanes. Car, comme dans bien des histoires d'amour, la fille de mon frère Louis venait de rencontrer le fils naturel de Jimmy Graham, autant dire que Juliette venait de rencontrer Roméo. Et cela n'a pas pris de temps à Juliette pour comprendre *qui* était le « père bio » de Roméo, et son « grand-père bio ».

Le lendemain, l'exposition a été décrochée. Rosa Lou a bien regretté un peu d'avoir détruit l'enveloppe, mais pas démesurément. Elle, une jeune femme rationnelle d'esprit et de formation, ne pouvait pas et ne voulait pas s'empêcher de sentir la présence bienveillante de sa mère dans cette enveloppe, ce moyen de communication, ce message laissé par Virginia dans la voiture de cet homme qui était le père biologique de Marco Tremblay.

Peu à peu, avec les années, elle a appris à pardonner à sa mère irresponsable et dénaturée puisque, sans cet enchaînement de causes et d'effets, elle n'aurait jamais fait la connaissance de Marco Polo.

Préséance aux vivants.

Youri Minamoto Yamakasi Marchessault

Notre père est mort. Doris a coupé sa barbe. Fin janvier, il est devenu le parrain catholique de Youri Minamoto Yamakasi Marchessault, en la cathédrale de Mont-Laurier. Un bébé humain a tous les pouvoirs.

Un petit cochon gras de près de huit mois, qui gazouillait déjà dans les trois langues qu'on lui enseignait : japonais, français, anglais. Car même si Yvon Marchessault parlait le japonais et Noriko le français, ils communiquaient en anglais pour les affaires courantes : la langue japonaise pour Yvon Marchessault, la langue française pour Noriko Yamakasi, restaient une troisième langue, acquise après l'âge de douze ans. Pour le pain et le beurre, l'anglais servait de pont, que dis-je, d'autoroute. Les faits sont les faits.

Yvon Marchessault était devenu un spécialiste de ces questions linguistiques. Parmi les premiers, et non les derniers, il s'était trouvé le père d'un enfant qui parlerait en japonais avec sa mère, en français avec son père, et dont les parents se parleraient entre eux en anglais. Trois langues au berceau. Sa méthode multilangues fait actuellement fureur dans le Kansai.

D'un simple point de vue sonore, je dois à la vérité de dire que c'était un régal à entendre, ces jeux avec le palais souple, la glotte humide, l'air roulé, craché, l'arc-en-ciel que peut produire la voix d'un petit être avide de communiquer avec ses semblables. Doris adorait parler en bébé, faire des vocalises avec Youri. Il faisait *areu-areu,* bébé répondait *areu-areu.* Bébé faisait *pouhhh,* oncle Doris faisait *pouhhh.*

Le baptême a eu lieu pendant la messe de cinq heures, en présence de quelques fidèles, le dernier dimanche du mois de janvier 2000. L'oncle d'Yvon Marchessault, Mgr Marchessault, officiait encadré de deux diacres. L'église avait été décorée par la sœur de Monseigneur, sœur du Bon-Conseil, avec des lys blancs et des courtines de satin broché d'or.

M. Yamakasi en habit à queue, cravate noire et haut-de-forme, dans la cathédrale de Mont-Laurier.

La vie peut être brillante, hilarante.

Doris a remis un substantiel montant, présenté dans une boîte en bois de cryptomère, comme point de départ de son engagement. Les cloches de la cathédrale ont sonné à la volée. La marraine portait une robe de tulle vert thé, un manteau de vrai vison blond, et sa jumelle un kimono neuf, dont le poids et le prix circulaient en catimini. Les Québécoises jalousaient la taille des Japonaises. La réalité se déployait en dehors de tout modèle connu, comme dans les rêves, comme dans le clinamen des atomes crochus de Démocrite.

Devant la crèche, pendant la longue séance de photo qui a suivi le baptême, Noriko et ses amies traductrices ont commencé à raconter en anglais comment elles avaient réussi leur coup. Comment, des semaines avant l'arrivée de Carmen Perez Garcia à Kyoto, elles avaient mis au point une stratégie digne de leurs aïeules, ces femmes qui se peignaient le visage en blanc pour être plus visibles dans la pénombre.

Mais on ne prononçait pas le nom de Carmen Perez Garcia. Elle n'avait pas été invitée. Je n'avais pas eu de nouvelles d'elle depuis que je l'avais vue danser la samba avec mon frère Louis à l'inauguration du Mur de la paix. Est-ce qu'elle était encore à Montréal ? Repartie au Mexique ? Avec tout ce qui s'était passé depuis, la mort de mon père, la mort de Virginia, je n'avais pas même repensé à elle. Je me doutais de sa rupture avec Doris, bien entendu, mais je n'en connaissais pas encore les raisons. Ce jour-là, j'ai toutefois regretté qu'elle ne soit pas de la fête, qu'elle ne voie pas le résultat, parfaitement étonnant, de son odyssée au Japon.

Yvon Marchessault racontait de son côté à ses innombrables cousins et amis d'enfance, uniformément habillés de manteaux Kanuk, comment il avait rempli les conditions posées par son beau-père : parler et écrire la langue japonaise. Tout le monde écoutait avec respect cette histoire de l'amour contrarié et vainqueur.

Il n'y a pas tant de professeurs et de cours de japonais à Montréal. Par l'intermédiaire du consul du Japon, Noriko avait déniché un poète qui enseignait à l'Université McGill. Même si ce professeur lui conseillait d'apprendre seulement la langue parlée, Yvon Marchessault avait insisté pour apprendre à écrire et à lire ces caractères que nous connaissons tous de vue. Il était jeune, chevaleresque, son cerveau était bien huilé, sa volonté intacte : il ne se couchait pas le soir avant d'avoir éduqué son poignet à un nouveau *kanji*. Trois mille caractères à ce rythme font dix ans de travail. Nul n'apprend rapidement une langue humaine, disait-il doctement à ses cousins étonnés.

Au bout de dix-huit mois, jugeant l'apprentissage suffisamment avancé, il a demandé l'aide financière de son père, propriétaire, à Mont-Laurier, d'une quincaillerie spécialisée dans la chasse et la pêche, et ils sont partis s'installer, sans le dire aux Yamakasi, dans une ville côtière du sud de Shikoku où Noriko a trouvé du travail dans un supermarché. Yvon Marchessault a suivi pendant six mois des cours de japonais avancé dans une université de second ordre. Tous ses professeurs étaient convaincus de l'impossibilité pour un étranger de maîtriser leur langue. Mais il a persisté. Il exigeait d'eux qu'ils s'adressent à lui en japonais et non en anglais. Pour des raisons de visas, ils se sont mariés secrètement dans un temple en banlieue d'Osaka dont Noriko connaissait le prêtre depuis la petite école. Noriko, qui ne voulait pas mettre sa mère dans l'embarras, communiquait avec elle par Internet. Même quand Mme Yamakasi s'était inquiétée de voir au réseau CNN les terribles images du grand verglas, au début de 1998, sa fille lui avait caché qu'elle ne se trouvait pas à Montréal transformée en glaçon mais à Shikoku, à quelques kilomètres des mânes maternels.

Elle savait bien que, par sa faute, les relations entre ses parents étaient tendues, pour la première fois depuis leur mariage. Mme Yamakasi suppliait son mari de céder. Mais M. Yamakasi n'était pas prêt. Il faisait la tête, menaçait de vendre sa compagnie et de se retirer dans un monastère. La vie ne l'intéressait plus si sa propre et seule fille ne l'aimait pas assez pour revenir là où elle devait être, dans la ville impériale de Kyoto, à ses côtés et aux côtés de son *okaasan*.

Pendant quelque dix-huit mois, aucune autre langue que le japonais n'avait été employée entre Noriko et Yvon Marchessault. Et maintenant, il était capable de déchiffrer les panneaux routiers, les grands titres des journaux, et, parfois, de comprendre le sujet des bulletins de nouvelles à la télévision. Il l'a prouvé le jour de ce baptême mémorable, sur le parvis de l'église, en formulant quelques phrases auxquelles M. Yamakasi a répondu de bonne grâce. Puis, Mme Marchessault a distribué des couvertures et nous sommes tous partis en caravane vers le lac Carré, aux confins des majestueuses terres à bois de M. Marchessault.

Le champagne a été servi dans une immense salle de séjour où M. Marchessault avait construit deux cheminées avec son beau-frère, spécialiste des foyers intérieurs. Un plafond cathédrale permettait d'admirer la cime des épinettes enneigées comme si on se trouvait dans une maison de Frank Lloyd Wright.

Toute l'assemblée s'est installée autour des feux pour écouter l'histoire de la conception de Youri Minamoto Yamakasi Marchessault qui, insistaient les jeunes parents, n'avait été mise en branle que lorsqu'il avait été clair qu'Yvon Marchessault pourrait soutenir une conversation à table, lire un menu aussi bien que son beau-père, qui ne connaissait pas tant de caractères que ça. Noriko a révélé le régime qu'elle avait suivi pour favoriser la conception d'un enfant mâle. Heureusement, répétait-elle dans son français roucoulant, avec un charmant sens des circonstances, la conception d'un bébé humain peut se faire plus rapidement que l'apprentissage d'une langue.

Mme Yamakasi, habillée Chanel, tentait de maintenir l'enfant assis sur un cheval à bascule datant du Régime français. Quand ils entendaient leur nom, les époux riaient de bon cœur avec les autres. De temps à autre, M. Yamakasi se levait et allait pensivement passer la main sur les murs, comme pour étudier leur épaisseur et la manière dont ils étaient construits. Et le fait est qu'il a par la suite contribué à améliorer le confort japonais en diffusant nos méthodes d'isolation parmi les membres de son club Kiwanis. Ils étaient de nouveau unis, après ces mois de dures disputes. Car en avril 1999, au moment de la naissance, Mme Yamakasi avait carrément outrepassé l'autorité de son mari. Elle avait emprunté de l'argent à sa belle-sœur, acheté un billet d'avion et était venue à Montréal voir aux relevailles de sa fille. Heureusement, c'était le printemps à Montréal : les bourgeons vert tendre, les perce-neige, le ciel bleu pur. La mère et l'enfant se portaient si bien que, quelques jours après la naissance, le médecin leur a donné sa bénédiction pour qu'ils repartent vers Kyoto via Vancouver. De l'aéroport d'Osaka, le taxi les a conduits à la maison où M. Yamakasi était resté sous les soins de sa sœur, que les amours de Noriko avaient rajeunie de vingt ans. Fiston n'avait pas encore de nom, parce qu'il ne fallait pas insulter son grand-père. Mais il a accompli le miracle que tout le monde attendait de lui : il a fait fondre en un seul instant les préventions, rancunes, préjugés, idées et principes qui venaient des ancêtres de M. Yamakasi, lesquels, entre nous soit dit, n'auraient jamais pu imaginer une telle situation. On a vu le visage si expressif de M. Yamakasi s'éclairer, des larmes voiler son regard. Yvon Marchessault s'est déchaussé avant de passer le seuil pour être présenté à son beau-père, qu'il a salué en un japonais tout à fait audible, en s'inclinant faiblement comme il l'avait vu faire dans les films.

Le bébé avait ainsi reçu son nom à Kyoto sept jours après sa naissance, selon une tradition dont Noriko avait pris connaissance sur Internet. L'important était qu'il y ait une fête et que le grand-père choisisse le prénom. Le lendemain, le mari de Noriko a été présenté aux plus anciens employés de la maison Yamakasi, qui ont été obligés d'admettre qu'Yvon Marchessault se faisait comprendre en japonais. Ils discutaient bien de ses registres de politesse dans son dos. Mais Yvon Marchessault les laissait dire.

De retour à Montréal, les jeunes parents, munis d'un substantiel cadeau, se sont empressés d'acheter à Ville Saint-Laurent une maison sélectionnée pour ses quatre pommiers et ses deux pruniers à maturité. Ils ont aménagé une chambre à tatamis pour recevoir les parents de Noriko.

La première visite des Yamakasi au Canada a eu lieu fin septembre 1999, pour l'anniversaire de six mois de l'enfant-roi.

Doris est allé les chercher à l'aéroport. Il a fait visiter son archipel de jardins, ses trois boutiques à M. Yamakasi, il l'a invité au restaurant et emmené au golf de Saint-Anicet. Et les Marchessault sont venus de Mont-Laurier à Montréal pour faire la connaissance des Yamakasi.

Mme Marchessault, épouse d'une des grandes réussites commerciales de Mont-Laurier, ressemble à maman Dion, la mère de Céline Dion. Elle avait apporté ses cretons, son ketchup et ses tourtières. Et Mme Yamakasi, dans sa sagesse, n'avait pas apporté ses cornichons mais des futons ultra-épais fabriqués par les plus vieilles femmes de Shikoku. L'échange de ces produits a scellé en moins de deux minutes la solidarité des grands-mères. Quant à M. Yamakasi, il s'est entendu sur l'essentiel avec M. Marchessault quand ils ont constaté qu'ils adhéraient tous deux à la philosophie des clubs Kiwanis. Même si aucun des grands-parents ne disait un seul mot d'anglais, tout allait sur des roulettes autour de l'enfant attaché dans sa chaise haute.

À la fin de ce premier séjour au Canada, M. Yamakasi nous a tous invités, tous frais payés, à Kyoto pour la présentation de son petit-fils dans un sanctuaire niché dans une des montagnes qui entourent Kyoto, invitation que nous avons dû décliner parce que la mère de Salomon a subi une opération à la hanche à New York.

En retour, M. Marchessault a invité les Yamakasi au lac Carré pour le baptême catholique.

M. Yamakasi connaissait bien entendu certains éléments du christianisme : l'existence de saint François-Xavier et ses œuvres au Japon, le principe général des sacrements chrétiens. Certains de ses amis s'étaient convertis au christianisme. Il s'est incliné devant le fait que son petit-fils allait vivre entre le Japon et le Canada. Mais il voulait que Doris soit le parrain.

Ce geste a transformé Doris. Il était fier d'être accepté par une famille japonaise, un exploit réputé surhumain. Il était ému, plus qu'on ne saura jamais le dire, de la *confiance* que lui témoignait M. Yamakasi. Car, si l'on y réfléchit par deux fois, on peut se demander si quelqu'un avait jamais, avant cet événement, permis à Doris de traverser le pont de la confiance humaine.

Et le mouvement ne s'est pas arrêté là, il s'est poursuivi, comme une rivière détournée de son cours qui aurait bientôt fait son nouveau lit. Nous y avons été entraînés aussi, pour notre plaisir. Noriko a pris l'habitude de nous faire des appels téléphoniques de politesse. Nous étions régulièrement invités à manger le dimanche midi en compagnie d'oncle Doris, qui gazouillait avec son filleul et lui souriait avec une douceur que moi, sa sœur, je n'avais jamais vue sur son visage. La vie s'humanisait.

Noriko lui a fait comprendre que ses parents s'attendaient à rencontrer aussi son frère aîné au baptême catholique.

« Il ne viendra pas », a dit Doris.

Heureusement, ils se sont montrés indifférents à la question. Il faut bien trafiquer les rituels.

Pouvoir de l'enfant humain. Pouvoir des *gazou-gazou,* des doigts roses, des orteils translucides de Youri Minamoto Yamakasi Marchessault. Grand bonheur de raconter ça.

Après le champagne, M. Marchessault nous a fait faire le tour du propriétaire comme s'il était châtelain de Chenonceaux — archéologie du chalet initial, hauts-côtés et bas-côtés, jacuzzis. Noriko traduisait.

Mme Marchessault a présenté ses tourtières et pâtés, entièrement faits par elle, y compris les recettes les plus moyenâgeuses : tête de porc en gelée, boudin noir, saucisses en coiffe, et une poutine d'une délicatesse incroyable, composée de frites dorées dans la meilleure huile additionnée de moelle de bœuf, fromage en grains venant d'une ferme avoisinante, foie gras de canard du lac Brome, sauce au vin de bleuet. J'ai avoué que je n'avais jamais mangé de poutine et j'ai eu honte. Préjugés, indécrottables préjugés. Mme Marchessault a un cousin qui enseigne à l'école d'hôtellerie de la rue Saint-Denis, et moi qui me piquais de connaître toutes les cuisines de Montréal, moi qui ai tenu la chronique des restaurants dits « ethniques » de Montréal dans le magazine *Parents et Enfants,* je n'étais jamais allée à l'école d'hôtellerie de la rue Saint-Denis.

Dans la forêt

À quelques mètres de là se trouvaient trois chalets que M. Marchessault appelait des « camps » : troncs d'arbres équarris, passés à la créosote, calfeutrage à l'étoupe. C'est dans un de ces camps que nous allions dormir, Doris, Salomon et moi.

C'était le monde de mon père et, ce soir-là, j'ai senti sa disparition, bien plus que durant les jours qui ont entouré son décès. L'odeur du feu de bois d'érable, l'écorce qui fend sous le gel, le lac rond comme un cratère, le froid qui se répand des murs jusqu'au centre de la pièce, la chaleur desséchante et trop forte du poêle : un monde que notre mère détestait. Un monde que je n'avais hélas ! étant fille, jamais partagé avec lui. Seul Louis avait eu l'honneur de l'accompagner à la chasse et à la pêche, seul Louis savait tuer son orignal, dépecer son chevreuil. Un monde où notre père s'échappait et nous échappait, devenait lui-même, sans doute, chasseur, pêcheur, trappeur, garde-chasse et ex-arpenteur des territoires de la Couronne.

Et comme s'il sentait la même chose que moi, dans ce *shack* de M. Marchessault, Doris s'est mis à parler de notre père. Il ne s'adressait pas à moi, bien sûr, mais à Salomon, comme cela a toujours été.

Il a raconté qu'une nuit il serait allé à Montréal, avec notre père, chercher Louis quelque part, et que c'était bien la *seule* fois où il avait *peut-être* eu l'impression d'être son fils. Et la voix avec laquelle il l'a dit m'a fait pleurer en silence, sans contrainte, sans restriction, comme je ne l'avais pas fait une seule fois encore depuis la mort de Virginia.

Je n'avais aucun souvenir de cette aventure. Est-ce que ma mère dormait, est-ce qu'elle était malade? Et moi, où étais-je? La voix de Doris était si basse qu'elle semblait s'égrener, dans le silence où l'on percevait peu à peu d'autres bruits infimes, le tic tac irrégulier d'une horloge électrique qui se trouvait peut-être encore au XXe siècle, le grincement de la berceuse, le grésillement de l'unique suspension électrique. Le seul fait que Doris *raconte* quelque chose sur lui-même et sur notre père était extraordinaire. C'était comme s'il nous révélait qu'il savait chanter, jouer du piano ou du violon.

Ils seraient partis dans la poudrerie, dans la Pontiac jaune et noir. Pas un chat sur le pont Jacques-Cartier. Notre père portait son fameux manteau de chat sauvage, son « casque » de chat sauvage. Pas de lave-glace, pas de ventilation. Une pièce de monnaie pour faire fondre le givre sur le pare-brise. Arrivés à la hauteur de l'île Sainte-Hélène, le pont était fermé, mais ils avaient continué leur chemin dans le grésil, la bourrasque, et la glace qui s'accumulait sur le pare-brise. Le grand combat.

En racontant, on humanise. Que le souvenir soit réel ou inventé importe peu, paraît-il. Ils auraient fini par arriver à Montréal, dans un café dont le nom était L'Empereur, ou L'Enfer, Doris ne se rappelait pas très bien, en tout cas dans une rue du bas de la ville, entre Ontario et Sherbrooke — Clark, Sanguinet, peut-être. Je n'ai rien dit. Je ne devais rien dire. Doris pensait avoir vu ce soir-là un homme qui serait Osler. Un homme assez grand qui fumait la pipe, portait une canadienne beige, un bonnet d'aviateur en cuir et des verres fumés, ce qui correspond en effet à Osler.

Il avait besoin de raconter ces choses, sans doute, pour continuer à vivre, fermer le tiroir concernant notre père. Je n'ai pas protesté, je n'ai pas raconté mes souvenirs non plus. Je n'ai pas dit de quel père je me souvenais. Je n'ai pas dit que mon père à moi était jeune, galant, plein d'espérance, qu'il était fier d'entrer dans l'église par la grande porte pour la grand-messe du dimanche en me tenant par la main, moi, sa Marquise, avec mon chapeau de paille rouge, mes gants de chamoisette et mes souliers vernis. Le père de Doris était une sentinelle aux aguets. Derrière ses lunettes, on aurait dit que ses yeux, ronds comme des soucoupes, reflétaient les cercles de son imagination, comme les auto-portraits de Van Gogh le rendent si bien. Des yeux halluci-nés qui auraient révélé une chambre de torture si on avait pu aller derrière. Et, pour un petit enfant, être dans une telle mire était sans doute l'équivalent d'être interrogé par la Stasi. C'est pourquoi Doris fabulait. Il a toujours fabulé. Il racontait aux Kulnicki que notre mère était née en France, que notre père n'était pas son vrai père, que nous avions un grenier, un jardinier, comme dans les livres fran-çais, des inventions qui le discréditaient auprès des autres enfants. Des années plus tard, Christian Kulnicki m'a révélé le rejet dont Doris était l'objet, au collège, et dont nous n'avons rien su ou rien voulu savoir.

Doris est revenu sur sa visite à l'hôpital, quand notre père était mourant. « Je ne suis pas allé là pour rien », a-t-il dit d'une voix ferme, et s'adressant à moi, j'en suis certaine, à travers Salomon. « Je me suis assis et je l'ai regardé. Je me suis demandé pourquoi j'étais tombé sur un homme aussi bête. Je l'ai regardé s'en aller, je l'ai regardé disparaître et, pendant ce temps-là, j'ai récupéré ma vie, à quarante-trois ans. Je ne l'avais jamais regardé en face. Il respirait quand je suis parti. »

Mais moi, je pensais qu'il était tout de même possible que mon père l'ait entendu, et qu'il ait décidé de mourir parce qu'il était venu. Comme il est possible qu'il se soit passé quelque chose que nous n'apprendrons jamais.

Salomon s'est levé pour faire du thé, il a dit que, malgré tout, l'enfance, c'est le temps du bonheur, que tout le monde, sans exception, même les plus démunis, même les plus accablés des enfants, tout le monde a un souvenir de bonheur au fond de son cœur, que c'est à chacun de le trouver.

Doris a admis que peut-être il y avait eu quelques moments de bonheur avec moi quand je l'emmenais au parc. « Mais "elle" est partie avec Osler. »

Je n'ai pas protesté. Il avait été mon chouchou, ma poupée, mon jouet, et quand il avait quinze ans, c'est vrai, je suis partie. Je l'ai abandonné. Nous ne pouvions pas indéfiniment vivre attachés l'un à l'autre. Il est resté seul avec notre père en deuil de notre mère, c'est vrai. Et notre père sans notre mère, c'était un vertébré dévertébré, comme c'est normal quand la moitié d'un couple disparaît. Nos parents s'entendaient sur une chose : le droit de chacun à la tristesse, à la mélancolie et à la dépression, ils s'appuyaient l'un l'autre dans leur chagrin et notre père, une fois seul, a oublié qu'il était un père. Il s'est enfermé en lui-même. C'est vrai. Quand je suis partie rejoindre Osler, Doris a été malade, très malade. Et Louis ne l'a pas aidé. Salomon l'a aidé. Virginia l'a aidé. Heureusement, notre grand-père

Aubin a fait un infarctus, et Doris a trouvé sa voie et sa passion en l'aidant dans son commerce.

Je récapitulais mes souvenirs pour ne pas crier d'impatience, pour ne pas écouter Doris qui revenait encore une fois sur les idées politiques de notre père, disait que notre père était partisan d'un fasciste local du nom d'Adrien Arcand — une fausseté, notre père n'a jamais été membre de ce parti —, disait que notre père aurait rencontré Louis-Ferdinand Céline à Montréal avec ce M. Arcand. Tout de même ! C'était trop. Je n'ai pas pu m'empêcher de dire : « Voyons ! voyons donc, Doris, jamais notre père n'aurait fréquenté un homme comme Louis-Ferdinand Céline, il n'aimait pas les Français, il aurait eu peur de Céline, de sa manière de parler, de son ton, de ses sentiments ! »

Salomon s'est abstenu, comme il l'a toujours fait, d'entrer dans la discussion des idées de mon père. Il a répété pour la millième fois que son père avait autant souffert de l'antisémitisme de l'Université McGill que de l'antisémitisme des Canadiens français.

Il s'est allongé sur un sofa sous une peau d'ours tué par M. Marchessault, Doris a fait la même chose avec une peau d'orignal, et je suis restée dans la chaise en osier pour entretenir le feu, sous la garde d'une tête de porc-épic. Dans le noir, Salomon a dit : « Tu as vécu une profanation de ton intimité, Doris, je suis content que tu sois le parrain de Youri. » Je me demande s'il rêvait. Salomon parlait souvent dans son demi-sommeil.

Le lendemain matin, nous sommes retournés chez les Marchessault pour le brunch. Doris a bercé Youri. M. Yamakasi s'émerveillait de la chaise berçante en chêne massif, assemblée par le grand-père de Mme Marchessault sans un seul clou. Une technique que M. Marchessault appelait « embouveter », que Salomon traduisait par « emmortaiser ».

«Il n'y a rien de mieux, disait Mme Marchessault, qu'une chaise comme celle-là pour endormir les enfants. Pour s'endormir, un enfant doit avoir *confiance*. Et regardez comme il est bien, cet enfant-là, dans les bras de son parrain!»

Doris souriait, il se sentait adopté.

Zigzags

Et puis un soir, Jimmy Graham m'a téléphoné et m'a demandé de venir le rejoindre à l'Hôtel des Gouverneurs de l'île Charron. Il avait quelque chose à me remettre en main propre. C'était le début février.

Salomon était à New York. Sa mère avait subi une autre opération. Il aidait son oncle Otto. Je ne me sentais pas à l'aise chez l'oncle Otto et sa femme Ida, et je l'avais laissé y aller tout seul.

J'ai traversé le fleuve par le pont Champlain, roulé au bord de l'eau, et je me suis rendue à ce rendez-vous comme s'il s'agissait d'un ordre de la Cour supérieure, repassant une fois de plus près de l'endroit où nous vivions quand nous étions jeunes puis en face de l'endroit où Virginia était morte. La rampe avait été réparée. Sa voiture avait été envoyée au dépotoir par nos bons soins. Une foule de problèmes pratiques ont surgi après l'accident de Virginia dont je n'ai pas parlé, par amitié pour elle.

Les journées allongeaient, on voyait poindre le museau de la fin de l'hiver. Des nuages rose saumon et gris se déplaçaient en bandes droites dans un ciel d'aquarelle. Sur l'île, le blanc de la neige était cassé de gris. Une fumée volatile s'élevait de la cheminée de l'Hôtel des Gouverneurs et montait dans un rayon de soleil, comme une colonne légère, qui dansait.

Jimmy Graham m'attendait assis dans un fauteuil. Il m'a regardée marcher jusqu'à lui. Malgré mon âge et mon absence d'intérêt, en tant que femme, pour Jimmy Graham, j'ai senti le pouvoir de son regard masculin, cette dématérialisation, cette flottaison que produit le fait d'être regardée d'une certaine manière par un certain type d'homme. Peut-être parce qu'il y avait longtemps que je n'avais été regardée de cette manière, peut-être parce qu'on me regardait de moins en moins de cette manière, j'ai été surprise. J'ai douté de ce que je faisais là exactement. Il ne s'est pas levé de son fauteuil, m'a tout juste fait signe de m'asseoir. J'ai remarqué son impolitesse. Il hésitait entre le tu et le vous et paraissait exténué. Je me suis demandé s'il y avait un malentendu, ce qu'il me voulait au juste. Je précise ces choses pour moi-même, étant donné ce qui s'est passé ensuite. Mon impression de ce moment est restée intouchée. Jimmy Graham me toisait d'un œil morne, de l'œil d'un homme qui regarde et juge votre corps sans admiration, sans désir, et qui vous le fait sentir avec précision. Merci bien. À cet instant-là, j'ai su que j'étais devant quelqu'un qui ne se laisserait jamais percer à jour. Peut-être est-ce moi qui étais incapable de franchir le pas, d'imaginer le monde de Jimmy ? Cela ne change pas le résultat. Je me suis assise et, encore une fois, j'ai senti l'ascendant que peut donner à certains hommes un détail aussi banal qu'une jupe. J'ai attendu qu'il parle.

Il a sorti l'urne de Virginia d'un sac et l'a mise sur la table entre nous deux.

« C'est moi qui l'ai prise. Ne me posez pas de question

et je ne vous en poserai pas. » Sa voix était sans réplique. « La dernière fois que j'ai vu Virginia, c'était ici même. Elle était assise à votre place. C'était le 4 janvier.

— Juste avant l'accident ! »

J'ai pris l'urne et l'ai posée sur mes genoux.

« Exact. Je vis avec quelqu'un à New York. Je m'en vais dire à cette personne que je la laisse. Mais ce ne sera pas à cause de Virginia. Il m'est arrivé quelque chose de bien plus étrange et inattendu que Virginia. Le savez-vous ? »

Je ne savais plus quoi penser, quoi répondre.

« Vous vous attendez à des explications. Virginia voulait me quitter, mais elle ne voulait pas me quitter. Elle voulait qu'on aille dans ma chambre, mais elle ne voulait pas qu'on aille dans ma chambre. Moi, je disais qu'elle ne pouvait pas me quitter, parce qu'on n'avait jamais été ensemble. Elle n'écoutait pas. Elle voulait savoir quelque chose que je ne voulais pas lui dire et que je m'apprête à vous dire, mais je ne le lui ai pas dit, parce qu'elle le savait, elle l'avait deviné.

— Est-ce que vous avez fait l'amour ? »

La question m'a échappé, comme si *lui* me dictait ces mots inappropriés. Il s'est moqué de moi, une chose dont je n'ai pas l'habitude et que je n'apprécie pas.

« Dites donc ! On est bien curieuse ! On ne peut rien vous cacher ! Si vous tenez à le savoir : on en a discuté. Puis je suis parti. C'était la seule façon d'en finir. Je suis sorti par la porte que vous voyez là. Elle m'a suivi dans le stationnement, elle a ouvert la portière de ma voiture et s'est assise dans mon auto. On a fumé un joint. Elle voulait qu'on retourne à la chambre pour parler. J'ai dit que, même si j'avais une érection, je la gardais pour moi. »

Je n'ai pas bronché, comme il me semble qu'une dame doit faire en pareil cas.

« Elle voulait que je lui redonne ses lettres. Et moi, je ne voulais pas. C'était mon plaisir, de la faire grimper aux rideaux. Dans l'auto, j'ai relevé sa jupe sur ses cuisses. J'ai dit : *"So be it, Virginia."* Elle est partie. Moi, je riais. La marijuana. J'ai démarré. Elle m'a suivi, elle m'a collé, dans le stationnement. J'ai pensé qu'elle était assez folle pour me rentrer dedans. Au bout du chemin, je suis parti dans une direction et elle dans l'autre. Elle est morte cinq minutes plus tard. »

Au moment où il a dit ces mots, j'ai senti quelqu'un derrière moi, qui mettait ses mains sur mes épaules. C'était Doris.

Il est venu se planter devant moi.

Il portait un pantalon de cuir noir, des verres fumés, un blouson de cuir noir. Il a enlevé ses verres fumés, m'a regardée dans les yeux et sans attendre une seconde, comme quand on a un aveu difficile à faire : « Il est temps que tu saches la vérité, Marquise, que tout le monde sache la vérité, même si elle ne vous regarde pas. Jimmy et moi, on vit ensemble. On s'en va à Shanghai ensemble. On a obtenu le contrat pour refaire le jardin Fuxin à Shanghai. Le jardin Fuxin a été fait par les Français. Le gouvernement du Canada est très content. »

Bien sûr, j'ai été surprise. Aussi surprise que Virginia, sans doute, quand elle l'a appris, ou deviné, je ne sais pas.

Pourtant, contrairement à tout ce que j'aurais pu penser si on m'avait avertie à l'avance, cela ne m'a pris que peu de temps pour reconfigurer l'« identité » de mon frère et celle de Jimmy Graham. J'attribue cette attitude schizoïde à notre époque. À l'action de notre époque en nous. Ce genre de revirement sexuel, nous y sommes habitués, qu'on le veuille ou non. Ce n'était pas la première fois que j'en étais témoin. Il y avait eu tant de discussions au Canada sur cette question des « conjoints de même sexe ». Tant de mes amis et connaissances avaient changé d'« orientation ». Le père de Fatima avait maintenant des seins. Une amie d'une amie était devenue un homme. Il avait une barbe et sa voix avait mué.

Salomon a prétendu qu'il avait noté des transformations chez Doris. Facile à dire. Moi aussi, j'avais remarqué des choses. La tête rasée, la barbe rasée. Salomon prétendait que, le soir de l'inauguration du Mur de la paix, il avait noté un regard entre Doris et Jimmy, un regard hardi. « Voyons, Salomon, si tu avais pensé une minute qu'il y avait quelque chose entre Jimmy Graham et Doris, tu me l'aurais dit. »

Il arrive qu'on se trouve, au hasard de la marche, mis face à face avec quelqu'un qui vient en sens inverse et que l'un des deux doive céder le pas. Il s'ensuit une petite danse, improvisée et symétrique. Il arrive que les deux cèdent le pas du même côté, se retrouvent de nouveau face à face, échangent un rire, nerveux ou amusé. Beaucoup plus rarement, ce zigzag se produit trois fois. Premier face-à-face, première cession de pas, deuxième face-à-face, deuxième cession de l'autre côté, troisième face-à-face. Tout peut alors arriver. L'un des deux « partenaires » peut se fâcher, ou au contraire se présenter à l'autre et entamer la conversation. S'il s'agit de deux paranoïaques, d'un criminel, d'un drogué, d'un simple orgueilleux, si la société dans laquelle le phénomène se produit est policière, totalitaire, si un nazi se trouve par là, un espion, si l'une des deux personnes s'apprête à faire sauter un autobus à la bombe, un tel zigzag a sans doute dans l'histoire humaine évité des morts, causé des morts, un tel zigzag peut changer le destin.

C'est ce qui est arrivé à Jimmy Graham et Doris, dans ce « quartier gai » qui n'était pas « gai » à l'époque de nos grands-parents. Car Montréal n'a pas toujours été ouvert comme aucune autre ville du monde à la communauté gaie. Où trouve-t-on une expansion, une liberté de la culture gaie telles qu'à Montréal? Même à New York les mœurs sont plus étroites. Et, à Paris, quelques rues du Marais ne font pas, tant s'en faut, un quartier gai. Personnellement, je n'ai jamais vu de quartier plus gai que le quartier gai de Montréal. San Francisco? Qu'on m'en désigne un et je verrai.

Et après cette rencontre — que l'on veuille bien m'excuser, mais ce sont les mots de Doris —, ils ont, ou auraient, « baisé comme des bêtes ».

Mon frère entre dans une phase de sa vie que je ne peux suivre que par l'imagination et, malheureusement, par les stéréotypes que nous fournit la société. Comment aller plus loin? Qu'il se mette pendant un moment à prendre de la drogue, je ne sais pas laquelle mais de la drogue, cela est certain. Qu'il achète cette « drogue » par Jimmy Graham, c'est évident aussi. Jimmy *est* quelqu'un qui vit avec la drogue depuis qu'il est sorti de l'école primaire. Doris se fait tatouer. Il porte des jeans ajustés. Petit, toujours aussi petit, mais il habite son corps, il s'installe dans son corps, il en prend possession, le laisse parler. Il respire mieux. Il se rase de près. Il s'embellit, selon moi, sa sœur. Il porte des colliers, des bracelets. Son visage dur et agressif devient beau et fier, ses yeux étincellent. Il danse toute la nuit et prend des substances qui permettent de danser toute la nuit, et puis j'arrive aux clichés, aux images de film ou de roman. Je n'en sais pas plus, en tant que sœur.

Depuis ce soir du « zigzag », ils étaient ensemble, travaillaient ensemble, mangeaient ensemble, voyageaient ensemble, soumissionnaient ensemble à des contrats de jardins ou de murs, faisaient équipe, gagnaient beaucoup d'argent.

Doris disait qu'il avait perdu son *white body*. Il pouvait se permettre de dire une chose comme ça parce que la mère de son amant était d'origine haïtienne, même si ça ne se voyait pas. Il fallait le savoir pour déceler l'origine haïtienne de Jimmy Graham.

Il est devenu en très peu de temps ce que notre père aurait nommé « tapette », « fifi », ce que notre mère appelait « un petit monsieur », et mon frère Louis, que ces questions mettaient très mal à l'aise, une personne « d'une certaine catégorie ». En vérité, on ne peut strictement pas imaginer ce que notre père aurait pensé ou dit de cette situation. Même Louis, quand il a appris la chose, plusieurs années après, en parlait comme un muet, par gestes ou par sous-entendus.

C'était l'ultime protestation de Doris. Sa manière de définir son existence masculine contrairement à l'esprit de notre père, hors du monde de notre père. Sa façon de se dresser à la face du monde comme un monument de vérité, comme le non-mensonge incarné. Regardez ce que je suis capable de faire pour vous prouver que je ne mens pas et que je suis ce que je suis. Réussi. Mais qui suis-je pour imaginer ce qu'a pu penser mon frère, ce qu'il a pu vivre ?

Ce que pensait, ce que voulait Jimmy Graham, je le sais encore moins. J'avoue que j'ai fait par moments l'hypothèse qu'il avait désiré ce qui arrivait à tous mes proches — désiré inconsciemment la destruction de la femme de mon frère, l'amour de mon frère. Qu'il était fasciné, attiré par nous. Je n'en sais pas plus et je n'en dis pas plus que ce que je sais.

Doris portait des vestes en velours, des chaînes au poignet, une montre de gousset. Tout cela aurait nettement dépassé la capacité de représentation de notre père. Des chemises en lycra, des pantalons qui moulent le sexe. Et

Jimmy restait inchangé, ténébreux, préoccupé. Mais ces images ont fini par s'estomper. On a fini par oublier qu'ils formaient un couple *d'hommes* tellement il était agréable de sentir que Doris s'était libéré de son *straight body,* de son *white body.*

J'ai rapporté l'urne de Virginia à la maison et elle y est encore. Quel soulagement. Pendant des semaines, j'avais été sans savoir où elle se trouvait et sans oser le demander. Je supposais parfois qu'elle était restée à la galerie de la rue de l'Hôtel-de-Ville. D'autres fois, que les femmes de la rue Waverly l'avaient reprise. Qu'elle avait été remise à Rosa Lou.

Nous étions en plein carnaval. Non seulement nous ne savions plus qui nous étions, mais nous ne savions plus ce que nous faisions. On voit très bien, sur la photo prise par Virginia le soir de l'inauguration du Mur de la paix, qu'elle était au courant des amours de Jimmy et Doris. Ce soir-là, Doris porte encore la barbe, mais il ressemble à Truman Capote. Pas à l'acteur qui joue Truman Capote dans le film, mais à Truman Capote dans la vie. Virginia saisit le regard qu'ils échangent. Ce regard l'exclut. Ce regard exclut tout autre être humain. Un regard exclusif, qu'elle a parfaitement saisi.

À Shanghai, mon frère Doris et Jimmy Graham ont loué une villa dans le quartier français. La vie de pacha. Dans le quartier français, vous ne savez plus où vous êtes non plus. En Asie, en France ? Des platanes, des lycées et des préaux comme à Lyon. Et les pharmacies chinoises, les racines de ginseng, les couilles de chauve-souris, les champignons pharmaceutiques qui sèchent sur les trottoirs.

Je n'ai compris que récemment ce qui unissait Doris et Jimmy en profondeur, leur terrain commun. Un jour, dans des circonstances difficiles, Doris a dit devant nous tous :

« Il n'y a rien de plus terrible pour un homme que de ne pas avoir de père. Ton père est mort, Jimmy, ç'a été terrible, mais tu sais qu'il t'aimait, tu sais pour sûr que ta mère l'aimait. Ta mère te l'a redonné. Elle l'a maintenu dans ta vie, de force. Elle t'a donné un père. Moi, j'ai eu un père vivant, mais il m'avait été enlevé. Et par qui, par quoi, pourquoi, je ne le sais pas. »

J'ai vu que leur accord venait de loin et ne nous concernait pas.

Carnaval

Carmen Perez Garcia a fini par me téléphoner, elle aussi, pour me raconter sa vie. Elle n'est pas plus que les autres transparente, mais elle s'aime elle-même, elle raconte sa vie pour la défendre, et dans le moindre détail, sans aucun esprit de synthèse, comme s'il n'y avait rien de plus intéressant au monde que son existence. Et elle sait raconter. On l'écouterait pendant des heures.

C'est de cette manière que j'ai appris tout ce qui s'était passé à Kyoto entre elle et Doris, sa chicane avec les Yamakasi. J'ai appris que j'avais un neveu de près de trois ans qui s'appelait Lorenzo Perez Garcia, né à México, la plus belle ville du monde. Que Carmen avait vécu deux années de *pura vida* à México, dans son oxygène natal, dans sa langue natale, dans les odeurs et les bruits de son « bordel latino-américain ». Peu après la naissance de Lorenzo, en février 1997, elle s'était mise en ménage avec son professeur à la UNAM, un spécialiste du nahuatl qui habitait non loin des jardins de Xochimilco, où sont nés les axolotls qui vous redonnent votre jeunesse perdue et favorisent la rencontre amoureuse.

Carmen parlait maintenant couramment le nahuatl. Elle avait vendu du café équitable avec des néozapatistes à l'entrée de la Faculté de lettres et ils apprenaient tous le nahuatl. Et Lorenzo avait appris le nahuatl comme première langue, pas l'espagnol, parce que c'était ce que désirait ce professeur de la UNAM, qui se prenait un peu trop pour son père.

Sa vie semblait engagée pour le long cours jusqu'à ce qu'un certain Fernando se fasse enlever par des gangsters à la pointe du revolver à un guichet automatique, en face du Palacio de Bellas Artes, traîner de guichet en guichet un revolver dans le dos, et réapparaisse trois jours plus tard, muet. « *Mouet* parce qu'on lui avait dit de ne pas parler ou *mouet* parce qu'il était traumatisé, *Marquîsse*? » Elle-même avait été attaquée, forcée de donner son portefeuille alors qu'elle se promenait avec Lorenzo dans l'allée qui borde le parc de Chapultepec. Les gens se faisaient culbuter, arracher leurs lunettes, voler leurs cartes de crédit. Dans le nord du pays, les femmes se faisaient assassiner par centaines. On pouvait vous scier le doigt comme dans les contes pour s'emparer de votre bague. La bourgeoisie réclamait le retour de la peine de mort.

Le prof de nahuatl niait tout. Il refusait de poser des barbelés autour de sa maison, et une grille à l'intérieur, comme tout le monde, pour séparer le rez-de-chaussée de l'étage. Il la laissait seule avec Lorenzo et partait faire la promotion du nahuatl dans les universités d'Amérique latine, la traitait de peureuse, l'accusait d'être contaminée par les « idéologies sécuritaires du Nord ». Même s'il était beau et terriblement sexy, la vie n'était plus possible avec un macho comme lui. Elle avait été obligée de le quitter. Avec son fichu instinct maternel, elle ne pouvait s'empêcher de craindre pour son enfant. À Montréal, sa mère la suppliait de revenir et désapprouvait fortement l'éducation de son petit-fils dans cette langue nahuatl! Sur le conseil de son oncle et de sa tante, qui vivaient encore dans la petite ville de Jalpan et qui s'occupaient encore des jardins de M. Edward James pour le compte d'une fondation, Carmen était donc revenue à Montréal. *Para siempre.* «Parce que, *Marquîsse,* Lorenzo a sa grand-maman ici. Lorenzo a une famille québécoise! Une tante et un oncle! La famille, c'est ce qu'il y a de plus important pour nous…

— Et il a un père…

— Ah non, *Marquîsse*! Ah non! Lorenzo pense que son père est mort.

— Mais il était là, le soir où je t'ai vue danser la samba avec mon autre frère. Tu aurais pu tomber sur lui.

— Je ne le connais plus. Mauvais souvenirs. Ton frère est un homme cruel, *Marquîsse,* avec une pierre à la place du cœur. Je comprends pourquoi il s'entend avec les Japonais. Il m'a traitée de menteuse. Je ne pardonne pas. Jamais je ne pardonne ça. Heureusement, Lorenzo ne lui ressemble pas. Par la grâce de Dieu, Lorenzo va être un beau grand bonhomme. *Escuchame, Marquîsse*: Lorenzo, il ressemble à ton autre frère! »

Lorenzo avait les yeux clairs et, selon la mythologie si fertile de Carmen Perez Garcia, ces yeux étaient un signe.

«Oui, oui, ai-je dit, mon père avait les yeux bleus. Il vient de mourir.

— Ah! je sais, *Marquîsse,* que ton père vient de mourir. »

Elle voulait depuis longtemps reprendre contact avec moi. «J'attendais de sentir le moment à l'intérieur. Parce que je voulais absolument que tu saches, *Marquîsse,* ce que Doris m'a fait. J'attendais d'être capable de le raconter. »

Mille fois j'ai voulu parler et mille fois je me suis tue. À quoi bon me faire l'avocat du diable? À quoi bon avancer que Doris avait le droit d'être surpris s'il ne voulait pas d'enfant et l'avait dit clairement? À quoi bon raconter qu'il était le parrain de l'enfant de Noriko, que cet enfant l'avait changé?

Il n'y avait plus de rapport de cause à effet, seulement des lois d'improbabilité, à mon humble sens. Est-ce que ce que nous faisions était la conséquence de nos doutes sur ce que nous étions, la faute de notre « identité » défaillante, comme les gens le prétendaient dans les universités et les journaux?

Chose certaine, dans cette ville que nous avions connue si morose, puritaine et sérieuse, à l'image du *Dies Iræ*, de l'encens, du sermon de l'abbé Riendeau aux funérailles de mon père, aucune de ces métamorphoses, aucun de ces revirements, de ces coïncidences, de ces rencontres, aucun de ces mélanges et chocs culturels dont on parlait sans cesse dans les journaux n'aurait pu se produire quand les jours ressemblaient les uns aux autres pour le plus grand ennui de nos parents et grands-parents.

Impermanence, surprise, improvisation. Oui, la vie allait comme marche l'ivrogne, et comme disent les mathématiques. Pour une fois, je comprenais les mathématiques. Les néo-Montréalais perdaient leurs balises, les paléo-Montréalais aussi. Nous étions au tournant d'un nouveau millénaire et cela se sentait parfaitement. Les gens arrivaient avec leurs mœurs, sari, turban ou foulard. Viendrait le jour où leurs petits-enfants ou arrière-petits-enfants sortiraient en jeans. Viendrait le jour fatal où l'une de ces filles ou petites-filles exigerait d'aller au collège en tenue légère. Il ne faudrait pas que les gens pudiquement vêtus pensent que ce serait dans nos traditions que de se promener en jupon ou décolleté soutien-gorge pour une femme. Jamais nos parents n'ont vécu un tel chambardement et nul ne sait d'où ont surgi ces tenues.

Mais j'avais confiance. Des centaines de Marco Tremblay, tous reliés d'une manière ou d'une autre à l'informatique, avaient réussi à dissiper la peur millénariste. La confiance millénariste prenait le dessus. J'avais confiance en Montréal. Carmen se disait montréalaise. Pas québécoise, pas mexicaine, montréalaise. Une véritable ville, me disais-je, dépasse la somme de ses habitants et dépasse les diverses divinités présentes sur son territoire. J'avais confiance en l'énergie urbaine. La ville possède son pouvoir de ville. La ville est une invention aussi vieille que les religions, plus vieille que les pays et les nations qui cohabitent sur son territoire. Chacun vaque et profite, dans une ville. Allez donc acheter des pâtisseries chez les hassidim et vous verrez comment ils se feront un plaisir de vous vendre leurs excellentissimes croissants cannelle chocolat, leurs excellentissimes pains au pavot.

Les cours boursiers s'élevaient jusqu'au ciel. Des enfants de l'âge de Marco Tremblay alias Marco Polo accumulaient des fortunes.

C'était un plaisir que de supputer, subodorer, côtoyer le mystère qui se tramait dans les quartiers, villages et ruelles de Montréal, et de se demander comment tout ça allait finir. J'avais confiance. J'avais confiance en l'humanité entière qui arrivait à Montréal, en l'humanité qui unissait Montréal aux autres villes du monde, celles qui fascinent par leur site, comme Istanbul, celles qui fascinent par leur prestige, comme Paris, par leur taille, comme New York, par leur élan, comme Shanghai, par leur lourdeur, comme Moscou. Montréal fascine par son mystère, rien de plus, mais rien de moins, me disais-je.

Et d'où vient la confiance ? D'où jaillit-elle, miel, caviar, ambroisie de l'humanité ? La confiance humaine, le lien humain ? Et comment la confiance se change-t-elle en méfiance ? Comment la Bourse s'écroule-t-elle ? Comment mon père était-il devenu un père qui se méfie de son fils ? Comment Doris était-il devenu un amant qui se méfie de son amante ?

Car Doris avait blessé Carmen exactement comme il avait été blessé par notre père. Il avait reproduit exactement ce qui, enfant, le tuait. Il avait insulté une femme spontanée. Une femme qui parle sans tourner sa langue sept fois dans sa bouche, une femme qui s'élance vers les autres le sourire aux lèvres pour rire avec eux, se tromper devant eux, réfléchir devant eux par la méthode si naturelle des essais et erreurs, une femme qui vous dit qui elle est, vous montre qui elle est. Ce qu'il y a de plus précieux au monde. C'est ça que mon frère Doris a attaqué. Il a osé lui prêter des intentions. Il l'a traitée comme notre père le traitait. Il lui a dit qu'elle l'avait utilisé, qu'elle avait utilisé son sperme.

« J'avais un *espiral,* une *estérilette, Marquîsse,* et quand on porte *une* stérilet, est-ce que c'est pour devenir enceinte ? *Gracias a Dios,* j'avais *une estérilette, como se dice, une stérilette.* Avant de tomber sur ton frère, j'ai vécu avec *oune* macho salvadorien, *oune profesor* à la *Ouniversité dé Monnetréal,* et j'avais un *estérilet.* Je ne l'avais pas enlevé. Pas de *doctor* à Montréal pour l'enlever. J'ai dit à Doris que j'étais enceinte, et, dans la même minute, que *me voy* à México. Je le savais, *Marquîsse,* que ton frère ne voulait pas être un papa. Je ne voulais pas de lui comme papa non plus ! Jamais de la vie ! J'aurais pu m'en aller sans le dire. Il n'aurait jamais su. Je suis devenue enceinte. Toutes les femmes du monde vont comprendre ce que je veux dire. C'est la pure vérité. *La verdad.* »

Et je pensais : personne ne peut se passer de mentir. Carmen avait beau faire, elle disait quand même à son enfant que son père était mort, ce qui n'est pas un petit mensonge.

La chance de l'amour

Saint-Savin

À la fin de l'été 2007, j'ai fait une tournée dans les bibliothèques suédoises en compagnie de l'acteur qui jouait Monsieur Soupçon, Idriss, un grand jeune homme né au Rwanda, qui avait vécu à Stockholm avant d'immigrer au Québec. On dit que le poids de la culpabilité aurait été particulièrement intense dans les cultures scandinaves, marquées par la Réforme. Je ne sais pas. Chose certaine, les enfants comprenaient très bien le personnage muet qu'Idriss incarnait, avec ses cheveux en *dreadlocks,* habillé du costume d'Arlequin mais, contrairement à Arlequin, le visage couvert d'un masque blanc. Ils comprenaient que ce Monsieur Soupçon avait le pouvoir de troubler la limpidité de leur jeune âme, de suggérer à leur esprit inexpérimenté qu'ils avaient peut-être consenti au mal *sans le savoir.* « Tais-toi, Soupçon, lui criaient-ils en riant. Rentre dans ta cabane ! » C'est du moins la traduction que m'en faisait Idriss, qui comprenait un peu le suédois. Il communiquait avec eux, cabotinait, dédramatisait la Culpabilité dont il était l'allégorie.

Après cette tournée de « lectures jouées », Idriss est rentré à Montréal et j'ai rejoint Salomon à Paris, où nous avons loué une voiture. Nous avons roulé, dans l'espoir de sortir de la France gentrifiée et coquette, de la France européanisée et léchée, roulé jusque dans le Poitou où nous avons découvert, à l'abbaye de Saint-Savin, des fresques romanes qui nous ont inspiré, à propos de mes frères, des réflexions qui ont compté pour moi et que j'ai déjà relatées.

Ce soir-là, nous avons couché à Poitiers et mangé à côté de l'hôtel. Il pleuvait. C'était déjà l'automne. Pas un chat dans les rues. À la faveur de la nuit et de cette pluie, l'âme ancienne de la ville ressortait, intacte, autour de Notre-Dame-la-Grande trapue comme une tortue. Nous avions réussi à contourner les frontières du tourisme, retrouvé « la France ». Vainqueurs, les yeux plus grands que la panse, nous avons commandé une choucroute bien éloignée de nos habitudes alimentaires. Mais il ne faut jamais se reposer sur ses lauriers. Un journaliste attablé un peu plus loin a reconnu notre accent et s'est invité à notre table.

Le Québec, avait-il entendu dire, se distinguait encore une fois, avec la création d'une « commission sur les accommodements raisonnables ». Ce journaliste travaillait pour une chaîne de télé. Il s'apprêtait à venir faire une série de reportages sur la manière québécoise d'aborder la laïcité : comment et où doivent être abattus les animaux dont on sert la viande dans les cafétérias publiques, jusqu'où peut aller la mixité dans les piscines. Hijab au soccer, kirpan à l'école, sécurité et turban sikh, *and the foulard* ! Écume à la surface d'un océan philosophique qu'il n'est pas dans mes intentions d'explorer par le moyen d'un simple récit.

Pour engourdir la peur sourde qu'engendre chez moi ce genre de sujet, j'ai bu ce soir-là trop de vin de Sancerre et j'ai trop palabré sur le Québec, sur le racisme ou le non-racisme des Québécois, sur « l'identité » québécoise, mot dont je comprenais de moins en moins la signification à mesure que les années passaient, comme cela se produit pour les concepts abstraits qui apparaissent trop tard dans notre vie. Au lieu de dominer la peur, je l'ai noyée. Résultat, j'ai parlé à cœur ouvert, sans me méfier des conséquences, cœur léger semblable au ballon, comme dit Baudelaire, et je l'ai immédiatement regretté.

Sans les exprimer clairement, ce journaliste avait ses opinions sur le racisme ou le non-racisme des Français, sur la montée de Jean-Marie Le Pen aux présidentielles de 1995 et de 2002, sur les émeutes dans les banlieues, sur « l'identité » française, dont il comparait la solidité, l'étanchéité et la consistance aux nôtres, laissant entendre que nous serions en « déficit d'identité » comme si nous souffrions d'effritement de nos vertèbres. Bien bâti lui-même, la chevelure argentée, un visage à l'origine insignifiant, injustement embelli par les effets que peut produire la cinquantaine chez les hommes, il s'apprêtait à venir filmer, avec une équipe « délocalisée », une série de documentaires sur les enjeux sociaux et politiques qui se posaient au Québec, en prévision des fêtes du 400ᵉ anniversaire de la fondation de la Nouvelle-France. 1608-2008. Le premier endroit où il comptait se rendre était la trop célèbre municipalité (grand mot) d'Hérouxville, connue pour avoir concocté, au début de l'année 2007, un code de conduite destiné aux improbables immigrants qui oseraient se présenter à ses portes. On peut encore lire sur Internet les composantes de ce code : interdiction de lapider les femmes, de les brûler vives, de les exciser.

Cette initiative, cocasse pour les esprits légers, xénophobe pour les esprits tragiques, avait fait le tour du village planétaire et laissait notre Français bien perplexe. Il était curieux, disait-il, de visiter cette municipalité et voulait rencontrer nos « Astérix québécois » : le conseiller municipal, M. André Drouin, son maire, M. Martin Périgny. Il feignait de croire ou croyait réellement que nous pouvions les connaître puisque nous parlions « québécois ». « Vos questionnements québécois, disait-il avec gourmandise, ne sont pas si éloignés des nôtres. Mais vous avez une manière originale d'aborder les problèmes, manière que nous devrions peut-être considérer. » Il ne prévoyait pas moins de cinq documentaires pour sonder nos problématiques les plus « affluantes ».

Quand il nous a demandé si nous connaissions une productrice du nom de Jasmina-Pierre Graham, j'ai été surprise. « Le monde est bien petit ! ai-je répondu. J'ai vu un de ses films, oui. » Mais il ne connaissait pas l'existence de ce film. Jasmina-Pierre Graham était devenue productrice, elle finançait un documentaire sur les femmes musulmanes qui ont fait le périple de Montréal à Hérouxville pour s'expliquer avec les Hérouxvillois.

Il semblait croire que, « chez nous », les mots « arbre de Noël » étaient interdits par une loi des accommodements raisonnables et qu'il fallait dire « sapin de l'amitié ». Salomon m'a refilé le boulot : « Monsieur, vous avez devant vous une Québécoise de la quatorzième génération qui a certainement des cousins à Hérouxville. » Le journaliste a compris et l'a laissé tranquille. Salomon a ri dans sa barbe toute la soirée en m'écoutant raconter l'histoire des fenêtres à l'origine de la controverse dite des « accommodements raisonnables », histoire qui naît dans un quartier que je connais parce que, comme je l'ai dit à ce journaliste qui ne m'en demandait pas tant, ma famille y possède des immeubles de location hérités de notre père et administrés par mon frère aîné.

Dans ce quartier, ai-je résumé, à voix basse, avec l'impression qu'un certain étau se resserrait sur moi, deux catégories de citoyens, pour parler grosso modo, se côtoient et se rencontrent sans le chercher. La première, à laquelle mon frère et mon père ont toujours préféré louer nos appartements, est composée de gens dans la trentaine, écologistes, agnostiques, célibataires, couples sans trop d'enfants. La deuxième, de familles juives, parlant le yiddish, portant des vêtements et des couvre-chefs distinctifs, reconnaissables à divers signes religieux ou civils issus de la volonté humaine et non de traits physiques innés. Je veux dire que des dissidents qui sortiraient de cette communauté, ai-je précisé, ne se différencieraient plus clairement de la première. Notez enfin que les premiers aiment les grandes fenêtres aux vitres claires et que les deuxièmes préfèrent une architecture moins fenêtrée et des vitres qui tamisent la lumière. Car c'est à cause des fenêtres d'un gymnase que va naître la discussion. Le journaliste me suivait, avec dans le regard l'agréable intelligence, la vivacité d'esprit que donne à nos cousins français leur redoutable tradition éducative.

D'une ruelle derrière le gymnase, ai-je poursuivi, les élèves d'une école rabbinique pouvaient voir, par les fenêtres, les femmes de la première catégorie s'exercer en tenue sportive sur des appareils. Les rabbins ont demandé aux propriétaires du gymnase de givrer les vitres. L'institution propriétaire du gymnase, connue pour son esprit de tolérance, a exaucé leur souhait. Mais une des dames court-vêtues s'est jugée lésée : cet « accommodement » était, selon elle, « déraisonnable », il violait la liberté de regard et de mouvement des femmes. Et voilà ! ai-je conclu avec soulagement, sans que Salomon lève les yeux de son assiette pour ajouter, comme il le fait d'habitude, que cette femme n'avait rien compris à la notion juridique d'accommodement raisonnable.

« Il faut admettre que vous, Québécois, comptez tout de même assez pour que nous prenions la peine de vous écouter, a pensivement ajouté le journaliste. Nous pourrions tirer quelque chose de votre expérience. »

Si je raconte tout cela en détail, c'est parce que le destin des mœurs à Montréal me semble d'intérêt humain, étant comparable à celui de nombreuses villes où des traditions de tolérance et de coexistence ont été respectées pendant des siècles puis ont disparu pour faire place aux pires folies. On raconte ce qui nous tient à cœur.

Ce Français, qui était sincèrement curieux et n'était pas responsable du malaise qu'il créait en moi, me faisait pourtant douter de « l'intérêt humain » de notre vie, ici, à Montréal. J'avais l'impression, en lui parlant, d'être attachée au zoom d'une caméra géante qui, comme la coulisse d'un trombone, passerait sans arrêt de l'échelle universelle de la France (son oreille) à notre « sympathique » et débonnaire échelle québécoise (les paroles qui sortaient de ma bouche) dans un aller-retour de plus en plus saccadé qui me rappelait inconsciemment *Les Voyages de Gulliver* de Jonathan Swift, ou encore la présentation quotidienne des nouvelles internationales à la BBC, quand on nous montre la mappemonde, puis le pays, puis la ville, le village, le bled où se trouve le journaliste. Zoom : « effet d'éloignements ou de rapprochements successifs ».

Qui pourrait vivre sans la claire conscience que sa vie a la dignité de « l'intérêt humain », sans rechercher, sans revendiquer sa place dans la dignité humaine ? Pas moi. Si des êtres humains ont été capables de garder leur dignité dans d'innommables circonstances, nous devrions être capables de résister au rongement de l'effet zoom.

Dans la chaleur de la brasserie, avec cette pluie fine qui tombait dans la nuit noire et faisait luire les pavés de la grande place, ma cuisse touchait celle de Salomon qui, à mes côtés sur la banquette de moleskine rouge, dégustait avec respect et minutie les saucisses fumées, les baies de genièvre, le lard, la poitrine de porc, le petit salé, le chou saumâtre, les patates bouillies, que sais-je encore, sans sortir un instant de sa réserve, pendant que, dans mon assiette, toutes ces bonnes choses refroidissaient et se figeaient, car il est malheureusement plus facile de parler en buvant qu'en mangeant, surtout quand il s'agit d'expliquer des « questions québécoises » à un journaliste français. Je ne savais pas sur quel pied danser avec cet homme qui ne m'interrompait que pour dire : « Un Français est un Français, n'est-ce pas », ou « On ne se demande pas ce qu'est un Français, n'est-ce pas », ce qui me mettait mal à l'aise pour continuer.

Car que voulait-il dire exactement, lui dont le nom de famille était par hasard Salomon ? Denis Salomon ! Je tentais de lui manifester clairement mon admiration pour la conception dite « républicaine » de la société civile dont la France est le modèle (même si Notre-Dame-la-Grande nous rappelait qu'elle a tout de même été la « fille aînée de l'Église »), mais je ne parvenais pas à dire comme lui : « Un Québécois est un Québécois, n'est-ce pas », ou « On ne se demande pas ce qu'est un Québécois, n'est-ce pas ». Il m'aurait fallu au moins ajouter « Un Québécois ou une Québécoise », « est et/ou sont », et deux ou trois *et cætera*. Quel était le fond de la pensée de ce Français plus ironique que moi ? Y avait-il même un fond à sa pensée ? Je ne le sais pas. Je n'ai jamais donné suite à ses appels.

La choucroute, le sancerre, l'ambiguïté de la conversation m'ont au contraire replongée dans les angoisses infantiles que je ressentais quand, chez Osler, qui avait la télé que notre père répudiait, je regardais avec Louis des films avec

Buster Keaton ou Charlie Chaplin et que Louis, avec sa bonne nature d'aîné, riait aux éclats pendant que, crispée, agrippée à ma chaise, je voyais défiler à l'épouvante ces scènes où Buster Keaton est jeté en bas du train, poursuivi par la police, broyé par les engrenages d'une roue de bateau. Même si je comprenais l'intention comique, je ne pouvais rire tant que cet homme si petit, si impuissant face aux forces qui allaient l'écraser, n'était pas sorti de son cauchemar.

Choucroute ou pas, j'ai fait cette nuit-là un rêve que je consigne pour les mêmes raisons que ce qui précède. Je me trouvais devant un tribunal de juges coiffés de la perruque blanche de la cour britannique. Ce tribunal siégeait au Salon du livre du Lac-Saint-Jean, où je ne suis jamais allée. Ces juges, au nombre desquels se trouvait mon modèle, mon idole, la grande Selma Lagerlöf, étaient tous des écrivains connus, même si je ne les connaissais pas tous. L'un d'eux est descendu d'une estrade et, lorsqu'il m'a tendu la main, il s'est transformé en un ami de mon père. Je rêvais encore souvent de mon père. Dans un recoin de ce Salon du livre du Lac-Saint-Jean se trouvait le poêle en faïence blanche et l'armoire vitrée contenant les treize verres des treize jurés des prix Nobel de littérature qu'on m'avait montrés lors d'un déjeuner de presse, dans le restaurant du vieux Stockholm où se réunit l'Académie des lettres de Suède. « Un écrivain qui trahit son peuple n'obtiendra jamais le prix Nobel », me disait alors à l'oreille cet ami de mon père en faisant un clin d'œil à Selma Lagerlöf. Puis nous étions transbordés dans la grande salle de bal du Château Frontenac, où je ne suis jamais allée non plus. Mon père est là, assis à côté de la mère de Salomon, exactement comme au mariage de Virginia et de Louis. Mais dans ce rêve mon père est énorme, et il est en bras de chemise !

Ce n'est donc pas mon père. Cet homme chuchote quelque chose à la mère de Salomon à propos de Claudel Marcellus, l'ami de Doris. Il demande au maître d'hôtel qu'on fasse sortir Claudel Marcellus, parce que les Noirs ne sont pas admis au Château Frontenac. La mère de Salomon rit. Tout cela est scandaleux et je me réveille.

L'histoire de l'homme qui demande l'exclusion d'un Noir de la salle de bal du Château Frontenac est un fait réel, qui s'est produit en 1945, et que mon père m'a raconté, seulement *raconté*.

Quand je me suis réveillée, Salomon, sous le coup du décalage horaire, ne dormait pas. Nous avons pris nos messages sur Internet. Rosa Lou nous invitait à son mariage avec un jeune homme que nous ne connaissions pas, à Cap-Aurore.

La photo

Quand nous sommes rentrés à Montréal, les parterres et les arbres étaient encore tout couverts de feuilles. Leurs couleurs avaient magnifiquement terni, mais elles n'étaient encore ni abîmées ni pâlies. Nous n'avons rien vu de la beauté de cet automne 2007 : Salomon est tout de suite reparti pour New York en avion. Sa mère était mourante. Son oncle Otto s'occupait seul des sœurs jumelles, toujours identiques malgré leur grand âge — même teinture, mêmes pantoufles de velours, même robe de chambre en laine brossée de France, même maladie d'Alzheimer. Il s'était vu obligé de laisser partir ma belle-mère pour l'hôpital. Pneumonie. Salomon est allé lui faire ses adieux, même si elle ne le reconnaissait plus. Il voulait lui dire qu'il n'avait rien à lui reprocher comme mère. Il n'était pas sûr que, de son côté, elle n'ait rien à lui reprocher comme fils. Il savait combien elle avait regretté de ne pas avoir de petits-enfants, alors que le fils unique d'Otto et Ida avait eu une fille.

Le jour de la mort de la mère de Salomon, j'ai pris un taxi de nuit de Montréal à New York en compagnie d'un cousin de l'oncle Otto. Nous sommes arrivés à temps pour les funérailles. Je ne me sentais pas à l'aise dans le monde de la mère de Salomon et je l'ai regretté, intensément, cette fois-là comme toutes les autres. Je ne l'avais pas revue depuis quatre ans, depuis l'ouverture du Centre commémoratif de l'Holocauste de Montréal en 2003, au moment où elle commençait déjà à perdre pied sans que nous le sachions clairement. Dave, mon beau-père, avait fait un don au musée de l'Holocauste avant de mourir. Elle était venue toute seule de New York en autobus pour voir le musée. C'était l'été, la canicule, un jour d'orage, poisseux et lourd. J'avais accompagné Salomon au terminus pour l'accueillir, mais elle m'avait fait comprendre que, dans les circonstances, j'aurais pu lui laisser son fils. Ce que j'avais fait, dès que nous étions arrivés là-bas. Je l'avais laissée avec Salomon et des amies que je ne connaissais pas, et j'avais fait seule de mon côté le trajet moral que chaque visiteur de ce musée est appelé à faire.

Ce jour-là, je suis tombée sur la présumée photo de la maison de mon arrière-grand-père, Mardochée Cardinal, photo dont Doris nous avait tant parlé après sa chicane avec Louis, le lendemain du DRIPQ, quand il a commencé à dire que nous étions racistes sans le savoir dans la famille, à harceler Salomon, à répéter que la question n'est pas de savoir si on est antiraciste mais si on est raciste, à soutenir qu'on peut se dire, se croire, se vouloir antiraciste et être raciste quand même.

J'ai reconnu la maison. Mon père avait une photo identique sur son pupitre, mais sans la pancarte. Pancarte infamante, clouée sur une épinette, qui dit ceci : « Les juifs ne sont pas les bienvenus dans notre municipalité. »

Sur le coup, en 2003, je m'étais tue. J'avais trop honte. Je ne m'estimais ni responsable ni coupable à rebours de ce qu'un de mes ancêtres avait fait ou pas fait. Mais je sentais aussi combien mon raisonnement était insuffisant et lâche et je savais qu'un jour il me faudrait y revenir, parce qu'on ne veut pas s'en remettre à un raisonnement insuffisant et lâche à propos d'une telle pancarte. J'avais quitté la salle à toute vitesse, me conduisant en enfant, comme si je voulais maintenir le procès au stade muet où il se trouvait, dans la pénombre du mémorial de l'Holocauste de Montréal, et n'osais affronter le jugement de ma belle-mère.

Dans les années qui ont suivi, chaque fois que quelque chose me rappelait l'existence de cette photo, ce qui se produisait périodiquement, je refoulais mes sentiments sous prétexte qu'on ne peut changer le passé et qu'on n'est pas responsable de ses parents. Je ne me rendais pas compte que, réagissant de cette manière, je laissais au passé le pouvoir de me diriger.

Je me mettais la tête dans le sable, continuais à me faire croire que le malaise entre les parents de Salomon et moi tenait à la participation de Louis à l'attentat de l'Impôt fédéral, aux positions nationalistes de ma famille. C'étaient deux mondes, en vérité, étanches l'un par rapport à l'autre, que celui de Salomon enfant et celui dans lequel j'avais vécu et que j'incarnais, que je le veuille ou non, aux yeux de mon beau-père. Que j'aie adopté son patronyme en me mariant avec Salomon, une chose avec laquelle il était en désaccord sans pouvoir le dire, ne faisait pas de moi une personne de la famille. Mais le père de Salomon aimait son fils tendrement et ne voulait pas dresser d'embûches dans sa vie. C'était un homme plein de sagesse et de maturité, qui comprenait qu'on n'est pas maître de ses sentiments. Il savait bien que Salomon m'avait aimée dès le début, que son premier mariage n'avait été qu'une affaire de raison. Nous étions heureux et il ne pouvait que s'en réjouir.

Les parents de Salomon étaient athées, je l'ai dit, ma belle-mère était une athée militante et engagée. Elle avait étudié dans les lycées français du Maroc et de Tunisie avant d'arriver au Canada. Elle appartenait à la culture juive, mais ses convictions en matière de laïcité étaient si fermes qu'elle a refusé de suivre les prescriptions de la religion juive à la naissance de Salomon, au nom de l'intégrité du corps humain et au nom de l'humanisme. Pour cette raison, mes beaux-parents n'ont jamais su que Salomon avait subi une vasectomie : sa mère avait défendu avec tant de courage l'intégrité de son corps, quitte à se brouiller pendant quelques années avec ses propres parents, et elle lui avait communiqué un tel respect de la discrétion, de l'intégrité psychique de l'individu, qu'il se faisait un devoir de préserver sa propre intimité. Salomon méprisait la vulgarité, la promiscuité, les gens qui parlent de sexe comme si ce n'était rien du tout. Il n'a jamais trouvé l'occasion ni la manière de dire à ses parents pour quelle raison exactement il n'avait pas eu d'enfant. Ils ne le lui demandaient pas non plus. Ils désapprouvaient nos mœurs de *Double Income No Kids*, notre vie de *Not So Young Urban Professionnals*, mais ils n'en auraient jamais dit un mot. Et comme ils pensaient naturellement que leur Salomon était un garçon généreux, ils en déduisaient forcément que c'était moi qui étais névrosée, dénaturée, égocentrique et narcissique.

Avec les années, ma belle-mère et moi avons fini par trouver un modus vivendi, un certain plaisir à discuter de questions relatives à la traduction, aux mots croisés du *Monde,* à la langue française. Elle parlait le français avec la diction claire et ferme des francophones du Maroc, de Tunisie, d'Algérie et d'Égypte, un français que j'associe, pour mon simple plaisir personnel, au climat méditerranéen et à l'influence du soleil.

La distance entre nous n'a quand même jamais été abolie. Je l'avais sentie et regrettée à la mort du père de Salomon, et je l'ai sentie de nouveau quand sa mère est morte, parce que je ne pouvais pas le consoler. Je ne pouvais pas partager son deuil à égalité, comme il avait partagé le mien, pleurant et regrettant la disparition de mon père, un homme qui avait fait partie de sa vie et avec lequel il avait su établir des liens.

Avec les années, Salomon et moi, nous étions devenus une balance humaine, dont nous réajustions quotidiennement les plateaux, chacun insistant pour en prendre un peu plus sur ses épaules, pour ne pas rompre en sa faveur cet équilibre précis, comme on nourrirait une fleur ou un animal qui ne peuvent se passer d'assistance pendant plus de vingt-quatre heures. Salomon aimait mes frères et mon père, et mes frères l'aimaient. Moi, je n'avais pas réussi à me faire aimer de ses parents. Je n'avais pas le don de Salomon.

Je n'ai jamais reparlé avec lui de cette visite du musée de l'Holocauste. Je ne sais pas si sa mère a remarqué cette photo, si elle en a jamais soupçonné l'origine. Je ne sais pas non plus de façon sûre s'il s'agit de la maison de mon arrière-grand-père ou d'une maison semblable ou voisine.

Mais cette photo m'a changée. Et je me suis rendu compte du changement qui s'était lentement produit en moi quand la mère de Salomon est morte. Durant le long trajet entre Montréal et New York, j'ai peu parlé au chauffeur et au cousin de l'oncle Otto, à qui j'avais donné rendez-vous, par commodité, devant le mémorial de l'Holocauste et qui a dormi tout le long, ne se réveillant que pour passer la frontière. C'était ma manière de faire le deuil de la mère de Salomon, je crois, que d'affronter cette photo qui se trouvait toujours là, je l'avais vérifié en attendant le chauffeur. Personne ne l'avait enlevée.

Même si nous nous confortons dans le fait de n'avoir pas tué des milliers de juifs, même si nous prétendons avoir échappé à la collusion, à la lâcheté qui ont rendu possible ce crime infamant et encore aujourd'hui au-delà de toute imagination, il reste que cette photo avait été placée là, à côté des pyjamas rayés, de l'étoile jaune, des cartes d'identité, des souliers d'enfants, des objets offerts par les rescapés de l'Holocauste vivant à Montréal. Peu importe que ce soit la maison de mon aïeul ou celle du voisin, cette photo parlait de ma communauté et je ne pouvais pas m'en laver les mains. Elle avait été mise là par quelqu'un qui, peut-être, était revenu des camps, ou dont les parents étaient revenus des camps, ou dont les grands-parents étaient morts dans les camps, par quelqu'un qui, peut-être, avait connu quelqu'un qui s'était fait refuser l'entrée au Canada et qui était resté pris dans la souricière mondiale. Quelqu'un qui avait buté contre les lois d'immigration, les visas, les passeports, les *numerus clausus,* les quotas, les frontières des pays, leurs guichets, les États sans états d'âme, leur protectionnisme encore de mise. Embûches auxquelles cette minable pancarte venait s'ajouter, à son échelle dérisoire et stupide, reprenant, comme la grenouille qui veut se faire aussi grosse que le bœuf, à une échelle mesquine et grotesque, la logique politique et étatique qui a rendu possible l'extension du filet autour des juifs dans les pays d'Europe. Quelqu'un avait jugé que cette photo avait sa place parmi les objets illustrant l'histoire de nos compatriotes, de nos voisins de Montréal, l'histoire des juifs arrivés ici après la Seconde Guerre mondiale avec leur numéro gravé sur le bras, comme cette dame qui habitait un des appartements de notre père. Nous sommes allés deux fois chez cette dame avec notre père, Louis et moi, récolter le loyer, dans une rue qui exceptionnellement ne se trouvait pas dans Outremont mais un peu au-delà, dans un quartier appelé Park Extension. Je revois son visage et celui de son mari, deux visages presque translucides, si semblables que je me demande, en y repensant, s'ils étaient un couple marié ou frère et sœur. C'était toujours une grande joie que d'entrer chez des gens que nous ne connaissions pas. Les deux fois, l'homme a offert, gravement, un tout petit verre de liqueur jaune à notre père et la dame nous a offert du jus de cerise noire. Et une de ces fois, elle nous a montré sans rien dire le numéro gravé sur son bras, et c'est Louis qui m'a expliqué de quoi il s'agissait.

Jamais on ne nous a instruits de l'Holocauste à l'école, dans notre enfance, selon ma mémoire. Jamais on ne nous a raconté ce qui est arrivé aux juifs d'Europe au moment où nous sommes nés. Jamais on ne nous a parlé de racisme et d'antisémitisme dans toute notre éducation, à mon souvenir. Le racisme ne faisait pas partie des sept péchés capitaux. Il y avait l'envie, l'avarice, la luxure, la gourmandise, la paresse. Mais pas la haine de l'autre. Pas le racisme. Pas le premier et seul crime de l'humanité. Et, encore maintenant, dans les sages banlieues qui tapissent les grands espaces vacants qui étaient la frontière du monde habité quand nous étions enfants, des familles entières ignorent tout de l'existence des juifs à Montréal, de leurs synagogues, de leurs coutumes, et du Centre commémoratif de l'Holocauste de Montréal. Combien de non-juifs vont au musée de l'Holocauste chaque année ? Tous les citoyens non-juifs devraient aller là-bas au minimum une fois dans leur vie, et particulièrement les francophones dont les ancêtres ont tenu à contribuer à la souricière mondiale. Je ne peux pas changer ces faits et je n'en suis pas coupable. Mais ils peuvent me changer. Encore et toujours me changer, moi et moi seule à qui cette photo s'adresse au moment où je la regarde.

Comme quand on approche de la solution d'une question depuis longtemps en suspens, j'entendais des voix bien connues répliquer qu'on ne savait pas, dans ce village des Laurentides, que les juifs seraient pris dans une telle horreur, dans un déchaînement *sans commune mesure* avec cette pancarte. J'avais souvent entendu ces mots : « sans aucune commune mesure ». Mais ce n'était pas vrai. Il y avait une *commune mesure*.

Et si nous tirions la leçon de la pancarte, nous pouvions conclure qu'il n'était pas du tout nécessaire, quand on sait ce qu'ont subi les familles de certains de nos concitoyens, de dire des choses désagréables et malsaines à propos de leur conduite automobile, de leur manière d'acheter, de vendre, d'habiter leurs maisons ou d'élever leurs enfants. « Ce ne sont pas les mêmes personnes », répliquaient ces voix. Ce sont leurs coreligionnaires. Mieux vaut être trop sympathique que pas assez.

Sans doute dans quelque village ou ville d'Allemagne a-t-il existé un Mardochée allemand, une Marquise allemande, dans les années précédant la Seconde Guerre mondiale. Je tiens tout de même à dire à ma postérité que Louis, mes cousins et mes cousines sont des personnes qui réprouvent l'Holocauste, la cruauté nazie, qu'ils ne sont pas à classer dans la même catégorie que les négationnistes, les néo-nazis qui nient l'Holocauste et tentent d'en minimiser le mal.

Salomon m'a souvent dit : « Marquise, imagine que mon père ne soit pas parti, caché par son père dans la paille, poursuivi par les soldats du tsar, et que mon grand-père ne se soit pas sauvé une deuxième fois de Salzbourg, où il est resté trois ans avant de venir à New York, puis à Montréal où il avait des cousins, qu'il n'ait pas risqué le tout pour le tout, sans instruction, sans bagages : il se serait fait assassiner comme un chien et, moi, je n'existerais pas. Je n'aurais pas vécu tout ce que j'aime. »

Le père de Salomon avait transmis à Salomon sa gratitude pour son père. Le grand-père de Salomon, que Salomon n'a pas connu, avait toujours dit à son fils que, s'il avait eu le courage de partir, c'était pour lui, pour lui donner un avenir. Il lui avait dit cela dès leur départ dans cette charrette à foin. Et moi, je suis reconnaissante au grand-père de Salomon de s'être sauvé de ce village qui était à la frontière de la Russie, de l'Ukraine, de la Pologne, je ne sais pas exactement où.

Le frère qui se considérait comme antiraciste

Les escarmouches, dont plusieurs remontaient au DRIPQ et à la tache indélébile de l'« argent » et du « vote ethnique », s'engendraient les unes les autres au fil du temps depuis plus de onze ans maintenant.

Durant cet automne 2007, cependant, les médias électroniques ont pour une fois capté avec raison l'attention populaire. Grâce à la télé, nous avons tous pu suivre *en direct* les audiences de la Commission de consultation sur les pratiques d'accommodements raisonnables. Pour une fois, chaque citoyen, face à chaque intervention, pouvait exercer lui-même son jugement dans le silence de son for intérieur. Plusieurs se passionnaient pour cet exercice : un fait de nature à nous rassurer. Des centaines de personnes et de groupes jugeaient que le langage était suffisamment fiable pour venir dire le fond de leur pensée à ces commissaires devant la caméra. Parfois, le fond de cette pensée était aussi nauséabond que le fond d'une poubelle. Les commissaires se pinçaient le nez, et tous pouvaient juger de l'odeur.

Durant le dernier trimestre de cette année 2007, mon frère Louis a, comme tant d'autres, suivi assidûment, sur son ordinateur, les sessions itinérantes de la Commission.

Il a entendu, comme moi, certains de nos concitoyens déclarer sans se gêner que les « Québécois de souche » forment une majorité au Québec et qu'ils doivent apprendre à se comporter comme une majorité, c'est-à-dire à exiger qu'on respecte leurs mœurs majoritaires. Et que les immigrants qui n'aiment pas ces mœurs et ne veulent pas se soumettre *immédiatement* et sans discuter à ces règles de politesse, comme dans les couvents des sœurs, n'ont qu'à s'en retourner là d'où ils sont venus.

Louis écoutait ces jolies choses d'Acapulco, d'où j'ai reçu, début décembre, un courriel fort pressant. Il voulait que je lui envoie le film *Mais qui était Rainier-Léopold Osler et que venait-il faire parmi nous?*

Ce film était jeté aux oubliettes depuis belle lurette, mais j'en avais gardé une copie. Sa réalisatrice siégeait au conseil d'administration d'un nouveau Conseil des arts de Montréal et ne faisait plus de films. J'avais même lu qu'elle ne se trouvait plus tout à fait d'accord avec le contenu de son film.

Je n'ai pas posé de questions. J'ai fait le nécessaire pour que Louis puisse le regarder.

Le mariage de sa fille aurait lieu à la fin de l'hiver à Cap-Aurore et il savait que son futur gendre était le fils naturel de Jimmy Graham. Le stock génétique de l'enfant à naître viendrait grosso modo pour le quart de Louis, le quart de Jimmy Graham, le quart de Virginia et le quart d'une inconnue. Les faits peuvent être définitifs et irrévocables.

Le mariage serait bien entendu un mariage civil, un de ces nouveaux mariages qu'on peut célébrer comme on veut pourvu qu'un représentant approuvé de l'État s'y trouve.

Louis, forcément, y ferait la connaissance de Marco Tremblay, qu'il n'avait pas vu encore parce que Rosa Lou et lui habitaient Toronto depuis cinq ans. Rosa Lou n'était pas revenue sur ses pas, elle ne s'était pas réconciliée avec lui encore. Après la mort de Virginia, elle n'avait pas voulu le voir. « Mes parents sont séparés depuis quatre ans, disait-elle. Mon père n'a plus de lien avec ma mère. » Elle ignorait toujours qu'il avait été traité pour un lymphome non hodgkinien.

Elle ne s'était pas excusée de l'avoir traité de raciste un jour de l'automne 1998 devant nous, durant le week-end de l'Action de grâce, alors que nous pendions la crémaillère sur la véranda grillagée de Cap-Aurore. Une folie ! Louis s'était trouvé à dire, par inadvertance, qu'il avait constaté que les Asiatiques ont un conduit auditif plus petit que le nôtre. Et Rosa Lou, qui venait tout juste d'entrer en médecine à Laval, a murmuré : « Mais c'est du racisme, ça ! » Salomon a ri. J'ai ri aussi. Mais Louis s'est levé solennellement, et, rouge comme une tomate, il a dit d'une voix tremblante à Rosa Lou qu'elle lui plongeait un poignard dans le ventre. Il a cherché devant elle le mot « racisme » dans le dictionnaire : « désigne une théorie sur l'inégalité des races, sur les races supérieures et les races inférieures ». Il n'avait jamais prétendu que le conduit auditif des Asiatiques fût inférieur. « Excuse-toi, Rosa. » Rosa Lou avait refusé. Ils ne s'étaient pas vus depuis ce jour-là.

Mais presque dix ans avaient passé depuis et, pour faire plaisir à Marco Polo, elle avait accepté de se marier. Lui-même n'avait d'autre but que de faire plaisir à ses parents adoptifs, qui voyaient comme une anomalie qu'une femme se marie enceinte, et considéraient que c'est au père de la mariée de prendre le mariage à sa charge, surtout s'il est un riche médecin.

Tout s'était réglé par téléphone et Internet entre Rosa Lou et son père.

À ce mariage, comme dans la plupart des mariages, on allait peut-être assister à des rencontres embarrassantes, quand Louis par exemple allait se trouver côte à côte avec Jimmy Graham. La vie tendait à nous donner des démonstrations d'ironie. On ne riait plus pour rien : on souriait pensivement.

Ce mariage n'était d'ailleurs pas la seule raison, ni la principale, qui poussait subitement Louis à vouloir regarder un film qu'il avait toujours refusé de voir.

Depuis cinq ans, mon frère jouissait d'un bonheur tardif et sans nuages, d'un bonheur trouvé in extremis, quand il ne le cherchait plus, un bonheur dont il était aussi surpris que lorsque notre grand-mère Aubin mettait des cachettes de beurre dans ses muffins chauds et que ce beurre fondu nous éclatait dans la bouche comme la pure révélation de la joie de vivre. Il avait en effet épousé Carmen Perez Garcia au palais de justice de Montréal, un jeudi après-midi de l'hiver 2002. Carmen dans une robe de dentelle couleur café, enfouie dans un long manteau de faux lapin. Témoins : la mère de Carmen, son fils Lorenzo, Salomon et moi. Épouser le frère du père de son enfant semblait à Carmen la chose la plus simple du monde si on voulait bien ne pas faire de chichi.

On n'a pas à raconter le bonheur, il est là, on en jouit, il ne faut ni en parler ni s'en mêler. Refaire sa vie, dans le cas de Louis, n'était pas une manière de dire. Il avait tout remis en état. « Je suis heureux, Marquise ! J'ai une femme qui me dit tous les matins et tous les soirs qu'elle m'aime, moi qui n'ai jamais connu la véritable affection d'une femme. » Il insistait : « Du sexe, plusieurs fois par semaine ! » — avec un sourire aussi pathétique que celui de Doris quand il disait exactement les mêmes mots. Les hommes…

Depuis quatre ans, Louis et Carmen tenaient ainsi une table d'hôte mi-québécoise, mi-latino-américaine à Cap-Aurore du Jeudi saint à la Toussaint. Ils dansaient la samba tous les soirs avec leurs hôtes — touristes montréalais, américains, français. Carmen s'était réconciliée avec les épinettes noires, les corneilles noires, les écureuils noirs de la région qui l'avait accueillie naguère. Elle faisait fureur, et j'exagère à peine. Elle enseignait l'espagnol dans les écoles polyvalentes, envisageait de se présenter sous la bannière indépendantiste aux prochaines élections. Tout le monde écoutait les musiques du monde de Radio-Canada depuis qu'elle était là, les villages reprenaient vie dans les alentours.

Lorenzo, mon neveu, était à onze ans un beau garçon de taille moyenne, aux épaules larges et au thorax plat, qui vous regardait bien en face, de ses yeux dont l'un était plutôt vert et l'autre plutôt brun, mais que sa mère s'obstinait à voir en bleu. Il ne ressemblait directement ni à Louis ni à Doris. Extrêmement calme et adapté à sa situation, il adorait naviguer d'une rive du fleuve à l'autre l'été, connaissait par leur nom tous les capitaines du traversier. Champion de planche à neige, de planche à voile et de soccer, il n'avait qu'une exigence : la présence de sa mère à tous ses exploits. Louis les accompagnait. À la faveur de la mondialisation des sports, il s'était converti à la coupe du monde de soccer et désintéressé du hockey. Lorenzo l'adorait. Et Louis, qui le sentait, lui répétait le plus souvent possible qu'il n'était pas son père, mais n'allait jamais jusqu'à lui dire que son père biologique était mort. Des demi-vérités, des omissions faisaient tourner la roue de la vie à bon rythme et sans souffrance. Carmen lui avait tout raconté : il savait que Lorenzo était le fils de Doris mais finissait par l'oublier. Et Lorenzo ne le savait pas et ne voulait pas le savoir. Il comprenait bien que sa mère et sa grand-mère ne prenaient pas le mot « mort » au sens propre. Les femmes... Il jugeait que sa situation n'était ni meilleure ni pire que celle de ses camarades qui vivaient avec les conjoints « rapportés » de leurs parents biologiques. Il faisait mine de croire ce que sa mère lui disait. Quand elle en remettait ou exagérait, il le lui faisait sentir par un calme encore plus olympien. Elle nous prenait alors à témoin et nous dodelinions de la tête avec la plus collaboratrice des ambiguïtés possible. Et en vérité, tout roulait. Le mensonge mettait son huile dans l'engrenage. Une sacrée leçon. Mais le bonheur, comme les jardins, auxquels il s'apparente, doit être entretenu. Il faut voir aux mauvaises herbes.

Il se trouve que Carmen et sa mère comptaient parmi ces personnes que passionnait la commission des « accommomo », comme on disait. Carmen voulait tout entendre, tout voir. De ville en ville, les gens racontaient leur petite affaire, certains éloquents, d'autres pas, et ce n'était pas toujours joli. Carmen, partisane des choses simples, adorait trancher, avec son rasoir d'Occam : correct/pas correct. Raciste/pas raciste. Vrai/pas vrai. Quand elle reconnaissait des propos ou des situations qui confirmaient ce que lui racontaient les étudiants étrangers qu'elle avait aidés, à l'éducation permanente de l'Université de Montréal, ou ce que racontaient les immigrants que sa mère recevait, au dispensaire du quartier Côte-des-Neiges, elle s'indignait et vitupérait contre le racisme des Québécois. Et Louis, quand il entendait les propos des « nôtres », en était d'autant plus choqué qu'il savait bien qu'il en avait tenu de semblables.

Car il avait souvent dit lui aussi que les Québécois ont maintenant conscience d'être une majorité au Québec et non pas une minorité à l'intérieur du Canada. Il avait dit et répété que cette prise de conscience n'aurait jamais été possible sans des événements comme l'attentat de l'Impôt fédéral.

Et c'était tout ça qui le chicotait, bien entendu, dans ce film qu'il voulait maintenant regarder. Qu'est-ce que Jasmina-Pierre Graham avait retenu de l'interview qu'elle avait faite avec lui à Cap-Aurore en 1998? Comment ses paroles avaient-elles été insérées dans le film? Il voulait en avoir le cœur net avant de revoir Jimmy Graham, avant de rencontrer Marco Tremblay, avant que Carmen tombe sur ce film qui ne coïncidait pas exactement avec l'idée qu'elle se faisait de lui. C'était un autre Louis qui y parlait, un fantôme.

Heureusement, mon frère n'a que peu d'importance dans le film de Jasmina-Pierre Graham. On voit sa photo avec Osler, c'est à peu près tout.

« Je m'appelle Louis Cardinal, dit-il dans le film. Je ne savais pas qu'Osler transportait une bombe. Osler n'avait aucune intention de tuer qui que ce soit. Ce qui est arrivé est un hasard, un accident malheureux, pas un meurtre. La mort de Peter Graham est un accident, un accident qui s'est produit dans un contexte politique déterminé, mais pas un meurtre. Je ne regrette pas, je ne m'excuse pas. »

J'ai demandé à un studio de transformer la cassette vidéo en fichier numérique, que j'ai envoyé à Louis par Internet.

Et comme une œuvre d'art reste une œuvre d'art peu importe où elle se trouve et à qui elle s'adresse, Louis a été bouleversé: « J'ai compris, Marquise, j'ai compris, je ne peux pas laisser les choses comme ça, il faut que je fasse quelque chose. »

Il a eu un choc quand il a vu les non-visages de Jimmy Graham en gros plan, il a été atteint par la violence des couleurs, mais il a surtout été atteint par la voix de Jimmy Graham, par ce qu'il dit, par « le blues » de Jimmy Graham.

Je m'appelle Jimmy Graham, mon père, Peter Graham, est mort à cause d'une bombe mise par M. Rainier-Léopold Osler dans une poubelle.

Mais qui était Rainier-Léopold Osler, qu'est-ce qu'il venait faire parmi nous ?

Toute sa vie, ma sœur Cynthia a cherché pourquoi, comment son idéologie politique est née et s'est développée, pour comprendre et expliquer à ma mère pourquoi notre père est mort.

Je veux dire à Louis Cardinal et à Rainier-Léopold Osler, eux qui sont encore de ce monde, jouissent encore de la vie, qu'ils ont enlevé la vie à mon père sans raison suffisante, et brisé quatre vies sans raison suffisante, avec l'accord sous-jacent de la société.

Je ne suis pas un antiséparatiste primaire, je crois que l'idéologie nationaliste est légitime dans une démocratie mais qu'elle ne justifie aucunement la mort de mon père, au moment où j'avais deux ans, et ma mère vingt-trois ans.

J'ai lu dans une entrevue de Rainier-Léopold Osler qu'une mort est peu comparée à la révolution russe. Je m'oppose à cela de tout mon cœur. J'oppose mon point de vue d'enfant face à la destruction de son monde.

Les enfants existent un par un. C'est pour cela que je peins des visages individuels, uniques et détruits.

Je ne suis pas un fanatique, je ne cherche pas vengeance, je cherche l'accord des consciences sur une question laissée ouverte par la société à laquelle ma mère et mon père appartenaient.

Ma mère : vingt-trois ans, ne parlait ni français ni anglais, seule à Montréal.

Mon père : sa mère morte en Irlande à sa naissance, son père mort deux mois après son arrivée à Montréal, dans l'explosion d'une usine de produits chimiques.

Deux personnes absolument seules, stériles comme la lave de volcan, comme le sable du désert, décident de donner la vie à deux enfants, de croire qu'avec l'aide de Dieu ils vont être heureux sur terre dans un endroit qui s'appelle Montréal. Ils croient que c'est pour ça qu'ils sont nés, que leur corps a été engendré, transporté d'Irlande ou d'Haïti. Et leur acte de foi est détruit comme un nid de fourmis, parce que Rainier-Léopold Osler croit qu'il faut réveiller les gens en mettant une bombe dans une poubelle, qu'il considère comme le symbole de la reine Élisabeth d'Angleterre, de sa couronne et de son ruban bleu.

Louis m'a téléphoné tout de suite : « Marquise, tu avais cent pour cent raison. Il fallait que je le voie, ce film-là. Je vais te dire une chose : ce qu'on voit dans ce film-là, c'est ce qu'on voit dans les salles d'opération, à croire que Jimmy Graham a passé ses journées les pieds dans le sang comme un chirurgien. »

Il avait regardé les non-visages de Jimmy Graham en médecin. Lui qui a vécu dans la matière humaine, dans ce que l'être humain aime le moins à se rappeler, son corps suant, urinant et déféquant (et, qu'on me pardonne d'ajouter ici : menstruant, accouchant, allaitant), il savait qu'il n'y a rien derrière ce qu'on appelle « moi ».

Il a été atteint, ému, il a réfléchi.

Et il a décidé d'envoyer un rapport à la commission dite des accommodements raisonnables. De s'excuser. Comme

saint Paul sur le chemin de Damas, il a pris sa plume Mont-
blanc et il a écrit une confession.

L'auteur du présent mémoire désire participer à l'accord
des consciences recherché par la société québécoise à travers la
Commission de consultation sur les pratiques d'accommode-
ments raisonnables.
J'ai été impliqué, en 1966, dans un attentat à la bombe à
l'Impôt fédéral sur le revenu. Je m'excuse auprès de M. Jimmy
Graham, de Mᵐᵉ Cynthia Graham, de la part que j'ai prise,
il y a quarante-deux ans, dans l'acte terroriste qui a entraîné
la mort de leur père. Je sais que mes excuses ne répareront pas
le tort causé. J'ai pensé, en 1966, que ma société avait besoin
d'un conflit révolutionnaire pour prendre conscience de sa
servitude à l'intérieur du Canada. Je me suis trompé.
Il est important de comprendre que l'homme peut faire le
mal sans le vouloir et sans le savoir.
Je n'ai pas honte de ce que je suis, de ce que je pense, de ce
que je défends ni même de ce que j'ai fait. Je le regrette. Je m'en
excuse. Je voulais que les Canadiens français cessent d'avoir
honte de ne pas savoir parler anglais et je le veux encore. Je
suis antiraciste et je l'ai toujours été.
Je soussigné, Louis Cardinal (M.D.), lègue ce mémoire à
mes descendants personnels. Je reviens sur le passé, je veux en
changer la signification, dans l'espoir d'établir dans l'avenir
de nouveaux rapports avec les autres. Nous sommes un peuple
qui a du cœur.

Il nous a envoyé sa prose par courriel, sous l'emprise de
sa bonne action, de l'exercice de la parole démocratique,
sous l'effet de l'adrénaline que produit l'écriture quand
elle constitue un acte, effet comparable à celui de la caféine.
Je ne sais pas s'il attendait une réponse. Il est certain que

deux commissaires n'ayant qu'une journée de vingt-quatre heures ne pouvaient répondre à tout le monde.

On dira ce qu'on voudra, Louis s'est exprimé clairement et certains membres de son clan l'ont très bien compris, qui lui ont battu froid quand ils l'ont lu.

Il a reçu et ignoré les courriels d'Osler, pour lequel il nourrissait une rancœur que je n'ai jamais comprise.

Car Osler veillait, increvable, au clavier de son ordinateur.

Osler a noté le dépôt du mémoire, le numéro et le titre (« Vers l'accord des consciences ») et il l'a lu, sur Internet ou autrement.

Dans un grenier insalubre des hauteurs de la ville de Zagreb ou dans une tour d'habitation de l'Université d'Ottawa, il était devenu un redoutable navigateur sur la Toile. Il suivait à la trace les mentions de nos noms — Louis Cardinal, Marquise Simon, Doris Cardinal. Chaque fois que l'un d'eux était réactivé sur Internet, son ordinateur l'avertissait par un bip particulier.

Café Nostalgie

Osler habitait maintenant Ottawa six mois par an. Il était régulièrement cité dans les journaux, faisait figure de généraliste dans toutes sortes de questions politiques. Je ne sais pas pourquoi les jeunes journalistes lui accordaient autant de crédit.

Il était revenu définitivement au Canada trente ans presque jour pour jour après l'extradition à laquelle nous avions assisté, Louis et moi, à l'aéroport de Dorval : au mois d'avril 2002, le mois des élections présidentielles en France.

C'est en France, avec Osler, que j'ai pris l'habitude de suivre la vie politique française. Aux présidentielles de 2002, le détestable parti de Jean-Marie Le Pen est monté en flèche. L'oncle Otto a téléphoné à Salomon de New York pour partager son effarement, celui des enfants qu'il avait d'un premier mariage et qui vivaient à Paris, près des Buttes Chaumont, quartier où le souvenir des rafles de 1944 est omniprésent. Je me rappelle que, en avril 2002, j'ai eu la surprise d'entendre Osler parler de l'élection présidentielle française à la radio. Je ne me souviens pas exactement de ce qu'il a dit, sinon que c'était passablement prévisible et convenu. Il était devenu un de ces penseurs qui voient l'avenir de l'Occident en noir pur. Il enseignait à l'Université d'Ottawa. Malgré son âge avancé, il était professeur associé de sciences politiques, donnait des cours sur les nations qui ont émergé de la dissolution de la Yougoslavie, après des guerres ethniques et religieuses qu'on ne peut oublier si on a vécu la majeure partie de sa vie au XXe siècle. J'ignore quel était le contenu, la tendance politique de ces cours.

Il enseignait aussi le français à l'Université de Zagreb, à la place des expatriés qui avaient quitté la Croatie pour fuir les guerres. Je suppose qu'il avait des amis dans la diplomatie canadienne. Son passé semblait oublié. Il s'était refait une image. Le Canada lui confiait même la gestion de programmes d'échanges avec la Croatie. Il publiait des articles comme un jeune loup, donnait des conférences par-ci et par-là sur les hypothétiques différences et ressemblances ente la langue croate et la langue serbe, menait, à presque quatre-vingts ans, une vie d'universitaire et d'intellectuel.

Si j'ai appris tous ces détails, c'est parce qu'Osler nous surveillait et que j'ai fini par me renseigner sur lui, moi aussi, par suivre, moi aussi, ses activités sur Internet.

Un peu avant Noël, je suis allée passer L'Heure du Conte à la bibliothèque du quartier où mon frère Louis et moi sommes nés et où nous avons vécu avant de déménager juste en face, de l'autre côté du fleuve.

Je suis arrivée d'avance et j'ai marché dans ces rues pour moi mythiques, dont je n'ai aucun souvenir direct. Quand, enfants, nous scrutions l'horizon de l'autre bord du fleuve, Louis disait que, dans ce quartier, ça sentait le chocolat comme au palais de Dame Tartine, qu'on y fabriquait toute la sauce au chocolat Hershey's nécessaire aux *sundaes* et *banana splits* de la province de Québec, toutes les réglisses rouges, noires et vertes du magasin Oscar où l'on nous emmenait parfois, à Montréal. C'était mon quartier « natal », mes années « natales », comme disait Carmen Perez Garcia quand elle parlait du Mexique. Bien sûr, on ne sentait plus le chocolat, mais il restait des odeurs de boulangerie et de houblon. Ce monde de ma naissance m'était beaucoup plus étranger que la France ou New York, et pourtant j'avais l'impression de le reconnaître. J'ai retrouvé la maison, le balcon où j'ai été photographiée, bébé, dans les bras de mon père. Dans les rues Ontario, Hochelaga, de pauvres guirlandes de Noël tentaient de cacher la pauvreté des vitrines, qui rappelaient les boutiques dégarnies qu'on voyait naguère dans les pays du bloc soviétique ou à La Havane. Avec le froid intense de décembre, qui vous perçait l'âme comme un élancement, l'hiver semblait s'installer en tyran. Son harmonie avec ces rues était poignante. Au loin, on apercevait les oreilles de chat du gratte-ciel de la Place de la Cathédrale, après quoi, si on suivait une ligne imaginaire, on arrivait aux rues où avait grandi Salomon.

Quand je suis entrée dans la bibliothèque, les enfants m'ont semblé gênés, comme s'ils sentaient que je n'étais plus de leur monde, que je les avais trahis — ce dont Louis m'accusait quand il m'appelait Lady Marquoise.

Mais tout s'est arrangé, comme toujours, entre eux et moi. J'ai raconté une histoire de Noël, puis il y a eu un entracte, avec des jus et des gâteaux offerts par l'organisme de L'Heure du Conte. À l'écart de la bousculade, j'ai sursauté quand Osler m'a mis la main sur l'épaule et que j'ai senti son eau de toilette. Encore plus qu'à la mort de mon père, où j'avais tardé à le reconnaître, il m'a paru un homme étranger à celui que j'avais connu jeune. Ses traits avaient grossi, son nez avait allongé. Sa bouche autrefois charnue, ses lèvres rouges, soyeuses, gorgées, n'étaient plus qu'une fente mesquine. Il ne souriait plus. J'ai sursauté quand il m'a touchée. Je déteste que, à la faveur d'un salon du livre ou de quelque autre manifestation où je suis en train de gagner honnêtement ma vie, on me *touche* par inadvertance, sans ma permission, et je n'ai pas peur de passer pour une femme réprimée en le clamant.

Les écrivains qui font des tournées de lecture retrouvent d'une fois à l'autre leurs habitués, le plus souvent sympathiques, mais parfois aussi passablement tordus. Il y a des jaloux, des gens qui considèrent que vous usurpez votre privilège de raconteuse pour enfants. Avec Osler, j'ai spontanément fait comme avec ceux-là. Les enfants m'attendaient déjà à leur place. J'ai fait volte-face et je suis allée m'asseoir, au milieu des petites chaises de couleur où ils se trémoussaient avec leur air énigmatique. Je me sentais agressée, comme un bourdon dérangé dans son coin, mais je me suis calmée. J'ai attendu que l'immobilité des enfants soit parfaite et, toute à ma voix, au ton à prendre pour les atteindre, j'ai lu, avec douceur et précaution, chacun des mots choisis avec la plus grande attention dans la solitude de mon boudoir. J'ai rejoint leur cerveau, leurs yeux se sont fixés sur moi et je les ai attirés, sans exception, dans le rêve éveillé que j'avais écrit pour eux. Et cela nonobstant le fait que, ce jour-là, j'ai changé les personnages de blaireaux en ratons laveurs, à cause de la présence d'Osler derrière les rayons.

Je cédais. Je cédais aux reproches injustifiés de Louis au sujet de son totem « blaireau dansant ». Je cédais à une rumeur qui courait sur Internet selon laquelle j'aurais « cannibalisé », pour ne pas dire plagié, un opuscule qu'Osler aurait publié, des années après notre séparation, chez un petit éditeur de Lozère. Ce poème circulait libre de droits

sur Internet. Cette rumeur m'avait été rapportée par quelqu'un qui l'avait imprimé pour moi :

> *Je suis blaireau des terriers*
> *Je porte piège au cœur*
> *Acquittement n'espère*
> *Je parle d'où je suis*
> *Blaireau d'une obscure vallée*
> *mes ancêtres n'ont panache*
> *les hermines m'ont trahi*
> *les loups hurlent mais je serai le*
> *blaireau volant oui*
> *nous serons des blaireaux dansants.*

Encore maintenant, je n'ai aucune preuve que ce
poème soit l'œuvre d'Osler. Je douterai toujours qu'Osler
ait écrit de la poésie ! Il est évident que je n'aime pas ce ton,
que je ne partage ni n'endosse le texte, ni le sous-texte, ni le
para-, ni le hors-, ni l'hyper-texte, et, surtout, que c'est un
médiocre poème, et bien inoffensif par conséquent.

Avec Osler derrière les rayons, et ces ragots qui cou-
raient plus ou moins franchement, je n'avais plus envie de
lire cette malheureuse histoire intitulée *Le Blaireau dansant,* écrite en deux ou trois jours en empruntant largement
à une œuvre chantée de Gustav Mahler où il est question
d'un frère qui tue son frère, tombe sur un de ses os avec
lequel il fabrique une flûte. Quand il joue de cette flûte, il
entend la voix de son frère mort.

Mais quand j'ai vu les enfants rêver les yeux ouverts
devant moi, j'ai tout oublié, comme dans une autre légende
allemande, celle du *Joueur de flûte de Hamelin*. Je ne pourrai jamais me passer du plaisir de les sentir à moi seule pendant quelques minutes, de les posséder, de les enlever à

leurs familles, de les embarquer dans mon navire, hors d'atteinte de Monsieur Soupçon, à l'abri de toute société, comme moi-même, enfant, pendant l'équivalent d'années entières, je me suis évadée dans les livres de la bibliothèque fondée par Osler dans le sous-sol de notre église. Quand j'ai eu terminé l'histoire du «Raton dansant», j'étais, comme chaque fois, bouleversée, fragile comme du verre. Je regrette, ah comme je regrette de n'avoir jamais eu d'enfant à moi! Je peux parfois le regretter à en pleurer, je peux en venir à comprendre les fous, les rôdeurs, les vicieux qui kidnappent ces anges, ces beautés, pour les avoir à eux tout seuls. C'est probablement parce qu'elle sentait ma frustration, mon terrible désir d'enfant, que Virginia a éloigné Rosa Lou de moi, même si elle avait promis le contraire à l'époque où nous pensions que tout peut être partagé, quand nous admirions la vie communautaire dans les kibboutz. Un jour, elle m'a accusée de kidnapper Rosa Lou, de l'influencer, de l'accaparer, de la gâter, d'*exagérer*. Elle m'a sommée de cesser d'inviter Rosa Lou, de ne plus la fréquenter, de ne plus la perturber avec mes appels téléphoniques et de ne plus l'inonder de cadeaux. Je l'ai traitée de mère jalouse et possessive. Nous nous sommes réconciliées. Il n'empêche que c'est ce jour-là, quand Rosa Lou avait huit, neuf ans, que notre «amitié féminine» s'est fêlée.

Dès que j'ai eu terminé ma lecture, les enfants, comme des moineaux sans cervelle, se sont dispersés en criaillant de tout bord tout côté sans plus s'occuper de moi. J'ai pris mon manteau et je suis partie en vitesse.

Osler m'a barré le chemin. Je ne pouvais ni reculer ni avancer sans lui faire un affront. Il portait à la main un chapeau autrichien, avec un curieux petit balai de poils au ruban. Ses cils, ses sourcils avaient pâli. Il n'était que l'ombre confuse, désagréablement troublante, de l'homme qu'il avait été. Son regard était éteint, vide. J'ai pensé qu'il prenait des médicaments, qu'il n'était plus lui-même tant il semblait inerte. Il avait le même visage vide et inexpressif qu'à l'époque où nous allions le voir au pénitencier, Louis et moi. Mais je n'ai pas reconnu la *dépression*. « Marquise, Marquise, Marquise. Pourquoi est-ce que tu te sauves de moi ? Je ne voulais pas te faire peur. Je ne suis pas un fantôme. » J'ai refusé son accolade, mais sa voix a atteint la part minuscule, enfantine, en moi, qui restait attachée à lui, d'autant plus vulnérable que je venais de lire pour les enfants. Par pitié ou par faiblesse, par peur de passer pour une ingrate, j'ai accepté d'aller prendre un verre avec lui, le lendemain, dans un café de la rue Saint-Denis.

Ce soir-là, au théâtre, j'ai vu l'acteur Marc Béland se métamorphoser en rhinocéros dans la pièce de Ionesco. Je le note sans raison particulière, parce que c'était un plaisir rare que de voir de telles œuvres avec Salomon. J'en suis ressortie avec une vive amertume. Je regrettais d'avoir cédé, obéi à Osler, d'avoir renoncé à ma liberté, à ma volonté. Je n'avais aucun moyen de me décommander et ce n'est pas dans ma nature de me défiler. Je l'ai retrouvé le lendemain dans un café de la rue Saint-Denis que j'appellerai « Café Nostalgie », même si ce n'est pas son nom.

Les mêmes causes produisant les mêmes effets, j'ai bu plus que je ne le fais habituellement. J'ai bu comme je buvais avec Osler quand il me faisait boire sans limites, à Paris. Osler a introduit l'alcool dans nos vies, dans celle de mes parents et dans la mienne. Avant lui, on ne connaissait guère que le caribou, le soir de Noël et au jour de l'An. Avec son champagne, il a ouvert les écluses de nos cœurs, pour le meilleur et pour le pire. Et j'avais follement aimé boire avec Osler. J'avais aimé ces longs délires, la connivence éthylique à la faveur de laquelle il s'emparait, comme un chat qui tend sa griffe rapide, de mes sentiments, de ma raison, de mon jugement moral. J'ai communié encore une fois avec lui, je suis redevenue « sa » Marquise. Je lui ai donné cette illusion à laquelle il s'est accroché pendant les mois suivants, comme un noyé.

Le soleil d'hiver pénétrait par les vitres de la terrasse chauffée où nous étions assis, l'un en face de l'autre, si loin de la réalité que j'avais l'impression de voguer sur un navire au large de la Patagonie. Nous avons parlé du passé, des grands jeux dans les terrains vagues, des ricochets au bord du fleuve, des paquebots, de Mme Toussaint qui refusait de manger du Jell-O parce qu'on ne savait pas de quoi c'était fait.

Il riait trop, passait d'un état à l'autre. Ce café montréalais a l'honneur de ne faire jouer que des chansons en français. Des chansons québécoises, françaises, belges, suisses. La terrible douceur de la langue maternelle vous apaise artificiellement, vous pousse dans le rêve d'une vie qui ne serait pas un combat perpétuel, dans le rêve d'Éden, de Cythère. Avec ces chansons en français et le vin qu'il me versait à profusion, me connaissant trop bien, j'ai cédé au sentimentalisme, à la nostalgie, à tout ce que je déteste. Il savait que s'il me parlait de mes parents je ne pourrais pas résister à l'alcool, et il maniait les deux ingrédients comme un maître. Il m'a reparlé de ce prétendu talent pour la peinture qu'il aurait découvert chez notre mère, de la soif de lecture qu'il avait voulu combler chez elle, de son inassouvissement, de son inaccomplissement, de la soif de spiritualité de notre père, de son goût du silence, et comme si ces sujets étaient un insidieux curare, trop avachie, trop découragée pour m'extirper de ma chaise, je l'ai laissé parler d'eux, sans légitimité, comme je l'ai laissé me raconter sa vie après notre rupture, son errance, ses déboires dans une commune en Lozère, son amour pour une femme, au Danemark. Je ne sais plus. Je me souviens d'être partie avant qu'il soit vraiment trop tard. Je me souviens surtout du regard fielleux qu'il m'a lancé, quand il a vu que je lui échappais, que je m'en allais rejoindre ce moustique qui se trouvait être mon mari. Avec Osler, la vie n'a jamais été que trous de mémoire et soûlerie. À plusieurs moments de cette vie, il avait pu faire de moi ce qu'il voulait, et ce qu'il voulait, je n'en ai aucun souvenir.

Je lui ai dit que je ne l'aimais pas, qu'il ne m'avait jamais aimée, qu'il n'était pas capable d'aimer, parce que personne ne l'avait aimé. Il fallait bien que je le lui dise.

Quand je suis rentrée chez moi, je n'étais plus ivre. J'avais conscience d'avoir commis une erreur.

Si l'on pense que j'ai été embarrassée de m'expliquer devant mon mari, on se trompe. Salomon n'était pas homme à se mêler de ce dont on ne voulait pas lui parler.

Quelques jours plus tard, un article intitulé « Disparaître » a paru à la une du journal *La Presse,* à propos des « transferts linguistiques » à l'œuvre dans la ville de Montréal. Un des statisticiens qui travaillent quotidiennement sur ces sujets avait calculé le nombre des francophones ou « allophones » — comme il les appelait — qui auraient abandonné le français pour l'anglais. À l'occasion de ces nouvelles données sur la langue parlée à la maison, le journal avait interviewé un certain nombre de personnes, parmi lesquelles Osler.

Sur la foi de ces données, que je ne me hasarde pas à commenter, Osler déclarait, comme bien d'autres avant lui, et cela, depuis que je sais lire les journaux, que le français était en voie de disparition à Montréal, que nous allions nous faire « assimiler ». Photo d'Osler : « Un homme qui ne reconnaît plus le Québec qu'il a aimé. » Les yeux exorbités, le regard fiévreux !

Nous, les Québécois, disait-il, qui avions « fait » des milliers et des milliers d'enfants « pour assurer notre survivance après la Conquête », nous étions devenus un peuple émasculé, un peuple sans virilité, sans instinct de vie, nous avions perdu notre instinct sexuel, notre instinct de reproduction, nous étions devenus un peuple d'eunuques. Et cela, parce que nous ne faisions plus autant d'enfants que nos ancêtres, ni autant d'enfants qu'il faudrait en faire, selon les statisticiens, pour renouveler notre « présence » dans l'île de Montréal. Nous refusions la seule solution qui s'offrait à nous.

Dans cette manière de nous décrire, qui n'était que la répétition d'un discours bien connu de tous, et même s'il en était sincèrement convaincu, j'ai saisi d'un coup comment Osler se droguait avec des idées qui ne le concernaient pas pour fuir ce qu'il était, fuir le malheureux qu'il était.

« Vous n'avez pas connu la guerre, disait-il, et, quand on n'a pas connu la guerre, on sait qu'on ne connaît pas l'humanité. Vous êtes innocents. C'est parce que vous êtes innocents que vous avez peur de tout ce qui vit. Vous avez peur de ce que vous n'avez pas vécu. Vous avez peur de faire des enfants. Vous faites venir des immigrants pour les faire à votre place. »

Qu'un homme qui avait perdu sa mère à Dunkerque et passé son enfance dans un orphelinat, qu'un homme pour qui le mouvement scout et l'amitié de mes parents avaient été la seule expérience de la tendresse humaine, comme il me l'avait répété au Café Nostalgie, qu'un homme qui ne sait que trop ce qu'est le malheur d'un enfant se permette, quelques jours plus tard, de parler des enfants comme d'un moyen d'assurer la survie d'un peuple, cela m'a considérablement et à jamais choquée en tant que femme qui raconte des histoires aux enfants.

Si j'avais eu un reste d'amour pour Osler, si je l'avais laissé revenir dans ma vie, si je l'avais accueilli, invité chez moi, réconforté, si je m'étais occupée de lui, si je lui avais raconté les changements survenus dans le simple trio que nous formions, mes frères et moi, il aurait bien vu qu'on ne disparaît pas quand on change.

Si j'avais pu parler de lui à Salomon, je lui aurais fait prescrire ces médicaments qui agissent sur nos synapses et nos neurotransmetteurs, et peut-être aurait-il pu enlever ses lunettes noires. Peut-être aurait-il compris, lui qui reprochait à sa mère de l'avoir abandonné, que nous, les femmes qui faisons les enfants, qui les évacuons de nos cuisses, n'avons plus d'enfants à la douzaine parce que c'était un scandale que ces enfants à la douzaine, parce que nous n'accouchons pas à la douzaine mais un par un en général, prenons la responsabilité de chaque enfant un à un, faisons la promesse à chacun de l'aimer et parce que chacun de nos enfants est en droit de nous demander des comptes, et que ce ne sont pas les statisticiens qui vont répondre pour nous.

Mais cela, Osler ne le savait-il pas plus que personne ?

Et même si l'amour, les médicaments avaient dissous le filtre qui assombrissait sa vision, comme les médecins nous débarrassent des cataractes, aurait-il jamais pu admettre que si, dans des pays qui connaissent la guerre dont nous sommes épargnés, des gens qui sont déjà nés trouvent l'espoir d'affronter l'inconnu pour venir vers nous qui n'avons pas connu la guerre, ces « êtres », comme il les appelait, font absolument ce qu'il faut faire ? Et que nous faisons ce qu'il faut en les accueillant dans nos métros vides, nos autoroutes désertes, au lieu de faire des enfants à la douzaine comme notre corps le ferait si nous n'étions pas doués de libre arbitre, si nous étions des lapins sans cervelle ? À moins qu'un des pays qui possèdent actuellement l'arme nucléaire ne détruise la terre, disais-je mentalement à Osler, la vie ne va pas disparaître, l'humanité ne va pas disparaître, et c'est tout ce qui devrait nous occuper. Mais on voyait bien qu'il avait sombré quand on lisait sur Internet qu'il pensait que les attaques des avions sur le World Trade Center à New York le 11 septembre 2001 étaient des attaques simulées.

Et je ne pouvais plus rien pour lui, parce que je ne l'aimais plus. Comment faire comprendre à quelqu'un qu'on ne l'aime pas ? Si l'on est doué de sensibilité, il est difficile de rejeter quelqu'un qui a été rejeté.

Pendant cet hiver, Osler a continuellement téléphoné chez moi, parce que, dans mon ivresse, je lui avais donné mon numéro.

Il voulait me voir. Il voulait s'excuser du mal qu'il m'avait fait.

Pendant cet hiver 2007-2008, il a tant neigé que même ceux qui aimaient l'hiver ont commencé à penser que ce n'était plus l'hiver mais autre chose. Ce qu'était cette « autre chose » variait selon les gens. Un acharnement du climat à nous signaler l'approche de temps plus difficiles, la fin d'une ère, peut-être.

Nos corps, obligés de déplacer ces nappes de neige pour circuler, marcher, travailler, se ravitailler, nos poignets, nos jointures, nos biceps d'habitants des villes étaient malades et épuisés.

Osler est allé à Zagreb, en est revenu avec des cadeaux — du vin, des livres, des disques pour moi. J'ai refusé de le revoir.

Il est devenu grossier, impoli, et j'ai pensé qu'il me révélait son vrai visage, qu'il avait toujours été importun, prêt à déranger, à s'imposer par tous les moyens.

M'envoyait des mégacourriels qui bloquaient ma boîte de réception : des photos de Montréal à l'époque du FLQ, des images de Paris dans les années où nous y avions vécu.

Je me suis équipée d'un afficheur téléphonique, il a trouvé comment occulter son identité sur l'afficheur. J'ai cessé de répondre au téléphone, il a laissé des messages sur le répondeur. J'ai débranché le répondeur, il a continué à téléphoner, le jour et la nuit, irrégulièrement, à laisser sonner jusqu'à ce que quelqu'un réponde, et quand c'était Salomon, il se taisait. Nous décrochions le téléphone.

Nous avons changé de numéro, il m'a envoyé des courriels.

Et puis, un jour, il est venu en personne sonner à notre porte. Je l'ai vu, par le judas : perdu, au bout de son rouleau.

C'était un samedi matin. Salomon lui a dit de s'en aller.

Il est resté assis sur les marches. Nous n'avons rien fait. Je suis restée à l'intérieur de notre maison.

Quinze jours ont passé.

J'ai pensé qu'il était reparti à Zagreb, qu'il avait fait son deuil de notre longue relation. J'étais dans les préparatifs du mariage de Rosa Lou et Marco Tremblay.

Le *Zócalo* à Cap-Aurore

Le matin du vendredi 7 mars 2008, nous avons quitté Montréal pour Cap-Aurore à bord de la Volvo. Est-il possible qu'Osler nous ait vu partir dans la neige avec notre petit bagage et le gâteau de noces fait par moi-même, les bouteilles de champagne? Nous ne le saurons jamais.

Dès que nous avons passé Québec, nous sommes entrés dans la poudrerie la plus aveuglante. Il neigeait plus que dans la campagne de Russie. Huit heures dans un blizzard comparable à celui qui ouvre le roman *Solomon Gursky Was Here* que Salomon écoutait en conduisant — il a-do-rait Mordecai Richler.

Plus on avançait, plus la neige prenait le dessus sur nous. Quand nous sommes arrivés à Cap-Aurore, la plupart des maisons étaient enfouies jusqu'à l'étage, ce qui signifiait obscurité à l'intérieur. À l'exception de l'auberge de La Chevrotine, ouverte prématurément, il n'y avait aucune trace de vie. Seulement ces petites maisons enfouies, l'éloignement, la solitude du pays des neiges au vent des falaises.

Rosa Lou est arrivée très en retard. L'avion de Toronto à Montréal avait été retardé, le vol pour Québec annulé, on les avait transportés par autobus, ils avaient mangé à Québec et de là loué une auto.

Elle n'avait pour ainsi dire pas revu son père depuis dix ans, ne connaissait pas Carmen. Nous avions tous changé. Nous nous sommes regardés les uns les autres, gênés.

Elle avait vingt-sept ans. Elle venait de terminer sa médecine générale à Toronto et entrait en gynécologie à Montréal. Ses cheveux étaient teints en deux couleurs : une bande noire au milieu, comme une aile de corbeau, deux ailes rose fuchsia de chaque côté. Elle portait un pantalon de yoga et un tee-shirt de nylon qui laissait deviner le tatouage qu'elle avait fait faire pour son dix-septième anniversaire, à notre grand dam, au moment où elle était sous notre garde, à Salomon et moi. Un serpent enroulé autour d'un bâton, qui va du pubis à la glotte, qui se modifiait, disait-elle, à mesure que son ventre grossissait.

Marco Tremblay n'avait pas de son côté l'apparence d'un banquier, mais il avait fait fortune dans la « gestion des risques informatisée ». Il portait un chandail de coton à capuchon, un sac de cuir en bandoulière et des jeans mal ajustés.

Raides au début, les retrouvailles et les présentations ont été facilitées, grosso modo, outre la présence bien visible du bébé humain dans le ventre déjà lourd de Rosa Lou, par deux facteurs. *Primo*, la passion commune de Rosa Lou et de Carmen Perez Garcia pour l'Amérique latine. *Secundo*, le sentiment que le monde est petit. Présenté à Louis, Marco Tremblay alias Polo s'est empressé de lui dire que son père adoptif, Jean Tremblay, natif de Marieville, était cousin germain d'un Jacques Tremblay qui avait travaillé à la campagne référendaire de 1995 avec lui.

Le tour était joué. Car tour il y avait. Tours et détours, tricotage et détricotage. Le temps avait si bien fait, défait, refait ses mailles qu'on ne retraçait tout simplement plus son travail. Une maille à l'endroit, une maille à l'envers, un rang défait, un rang répété. Maille perdue entre Jimmy Graham et Marco. Remaillage de Marco à son père adoptif.

On n'avait pas invité Jimmy Graham pour ne pas froisser les parents adoptifs. « Je ne pense pas que ça lui fasse grand-chose, a dit Marco de son ton calme. Il me prend pour un attardé parce que je suis séparatiste. Je le comprends. Je sais ce qui s'est passé avec mon grand-père bio. Je lui laisse son opinion. Chacun son opinion. Mais je ne pouvais pas l'inviter avec ma mère adoptive. Elle ne m'a pas laissé le choix. C'était lui ou elle. »

Le croisement des contraires et l'alliance des sexes : dès ce premier soir, la glace était brisée, et nous avons tous dormi comme des loirs même si, avant de se coucher, mon frère Louis m'a prise « dans le particulier », à la manière de notre mère, pour me prier sur le ton du reproche de ne pas parler du *Blaireau dansant* devant Carmen. Le personnage de la grande Zibeline, la femme qui sème la zizanie entre les deux frères blaireaux, pouvait selon lui la blesser. Très bien.

Je n'ai pas dit que j'avais écrit ce malheureux conte pour enfants en 1994, que Doris ne connaissait pas Carmen à l'époque, que je ne pouvais deviner que mon frère aîné épouserait la mère de l'enfant de mon frère cadet, pas dit non plus que cette situation n'a rien de rare dans l'univers du conte, que je n'avais nul besoin de la vie de mes frères pour m'inspirer. On ne se souciait plus de corriger ce genre de raisonnement à rebours.

La mère de Carmen est arrivée le lendemain matin. Une petite femme dodue, ridée, le teint gris, les cheveux tirés en chignon, qui conduisait avec maestria son VUS dans la neige et les tempêtes. Elle avait profité de l'occasion pour rendre visite au professeur de l'Université de Rimouski qui avait parrainé son immigration. Elle avait apporté de la farine de maïs et s'est immédiatement mise à la tâche de faire cuire les tortillas sur le poêle à bois de notre arrière-grand-mère. Dès son réveil, Carmen avait mis de la musique à tue-tête, monté le chauffage, sommé Louis d'allumer les feux dans le foyer et dans le poêle en fonte. Trois lampes solaires éclairaient la cuisine peinte en bleu turquoise. On se serait cru au bord de la mer des Caraïbes. Carmen ne pouvait évidemment pas deviner à quel point ce brunch latino-américain séduirait Rosa Lou : *huevos y nopales, cristi y mori* (riz blanc et fèves noires, c'est Carmen qui emploie ce lexique religieux, ethnique, binaire, coloré, pas la rédaction).

« C'est drôle, *Rossa*, a finement dit Carmen quand tout le monde a été bien repu, avec la voix de contralto qu'elle a quand elle n'a pas encore beaucoup parlé, le matin : tu nous as dit, hier soir, que tu as trouvé le sens de ta vie sur le Zócalo, et ça me frappe, moi, *Rossa*, ça me touche vraiment que tu dises ça parce que moi aussi, tu vois, quand je suis revenue sur le Zócalo, après un certain voyage qui a mal tourné, j'ai pleuré. Il y a de la magie sur le Zócalo ! »

Et Rosa Lou a raconté comment, grâce au Zócalo, elle avait vaincu la phobie du sang et le « réflexe vagal » qui l'avaient contrainte à quitter, malgré l'avis paternel, l'Université Laval dix ans auparavant. Et cela, parce qu'elle avait trouvé la vraie raison pour laquelle elle voulait faire de la médecine. Jusque-là, elle voulait faire de la médecine parce qu'elle était fille de médecin, parce que c'est bien vu, parce qu'elle était première de classe, pour l'argent. « Pourquoi pas pour l'argent ? » a glissé Marco Polo en lui tapotant amoureusement l'épaule.

Parce que, sur le Zócalo de México, il s'était passé quelque chose qui avait changé sa vision de la vie. Un prêtre belge l'avait entendue parler français avec son amie. Elle avait fait le tour de la place avec lui, visité la cathédrale, la murale de Rivera, le musée aztèque, puis ils avaient marché parmi la foule compacte, ces gens qui grouillent sur la place du Zócalo, attendent leur acheteur assis sur des seaux renversés, surveillant leurs innombrables enfants dans l'odeur de tacos et de tortillas. Indiennes aux polyesters voyants, beaux garçons en chemise blanche et pantalon noir, qui lui susurraient des compliments en espagnol. Ce prêtre, qui travaillait dans un Centre d'études de l'université de Louvain-la-Neuve spécialisé dans le Tiers-Monde, connaissait beaucoup de monde sur le Zócalo.

Jusqu'à ce jour-là, la vie de Rosa Lou était indéterminée, sans forme. Jusque-là, elle avançait dans des limbes cotonneux. Quand on lui demandait : « Qu'est-ce que tu deviens, qu'est-ce que tu vas faire après ce voyage en Amérique latine ? », elle ne répondait pas. Mais il y a des minutes où l'existence prend forme. Là-bas, sur le Zócalo, elle avait fait plus que marcher, simplement marcher, elle avait marché à la rencontre de quelque chose…

Nous étions tous suspendus à ses lèvres, curieux de savoir ce qui avait sauvé notre « petite fée » du désespoir, de la colère qui avaient suivi le divorce de ses parents, son séjour chez nous et la chicane sur le conduit auditif des Asiatiques.

« À un moment donné, j'ai vu de loin une femme partir en flèche, de l'autre bout de la place, et se diriger droit vers moi. Une femme toute décalcifiée. Une femme de quarante ans avec un visage de quatre-vingt-dix ans et un corps d'enfant de dix ans. Vous voyez? Elle s'est plantée devant moi. Je lui ai donné quelque chose qui pour moi n'était rien mais pour elle était beaucoup d'argent. Au lieu de me remercier, elle m'a regardée avec deux petits yeux que je n'ai jamais oubliés, des yeux méchants, qui me haïssaient. J'ai senti que j'appartenais à l'espèce humaine. Pas seulement au monde riche. Vous comprenez ce que je veux dire? Le lendemain, je suis retournée. Elle était encore là et je lui ai encore donné de l'argent. »

Carmen a dit que, tout de même, il fallait faire attention à ne pas toujours associer le Mexique avec la mendicité. Louis s'est raclé la gorge. Marco a applaudi pour alléger l'atmosphère et Rosa Lou a embrassé son visage si placide, d'une symétrie si apaisante, ce visage souriant de Marco Polo qui n'avait jamais mis les pieds en Amérique latine.

Ce prêtre belge avait présenté Rosa Lou et son amie à un prêtre québécois qui partait pour la jungle. Elles l'avaient accompagné dans les ruines mayas. Une heure en barque sur le fleuve Usumacinta. Le père Labelle disait que les Mayas n'ont pas disparu, qu'ils se sont élevés vers une autre dimension. « Le père Labelle? a interrompu doucement Marco Polo. Est-ce qu'il serait né à Marieville?

— Hum, a fait Rosa Lou, ça, je ne sais pas. Je sais qu'il a travaillé à Lima, qu'il parle quechua et tzotzil.

— Pas nahuatl? a dit Carmen.

— Non, pas nahuatl. C'est avec lui que j'ai visité le *pueblito* San Juan de Chamula, que j'ai vu les femmes chamulas tuer des poules, faire des offrandes aux dieux avec du Coca-Cola Diet. »

Elle l'avait suivi au Chili pour travailler dans un dispensaire tenu par des religieuses qui s'occupaient de contraception, de planning familial, nonobstant la morale pontificale. Des femmes qui adhéraient à la « doctrine sociale de l'Église », qui avaient connu Dom Hélder Camara et Mgr Romero, assassiné au Salvador.

« Ah ! Camara ! Romero ! Ce sont des saints de l'Amérique latine ! a crié Carmen. *Rossa* a raison ! México est magique. »

« Mais pourquoi, *Rossa,* a-t-elle demandé avant de nous obliger, tous, et même Salomon, à danser la salsa pour faire la digestion, pourquoi vous vous êtes chicanés, ton père et toi ? Allez-vous nous le dire un jour ? Pourquoi un père et une fille cessent de se parler pendant douze ans ?

— J'ai dit à mon père qu'il était raciste.

— Ah ! non, non, non, pour l'amour, *Rossa* ! a hurlé Carmen. Pas ça ! Toujours la même histoire ! Ton père a tous les défauts, mais pas celui-là ! Jamais !

— Il a dit que les Asiatiques ont le conduit auditif plus petit que nous et j'ai dit que c'était raciste, a dit Rosa Lou en pouffant.

— Tu as exagéré, *Rossa* !

— J'ai exagéré. Mais pas tant que ça. Nos grands-parents étaient tous des racistes. »

Marco Polo n'était pas d'accord.

« Oui, oui, Marco, mon grand-père, par exemple, parlait des nègres, il disait qu'il faisait du sang de nègre. »

Ssocalo Ssocalo Ssocalo ! Flûte andine, tacos, coriandre…

Louis baragouinait maintenant l'espagnol, mêlant allègrement les *a,* les *o,* les prépositions, le latin, l'italien et ce qu'il imaginait être de l'espagnol. Carmen renforçait ses efforts. Elle-même ne maîtrisait toujours pas le son *z.* Elle m'appelait toujours *Marquîsse,* ou *Marquîssa :* qu'est-ce que tu veux, *Marquîsse,* il n'y a pas de *z* en espagnol ! Elle disait par exemple et très comiquement « Zizi » au lieu de

« Sissi » quand elle se lançait dans un de ses sujets favoris, les anecdotes concernant la famille des Habsbourg et spécialement les Habsbourg, du Mexique, dont une dénommée Zita, ou Ssita, de Bourbon-Parme, qui aurait un moment habité le Québec. À force de prononcer les *z* en *s*, elle en était venue à prononcer les *s* en *z* fautivement, à commettre elle aussi une erreur à rebours.

Lorenzo regardait pendant ce temps le sport à la télé, des écouteurs dans les oreilles, ne se doutant pas que Rosa Lou était sa cousine. Il avait des yeux pâles, la peau hâlée, le menton carré et percé d'une fossette qui était fort probablement la signature génétique de Doris. Une fossette seyante et prometteuse. Mais, solidaires du mensonge maternel, nous n'en disions rien.

Après la danse, nous avons tout juste eu le temps de laver la vaisselle et de dormir un peu avant le deuxième temps, le temps du *Small is beautiful.*

L'officiante du mariage, Nicole Tremblay, est arrivée vers seize heures avec les parents adoptifs de Marco — aucun lien de parenté. Nicole Tremblay avait seulement été dans la même classe que Marco de la maternelle jusqu'au Cégep Saint-Jean-sur-Richelieu. Avocate, avenante, en ménage avec un divorcé du ministère des Relations internationales du Québec plus vieux qu'elle, un homme qui avait été en poste à Milan, à Tokyo, à Santiago du Chili, où il avait connu le père Labelle, lequel était né, selon lui, à Saint-Jean-Baptiste-de-Rouville et non à Marieville. Cet homme avait surtout connu et fréquenté le grand René Lévesque et sa seconde épouse, Corinne, et le grand poète Gaston Miron, et les poètes Gérald Godin et Paul Chamberland, et les députés Claude Charron et Camille Laurin, le père de la loi 101, et le romancier Yves Beauchemin, et tant d'autres artisans de l'indépendance du Québec dont ont longuement parlé, ce soir-là, mon frère Louis et la famille adoptive de Marco. Le bonheur ! Même s'il ne pouvait pas le dire en public à cause de son devoir de réserve, le diplomate disait en privé qu'il pensait, comme le pensaient les parents adoptifs de Marco, et Marco, et Louis, qui rayonnait d'être tombé sur des gens pensant, exactement comme lui, que le Québec est une société avancée et riche qui pourrait voler de ses propres ailes, qui devrait sortir « au plus sacrant » de la confédération canadienne avant qu'on étouffe sa culture, qu'on empêche par jalousie ses artistes de circuler autour du monde, parce que, après tout, ni la péréquation ni la Constitution, aucun de ces problèmes majeurs n'a jamais été réglé avec franchise et de bonne foi par Ottawa.

Rosa Lou faisait la moue. Ce que voyant, Salomon, exceptionnellement, a mis son grain de sel dans la conversation. Salomon a dit, ce jour-là, comme chaque fois qu'il rencontrait des gens favorables à la séparation du Québec qu'il jugeait dignes de son respect, que même s'il ne penserait jamais comme eux il comprenait leur position, admirait leur opiniâtreté, qu'il était lui aussi démocrate. Si le peuple décidait de se séparer du Canada, il ne partirait pas à Toronto. Mais il s'attendait à ce que, réciproquement, on respecte les gens qui, comme lui, ne veulent pas se séparer du Canada. Et tout le monde s'est tu, parce que, forcément, il y avait du désaccord et, forcément, de la méfiance. Les gens voyaient bien qu'il n'était pas comme eux et ils avaient de la difficulté à l'étiqueter avec précision. Salomon a même ajouté que Rosa Lou devait faire bien attention à ne pas oublier qu'elle était trop jeune pour avoir connu le Montréal d'avant le Dr Laurin. Elle a encore fait la moue, pour montrer qu'elle savait tout ça. Il était tout de même frappant de constater à quel point Louis avait engendré une fille qui pensait le contraire de lui. Autant il était convaincu de « vouloir un pays », autant elle était une femme que la notion de « pays » indifférait, pour laquelle le mot « pays » ne signifiait apparemment rien d'exaltant. Avec ses cheveux bicolores, ce long cou qu'elle tient de Virginia, elle ressemblait à un oiseau. Et Salomon, qui était un peu pompette, a demandé : « Mais pourquoi, Rosa, est-ce que tu persistes à te teindre les cheveux noirs quand tu avais les plus beaux cheveux blonds ? » Et nous sommes passés aux souvenirs. Nous avons décrit à Marco et à ses parents adoptifs la « petite fée » aux cheveux bouclés qui avait été pendant des années le centre de notre monde. Salomon a raconté combien la naissance de Rosa Lou avait été longtemps discutée parmi nous, combien improbable en avait été la date, le matin du premier référendum sur l'indépendance politique du Québec, par une journée ensoleillée si l'on en croit les photos que Virginia a prises ce jour-là dans sa chambre à l'Hôpital Royal Victoria. Inutile de dire la commotion que cette date d'anniversaire a suscitée chez les Tremblay — lui, grand bonhomme charpenté au visage poupon, elle, minuscule bonne femme qui devait faire de la gymnastique nuit et jour pour garder cette taille à son âge et porter ce tailleur-pantalon de cuir ma foi fort seyant.

On a regardé l'album de photos, le premier portrait mère-fille, si admirable. Et je ne suis pas certaine que Rosa en avait saisi la tendresse avant ce jour de son mariage, quand Marco Polo s'est emparé de la photo comme si elle représentait la chose la plus étonnante du monde. « On te donnerait soixante-dix ans, Rosa, pas soixante-dix minutes, on ne dirait jamais que la photo a été prise seulement une heure après ta naissance.

— C'est une question d'angle, a répondu Rosa. Je suis couchée, mais ma mère a cadré la photo comme si j'étais debout, tu comprends ? »

Carmen a rigolé en voyant Louis avec ses cheveux longs et sa moustache gauloise.

Menu calligraphié sur de l'écorce de bouleau : saumon pêché en rivière et fumé en forêt par Louis. Orignal à la crème.

Rosa Lou et Marco Polo ont échangé leurs vœux et leurs anneaux dans la baie vitrée du salon.

Elle portait pour son mariage une robe en satin blanc avec un ceinturon doré. Et, pour l'échange des vœux, elle tenait sur son ventre bombé des lys Cala apportés par la mère de Carmen, comme dans une peinture flamande et comme dans les œuvres de Diego Rivera. Et Marco avait mis le costume que sa mère adoptive lui avait fait faire pour aller danser au bal des finissants avec Nicole Tremblay.

Nous sommes repartis le lendemain, le matin du dimanche 9 mars, dans la neige qui ne décolérait pas. On allait à pas de tortue sur les routes. Les compagnies de déneigement brisaient leur équipement et faisaient faillite.

La Ville de Montréal manquait d'argent pour payer les heures supplémentaires des employés, il n'y avait plus de place pour déblayer. Les lieux de dépôt à neige débordaient. Les gens n'avaient plus le courage de pelleter, nettoyer, gratter, concasser. Les jardins étaient silencieux comme des tombeaux. Les enfants s'amusaient à gambader sur les crêtes de cette neige gelée, dégelée, regelée, compactée par la fonte et le regel, sans croire qu'ils retrouveraient un jour leur jardin. Le peuple québécois était entièrement uni dans l'accablement psychique et physique. Les gens courbaturés souffraient de lumbago, d'arthrite, quand ce n'était pas le cœur qui flanchait.

De retour à Montréal, nous avons dû laisser notre voiture dans le stationnement d'un centre commercial et marcher au milieu de la rue en enfonçant comme dans une forêt profonde pour rentrer à la maison. Le sentier qui menait du trottoir à notre porte, entre des murs de neige à hauteur d'homme, avait été complètement effacé en notre absence. Salomon s'est arrêté un moment pour dire que c'était beau. Ce soir-là, le 9 mars 2008, nous avons fait l'amour, dans notre tanière, à l'abri de cette neige qui nous isolait du reste du monde, sans savoir ce qui nous attendait dans notre jardin, et malheureusement, avec les événements qui ont suivi, c'est la dernière fois que j'ai fait l'amour avec Salomon et la dernière fois que j'ai fait l'amour de toute ma vie.

Le lendemain matin, le soleil brillait comme un innocent, comme si nous avions rêvé cette tempête, cet acharnement de la neige dont on ne voyait plus que le résultat resplendissant. Ceux qui n'avaient pas à se rendre au travail sont restés à la maison. Salomon a chaussé des raquettes pour aller au Douglas Hospital. Sa secrétaire, née au Manitoba, disait qu'il y avait plus de neige qu'à Winnipeg. Cette neige accumulée tassée, était devenue si dense, et la température si froide, que les montagnes sous lesquelles les jardins étaient ensevelis n'ont commencé à fondre qu'après Pâques.

Du sang dans mon jardin

Pâques a été célébré très tôt, fin mars, beaucoup plus tôt que la pâque juive. À Pâques, il faisait encore sous zéro. À la pâque juive, vers la mi-avril, c'était déjà l'été. Pour Pâques, nous avons été invités chez Yvon Marchessault et Noriko Yamakasi. J'ai revu Jimmy Graham, qui boitait du genou droit à cause d'un accident de ski. Doris et Jimmy ont aidé Youri à chercher ses œufs en chocolat dans la neige. C'était réconfortant de voir combien Doris était à l'aise avec son filleul, un vrai diable d'enfant de neuf ans qui, malgré les efforts de son père, ne s'intéressait pas aux langues.

Au début d'avril, il y a eu un dégel et il a plu des cordes, comme souvent à cette époque de l'année. L'iceberg a fondu de moitié dans notre jardin. Un soir de déluge, j'ai vu, de la fenêtre de ma chambre, quelque chose comme un vêtement émerger de la neige. Le lendemain matin, la neige avait encore fondu, il y avait une tache brune, quelque chose qui sortait de la neige, qui était un avant-bras, mais que je n'ai pas vu.

Osler s'était donné la mort dans mon jardin, le vendredi 7 mars 2008.

Il avait pris soin de laisser ce renseignement dans un sac en plastique, avec une copie sur cassette de l'enregistrement qu'il avait fait pour moi au chalet de mon père, à La Macaza, après l'attentat de février 1966.

À cause de cette cassette, j'ai longtemps pensé que la mort d'Osler par suicide dans mon jardin était destinée à m'accuser, à me culpabiliser, à me reprocher une des dernières choses que je lui avais dites, au téléphone : que j'avais depuis longtemps détruit l'enregistrement qu'il avait fait pour moi à La Macaza, que je l'avais jeté dans le canal, le jour où j'avais déménagé avec Salomon.

Salomon s'est occupé de tout. Il a demandé à la police de s'abstenir de faire le moindre commentaire sur l'endroit où avait été trouvé Osler. Il a fermé les stores de la véranda et toutes les vues sur le jardin. Quand la police a eu terminé, un employé du Douglas Hospital est venu faire disparaître toute trace de ce qui s'était passé. C'est la seule et unique fois où j'ai vu Salomon perdre son calme.

Rien de cela n'a empêché les curieux d'écornifler, attirés par ces rubans jaune fluorescent et l'agitation policière devant notre maison. Il y a eu des photos du sang dans notre jardin. Titres à l'avenant. Photos de mon frère Louis, de mon père, de Salomon. Hypothèses des journalistes. Commérages. Fouillage de passé.

Le journaliste de Poitiers m'a rappelée et j'ai refusé de répondre à ses questions.

La veille de sa mort, Osler a téléphoné ici, croyons-nous. Il a laissé un soupir sur notre répondeur, du moins je le crois. On pense qu'il est venu dans notre jardin la nuit tombée et que les voisins n'ont rien entendu à cause de la neige. Il s'est fait une sorte d'igloo. Il a utilisé une arme à feu.

Ce vendredi 7 mars, nous étions en route pour le mariage de Rosa Lou à Cap-Aurore. Dans les jours qui ont suivi, les autorités de Montréal ont décidé de mettre la neige qui encombrait les rues dans les ruelles et les jardins. Et puis il a reneigé. Et puis la température a baissé de nouveau sous zéro. Cela a duré des semaines. Et tout d'un coup, canicule. Les gens se faisaient bronzer aux terrasses. Tout a fondu. L'horreur.

Avec le temps, le choc s'est atténué, transformé. J'ai pensé qu'Osler avait toujours été attiré par la mort, qu'il avait toute sa vie essayé, courageusement, de transformer, jour après jour, son désir de capituler en désir de se battre, et qu'un jour il en avait eu assez. Il avait craqué. Il s'était abandonné au désir de capituler. Et j'avais ma part dans sa décision.

Je restais encore prisonnière de son acte. Il avait gagné. Il était en moi pour toujours.

À ce stade, j'ai réécouté, une seule fois, l'enregistrement fait par Osler en 1966, quand j'avais dix-huit ans.

J'ai réécouté ce qu'il disait sur nos randonnées le long de la rivière Richelieu, quand mes parents consentaient à lui prêter leur voiture. Les arbres en feu à l'automne. Les manoirs le long de la rivière. Et la fin, qui prenait un autre sens, maintenant :

« Ma voix enregistrée entre en toi, Marquise. Elle ne pourra jamais mourir. Elle est en toi pour toujours, grâce à cette machine enregistreuse, une machine à arrêter le temps. Devine les mots que je n'ai pas dits. Prends-les en toi. Garde-les. Ma voix est enregistrée. Je te la donne. Tu ne peux plus l'effacer. Elle est gravée en toi. Rien n'est fini. »

Salomon m'en a voulu d'avoir pitié de lui. Mais il n'y avait rien à faire, je repensais à lui. Osler croyait qu'une mère aimante serait revenue le chercher, qu'elle se serait jetée à l'eau pour ne pas s'éloigner de lui, qu'une mère digne de ce nom n'aurait jamais lâché sa main dans un chaos tel que Dunkerque. Ma mère lui disait : « Vous avez sans doute raison. » Elle le vouvoyait, même s'il était plus jeune qu'elle. Ils s'asseyaient l'un en face de l'autre à la table de la cuisine et il l'aidait à éplucher les pommes de terre, à équeuter les haricots. « Il est possible que votre mère vous ait laissé là pour s'enfuir et vivre sa vie avec ce baron polonais, mais c'est tout de même difficile à croire. » Et ce que cette femme, Anna Osler, est devenue, on ne l'a jamais su.

Ainsi, en laissant remonter les plus anciens souvenirs, les plus tendres, les moins durs, j'ai fini par concevoir une hypothèse plus douce, plus humaine, avec laquelle il est plus facile de vivre. J'ai pensé que, comme un animal, Osler était venu mourir dans mon jardin par tendresse pour moi et pour ma famille.

Et j'ai constaté que l'enregistrement n'avait plus aucun effet sur moi. Les choses matérielles se désagrègent et meurent.

Je sais maintenant que je ne pourrai jamais faire plus que de digérer sa volonté finale. Mais je ne comprendrai jamais le sens de son acte, je ne pourrai jamais interpréter son geste. Les dernières heures de sa vie lui appartiennent.

Le baiser de Jimmy Graham

Comme je l'ai dit, le suicide de Rainier-Léopold Osler a fait la nouvelle. Les petits journaux à potins s'en sont mêlés. Les journaux et les médias plus sérieux se sont penchés sur son cas, sur sa vie. On a reparlé du film de Jasmina-Pierre Graham.

J'ai alors reçu une invitation à participer à l'émission *Tout le monde en parle*. On m'a appelée la veille pour le lendemain, il fallait répondre immédiatement, c'était oui ou c'était non. J'ai accepté. On ne refuse pas une invitation à *Tout le monde en parle*. Les animateurs font trembler ceux qu'ils appellent à comparaître, comme on tremblait jadis quand on montait chez le sultan d'Istanbul. Et ce n'était jamais pour rien que le sultan vous faisait venir dans son domaine sur le Bosphore.

La pièce tirée de mon conte *Le Blaireau dansant* entrait en production. Le metteur en scène, notre ancien voisin d'enfance, Christian Kulnicki, était ou avait été l'amant de quelqu'un qui avait son mot à dire dans l'émission. J'ai pensé qu'on m'invitait pour ça. On m'a prévenue que je parlerais en dernier et j'ai dit oui, obnubilée par le grave problème de trouver un coiffeur digne des circonstances à vingt-quatre heures d'avis. Depuis la mort d'Osler, je ne dormais plus que quelques heures par jour et, quand on ne dort pas, on n'a pas toute sa tête.

Quand je suis arrivée au studio d'enregistrement, j'ai appris que Jimmy Graham serait de l'émission, et cela m'a agréablement surprise. Depuis l'inauguration du Mur de la paix, l'admiration, la révérence et le respect dominaient, comme je l'ai dit aussi, tous les autres sentiments que j'éprouvais pour lui, et je trouvais normal qu'il soit invité partout où on pouvait l'inviter.

Celle que j'appelais « la Rostopchine » était là aussi.

Et j'ai pensé que c'était parce qu'elle était télégénique, communicative, communicante, communicatrice. Puis j'ai compris qu'on allait entendre parler de Rainier-Léopold Osler.

Il y avait un problème de micro et il a fallu attendre côte à côte, elle et moi. Ses gros seins faisaient bâiller sa blouse, ce qui n'est pas très indiqué pour la télé mais ne la dérangeait pas. Son buste en proue de navire lui donnait la force, l'assurance écrasantes des grosses femmes. La Rostopchine a une voix de chanteuse d'opéra, la joie de vivre de celles qui mangent, fument et boivent sans peur des conséquences, la beauté des formes pleines. Comme cela arrive souvent chez les femmes qui abandonnent la silhouette, ses mains étaient soignées, fascinantes comme des bijoux. Je la considérais toujours comme une hypocrite qui me haïssait, haïssait mes livres, haïssait, croyais-je, toutes les femmes, et moi en particulier, voulait ma place littéraire, si petite soit-elle. J'étais méfiante. Je me sentais assiégée, trahie. La mort de celui que j'appelais de son nom complet, Rainier-Léopold Osler, m'avait secouée plus que je ne pouvais m'en rendre compte. Mon jugement était émoussé. Il avait joué trop fort avec mon sentiment de culpabilité — on ne peut jouer plus fort.

J'ai vu de la jalousie dans ses yeux en boutons de bottines quand elle m'a saluée de son beau sourire de personne qui a longtemps travaillé dans la publicité. Nous ne nous sommes rien dit. Mais j'avais tort de me méfier de la Rostopchine. Elle ne m'a jamais rien fait.

Un peu après le début du tournage, on nous a servi un verre de vin. Jimmy Graham a pris place à la gauche de l'animateur principal. Tout au long de l'émission, il a bu son vin très rapidement, tendant son verre aussitôt vide, d'un geste cabotin. Il faisait carrément le clown, et c'était manifestement apprécié.

Il exposait au Centre français de Zagreb, mais cette exposition n'était pas ce qui intéressait principalement les animateurs, même si on a montré quelques œuvres à l'écran. On se promenait d'abord avec Jimmy dans le vieux Zagreb, puis on voyait quelques-uns de ses visages. Son art avait évolué. C'étaient des masques sans regard, avec des pierres à la place des yeux. Des masques durs, cruels, qui faisaient penser à ceux des Aztèques. On pouvait se demander s'ils étaient plus humains ou moins humains que ses non-visages. J'ai pensé que, peut-être, il s'était inspiré de la collection de Doris. Dans l'extrait que nous avons visionné pendant l'enregistrement de l'émission, j'ai cru voir Osler dans le public du vernissage, à Zagreb. Quand j'ai regardé l'émission à la maison, il n'y était plus. A-t-il disparu entre le jeudi et le dimanche ? Erreur de ma cervelle détraquée ? Je ne le saurai sans doute jamais.

J'ignorais encore tout de l'incident qui avait servi de point de départ aux animateurs : la présence d'Osler au vernissage de l'exposition de Jimmy Graham à Zagreb, deux semaines avant son suicide. Il y avait eu une altercation,

Jimmy Graham avait mis Osler à la porte *manu militari* devant tout le beau monde, parce que, a expliqué l'animateur, non seulement il n'avait pas été invité, mais il avait eu le front de venir parler à Jimmy Graham sans lui être présenté.

Jimmy Graham est resté au-dessus de la mêlée. Refusant absolument et par tous les moyens de faire le moindre lien entre ce qui s'était passé ce soir-là, à Zagreb, et le suicide d'Osler, il a répété ce qu'il avait dit au Centre français de Zagreb devant le gotha de la ville : que tout, absolument tout ce qu'on voyait sur les murs du Centre français, ces visages masqués et les autres, non montrés à la télévision, des visages tatoués, percés d'anneaux, scarifiés, cette impossibilité pour sa peinture d'atteindre la lumière, tout, disait-il, était lié à la mort tragique de son père et au deuil de sa mère, à cette enfance passée dans l'atmosphère de la mort. « Jamais, a-t-il dit avec la même voix intense et convaincante qu'il avait dans le film *Mais qui était Rainier-Léopold Osler…*, je ne pourrai peindre la lumière. Je suis peintre et je ne parviens pas à peindre des visages. Je parviens à des non-visages ou à des masques. Je n'aime que la peinture, et je ne suis pas capable de faire ce que j'aimerais faire, ce que j'admire chez les autres peintres, je ne peux pas atteindre l'humanité de l'humain. Ma main n'obéit pas à ma vision. Ma main détruit ce que je vois intérieurement.

— Vous avez déjà dit, a repris l'animateur, qu'il était dépassé, en art, de représenter le visage humain, que notre époque est celle de la défiguration et de la posthumanité.

— C'est vrai, a répondu Jimmy Graham, mais je pense maintenant que c'est moi qui suis impuissant à atteindre l'humanité du visage. »

Ces paroles, leur humilité, le combat de Jimmy Graham pour rendre son œuvre plus humaine qu'elle ne l'était déjà, tout cela a constitué un étonnant moment de télévision, et la preuve que ces grands moments peuvent exister. Les animateurs, des êtres fort sensibles malgré leur allure de dur à cuire, l'ont très bien senti et on le voyait sur leur visage, moins impassible qu'il ne convient à la télé. Ils l'ont laissé parler sans l'interrompre. Et ensuite, il y a eu un moment de silence.

Nous avons visionné un microreportage tourné à Zagreb le lendemain de l'incident du Centre français, dans l'appartement d'Osler, par un journaliste qui avait assisté au vernissage la veille. On y présente Osler comme l'auteur de l'attentat de l'Impôt fédéral en 1966, dans lequel le père de Jimmy Graham est mort, et comme un intellectuel influent en Croatie et au Québec. Osler dit d'une voix sentencieuse qu'il est un éveilleur, que si les Québécois sont paralysés par la peur, il va falloir les guérir de leur peur, débloquer leur psychisme.

L'animateur principal a demandé à Jimmy Graham de « réagir » à cette entrevue, et Jimmy a commencé par vider sa coupe de vin, puis il a dit, très lentement : « Osler est un fasciste. Goebbels ne pensait pas très différemment de ce qu'on vient d'entendre. Mêmes méthodes que les nazis. »

J'étais figée, incapable de réagir. Je savais que mon tour allait venir. Est-ce qu'on allait montrer mon jardin couvert de sang ?

Non. J'ai été interrogée sur mon père, mon frère Louis, sur Osler. On m'a demandé mon opinion sur le film *Mais qui était Rainier-Léopold Osler...* Ils avaient même trouvé une photo de moi avec Osler, à Paris. Moi ! Une espèce d'hommasse, inconnue de moi. Le front bombé, les sourcils trop épais, les yeux comme des pistolets. Le corps informe, le visage non maquillé, des bottines lacées. Si on ne sait pas que je suis une femme, sur cette photo, on peut hésiter.

Oui, ai-je répondu, c'est moi.

Oui, mon frère aîné, le Dr Louis Cardinal, a déposé un mémoire à la Commission de consultation sur les pratiques d'accommodements raisonnables.

Oui, j'ai revu Rainier-Léopold Osler, j'ai été en contact avec lui quelques mois avant sa mort.

Ils ont demandé à Jimmy Graham ce qu'il pensait des excuses de mon frère, si elles le satisfaisaient. Il m'a regardée pensivement, devant les caméras, avant de répondre. Et il m'a souri. Oui, il m'a souri. Je dirais : avec bonté. Il m'a regardée avec amitié, moi, Marquise Simon. Avec amitié et finesse. Il a dit, face à la caméra : « C'est vrai. C'est exact. Tout ce qu'a dit Marquise Simon est vrai. J'ai lu le mémoire de Cardinal. Ma sœur l'a lu. Ma sœur et moi, nous en prenons acte. Ce mémoire honore son auteur, si son auteur est sincère, une chose que personne ne peut savoir. Est-ce que Samuel de Champlain était sincère quand il s'est converti au catholicisme ? »

Personne n'avait de réponse à cette question qui était dans l'air à cause des festivités commémoratives de la fondation de Québec par Samuel de Champlain en 1608. Un des animateurs a alors précisé une chose que je ne savais pas : Louis avait été invité avant moi à l'émission, mais il n'avait pas accepté.

Jimmy s'est tourné vers la caméra et, tendant de nouveau son verre, il a dit d'une voix forte et projetée : « Mais, entre nous, cette commission est une sacrée hystérie. »

Il avait des liens avec un groupe dont j'ignorais l'existence, groupe qui contestait en son fondement le principe de ladite commission, prétendait qu'en son fondement cette commission divisait la société en deux catégories, entre accommodeurs et accommodés, immigrants et non-immigrants, que c'était une commission ethnique et raciste en son fondement. Ce raisonnement était aussi impeccable que tous les raisonnements idéalistes de l'histoire de la philosophie, et très difficile à abattre en théorie. Mais, en pratique, il restait impossible de nier la bonne foi de ces commissaires. Comme sur le forum romain ou l'agora d'Athènes, les gens avaient parlé sans mettre de gants. La vérité, avec sa laideur naturelle, était sortie. Elle choquait, défigurait le beau visage de la société. Faire sortir le pus et la merde du corps social le purge et le guérit. C'est une tradition qui commence avec les Grecs, se poursuit avec les confessionnaux, finit avec Sigmund Freud. J'étais personnellement fière de cette commission, même si certains propos étaient racistes, au sens propre et strict du terme.

À *Tout le monde en parle*, on peut rester sur le plateau le temps qu'on veut. Ceux qui ont besoin d'être vus, comme la Rostopchine, restent du début à la fin. Mais Jimmy Graham avait autre chose à faire et il est parti. Pour quitter le plateau, il avait le choix : passer à mes côtés ou du côté de la Rostopchine. Il n'a pas seulement choisi mon côté en ignorant superbement la Rostop : il m'a effleuré l'épaule de sa longue main. Oui, il a fait ce geste amical, sous les yeux de millions de spectateurs.

J'ai été, je suis encore réconfortée, émue plus que je ne peux le dire, reconnaissante à Jimmy de ce geste affectueux, fraternel et gratuit. Venant d'un artiste comme lui, c'est-à-dire d'un être humain supérieur, cela ne pouvait vouloir dire qu'une chose. Il portait un costume couleur crème, une chemise de la couleur de sa peau, une cravate en taffetas chatoyant, avec le nœud le plus net, le plus impeccable que j'aie jamais vu au cou d'un homme, et il s'est penché vers moi pour me faire la bise. Bien des gens m'ont dit qu'ils ont vu mes yeux s'humecter.

Je me suis sentie acquittée. Acquittée de quoi exactement, je ne le sais pas. Mais je n'ai pas d'autre mot. Je me suis sentie admise dans la société dont nous faisions partie, lui et moi, comme dans une cérémonie religieuse. Quand il m'a fait la bise, j'ai repensé à Osler, j'ai pensé que c'était une manière de le tuer encore, pour ainsi dire. Je l'ai dit : mon jugement rationnel était ébranlé par la tache dans mon jardin.

Cela n'a pas empêché Jimmy Graham de se comporter, avec moi, de nouveau, plus tard, en chien de faïence. Un artiste est un artiste. Son geste ne l'a pas rendu transparent, si l'on peut employer cet adjectif au sens exclusivement cognitif. Aucun être humain n'est transparent. C'est pour cela que nous avons tant besoin de la confiance. La confiance est le pont qui enjambe le fossé entre les humains.

Contrairement à ce qu'on m'avait dit, la Rostopchine a été interrogée la dernière. Elle a déclaré qu'elle ne parlerait pas de politique mais seulement d'art, et qu'en art il est absolument certain que l'identité n'existe pas. La caméra faisait voir ses ongles bombés et manucurés, ses cheveux irisés, frisés au fer. Des heures chez le coiffeur. Elle a raconté des choses que j'ignorais. Après son séjour en France, Osler avait erré de pays en pays, en apatride, en véritable *heimatlos*. Aucun État ne voulait le recevoir comme exilé politique, parce qu'on ignorait tout du « problème québécois » en Europe à la fin des années 70. En Suède, une dame de la noblesse connaissait le baron polonais qui avait été l'amant de sa mère. Elle s'était souvenue d'Anna Osler. Grâce à l'intervention de cette duchesse, Osler avait été embauché comme commis à la Bibliothèque nationale de Suède. À cette époque, selon la Rostopchine, il aurait fait des voyages autour du monde pour acheter des livres rares pour le compte de la bibliothèque de Stockholm. J'ai ainsi appris qu'elle était suédoise, que son père était conservateur à la Bibliothèque nationale de Suède. Osler allait chercher ces livres en Russie, à Cuba, peut-être même en Angola, où il aurait aussi vécu quelque temps et rencontré des intellectuels et des savants soviétiques. Des livres essentiels à la compréhension de l'histoire des sciences.

« Osler vous aimait, m'a-t-elle dit, après l'émission. Il a eu une vie si triste… »

Nous nous sommes fait la bise et je ne l'ai pas revue depuis.

Osler n'est pas ton père

Les terrasses et les crocus se sont ouverts en quelques jours. Il ne faisait pas *enfin* chaud, il faisait *déjà* trop chaud.

Salomon et moi, nous pensions mettre notre maison en vente, bien conscients qu'il serait difficile de cacher ce qui s'était passé dans notre jardin. Nous en étions là quand Carmen Perez Garcia a téléphoné de Cap-Aurore.

« Je suis inquiète, *Marquîsse.* Louis ne va pas bien. Il a une récidive. Mais il ne veut rien me dire. Il ne voulait pas en parler avant le mariage. Il voulait que le mariage se passe bien. Mais je me doute de quelque chose, c'est plus fort que moi. Il n'est pas capable d'en parler avec personne. C'est un blocage. Comme s'il avait fait quelque chose de mal. Mais il va falloir qu'il lui dise, tout ça, à sa fille. Ça ne peut plus attendre, tout de même. Qu'est-ce qu'elle va dire, *Rossa*, quand elle va apprendre tout ça? Il faut qu'il lui parle. Il est parti ce matin, il a dit qu'il allait à la pêche.

— À la pêche?

— Oui, à la pêche, faire un trou dans la glace, et avec toute la neige qu'il y a, je suis inquiète. La pêche est finie, là-bas, la glace commence à fondre, c'est le garde-chasse qui me l'a dit, à l'hôtel. »

Tout en l'écoutant, j'ai vu un message de Louis à mon écran d'ordinateur. Le titre en était : « Faire suivre à Doris. »

Ce courriel, je l'ai appris plus tard, a été envoyé de l'ordinateur de l'auberge du lac Saint-Pierre où, traditionnellement, Louis allait chaque année à la pêche à la perchaude. Carmen avait raison : la pêche à la perchaude était interdite en avril 2008.

Voici le texte de ce courriel.

Je ne sais pas combien de temps il me reste à vivre, mais je veux te dire les choses clairement.

Osler n'est pas ton père, Doris.

Il y a des gens dans la famille qui ont dit que m'man était amoureuse de lui, je le sais. Il y avait des regards, des sourires entre eux. Elle disait qu'il était « bel homme ». Il portait un foulard de soie au lieu d'une cravate et ça lui plaisait. Il se parfumait et ça lui plaisait. Osler avait quelque chose d'efféminé qui plaisait à m'man et à Marquise. Des années après, je me suis rendu compte qu'il avait sans doute eu des désirs pour moi chez les scouts. M'man trouvait qu'il ressemblait à Jean Gabin. Un jour, il lui a dit : « Et vous, Reine, est-ce qu'on vous a déjà dit que vous ressemblez à Simone Signoret ? » Elle n'était pas habituée aux compliments.

Je sais qu'il n'est pas ton père.

Je veux te le prouver. J'ai toujours voulu te le dire.

Une nuit, il y a eu une des plus grosses discussions entre p'a et m'man que j'ai entendues de toute ma vie. Marquise dormait dans son lit. M'man voulait un enfant. P'a, non. Il disait qu'il était trop vieux.

C'est ce soir-là que tu as été conçu, Doris. J'avais dix ans et je savais comment on fait un enfant. J'ai compté les jours. J'ai attendu les signes. Tu ne peux pas en douter. Dès qu'elle a été enceinte, ils ont demandé à Osler d'être ton parrain. P'a n'était pas jaloux de lui à ce moment-là.

Un soir, p'a est descendu de l'autobus en pleurant. Il a avoué comme un enfant qu'il n'avait pas eu sa « promotion ». C'est Gadbois qui l'avait eue. Gadbois était son compagnon de chasse. Il venait de La Tuque et sa mère parlait anglais.

M'man est entrée dans une de ses saintes colères. Elle ne mesurait plus ses paroles. Elle a dit que, si c'était comme ça, il faudrait bien qu'elle aille travailler pour Osler. Et ça, c'était laisser entendre que p'a ne gagnait pas assez d'argent pour faire vivre sa famille. C'était l'humilier.

Osler était marguillier, il avait un peu d'argent pour payer une « bibliothécaire ». M'man, enceinte de toi, est allée travailler quelques heures par semaine à la bibliothèque d'Osler. P'a était humilié. Il a commencé à dire qu'Osler avait plus d'autorité que lui dans la famille.

Est-ce qu'Osler aimait m'man ? C'est possible. Quand il l'a menacée de se suicider avec le couteau de cuisine, je n'étais pas là. Quand p'a est revenu, il a accusé Osler de les regarder, par l'ouverture du système de chauffage, de les épier, quand ils étaient dans leur chambre. Le lendemain, Osler est parti.

Rainier-Léopold Osler n'est pas ton père.

J'envoie c.c. à Marquise et je vous salue, tous les deux.

Louis.

Cette lettre était inquiétante. J'ai téléphoné à l'auberge du lac Saint-Pierre. L'homme de ménage avait un sérieux défaut de langage, mais j'ai fini par comprendre que Louis avait effectivement pris une chambre. Il n'était pas là. Il ne répondait pas.

J'ai envoyé ce courriel à Doris à son nouveau nom, que je n'utilisais pas et n'utiliserai jamais non plus : yushio. stone@hotmail.com. Il a répondu *immédiatement*. Il a répondu qu'il n'était pas un enfant d'école, qu'il se pouvait que notre mère ait fait un ramdam parce qu'elle avait déjà couché avec Osler. « Toutes les femmes sont capables de faire ça, malheureusement. »

J'ai écrit à mes deux frères que je ne voulais plus, jamais, recevoir de courriels à ce sujet, qu'ils dépassaient une fois de plus les bornes.

J'ai téléphoné chez Noriko pour savoir où Doris se trouvait. Je voulais lui dire de vive voix que Louis avait une récidive. Je voulais lui demander d'aider Louis, cette fois-ci. Ça valait la peine d'essayer. J'étais confiante. Mais Noriko ne savait pas plus que Claudel Marcellus où était rendu Doris. Il travaillait pour le compte d'un original, un baron écossais dont il ne pouvait pas dévoiler le nom.

Le pire

J'arrive maintenant au pire. Salomon a été assassiné. Le 18 avril 2008.

On aura compris que Salomon est le seul être humain que j'aie aimé, si j'ai la permission d'employer ce mot. C'est lui qui aimait. Le pouvoir d'aimer nous est accordé, il nous est donné. Ce don vient des parents. Pour le donner, il faut qu'ils le possèdent. Nos parents ne le possédaient pas, ils ne nous l'ont donc pas transmis. Ce n'est pas leur faute, ce n'est pas la nôtre, c'est un fait, comme la rotation de la Terre autour du Soleil. Pour cette raison, je ne peux être absolument certaine d'avoir aimé Salomon. Je suis même certaine que je n'ai jamais pu l'aimer autant qu'il m'a aimée. Par infirmité. Mais si j'ai aimé quelqu'un, et je crois que j'y suis parvenue, grâce à lui, ce quelqu'un est Salomon. Salomon possédait le don. Il savait qu'aimer est la seule chose qu'on puisse faire pour les autres et il le faisait. Il aimait de manière intransitive. Il aimait la vie. Il aimait la lumière, les couleurs, les rues, les objets, il aimait notre maison, il aimait les ustensiles avec lesquels il faisait la cuisine, il aimait chanter. Il aimait les écrivains qu'il lisait, il aimait les personnages de romans. Il aimait les humains. Il n'était pas naïf. Il a toute sa vie travaillé avec le mal et il en est mort. Mais il pensait que les humains sont bienveillants et sympathiques, et il le penserait encore si, au-delà de la mort, il pouvait commenter la manière dont il est mort. Salomon pensait que, selon les lois de la statistique, les probabilités de tomber sur un humain bienveillant sont supérieures en tout temps à celles de tomber sur un humain malveillant. Il sentait la bienveillance chez les gens parce qu'il n'avait pas peur d'eux. Il était capable d'interpréter leur regard, il avait le don de comprendre ce que signifiaient leurs plus petits gestes. Et, malgré ce don, il n'exerçait jamais de pouvoir sur les gens. Il n'a jamais eu la prétention de savoir mieux qu'eux ce qu'ils ressentaient. Il s'abstenait d'entrer dans leur intimité quand ils ne le désiraient pas. Il respectait le secret des gens. Son visage était calme et souriant. Même sourire la veille de sa mort que sur sa photo à l'âge de cinq ans. Salomon, s'il cherchait son chemin dans une ville étrangère, allait demander le renseignement aux passants, au chauffeur d'autobus, plutôt que de consulter une carte géographique ou un ordinateur. Et les gens étaient prêts à lui expliquer le chemin en détail, même s'ils ne parlaient pas la même langue. Ils étaient prêts à l'accompagner pour lui montrer le chemin. Si des témoins de Jéhovah sonnaient à notre porte, je les renvoyais haineusement, parce que la méchanceté était toujours aux aguets dans mon cœur. Mais lui, il voyait l'humain avant de voir le témoin de Jéhovah, avant de voir l'importun qui sonne à votre porte, et il était curieux de savoir ce que pensait cet humain. Il discutait avec lui. Il répondait avec bonté aux femmes et aux étudiants qui vous appellent à six heures du soir pour savoir ce que vous avez mangé ou pour qui vous allez voter. Il disait que ce n'est pas drôle de faire ça. Je voudrais l'avoir aimé comme il m'a aimée. Je sais qu'il était heureux avec moi. Ce n'est pas une preuve entièrement suffisante, puisqu'il était naturellement heureux. Mais il ne serait pas resté avec moi si je l'avais enquiquiné ou martyrisé. Il a quitté sa première femme sans regret. Salomon est le seul être humain qui m'ait aimée. Il m'a choisie en me voyant, il m'a aimée la première fois que nous nous sommes parlé, à l'École des beaux-arts de Montréal. Grâce au ciel, nous changeons. Nous évoluons. En observant Salomon, en vivant avec lui, en l'imitant, en étudiant la façon dont il abordait les autres, je suis peu à peu entrée en contact avec l'amour. J'ai cherché ce que Salomon avait de particulier, pourquoi il était comme il était, j'ai essayé d'apprendre. Je ne sais pas pourquoi il était si entier, si fidèle, si monogame. Il m'a transformée sans vouloir me changer. Il a aimé ma famille. Il a aimé mes frères. Il les a transformés sans vouloir les changer. Il nous a unis, mes frères et moi, après sa mort.

Mais il y avait des gens qui ne l'aimaient pas, qu'il irritait. Les gens naturellement agressifs, les gens qui ne peuvent s'empêcher de vous doubler par la droite ou de vous klaxonner pour rien, les gens qui n'aiment pas la vie le traitaient d'optimiste. Certains de ses collègues m'ont dit que Salomon était « maladivement » optimiste. Mon père, ma mère ne pouvaient pas aimer quelqu'un comme Salomon. Enfermés dans leur méfiance, ils n'ont jamais été capables de l'admirer, d'admettre sa supériorité. Ils méprisaient sa joie. Ils lui en voulaient de n'avoir jamais souffert. Il les considérait avec bonté et patience. Ils le trouvaient hypocrite. Les gens lui reprochaient ce qu'il disait en public, ses positions politiques. Je sais bien que Salomon n'était pas parfait.

Le 18 avril 2008, Salomon a été poignardé par un de ses patients.

Il a été poignardé par quelqu'un qui le connaissait et qu'il connaissait. Il a été poignardé par un homme de trente ans que j'appelle « le meurtrier ». Le meurtrier était son patient depuis une dizaine d'années. Salomon le voyait en face à face une fois par semaine depuis trois ans. Il dosait ses médicaments. C'est lui qui l'avait placé dans le foyer communautaire où il vivait, avec d'autres médicamentés.

Entre chien et loup, par une belle soirée d'avril, le meurtrier l'a attendu derrière son auto dans le stationnement du Douglas Hospital et il l'a poignardé. Le gardien est arrivé trop tard.

Depuis qu'on avait retrouvé Osler dans notre jardin, je restais à l'extérieur de la maison jusqu'à ce que Salomon revienne. Je l'attendais dans un café ou dans mon auto. Pendant des semaines, après le suicide d'Osler, j'ai été incapable de dormir plus d'une demi-heure de suite. Puis une heure. Deux heures. Je ne pouvais dormir qu'avec les lumières allumées. Dans le noir, je sentais la présence d'Osler partout, dans le sous-sol, sous mon lit, je l'entendais marcher sur le toit, dans la cave, j'avais des visions — le bras qui sort de la neige, le sang dans mon jardin, la détente de l'arme à feu. J'imaginais ce que je n'avais pas vu.

Je ne sais pas si Salomon a deviné ce que son patient avait dans la tête, s'il a croisé son regard. Il a été tué de plusieurs coups de poignard. Le procès durant lequel je vais devoir entendre ces détails n'a pas encore eu lieu. Je suis seule désormais. Je dois vivre par moi-même.

Après la mort de Salomon, j'ai vécu à l'hôtel Château de l'Argoat, où se tiennent en général les écrivains qui viennent à Montréal. Non que j'y aie des amis, mais à cause de ma carte de l'Union. Ils me faisaient un prix. Je mangeais au restaurant.

L'Université McGill lui a rendu hommage dans la salle de conférences de la Faculté de médecine. Son visage en grand sur l'écran. Les journaux ont parlé de lui. Il a été incinéré, selon ses convictions.

Le meurtrier n'a pas cherché à se cacher. Il est en prison.

Il y a eu une cérémonie au Douglas Hospital. Tout le personnel du Douglas était là. Les patients de Salomon. Ses élèves. Ses anciens élèves. C'est là que j'ai entrevu la mère du meurtrier. Elle s'appelle Marie. Une petite femme aux cheveux poivre et sel, trop fins, attachés par des épingles à cheveux. Un visage ingrat, des dents ébréchées. Fagotée. Elle pleurait dans son coin.

Le meurtrier avait une anomalie dans sa formule chromosomique. On venait me dire ce genre de choses. Je ne voulais rien savoir. Je ne voulais pas qu'on m'en parle. Un malheureux m'avait tout enlevé, sans raison. Salomon m'avait été donné, il m'avait été enlevé. Il ne me restait rien. Pas d'enfant, pas même le chien de Salomon, mort de vieillesse depuis huit mois. J'étais vide. Une enveloppe vide.

Il est certain que toute la haine que j'ai tenté de faire fondre durant ma vie est ressortie comme d'un furoncle inépuisable. J'étais une outre de pus et de haine, une outre qu'alimentait une source sans fond. J'ai haï la société qui avait laissé le meurtrier en liberté au lieu de l'enfermer dans un asile. J'ai haï Montréal où le meurtrier avait abouti et erré. J'ai haï le monde, notre monde, qui produit des meurtriers. Mon cœur dur et méchant s'est empiffré de haine. J'ai détesté le soleil, le ciel, la pluie, tout ce qui est vivant, tout ce qui est joyeux et innocent, les gens qui s'amusent pour des riens, les festivals de Montréal, les gens qui boivent du café pour rien, juste pour le goût du café, j'ai détesté la politique, les jardins, la médecine, la vie courante. J'ai pensé que j'allais redevenir ce que j'étais avant Salomon, celle dont on avait montré la photo à *Tout le monde en parle*, celle que j'aurais pu être sans Salomon.

Mais je me suis tue. Par respect pour Salomon, je n'ai pas laissé ma haine sortir par ma bouche. Je savais bien que le meurtrier était un pauvre homme qui n'était pas à l'origine de son malheur, à l'origine de sa propre haine. Personne n'est à l'origine de l'œuf, et l'œuf n'est pas une origine. Le meurtre est une possibilité, au cœur de chacun. L'humanité était coupable, l'humanité en chacun de nous, le lien humain. Le lien humain non social. Le lien humain sauvage. Seule la peur de ma propre violence, de ma propre méchanceté me faisait me taire. J'entendais mes sarcasmes, les éructations de ma vieille personnalité méchante. Mais le venin ne sortait pas. J'étais devenue civilisée.

Certaines personnes m'ont dit que la mère du meurtrier était née dans une réserve indienne. Que Salomon aimait bien cette femme. On m'a raconté son histoire, on m'a raconté que, quand elle a eu dix ans, cette femme avait été mise dans un pensionnat, à Sainte-Anne-de-la-Pocatière. J'avais entendu parler de la manière honteuse dont les Amérindiens ont été traités par ma société. À partir du moment où elle est entrée dans ce couvent, on lui a interdit de dire un seul mot dans sa langue natale, on l'a séparée de sa seule amie, de la seule fille qui parlait la même langue qu'elle. J'écoutais ce qu'on me racontait. J'étais capable de ça. Salomon m'avait laissé ça. Quand elle est revenue chez les siens, elle ne parlait plus leur langue. Elle n'était plus chez elle. Elle est partie faire des études de sciences infirmières, à Ottawa. Elle a eu un enfant qui a été élevé par sa grand-mère, dans la langue que sa mère ne parlait plus. À seize ans, il est arrivé à Montréal comme tant d'autres malheureux à qui nous ne tendons jamais la main. Il s'est retrouvé à l'urgence du Douglas Hospital, il a été diagnostiqué, suivi par Salomon.

Les gens voulaient m'expliquer ces choses, je les écoutais pour ne pas les mordre, pour me montrer à la hauteur de Salomon. J'étais devenue une veuve. Une veuve qui repoussait les informations qu'on voulait lui donner pour donner un sens à la mort de son mari. On m'a expliqué que ce patient était à moitié ou au quart amérindien, que sa mère avait perdu son statut d'Amérindienne. J'ai répondu que le meurtrier était un homme, issu d'une femme et d'un homme. J'ai répondu ce qu'aurait répondu mon mari : que les hormones et les neurones ont le pouvoir de transformer la fragilité en danger. On a voulu m'expliquer que Salomon ne s'était pas suffisamment méfié de lui, ne s'était pas protégé suffisamment, je me suis abstenue de vociférer. J'ai réussi. Je me défends encore chaque jour des interprétations qui pourraient envahir mon cerveau, lui faire perdre la raison, l'empoisonner à petites doses. Je m'incline. Je préfère m'incliner devant les mathématiques qui disent, selon Rosa Lou, que notre vie est une marche aléatoire semblable à la marche de l'ivrogne. J'ai étudié des modélisations de marches aléatoires. La théorie des probabilités m'a été d'un secours véritable. Un événement triste est triste une fois pour toutes. Je m'arrête encore une fois au seuil d'une absurdité qui est devenue mienne pour toujours. Ce que j'ai vécu avec Salomon m'apparaît comme un merveilleux mois de vacances. S'en souvenir et s'en réjouir ne console pas. On n'a personne à remercier, mais on remercie tout de même la vie pour la chance qu'elle nous a accordée, puis retirée. On se souvient de ce qu'était la vie avant, quand il n'y avait pas d'amour, quand il n'y avait que la dure absence de l'amour.

Il y avait beaucoup de monde au salon Memoria, pour saluer les cendres de Salomon. Mais, à la fin, nous nous sommes retrouvés entre nous, les proches de Salomon, le petit cercle. Virginia nous manquait. Doris était avec Jimmy Graham. Louis était avec Carmen et Lorenzo. Rosa Lou enceinte jusqu'aux yeux était avec Marco Polo. Même dans ma peine, je ne pouvais m'empêcher de penser que nous étions des figurants immobilisés un instant dans un échange d'arabesques où certains avaient absurdement disparu de la scène.

Doris a revu Carmen, mais ils ne se sont pas parlé ce jour-là. Lorenzo s'est prudemment tenu loin de Doris, sans qu'on sache ce qu'il pensait. Ce Lorenzo ne va pas partager ses secrets avec nous. Il suit la voie que lui indique sa mère : vis, mon ami, ne regarde pas en arrière, écoute tes sens, aie du bon sens, et nage, navigue, avance.

M. et Mme Yamakasi ont envoyé une carte de condoléances écrite en japonais.

À la toute fin, Doris s'est placé à ma gauche et Louis à ma droite. On est restés là, à regarder l'ikebana que Doris avait fait avec Claudel Marcellus. Une « racine limpide », ce qu'ils avaient de plus beau, une chose qu'ils n'avaient jamais voulu vendre.

Je ne sais pas comment ni pourquoi Doris a pris la parole. Il a dit qu'il travaillait en ce moment en Écosse. Louis a répondu qu'il resterait encore un moment à l'île des Sœurs. J'ai dit que j'allais vendre notre maison. Doris a dit : Si tu veux que je t'aide, Marquise, je peux rester plus longtemps. Louis a dit : Moi aussi je peux t'aider. J'ai dit : Non, non, pas toi, Louis. Doris : Je vais t'aider à vider ta maison.

Moi : Je cherche un agent immobilier. Louis : Carmen connaît un agent.

Nous avons parlé, comme des infirmes qui s'avancent prudemment sur leurs béquilles. Je me plais à penser que ç'a été le dernier acte de Salomon : ces mots *ordinaires*.

Le langage était réparé. Nous assumions ce qu'il avait fait pour nous. Nous n'avions plus besoin de son intermédiaire. Une chose si simple, si naturelle : deux frères et une sœur qui parlent et échangent des informations. Quelque chose s'est ouvert, puis tout a déboulé.

Moi, à voix basse : « Doris, est-ce que tu sais que Louis a une récidive de son cancer ? »

Doris, de sa voix grave : « Non, je ne le savais pas. »

Le même Doris, quelques secondes plus tard : « Est-ce que je peux t'aider, Louis, ou est-ce que c'est trop tard ? »

Marco et son père bio discutaient de l'architecture du salon Memoria dans une autre salle. Carmen et Lorenzo étaient sortis au soleil. Mais Rosa Lou était là. Elle avait entendu. Elle n'était pas certaine de comprendre.

Louis, après un moment : « Je ne pensais jamais repasser à travers ça, mais si tu veux, oui, on va essayer. Trois personnes sur dix ont une récidive. Cinquante pour cent parviennent à la guérison ou à la rémission.

— Qu'est-ce que vous dites, là ? » a hurlé Rosa Lou.

C'est comme ça qu'elle a appris ce que son père lui cachait depuis maintenant dix ans.

« Pourquoi, a-t-elle demandé cent fois, pourquoi est-ce que vous m'avez fait ça ?

— Je ne sais pas, disait Louis. Je n'étais pas capable de te le dire. »

Rien n'était facile. Mais cette parole fluide qui tout à coup nous réunissait, c'était comme le bâton de saint Joseph qui fleurit, dans le Nouveau Testament de notre enfance.

Le temps continue son tricot

Le 26 avril 2008, huit jours seulement après la mort de Salomon, mes frères ont insisté pour que je les accompagne au Centre hospitalier universitaire de Québec avec Carmen. Rosa Lou n'est pas venue. Elle était blessée, fâchée contre nous.

En route, il a bien fallu que Carmen et Doris se parlent. C'est arrivé quand nous sommes sortis mettre de l'essence, près du lac Saint-Pierre. Il y avait un restaurant qui disposait d'une table à pique-nique au bord du fleuve. Nous avons pris un café. Un temps divin. Les champs étaient encore inondés de toute la neige de cet hiver mémorable. Les arbres noirs se reflétaient dans l'eau immobile, de la couleur du ciel, et engendraient des effets de symétrie qui allaient à l'infini. Le téléphone portable de Louis était sur la table, au cas où Rosa Lou appellerait pour nous annoncer l'imminente naissance.

« J'aurais pu être un tueur, a dit Doris tout d'un coup, comme s'il venait de prendre une décision. J'aurais pu être un meurtrier. »

J'ai pensé qu'il allait reparler du meurtrier de Salomon et je m'apprêtais à l'interrompre en hurlant. Mais ce qu'il a dit a produit l'effet d'un baume. C'était un miracle qu'on n'attendait plus. Sa voix presque inaudible traduisait parfaitement sa conscience de faire un saut décisif, d'une pierre à l'autre de sa vie, comme le symbolisaient les roches de ses jardins.

« J'aurais pu être un tueur, j'ai un cœur de pierre, je ne sens pas la souffrance des autres. Mais j'ai eu la chance de faire des jardins. J'ai rencontré Jimmy, j'ai changé. J'ai été touché par ses visages. Je les comprenais, je savais ce qu'ils signifiaient. Je ne veux pas que Lorenzo soit en manque de père. Si tu le permets, j'aimerais faire sa connaissance et m'expliquer avec lui. Je pense qu'il va comprendre. »

Carmen s'est levée brusquement. Elle a dit qu'elle n'était pas capable de parler de ça pour le moment. Qu'on allait être en retard à l'hôpital.

Dernièrement, Lorenzo nous a raconté à sa manière ce que Doris lui a dit : que son père et sa mère étaient très, très vieux quand il était né. Ils ne pouvaient pas s'occuper de lui. Alors, Doris a été très malheureux. Quand il est devenu vieux, il ne voulait pas avoir d'enfant, parce qu'il pensait que tous les enfants étaient malheureux. C'est pour ça qu'il s'est fâché avec Carmen, quand Lorenzo est né.

Lorenzo est le fils de sa mère, il ne fend pas les cheveux en quatre. Il s'intéresse davantage à son BlackBerry qu'à son nouveau père. Mais, quand Doris est allé le voir jouer au soccer avec Youri, il a été séduit. Lui qui n'avait ni frère ni sœur, il voulait jouer avec Youri, lui montrer à jouer au soccer.

Carmen et Noriko ont fini par se réconcilier et, l'année prochaine, il semble que Lorenzo va accompagner Youri et Noriko chez les Yamakasi pour l'été. Youri ne veut pas y aller, sauf si Lorenzo les accompagne. Et Lorenzo est très excité à l'idée d'aller au Japon, à cause des mangas, qu'il collectionne comme tous les enfants, ce qui rend mes livres beaucoup moins populaires.

Rosa Lou est déjà enceinte du deuxième des quatre enfants qu'elle compte avoir. Elle est en résidence au Jewish General Hospital. Sa fille s'appelle Louise-Aurore, en l'honneur de son grand-père.

Les cellules de Doris se sont avérées compatibles avec celles de Louis. Il est en rémission. Doris est retourné en Écosse. Son gentleman écossais veut réaliser un conte d'Edgar Poe intitulé *The Landscape Garden*.

En ce moment, ce qui tient Louis en vie, c'est sa rage contre l'idée « criminelle » du gouvernement du Canada de rejouer la défaite des plaines d'Abraham à Québec l'année prochaine, en 2009. 1759-2009 ! J'espère de tout mon cœur que cette extravagance n'aura pas lieu parce qu'il a bel et bien l'intention de prendre les armes contre le Parlement.

Je garde Louise-Aurore quand ses parents travaillent. De profil, son visage est celui de Virginia, en miniature. Rosa Lou et moi, nous nous sommes rapprochées. Rosa Lou a besoin de parler de sa mère avec moi parce qu'elle est une mère, maintenant. Et je veux que Louise-Aurore connaisse sa grand-mère maternelle.

Si on compare le monde dans lequel nous avons vécu, mes frères et moi, au bord du fleuve, en face de Montréal, avec celui dans lequel Louise-Aurore est née, on peut mesurer cette donnée de la vie humaine : nous changeons. Le temps va continuer son tricot. Que sera le monde quand elle aura appris à lire ? L'homme est un animal historique. Elle voudra elle aussi démêler le vrai du faux. Qui voudrait vivre dans l'ignorance des erreurs que ses ancêtres ont mises dans ses bagages ? Pas moi. C'est mon honneur que de ne pas abandonner au seul hasard ce que cette petite fille trouvera sur nous.

Remerciements

Merci au Conseil des Arts du Canada de m'avoir accordé, il y a plusieurs années, une bourse de création qui m'a permis d'amorcer ce roman. Merci à mes indispensables premiers lecteurs, Norbert Robitaille, Arlene Steiger, et à François Ricard qui a généreusement mis à ma disposition son temps et son immense compétence littéraire.

M. L.

Table des matières

La chance de l'amour

Ce livre a été imprimé sur du papier certifié FSC.

MISE EN PAGES ET TYPOGRAPHIE :
LES ÉDITIONS DU BORÉAL

ACHEVÉ D'IMPRIMER EN SEPTEMBRE 2009
SUR LES PRESSES DE MARQUIS IMPRIMEUR
À CAP-SAINT-IGNACE (QUÉBEC).